地球新生三部曲 上

赖皮
·
太阳生病的日子

留旺 著

成都时代出版社
CHENGDU TIMES PRESS

图书在版编目（CIP）数据

地球新生三部曲. 上，赖皮·太阳生病的日子 / 留
旺著. -- 成都：成都时代出版社，2024.2
ISBN 978-7-5464-2970-0

Ⅰ. ①地… Ⅱ. ①留… Ⅲ. ①幻想小说－中国－当代
Ⅳ. ① I247.5

中国版本图书馆 CIP 数据核字（2022）第 000042 号

赖皮·太阳生病的日子

LAIPI · TAIYANG SHENGBING DE RIZI

留旺　著

出 品 人	达　海	
责任编辑	敬小丽	
责任校对	兰晓鋬鋬	
责任印制	黄　鑫　陈淑雨	
封面设计	悟阅文化	
装帧设计	悟阅文化	

出版发行　成都时代出版社
电　　话　（028）86742352（编辑部）
　　　　　（028）86615250（发行部）
印　　刷　三河市华东印刷有限公司
规　　格　145mm×210mm
印　　张　24.25
字　　数　355千
版　　次　2024年2月第1版
印　　次　2024年2月第1次印刷
书　　号　ISBN 978-7-5464-2970-0
定　　价　98.00元（全三册）

公元499999990年，地球自转减慢至每天26小时，绕太阳公转一周恰好为360天整。地球上各个大陆已合并为一个终极大陆。地幔已经凝固但还很热，因此地震次数减少但震级越来越高。人类为解决终极大陆中部的干旱问题发射了调雨伞进行人工调雨抗旱，建造了用核聚变能源供电的天梯和人工调磁。这时的地球已经成立了统一的地球村，人类的平均寿命已在450岁左右，100年上学，100年生育抚幼，200年工作，400岁退休。

这时在太阳内部的碳氦闪耀引起的超强磁暴火柱已可烧到地球，为了活命，地球人必须整体搬迁。但是由于离太阳系最近的宜居恒星波江座ε（中文名天苑四）星这时还很暗淡，地球整体搬迁工程耗时也很长，因此还需要在太阳系待20亿年才能走。

于是地球村开始了艰苦卓绝的逃难准备。首先将公元5亿年改为赖元元年，同时进行了派斥候侦查、取重水炼氘、箍钢箍加固、安喷嘴推进、打地洞藏身、驱战神让道、赶月亮挡火、重建防波堤御海啸，以及储积逃难前的食品等超大型工程。

在准备逃难期间，为了躲避太阳不断增强的辐射，地球绕太阳公转的轨道半径需要不断向外扩大，一直扩大到小行星带的极限轨道上。伴随着公转轨道半径的不断扩大，地球公转的速度也在不断加快，一直加到能够脱离太阳引力的极限速度才能逃跑。这必然引起时序的混乱，也就是纪年的延长。因此，整个准备逃难期间的纪年也是不断加长的，到了逃跑前的极限轨道上，赖元纪年一年恰好等于公元纪年的两年。

万事俱备之后，地球人于公元25亿年左右（赖元20亿年）开始脱离太阳系奔向新生。

质能乍离别，只几根超弦弹过，暴涨时节。

悠悠时空熄烈焰，自发对称破缺，生出了六只夸克。

万事从来不自由，结中子质子原子核。

传消息，靠玻色。

物具阴阳方相得，弥漫上电子云涡，灵光照澈。

纵横光年三百亿，无数太阳生灭。

问宇宙前程如何？无论开放与关锁，总知道日头终将落。

人何处？群星白。

——《地球新生三部曲》总题记

试叩阳关，聚核有数，日头终将衰老。光爆天镜，电击磁层，烘烘烈焰炙烤。河干树燃，海枯石烂，群生何路是逃？柯奥带遍地氢冰，隐藏着躲灾之窍。

驱荧惑舍身成仁，让出地盘，再将空域清扫。乱石弥空，弹幕纷呈，莱塞开辟通道。万丈喷嘴，亿度气浪，时序为之颠倒。那时节，远离祸根，廿亿年生机可保。

——《地球新生三部曲·赖皮·太阳生病的日子》题记

目录

楔子

无论从哪个角度讲，现在，公元21世纪，地球和人类都还处在少年时代。动用了宇宙火箭、气象卫星、太空遥感和大型计算机，仍无法准确预报地震和太阳耀斑。我们面对的永远是一个无限的大自然。不仅科学家们要面对无限的奥秘，我们每个人都避不开。

到了《地球新生三部曲》开篇的公元499999990年，地球已进入青年时代。

这时的地球大陆在板块作用下已合并为终极大陆。地球的自转速度在地月系的潮汐力的作用下已经变慢为26小时，地球卫星月亮的一个朔望月正好达到了30天，于是，地球的一年变成了360天整。

地球的地幔已经凝固，但是还很热，因此地震的频率越来越低，而强度却越来越高。人类已经不能再住高楼大厦，只能住在用地表土壤或沙石等无机材料纺织的平房里。此时的人类已经能够发布精确的地震预报。

这时的地球社会已是生产资料公有，生活资料公平分配，但是还达不到按需分配的程度。地球上的人类平均寿命已经达到450岁，在这样的社会环境里，人类的语言已经统一，人们用100年上学，100年生育抚幼，200年工作，工作期间不能再生孩子，400岁时退休。人们在上学前和退休后，地球村会配发一个机器人给他们做保姆，照料他们的生活。

这时的地球村，由最高权力机关村委会管理，最高行政长官为地球村村长。村委会下辖了5000个庄，加上位于东西经0度、北纬35度的万花城，每个庄（城）100万人，全村人口上限设定为50亿。庄由庄委会管理，行政首长为庄长。村、庄两级政权皆为民选，公共权力机关的候选人由各功能口根据业绩提名参选，每届都任期100年，每50年换届选举一次。村、庄两级委员会下辖部、院、委、署等工作机构，教育、文化、医疗及机器人则由协会、学会管理。

地球村分三部分，东部为人居区，中部为狩猎区和粮食园，西部为自然生态保护区。原来的大洋洲仍是独立的岛屿，被地球村开发为肥料岛。地球村全部工厂和磁轿交通线都深埋地下3千米处，人们短途出行都用磁力翅膀飞行。

地球村已经建成了地下核聚变电站，实行集中供电，全球禁烟禁火。

地球村因地幔的凝结，导致天然磁场消失。因此，地球村村委会在地心建造了人工调磁室。

为了抵御最高可达里氏2000级的强烈地震引发的海啸，地球村村委围绕终极大陆和肥料岛，建造了高达500米的双道防波堤。

地球村花费巨力，在终极大陆中心零度经线和赤道的交点上建造了一座地下深50千米、地上高达350千米的天梯。天梯上有4把电磁弹射弹弓，分别用来发射地球卫星、月球飞船、太阳系飞船和恒星际飞船。还在天梯上附设了4台直径为10千米的光学天眼和直径为100千米的天街真空工厂。天梯建成后，在空中建造了 10 座直径为 100 千米的天宫，用以生产只能在真空和失重环境下制造的材料和机器。

地球村村委还在 36000 千米的静止轨道上建造了 10 把直径为 3000 千米的调雨伞，用于抗旱和救火。

这时的地球人，在月亮上建造了广寒宫，利用月面硬化、光化，使月面的亮度增强了 10 倍，还刻上了嫦娥、吴刚、狄安娜、阿波罗的图像，增建了千万公顷温室大棚，作为旅游胜地和飞天补给基地。

这时的地球人别出心裁建地造了一座胡闹园，用于释放原始兽性；还建造了一座元素山公园，用于各类教学。

地球人要在肥料岛、粮食园、捕鱼湾和狩猎队强制轮岗劳动，每个岗位工作 10 年，轮岗结束之后，根据综合素质及社会关系，分配更高层级的工作。地球村村委制定全村统一的奖惩条例，规范晋升层次。

地球村村委会有奖励权和惩罚权。奖励和惩罚各分十级，四级以上奖励，在天梯上刻名；最高级十级奖励，可以克隆一代至N代。对违反村规村法者，最重的惩罚是将其发送到冥王星的伴星卡戎上被机器人终生看管。

地球村的人一生中享有一次胡闹园胡闹、一次太阳系旅游的机会，如果工作成绩优异受到了嘉奖，还可以增加次数。地球村村委保留了军队和警察，军队是为了应对外星人入侵，当然至此还没有一例；警察维持地球村社会秩序。

太阳已经51亿岁了，距离爆发为红巨星还很遥远，可是太阳内部氦壳层上的随机性小微尺度碳氢闪耀引起的太阳耀斑火焰，已能够烧到地球，能够激起地球全球极光的第一次磁暴，是《地球新生三部曲》的开端。

公元499999990年9月1日，言福玉满10岁了，昨晚和刚好200岁的爸爸言福云亭同一天过了生日。言福玉收到的最好的生日礼物是一对蝴蝶翅膀，现在正在被窝里做着向往了10年的飞翔梦：她被伊万飞着追，她一边笑着，一边叫着，一边找地方躲藏，前面有一丛茂密的狗尾巴草，待她钻进去之后，发现雪儿在里边玩一只知了，雪儿见她钻进来，伸出爪子挠她，知了趁机吱的一声振翅飞走了。言福玉睁开眼睛一看已经7点，窗外红霞满天、禽鸟和鸣、虫声唧唧、桂花初香。雪儿正在枕头上洗脸，见她醒来，"喵、喵"两声向她道早安，但不见机器人保姆的身影。此时的地球村里，机器人保姆都用水果命名。

"石榴阿姨。"

"石榴阿姨！"

"石榴！"

"酸石榴！"

"老酸石榴！"

"小懒虫醒了？"被设定为250岁中年妇女形象的机器人保姆石榴阿姨款步走进言福玉的闺房。

"不吃面包不吃馒头不吃包子不吃鸡蛋不吃烤肉不吃蛋糕不吃火腿不吃油条不吃烧饼不吃馕不吃馓子不吃馅儿饼不吃麻花不吃炸糕不吃油堆不吃驴打滚儿不吃肉夹馍不吃卤煮火烧不吃拉面不吃馄饨不吃龙抄手不吃云吞不吃过桥米线不吃肠粉不吃锅

贴不吃煎饼馃子不吃虾饺不吃驴肉火烧不吃窝窝头不吃灌汤包不吃糖水醪糟不吃粽子不吃年糕不吃糍粑不吃奶酪不吃香蕉不吃榴莲，不喝牛奶不喝咖啡不喝果汁儿不喝豆浆不喝稀饭不喝粥不喝油粉不喝甜沫不喝胡辣汤不喝鸭血粉丝汤不喝羊杂汤不喝莲子羹不喝豆腐脑不喝酥油茶不喝油茶不喝茶汤不喝凉水。今天我要吃卤菜米粉加锅烧和酸豆角。"

"……"

"磨蹭什么？还不快去叫做饭机做啊！"

"亲爱的言福玉同学，"石榴阿姨将双臂抱在胸前，左脚轻轻点地，略显嘲弄但又依依不舍地说道，"根据地球村村约的规定，从今天0时28分36秒起，我已经不能再服侍你了。"

"什么？你要离开我们吗？"

"是啊。不过再过390年，等你光荣退休之后我们还会重逢，我会回来像苹果、油桃那样继续当你的老妈子，一直陪伴你到你上水星为止。小石子儿，你受苦的日子开始了！"说到这里，石榴阿姨的眼睛似乎有点潮湿。

"那我现在吃什么？"言福玉愣怔着似乎还没

回过神来。

"我的好宝宝，今天的早餐我昨天晚上已经提前点好了，正是你想吃的卤肉米粉，有锅烧和酸豆角，还有牛肚丝和红油呢，乖乖地快起来，别让妈妈吼你。"

"不嘛不嘛！"言福玉明白过来了，开始扯枕巾、踢被子、打雪儿耍赖。"你不照顾我了，谁给雪儿洗澡啊？谁给我梳小辫儿？"说罢哭了起来。

"喵！"雪儿似乎也有点伤感，更可能是被言福玉打疼了。

"好好好，不哭不哭，快起来洗洗那猫脸，让我违规再给你梳一次辫子。这一头狗毛忒随你爸爸，又黑又粗又硬。"

"那你不会被扣油吧？"

"还不到那一级，最多挨个通报批评罢了。编《机器人奖惩条例》的那些人并不知道，在我们保姆型机器人眼里，和你分别时得一个通报批评处分比得一个通报表扬奖励还有面子呢。保密啊！不准说出去，否则我会被我那些姐儿们骂死的！"

"拉钩上吊，保证不说！可那是为什么呀？"

"小笨蛋，这说明我们处得好啊！"

"那好吧！那再给我剪剪指甲。对啦，还得再给雪儿洗个澡。"

"行！我的大小姐，麻利地把你那一狗嘴的小虫牙给我刷干净点！"

就在言福玉和她的机器人保姆石榴斗嘴的时候，东方慕贞蜷缩在言福云亭的怀里流眼泪。

"好啦好啦，别哭啦，我又不是一去不复返了。听说我们是上7天班休息3天，逢休班我就回来亲你。都90多年的夫妻了，至于这么离不开吗？"

"嘁！谁离不开你了，我是怕寂寞。你上班住厂，玉儿上学住校，金儿才70岁，离毕业还有30年呢，公公婆婆基本不着家，大伯落户在大嫂子家，半年一年也不回来一趟，石榴要封存，就剩我一个人陪爷爷奶奶，还不把人冷清死啊。"

"不是还有苹果和油桃嘛。"

"还说呢，打麻将三缺一，打桥牌也缺个角，总不能天天斗地主吧！"

"那你们还可以下棋啊。"

"别提下棋，哪一次我那老将不是一丝不挂？"

"要不咱去跳舞？"

"那也是晚上，白天咋办？"

"你还可以向古代的榜样学学，到登水星预备院去帮水果们摘摘菜什么的。"

"《村约》里说，'即使出于最崇高的思想，在他人没有发出请求的情况下主动帮助他人劳动，也等同于侵犯他人的权利，应予惩罚'。你想让我犯法啊？"

"那就旅游，看看地球大好河山，10年工夫一眨眼就过去了。"

"我不，我要和你一起游。再说金儿、玉儿和你休班回来也没人管饭。什么人定的破规矩，非要满了200岁才能上班，早一点建设地球有什么不好？"

"也是。让一个190岁的小媳妇整天陪着两个450多岁的老头老太，确实难为你了。"

"想想真可怕！我不管，我要和你一起去。"

"别说傻话，你知道那不可能。"

"那怎么办呢？给人家想想办法嘛！"

"……要不这样吧，你去回炉再复习一下以前的专业，说不定10年后拿个学位什么的呢。"

"这倒行。哎哟，都7点半了，快穿衣裳。我还没给你收拾行李呢，都怪你们爷俩，一个生日会就弄到半夜26点钟。玉儿还在赖床吧？快去叫她起来！"

言福云亭一开门，落汤的雪儿号叫着一溜烟蹿进来跳到床上抖擞水，东方慕贞刚开口大叫，言福玉和石榴就追进房间，仍然不停地斗着嘴。

"叫你抓紧它，我去拿干毛巾，谁叫你松手的？"

"不赖我！都怪你没给它磨爪子，你看都把我抓出血来了。"

"滚下去！"这是对猫吼的。"洗脸没有？"这是对女儿吼的。

嗡嗡——嗡嗡——

苹果在楼下喊："同志们，准备开饭啦！再不下来老太太要骂人了！石榴！逮捕你的师傅已经到了，还不快下来投案自首！"

"大兄弟、大妹子、小石子儿、雪儿，这可真是要告别了。"石榴阿姨一把抱起言福玉亲着她带泪的脸蛋儿,大家一边下楼一边哽咽,雪儿一边狂舔身子一边跟着下楼凑热闹。言福谈雪扶着老伴朱清华站在楼梯旁边迎着他们,苹果、油桃给前来封存石榴的两个师傅端茶。

"谢谢你石榴阿姨,谢谢你带玉儿10年的辛劳!"言福谈雪紧握住石榴的双手诚挚而又动情地道谢。

"老爷子,永别了!在我的卡里永远会保留着您老的影像。"

"石榴这是又要去年保啊?早去早回来!"朱清华含糊不清地说。她虽然已经460岁了,分贝却最高。

"是,老太太。您多保重,我会很快回来的!"石榴动情地拥抱着老太太凑在她耳边回复。

在办理封存手续期间,三个机器人保姆的道别显得冷峻。

"千万记着把储存给主人留个备份,等我回来时参考。"石榴说道。

"会的。从各项指数综合起来看,老太太差不多了，我快要挨拆了，你不过暂时休息，多多珍重。"服侍朱老太太的苹果说。

"你那一双脚面子让雪儿咬得全是窟窿，回来时记着让他们给你换张新皮。"服侍言福谈雪的油桃这样嘱咐。

"吃饭吧，云亭兄弟还要赶路呢。"送走石榴之后苹果招呼大家。

言福玉家的餐桌在一楼客厅的一隅，最小的孩子永远坐最中间的椅子，她的左边是曾奶奶，右边是曾爷爷；爸爸妈妈对面相陪，两人中间一把空椅子是哥哥言福金的座位，他因住校，有课时从不在家吃早饭；爷爷言福如松、奶奶肖樱芬的空椅子分居两端，套着罩子。

"言福玉小朋友——不，是小同学，从今天开始你要自己端饭了。"苹果将一碗小米粥和一碟榨菜放在老太太面前，见言福玉像往常一样晃动着小腿端坐不动，提示道。

厨房是一个比言福玉的房间大一倍的圆形的没有窗户的建筑，言福玉经常来看做饭机做饭洗碗，因此熟门熟路地端起自己的米粉回到餐桌。

在苹果忙着给老太太喂粥的时候，油桃打开了三维立体视频，正在播报调雨预告："……蝴蝶庄地区全境天高云淡，惠风和畅，最高气温28摄氏度，最低气温19摄氏度，无须调雨。现在紧急插播地震预报：预计今天到后天78小时内肥料岛海域将发生180年来最强烈地震，预计震级为975级（±10级），其所引发的海啸高度为350米（±25米）。村委会已经命令危机院、武备部、生存部共同派人赴肥料岛预防灾害。另据危机院灾害评估报告，本次地震虽然是180年以来的最强地震，但不会对肥料岛造成危及人类的可察觉性损害，因此，旅游部和生存部没有发布禁入命令，三天内前往肥料岛工作或旅游的人们不必更改计划。……现在重复播发地震预报：预计今天到后天78小时内肥料岛海域……"

"今儿要下雨啊？"老太太没听清。

"今天不下雨，有地震。"老爷子说道，"有地震，亭儿路上小心点。吃过了快点走吧，第一天上班别迟到了。"

"是，爷爷。我是正午13点的磁轿，送玉儿去学校报到之后再走不迟，我还得先教玉儿飞呢。玉儿，把嘴擦干净，拿你的翅膀来，爸爸今天教你怎么当蝴蝶。"

"噢！我要飞了！曾奶奶，我今天要上学去了，你帮我看好雪儿，别打它。"言福玉搂着老太太的脖子，凑近耳朵大声告别。

"上学啦？好好学习，天天向上。"老太太推开言福玉站起身来，"苹果，该喂金鱼啦。"显然没把言福玉上学的事真听进去。

地球的人工磁场为了抵抗越来越强烈的太阳风，其强度已经调到300高斯，人和机器人的凌空飞行已经不带动力源。在爸爸的高明指导下，仅用了1个多小时，言福玉就学会了戴翅膀、脱翅膀、开磁线、关磁线、直立上升、直立下降，只是平飞飘飘忽忽，加减速太急太猛，并且不会悬停。

"下来吧，该走了。"东方慕贞收拾好了言福玉的包袱，招呼爷俩。

"真不愧是我的闺女，这么快就飞起来了，小脑瓜儿上连个疙瘩都没有，比你爸强多了。你爷爷和我说过，当年你爸开始学飞时磕掉俩门牙，你看现在还有接痕呢。"东方慕贞一边表扬自己，一边夸奖女儿，一边贬损老公。

"可是我还飞不稳怎么办？"言福玉有点害怕。

"不用着急，15岁之前不会发你单飞证的。"东方慕贞转头问言福云亭，"一会儿是你拉她还是我拉她？"

"我要你们一起拉。"

"玉儿，到学校里要懂礼貌，守规矩，少淘气！"一家三口起飞时，朱清华仰倚在桂花树荫下的躺椅上似睡非睡，雪儿趴在老太太肚子上打呼噜，苹果和油桃在菜园里摘菜，只有言福谈雪站在房门前的月台边送行。

言福玉所在的庄因蝴蝶最多被命名为"蝴蝶庄"，于是他们的磁力飞行器外形就是蝴蝶翅膀。

今天是开学的日子，很多家里陆续飞起上学的人群，也有其他人在飞。言福玉细看之后发现，飞得最高最慢的是老年人，其次是像她一样被大人带着上学的小孩，再往下是穿各种工作制服的中年人，贴着树梢快飞的是比爸爸妈妈小一些的叔叔阿姨，在树丛里追逐疾飞的是比哥哥言福金更大些的哥哥姐姐，还隐约看到在树根上蹲着、坐着、倚着、靠着的人，有的还抱在一起，更有的头靠在一起，却不亲腮帮子而是亲嘴巴。"也不嫌臭！"言福玉心里感到好笑。

再往前飞，是一个足以容纳全庄居民集会的很大的广场，哥哥曾背着她来这里看过节日狂欢。广场边上有一个大医院，妈妈曾带她来拔过虫牙；还有一个磁轿站，言福玉去看姥姥时从那里坐过磁轿。还有一个裁缝铺，言福玉曾陪同妈妈来做过衣服。还有一个很大的游乐园，言福玉还没有进去过。还有一个更大的院子，爸爸告诉她那是庄委会。

"妈，为什么我看到的院子都用玻璃墙围着啊？"

"那是为了防蛇。树林里蛇很多，专门咬小孩。如果爬到屋里你怕不怕呀？"

"怕。"言福玉明白了，"可是我在视频里看到过，古时候的人都住在城市里，有很多很多高楼，现在我们为什么都住这么矮的房子啊？一点不好玩。"

"这可说来话长了，有很多原因。"爸爸说，"简单说一个最大的原因吧：自打有了我们的地球，就有了地震。古时候地球里面很热很热，热到里面的石头都是融化了的，地球表面的石头冷却成了固体，叫地壳，刚开始很薄但却不能传热，包在地底下的融化了的石头（准确地说是岩浆）就会从地壳薄的地方往外冒，冒出来的岩浆就形成了火山。有些地方的地壳有点厚，岩浆就冒不出来，这样憋得时间长了就会引发地震，因为古时候的地壳比现在薄，所以那时候地震比现在多得多，但是都很小，人们住的高楼震不塌。后来地球内部越来越冷，热的岩浆慢慢地冷却成了固体，于是地壳越来越厚，还没有凝结的热岩浆越来越不容易冒出来，所以现在已经极少有火山喷发了。但是憋的时间越久，积累的热量越多，引起的地震就越大，再住高楼就太危险了。因此，3亿年前地球村委会决定任何房屋的高度都不得超过3层。而且现在的房子也与古时候大不一样了，人最初像鸟一样住在树上，然后像老虎一样住在山洞里，然后用茅草和木头搭棚子，然后用砖瓦垒平房，然后用钢筋水泥筑高楼，然后用预制件搭高楼，然后用金属玻璃打印高楼，从2亿年前开始纺织房子。我们现在住的房子就是用纺织机织出来的，即使发生里氏2000级地震也没事。还有就是，人类值得庆幸的是现在这些地震99%是发生在海洋上的，因为那里的地壳薄。你懂了吗？"

"懂是懂了，可是你刚才说过地壳不传热，那地球为什么还是越来越热呢？"

"这比前一个问题说来话更长，你能听懂的原因有三个：首先我要更正刚才说的一句话，说地壳不传热是不严谨的，它也传热，只是传得很少，短时间内感觉不出来，但是几亿年传出的总热量还是很大的，这是其一；我们地球的内部有各种放射性元素在自发衰变，这是地下热量的主要来源，现在地球已经有51亿岁了，这些元素越来越少，因此产生的热量也随之减少，这是其二；其三，也是最主要的原因，是我们人类当初出于减少地震的愿望，对地球内部进行了人工冷却降温，没想到这样一来虽然地震的次数是大大减少了，震级却越来越高，破坏力也越来越大，而我们感到的热量是太阳加热大气层的结果。"

"等一下，人类对地球内部冷却降温的事我听说过，但是一直不知道是怎么做的，你说细一点，让我也长长见识。"东方慕贞插嘴道。

"是这样的，地球内部的热岩浆不光会造成地震，还会引起陆地移动。"

"这个我知道，视频上说地球上的陆地原来是分开的，是吗爸爸？"言福玉有点卖弄地问道。

"很对！地球上的陆地曾经分裂成六大块，2.5亿年前合并成了一大块。这一大块本来还会分裂的，这时候人类想出了一个冷却热岩浆的办法，往地底下打了十几亿根大钢管子，专业技术名词叫'热管'，把地热引到地面上来发电，这就把地球内部迅速地冷却了。本来自然冷却需要20多亿年，人类只用2亿年就做到了。于是陆地不再分裂，保持了现在的样子，直到太阳爆炸那一天都不会再改变了。"

"那你要去上班的肥料岛是个半岛吗？"

"鬼机灵，还知道半岛呢，真叫你问着了。当陆地合并之后，人们想弄个岛屿玩儿，就没有把那时叫作大洋洲的那块陆地冷却，故意让它继续往地球赤道方向移动。2亿年前，这块陆地与终极大陆分离，形成了被海洋完全包围的一个植物茂密的大岛，海鸟和候鸟发现这个岛上没有野兽偷吃它们下的蛋和刚孵出来的小宝宝，于是把这个岛当成了它们的家。你知道的，鸟儿会拉便便，鸟粪越积越多，越压越结实，久而久之就变成了磷矿石，肥料岛就是这样来的。因此这是个真正的大岛。"

"原来是这样啊。可是人类为什么要冷却地球呢？害得我们现在住不成高楼！"

"傻丫头，陆地合并和分裂曾经引起过巨大的灾难，大部分良田被毁坏，大部分森林消失了，大部分绿地变成了沙漠，你所向往的高楼大部分震塌了。比起那种灾难来，现在的地震算得了什么呢！"

"可是不住高楼只住平房，地球上能住得下50亿人吗？"

"我闺女真聪明，"言福云亭忍不住夸奖道，"你看动画已经知道我们的地球表面积有5亿多平方千米，其中陆地面积是 1.5 亿平方千米，地球村将占终极大陆三分之一的东部划出来给我们人住，有 5000 万平方千米呢，我们 5000 个庄总共才占地 200 万平方千米，只占人居区的 4%，怎么会住不下呢？”

“说累了没有？爷俩歇歇吧。这些事情等你上了学老师会教你的。”东方慕贞爱怜地说道。

“视频上说古时候的人长到 70 岁都快死了，为什么我哥长到 70 岁才刚上五年级啊？”

“古时候人的寿命短，能活到 100 岁已经是老祖宗了，现在我们一般都能活到 450 岁。像你曾奶奶，460 岁了还知道疼你呢。”

“我正想问你们呢，人家伊万哥哥和我同岁，可是他的爸妈才 160 多岁，你们为什么这么晚才生我啊？”

“我们何尝不想早点生你啊，这不是正赶上人口削峰吗，一直要不到生你的指标。”

“什么叫人口削峰啊？为什么生我还要指标？”

“这孩子怎么什么都要问哪？”妈妈有点不耐烦了。

　　"这样好，爱问为什么的孩子将来才有出息呢。宝贝，我来给你说。"言福云亭接过话茬，"人口削峰是地球村控制人口的一个规定，是说全地球的人口接近控制上限时要少生小孩，接近控制下限时就要多生小孩。你不用问了，我直接告诉你吧，现在地球村人口控制上限是50亿，下限是30亿，知道了吧？"

　　"对不起，爸爸，我还是要问为什么上限是50亿下限是30亿呢？"言福玉怕妈妈打岔，说话有点急。

　　"长话短说吧。就是我前面说过的陆地快合并成一大块的时候，地球上曾经有过500多亿人，到处都是人，遍地都是人，这些人分成了一千多个民族几百个国家，谁也管不了谁，饭也吃不饱，衣服也穿不暖，房子也没得住，病了也没药吃。于是你杀我，我杀你，杀到最后只剩下20来亿人，实在杀不动了，大家才坐下来一起商量成立了地球村，从那时开始实行人口控制，定下了30亿到50亿的人口控制数量，我们现在才能生活得这么好。"

　　"那就是世界大战吧？"

"对！那是最后一次世界大战。"

"有外星人参加吗？"言福玉显然是个科幻迷。

"很遗憾，没有。就是地球人自己杀自己。"言福云亭神情有些黯然。

"少给孩子说杀人的事。飞快点吧，别迟到了。"

地球村里的学校是按照一庄一校设置的，蝴蝶庄的学校与其他庄的学校除了自然环境不同外，其他一切都是相同的。这个能够容纳20万人的正圆形校园就是放大版的言福玉的家，中心是一个可以供20万人集会的只有草皮没有树木的操场，操场周围是掩映在绿树中的黑色的屋顶，操场中心竖着三根旗杆，其中两根旗杆上已经升上旗帜，一根空着的大概是等开学典礼时再升旗。言福玉边降落边看，已经升起的一面旗帜是地球村村旗，旗面中心是地球，靠近旗杆顶端的旗角上是一轮橘红色的太阳，旗帜的横折中心线上依次画着太阳系其他7颗行星和柯伊伯带、奥尔特带，背景是深蓝色的宇宙，点缀着无数白点；另一面旗帜是蝴蝶庄庄旗，以地球为背景，旗面中心是用一万亿像素实时拍摄的两只蝴蝶，四周散飞着蜻蜓、蜜蜂、蚂蚱、蟋蟀等昆虫（都是成双的）。以地球村村旗为中心长了一个半径100米的红色草圈并放射出9道红线将操场划成10份，沿红圈等分摆放着10个白色大台子，分别标着1、2、3、4、5、6、7、8、9、10的黑色的巨大号码。每个台子前已经排上了几个人，台子后面有老师模样的人在忙碌着进行登记和发放东西，已经报完名的人群在台子后面扎堆聊天，孩子们今天都很老实，没有乱跑，安静地跟着大人站着。没有喷泉，没有鲜花，没有彩旗，没有标语，没有横幅，没有秧歌，没有高跷，没有舞狮，没有鼓乐，没有假面游行队伍，没有主席台，也没有欢迎的师兄师姐。

言福玉家和伊万家位于蝴蝶庄的第9区，两家人径直降落在9号台前排队。言福玉第一次戴磁翅飞了半天有点累，嚷嚷着要她妈妈给解下来。东方慕贞正要解翅膀时，过来一个显然是机器人的老师制止了她，然后对着排队的人群大声说："请各位同学不要解翅膀，开学典礼之后还要飞到你们住的地方呢，那儿离操场很远。另外请家长们注意，开完会后不要急着回家，到宿舍安置好了孩子后，还要帮着他们干点活，等他们开始上课了再离开。我叫麒麟，今后大家就称呼我麒麟老师。典礼之后由我带大家去宿舍，注意我穿的衣服颜色和戴着的9号号码牌，不要跟错了。"

家长们都是过来人，纷纷点头应答。

说话间已轮到言福玉报名，报名手续十分简单，言福玉跨过一道白线，往一个与草面平齐的小平板上一站就结束了。报完名后她领到了一个可以挂在脖子上垂在胸前的小包，包前印着"99级9区第906班第9990612号"的字样，然后由妈妈领着到台子后面去了。这时，言福玉看到伊万包上的编号是9990611号。

不一会儿报名就结束了，言福玉看到围着红圈错落地站立着约莫五千三四百个人，妈妈已经打听到今年入学的孩子比往年多，有2200多个，显然剩下的就是送他们来的家长了。麒麟老师吆喝着让家长们往后退，让小同学对着包上的号码站在前边。

10点差5分，10个报名台落入地下，办理报名手续的老师们站起来走到红射线上立正，身后的人群不由自主地也摆出了立正的姿势。

10点差4分，地球村村旗和蝴蝶庄庄旗下面升起两个5米高的站台，围着旗杆缓慢旋转。

10点差3分，从天上落下一男一女两个老师站在了各人的台子上。

10点差2分，站在蝴蝶庄庄旗下的女老师说："同学们，我是教务长，欢迎来到蝴蝶学校上学。开学典礼10点准时开始，首先升校旗，升旗时请保持立正姿势，男同学和男家长双手放背后，女同学和女家长双手放腹前，一起对着校旗行注目礼。"

10点整，校旗徐徐升起。言福玉没有看到绳子，显然是用磁力升旗的，继而看到校旗的背景是放大了的庄旗上的蝴蝶，16个金色大字分4行印在上面，显然这是校训了，可惜她现在还不认识。周围十分安静，没有音乐，没有鞭炮，没有锣鼓喧天。

"礼毕。报告校长：本届共报到学生2216名，按每班20个学生分了111个班，其中有一个班只有16个人，已从东邻蚂蚱庄调过来4个凑足了20个学生。报告完毕，请您讲话！"

校长是一个头发斑白的老头儿，显然快退休了。言福玉听他轻咳一声说："请今天刚到校的同学们立正站好，举起右手松握拳头，跟着我朗读校训。"

"好好学习。"

"好好学习。"

"天天向上。"

"天天向上。"

"自强不息。"

"自强不息。"

"厚德载物。"

"厚德载物。"

"开学典礼结束，散会！"教务长宣布。

"请家住9区的家长们拉好自己的孩子跟着我到宿舍去，请家住9区的家长……"麒麟老师大声呼喊。一阵呼儿唤娘过后，人们陆续飞起来按照自己所在方位的离心方向往宿舍飞去。

言福玉的宿舍离广场其实并不太远，飞过两排不知什么房子之后就到了。降落之前，言福玉看到他们的宿舍是围着操场的一圈平房，每间房子的深黑色房顶上醒目地标着班号。言福玉被妈妈带着在906号房前落地之后，看到每间宿舍的门前已经站着3个男老师和3个女老师迎接他们，看起来都像是300岁的样子。

"欢迎！"大家陆续落地站定之后，站在中间的男老师跨前一步向大家表示欢迎。"欢迎99906班的同学们！我是你们的班主任，我叫叶甫根尼，今后将和彭琳老师一起教你们体育，在四年级之前，你们住校时的生活也由我们负责。这边两位是教认字的鹦鹉和黄鹂老师，那边两位是教符号的黑狐和花猫老师，他们四位还兼任你们的保卫。等正式上课时再详细介绍吧。现在请家长们抓紧时间带同学们进屋找到自己的床位，安置好了就要开饭了。"

下午，言福玉的老师给他们讲解校情校貌、校礼校仪、校规校纪、校卫校沐、校兴校憩，以及未来90年上学期间的课程安排，记忆力极好的言福玉也只大概记住了分年级的事，各年级上什么课却没记住。

一年级（20人一个班）：学制5年（10—15岁）。

二年级（20人一个班）：学制5年（16—20岁）。

三年级（20人一个班）：学制20年（21—40岁）。

四年级（100人一个班）：学制30年（41—70岁）。

五年级（100人一个班）：学制10年（71—80岁）。

六年级（100人一个班）：学制5年（81—85岁）。

七年级（200人一个班）：学制5年（86—90岁）。

八年级（500人一个班）：学制5年（91岁—95岁）。

九年级（1000人一个班）：学制5年（96—100岁）。

刚出了旧巢入了新笼的鸟儿整个白天在兴奋之

中度过了，晚上熄了灯之后都开始想妈妈，毕竟长这么大是第一次离家，平时只是嫌妈妈唠叨，现在才开始想起有妈妈的好处，想那股让人感到安全的妈妈味，想那些让人安宁的妈妈的抚摸。想着想着就有人开始哭，这一出声有意想不到的传染力，先是女生这边一个传一个开始群哭，男生那边嗤笑她们，到后来男生也开始哭，女生们一听到男生也哭了就更来劲了，声音由啜泣变为哽咽，继而号啕一片。值班老师对此见惯不惊、见怪不怪，假装睡着了并不出声相劝，号啕了一阵子，孩子累了、困了，自己感到不好意思了，哭声渐渐小下去，到后来也就睡着了。

言福玉们真正意义上的第一堂课是第二天上午9时开始的，授课老师是黑狐、花猫。学校没有教室，没有黑板，没有课桌，没有纸笔，没有光脑，学生们按照昨天下午班主任的要求穿着校服、戴着学习帽，坐在小椅子上，在大树下聆听机器人老师上第一堂课。

设定为男性的机器人老师黑狐的开场白与古时候的老师很不一样："很久很久以前，地球上还有国家的时候，在一个古老的国家里曾经流传过一种说法：你们是花朵、学校是花园、我们老师是园丁。而现在，你们不是花朵，学校不是花园，我们不是园丁！"

"报告！"伊万举手。

"讲！"

"这也不是，那也不是，那都是什么呀？"

"你们是雏鹰，学校是鹰巢，我们是老鹰，要教会你们翱翔高天；你们是虎崽，学校是虎穴，我们是虎爸虎妈，要教会你们兴风狂啸；你们是矿石，学校是熔炉，我们是铁匠，要把你们锤锻成架海金梁！当然了，以上都是比喻。现在你们就是学生，学校就是学校，我们就是老师，要教你们知识和技能。要记住，自今天起，谁再把自己比作花朵撒娇要扣学分！特别是女生。

"第二，这里没有外星人，没有超光速，没有虫洞，没有意念传输和思动，也没有什么降维打击。这些要到你们80岁时极个别的天才才会学到！现在也没有荷马、李白、莎士比亚和脑筋急转弯，这些你们要到40岁以后才学。我特别强调，自今天起，谁再卖弄小聪明，玩儿什么脑筋急转弯讨宠，发现一次罚站半天！

"第三，古人说'人生识字忧患始'，我们说'人生受苦识字始'！做一年级学生是无限苦！昨天下午班主任老师已经讲过了，一年级这5年你们就是认字、背符号，就是死记硬背，千人一腔，万人一调。几亿年前你们人类有几十种文字、几百种语言、几百亿个腔调，有的语言一个字有四五种意义十来种调门，有的一个词有几十个字母几十个音调，符号有象形的、拐弯的、转圈的，还要加上一撇两撇乃至无数撇，甚至肩膀上扛了再扛、脚底下踢了再踢。现在没有这么复杂了！就是50000个字加10000个符号，每个字只有一音一义一调。5年之内你们什么别的都不学，也不允许你们学，就是背这个。

"第四，我必须说明，我是机器人老师，不可能有这样的思想，以上这些话都是你们人类想出来，编成教学大纲植入我们的程序，让我们这样教你们的。同学们会想，为什么由机器人老师这样训我们呢？标准答案是：只有我们机器人老师才能做到千人一腔，万人一调。

"第五，我刚才说了扣学分、罚站两种惩罚，喜欢科幻的同学就想了，不是有'三原则'吗？机器人老师不能惩罚我们。咱们这个班有喜欢科幻的吗？有知道机器人'三原则'的吗？知道的请举手。"

全班同学都举了手。

"不错啊，所有同学都知道'三原则。'"黑狐显得很兴奋，"手放下，那么有谁知道关于机器人的'一条禁令'和'四个解释'？知道的请举手。"

这下轮到言福玉出风头了，全班只有她一个人举了手。

"还真有知道的？好，请言福玉同学站起来讲一讲。"

"我是听我爷爷说的，不知道对不对。"言福玉脸红心跳，完全没有了和保姆斗嘴时的伶俐劲。

"没关系，别紧张，说出来听听。"花猫老师加以鼓励。

"我记得那一条'禁令'是机器人不得记录、

议论、传播、报告、惩罚人类的过失或罪恶。'四条解释'很深奥，我听不懂，没记住。"言福玉有点恨自己。

"很好，请坐下！现在请打开你们的学习帽上右边靠近太阳穴的那个开关。"

打开开关，每个同学的眼前显示出一块虚光屏幕，花猫老师抬手一指，屏幕上显示出如下内容，同时一个浑厚的声音在逐字朗读。

机器人的"一条禁令"和"四个解释"

对机器人的禁令：

机器人不得记录、议论、传播、报告、惩罚人类的过失或罪恶。

对于这条禁令的四个解释：

原理解释：机器人不具有判断人类行为的能力。

伦理解释：机器人不能管理人类。

法理解释：机器人不得侵犯人类的权利。

例外解释：不被定义为"人"的机器不用遵守禁令。

朗读了三遍之后，虚光屏幕消失了。大家第一次使用学习帽，感到非常神奇、非常好玩，开始互相叽叽喳喳。

"安静！继续上课。"黑狐老师招呼大家，"这个禁令非常确定、肯定我们机器人老师不能管你们。但是，各位不要高兴得太早！请注意那个例外解释（屏幕又亮了，大字显示出例外解释）：不被定义为'人'的机器不用遵守禁令（话音一落，屏幕又消失了）。你们头上戴的这顶帽子可不是光用于学习的，它是一台机器但不是'机器人'，因此，它可以记录、议论、传播、报告、惩罚你们！"

"啊！""怎么是这样？""太惨了吧！""恐怖啊！""这太郁闷了！"学生们炸锅了。

"哈哈哈哈！"课堂反应完全符合预期，黑狐老师高兴地大笑起来。"女士们，先生们，小屁孩们！"机器人老师居然也讲不雅的语言，也许是为了消除戒心、活跃气氛、建立感情特意设置的程序吧。"还有比这更惨的呢！你们知道机器人义务吗？"

这可谁也不知道了。

"不知道是正常的，因为这个义务是今年7月21号才颁布实施的。这是地球史上第一个由我们机器人为你们人类制定而你们人类表示服从的规则。它是由我们地球村机器人委员会制定、地球村委员会全票通过颁布实施的规则，具体内容如下。"

屏幕上显示出如下内容，同时，一个浑厚的声音在逐字朗读。

机器人义务

机器人有义务制止、纠正人类危害自身的错误行为，但这种制止和纠正不能伤害人类的身体。

"错误行为"定义：错误行为是指人类对由人类制定的或者是约定俗成的人类行为规范的违反，并且是由人类确定并形成了文件经地球村委员会授权的人类组织植入机器人程序的。

"制止""纠正"定义：制止和纠正必须按照由人类确定并形成了文件经地球村委员会授权的人类组织植入机器人程序的规定进行。

"看到了吧，根据这个义务，我们机器人老师除了不能打你们之外，可以使用其他任何方法制止和纠正你们的错误行为。"黑狐老师语气里透着得意。

"报告。"伊万举手要求发言。

"请讲。"

"可是这个义务是与机器人禁令相矛盾的！"

"不矛盾。我们只是及时制止你们的错误行为，并不记录、议论、传播、报告、惩罚。"

"难道扣学分、罚站不是惩罚吗？"下面有人在小声嘀咕。

"可以大声说嘛，这个问题提得很好！放心吧，我们机器人老师不会直接扣你们的学分，也不会当场罚站。但是别忘了你们的帽子！它会将你们的错误行为记录下来，即时传送给班主任老师，由他/她做出惩罚决定。当然了，我们机器人老师会协助班主任老师执行决定，这就是纠正。索性都告诉你们吧，以前我们机器人上课时，都有一个真人老师在旁边守着，随时准备管教你们，从今年你们这一届学生开始，没有真人老师陪了。

"还有问题吗？没有？起立，解散，休息20分钟后继续上课。不要摔学习帽！它摔不坏。"

休息期间，孩子们开始理解"人生受苦识字

始"的意义，一个个垂头丧气、无精打采，也有可能是因为第一次正坐，坐得腿酸了。

"同学们！别这么愁眉苦脸的，没那么严重。"第二堂课是花猫老师讲。女老师的声音温柔悦耳，与黑狐老师形成了巨大的反差。"只要你们不犯错，就不会受罚。再说了，学习帽只是上课时才戴，课余时间你们还是自由的。

"现在我们开始学习认符号，在认之前，我也有几句开场白要讲。我们的地球已经有51亿多年的历史了，你们人类的历史也已经有5亿多年了，早期地球上的陆地是分开的，由于海洋、高山和江河的阻隔，人类分成了很多个部落，各自独立进化，于是形成了很多不同的语言、文字，进而形成了很多不同的文化。再后来这些语言、文字以及文化逐渐合并成两条分支，一条分支在东方，以象形文字为载体；另一条分支在西方，以符号文字为载体。"

说到这里，花猫老师从身上掏出一个杯子喝了口像水的东西，言福玉猜想那一定是润滑油。

"自从人类创造了文字之后，思想便可以被记录下来传授给下一代，所以人类进化速度大大加快了，可以用'突飞猛进''日新月异'来形容。

"后来就发生了战争，可以说公元2.5亿年前的人类史就是一部战争史。直到最后一次世界大战结束之后，幸存下来的人类痛定思痛，深感东方和西方这两支文化各自都有自己的长处，但也都有致命的弱点，必须合为一棵大树才能确保人类不会自我毁灭。而要想合并，必须从文化载体——文字合并入手。于是，东西方的文字专家学者坐在一起造新字，其成果就是你们今后要用5年时间才能认全的、每个字都是一字一音一义一调的50000个字和10000个一符一音一调的符号，其中，符号包括5000个有定义符号和5000个无定义符号。这就是今后我、黑狐老师还有你们已经见过的鹦鹉和黄鹂老师要给你们上的课。"

"报告！"言福玉忍不住提问。

"请讲！"

"老师您讲现在文字都一样了，可为什么我们的名字还不一样呢？"

"这个问题提得很好！原因是地球村成立后，

虽然已经实现民族大融合了，可是仍有相当一部分人保留了自己祖先的基因并仍然按照祖先的习惯起名字。明白了吗？"

"明白了，谢谢老师。"

"下面请打开学习帽，我们开始正式上课，先从最简单的、有定义的数字符号开始学，请大家跟着我朗读。"

10月12日早上，言福玉和邻居小男孩伊万两人正趁早餐前的时间，缠着哥哥言福金和姐姐伊万诺夫娜带着他们在无人管的空域练单飞。此时这块空域是蝴蝶庄学校里人最多的地方，绝大部分刚上学的新生都由哥哥姐姐或堂哥堂姐或表哥表姐带着在这里上上下下，其实这个情况空警和学校早就知道，故意没管的，总要给孩子们一个自由放飞的空间。

言福玉四人正在空中翩翩飞舞，突然地磁升高，他们被急速推向高空，言福玉吓得惊叫起来，哥哥赶紧拉住她。磁力降低后他们平安落地，满天极光随即将他们笼罩。

3个小时后，地球村委员会和行政机构的首长接到了村委会办公室发出的召开村委会紧急扩大会议的通知。

应变

10月12日下午4时，地球村委员会扩大会议在满天极光的照耀下开始，会议室的玻璃能自动调光并防辐射，因此没有窗帘。

地球村村委会的八层办公楼（地上四层地下四层）建在地球村行政管理中心万花城的中央，正门前面是一个能容纳1000万人聚会的万花广场，广场四周是部院委署及协会学会的办公建筑。这座相当于公元初期各国首都的中心城市，之所以取名"万花城"，蕴含着"万虫繁育万花、万花养育万虫"的意境，与以昆虫命名的5000个庄形成了和谐共生的关系。

地球村村委大会议室里，村长孟茂康及10位副村长、54位村委会委员，科委主任及10位副主任，科委理论院、试验院、探求院院长及各两位副院长以及奇思部正副部长，计划院、指令院、宣传院、善恶院、危机院、研究院、工程院院长及各1位副院长，武备部、安宁部、发电部、调雨部、调磁部、飞天部、生存部、旅游部部长及各2位副部长，制造署、物流署、人流署、信流署署长及各5位副署长，学联、医协会长及若干副会长，以及机器人委员会主任及若干副主任得到通知，准时到会。

这些人的座位从地下冉冉升起，每人后面各坐着一男一女两个办公型机器人，这些机器人的年龄均设定为380岁左右，老成持重，严肃睿智。

地球村最高管理层的扩大会议没有横幅，也没有标语，更不搞开场仪式。村长不发表开幕词，议事活动却有条不紊。

危机院院长罗建民第一个发言："本次磁暴，实际强度比科委预测强度高出10个量级，粒子流速度接近每秒6400千米，接近光速的2%，6个多小时就到达地球。这就是我院没有提前发出躲避预报的原因，也是没有预先考虑增大调磁功率的原因。

为何误差如此之大，由科委言福如松主任给大家解释。"

言福如松清清嗓门，沉重地报告："太阳氦壳层燃烧模型还不完善，计算存在混沌区间，因此预测不准——"

言福如松主任刚开口解释，孟村长抬手制止，示意罗院长继续讲。

罗建民接着说："现在有几件事需要采取紧急行动。预计这次磁暴要持续10天，急中之急是恢复无线通信，需要将10把调雨伞集中起来遮住人居区和万花城，请调雨部负责；将调磁机功率增大10倍，工程院出方案，调磁部、制造署、发电部负责实施，限期完成——"

"应该增大100倍！免得今后再措手不及。"言福如松插话，说完目视村长。

孟茂康村长立即表态："可以。反正是早晚的事，未雨绸缪，一步到位吧。"

"是！"工程院院长接受了指令。

罗建民继续说："第三件事，弹弓要停止发射，直到天气正常，请飞天部、旅游部协调处理。

第四件事，及时辟谣。最后一件事，就是追踪超强电离辐射造成的生物变异情况，请科委试验院牵头，科委其他部门及生存部配合。"

人流署署长不假思索地说："我补充一条，将来地磁升高后，所有的飞行翅膀都要升级，请制造署早做准备。"

学联会长急忙说道："我也补充一条，现在孩子们都被关起来了，家家鸡飞狗跳，何时能放他们出来？"此言一出，在场者无奈地笑着摇头，显然这个"灾难"是普遍性的。

研究院院长说："调雨伞到位后就可以放了。"

孟村长扫视全场问道："各位还有其他问题吗？"

"我们有个疑虑。"调雨部部长哈迪起立发言。

"坐着说。"孟村长示意。

"为了预防超高速粒子流损害伞面，我们已经将伞全部开往背阳面躲避，现在危机院要求我们全部调出来遮阳，风险太大，如果仅仅是为了恢复无线通信，冒这个风险是否有必要？"

孟村长："这个问题工程院怎么说？"

工程院院长回答："这个风险确实有，伞面设计抗粒子流的最高速度是1000千米每秒，保险系数取的是2.5，现在超出了最大保险极限速度1倍还多，因此确有风险。如果只是为了恢复无线通信，还是不要冒险为好，有线通信到不了的地方，相信信流署能有办法克服。"

刚上任不久的294岁的信流署署长杨训才起立回答："其他都好办，最困难的地方是……狩猎队和肥料岛……人员散……得太开了，不过我……们已经派出大批……通讯员……穿着航天……服出……发了，时间……不敢保证，困难基本……可……以克服。"最年轻且是第一次参加这样的大型会议的杨训才结巴地说出自己的心里话，就欲坐下。

主管调雨部的副村长发话："你先别坐下！'大批'是多少人？'基本可以克服'能克服到什么程度？你给我说清楚！"

"这……"杨训才给闹了个大红脸，转头向副署长求援，年老的副署长面挂微笑一脸沉静，却不接话茬。

男机器人秘书见状起立准备救场，被副村长用遥控器断电僵立。

孟村长脸上透着宽容和慈爱，微笑着说："都坐下吧，人家刚上任没几年嘛，不等不靠，已经采取了应急措施，这一点是应该肯定的。不过——"孟村长的语气转为严厉，"小伙子，你要记住，'基本''大概'等模糊词汇，在这种会议上属于绝对的禁词，谁触犯了这个忌讳，轻则处分，重则撤职！念你第一次犯，免予处分，下次再这样讲，就回家闭门思过吧。"

孟村长严厉的话，使年轻的署长一直没敢坐下。听着村长似教诲似批评的话，脸上的红潮延伸到脖子和手掌，浑身大汗淋漓却又不敢擦，恨不能有条地缝钻进去。偷眼扫描众人，发现大家都在微笑，却不是幸灾乐祸的表情，心里有了点安慰。想到可能谁都遇到过这样的情况，于是渐渐镇静下来，红潮也就渐渐淡了。

孟村长再次示意，说："坐下吧！"

年轻的署长这才欠着屁股坐下，机器人秘书也被解除禁制随着坐下了。

"看来通信的问题可以解决，那么是否不用调伞了？"

生存部部长指出："最好还是调，如此高强度的电离辐射，如果持续时间长了，将使我的猪、马、牛、羊、粮食、蔬菜发生放射性污染和变异，比起调雨部那几把伞来，40多亿人的食品安全更重要。"

生存部部长与调雨部部长关系很亲密，所以她无所顾忌，说话带着矫情。

言福如松说："生存部部长说得对！这才是本次磁暴带来的最严重的危机。无线通信早几天晚几天恢复影响不大，超强电离辐射对食品安全的危害却极其严重！不仅如此，饮水安全也是个未知数，即使10把伞全损毁了，也要确保食品和饮水安全！伞坏了可以再造，人病了问题可就大了！"

危机院院长表态："我完全赞同两位的发言，我太不应该了，忙昏了头，只想到尽快恢复通信，没有看到更严重的问题，实在不好意思。"

孟村长带着调侃的语气说："这就是屁股决定

脑袋的典型。好吧，既然这样，就把伞全调上去！驾伞员的安全有保证吗？"

"这没问题，就是再强10000倍的辐射，驾驶舱也能扛住。"哈迪回答。

孟村长见静场了，说："怎么样，执行吧？"

科委一位副主任发言："且慢！刚才大家发言的当儿，我们已经做了紧急验算，具体验算内容就不展示了，会后我们会呈报备档，验算结论是不用这么多伞，只要4把就可以遮住生存区和狩猎区，生态区不用管它。"

"太好了！"哈迪情不自禁地鼓起掌来。

孟村长下令："请调雨部、工程院、调磁部、制造署、发电部、飞天部、旅游部、宣传院、安宁部、生存部和科委的主管副职，回到岗位立即开始工作，会后村办补签命令，我们继续开会。"

"是！"11名主管带着他们的秘书没入地下。

"下面该科委了吧？"

"是。"言福如松站了起来。

窗外极光像开锅一样，增强了亮度和色度。

村委会扩大会议上，言福如松冗长的科研报告接近了尾声："综上所述，这次超强磁暴，就是随机性小微尺度碳氢聚变闪耀引发的太阳耀斑引起的。"

"现在已近午夜25时了，还要继续吗？"这时的会场已改成了讲座形式。

孟茂康征求大家的意见，说："我知道你们已经做出了几个推论。怎么样？大家再坚持一会儿，让言福主任把几个推论讲完，以便回去思考？"

"同意。"个个参会者都已头昏脑胀，但是村长实际上已经表态，大家只好同意。

言福如松继续报告："谢谢，我抓紧时间只讲三个主要推论，好让大家早点休息。通过对这次事件的分析，我们得出以下三个主要推论：第一个，随机性小微尺度碳氢聚变闪耀来得比我们预想的要早，至少早了两亿年！这说明我们的太阳演化模型还有缺点，主要是光球层下面的探测技术还不精细，难以预报准确，建议加强攻关力度，争取早日突破，免得今后再像现在这样措手不及。第二，像这样的事件，今后将越来越频繁，强度会越来越大，到了真考虑逃难的时候了！"

"啊！"

"有这么严重吗？"

"不至于吧？"

"好日子真就到头了吗？"

"这么快！"

"我的诗集还没结尾呢。"

"我的孙媳妇刚生了宝宝。"

"……"

会场上议论纷纷。

言福如松提高了嗓门："大家还不需要这么惊慌！第三，虽然耀斑会越来越严重、越来越频繁，但是还远远不到很快就爆发为红巨星的程度，至少还有20亿年才会爆发，误差为±5亿年。我的报告完毕！"

会场一片寂静，所有的眼睛都望着村长。

孟村长总结道："都看着我干什么？散会，吃饭，睡觉！明天同一时间同一地点大家继续开会，讨论逃难的问题。科委做主题发言，村委委员准备质询，武备部、安宁部提高警戒级别。散会！"

窗外的极光又一次爆发。

自从参加工作以来，150多年间，言福如松第一次深夜赶回位于蝴蝶庄的家中吃饭，这是因为工厂停工、学校放假，全家人都回家等他的消息。言福家族只有他一个人参加了村委扩大会议，妻子肖樱芬知道这个时候他肩上的担子是多么沉重，因此已经发了几次信息让他散会之后回家吃点可口的，她很知道村委会的工作餐是怎么回事。

言福如松从地下磁轿口出来时，他刚上学的10岁孙女言福玉养的宠物猫雪儿首先听到声响，睡眼惺忪地跑来迎接。走进客厅一看，除了老父亲言福谈雪之外全家都在等他，言福玉侧着头趴在桌子上睡着了，流了一腮帮子口水。

"爸爸先睡了？"

"老爷子本想熬着等你来着，我们劝他先睡了，今天的会怎么开得这么晚？饿坏了吧，亭儿、贞儿、金儿快端饭，油桃也帮把手！"肖樱芬一边给言福如松脱大衣，一边给他挪椅子，一边向儿子、媳妇、孙子和机器人保姆下达命令，等言福如松坐下，她又把言福玉抱起来给她擦口水。"瞌睡虫儿，醒醒，爷爷回来了，快去洗洗脸吃饭了！"

"怎么？你们都还没吃啊？"言福如松惊讶地问道。

"你看看天上这个样儿，谁还有心思吃饭？怎么样，没事吧？"说话间，窗外的极光又明亮起来。

"没事！最迟明天下午就好了，吃饭！把那碗汤端过来我先喝几口，一口气讲了12个钟头，渴死我了。"说罢他直接端起碗来不换气喝了大半碗，抹抹嘴才开始拿筷子吃饭。

"慢点，没人和你抢！"肖樱芬给他夹菜。

"爷爷，"言福玉刚醒过来不想吃饭，迷迷瞪瞪端着碗蹭到言福如松身边，"我们什么时候能开学啊？老师把我们的翅膀收了，是不是不能飞了？"小家伙刚飞上瘾，因此最关心这事儿。

"玉儿别打岔，让爷爷吃完饭再说话！"东方慕贞过来把她拉回座位上。

"宝贝儿，放心吧，如果不出意外的话，后天就恢复上课了，至于飞行，至少得等半个月才能恢复。"言福如松边吃边说，转眼两碗饭已经下肚。

"太阳老了，开始生病了，"吃了晚饭之后，面对着全家人期待的目光，言福如松沉重地开口了，"我们要开始做逃难的准备了。"

"这么快？！不是说20亿年之后才爆发吗？"言福云亭问道。

"等到那时候就什么都晚了。现在太阳里面的随机性小微尺度碳氦核聚变闪耀已经开始了，今后的日子越来越难过了。本来我们预测两亿年之后才会发生，没想到提前了，也好，既来之则安之，让我们这一代人解决这个问题，也是一种际遇和幸运！"言福如松忽然激情迸发起来。

"爸，究竟怎么逃啊？"儿媳妇东方慕贞问道，"听西邻伊万他妈妈说，只能逃出极少一部分人去，要抽签决定谁逃谁留，那留下的只能等着被烧死呀？那不太惨了吗？"

"爷爷，"不等言福如松说话，70多岁的大孙子言福金也插嘴，"老师和同学们也都说只能逃出极少一部分人去，不过不是通过抽签决定，而是通过体检决定，而且老弱病残幼还不能参加体检，那曾爷爷和……怎么办？"

"我建议你们多带上点菜种子。"油桃也来凑热闹。

"爷爷，"言福玉终于吃完饭了，趴到爷爷身上撒着娇说，"你和村长说说，逃难时让我带上雪儿吧，我舍不得丢下它。"

"哈哈哈哈！"言福如松一边揪着言福玉的马尾辫，一边大笑，肖樱芬怕他累着，忙把她抱过来，"哪有这么严重啊！给你们透个实底：离真正逃难还早着呢！不但我们老两口不用逃，就是亭儿、贞儿也不用逃，金儿、玉儿这一代逃不逃还得看情况呢！别庸人自扰，该干什么干什么，磁暴很快就过去了！我说的是要开始做逃难的准备，并不是马上就逃。明天才开始讨论怎么逃的事呢，我还要发言，快睡觉吧。"

"我们继续开会。"村长宣布。

10月13日上午8时整，原地原人聚在一起，会场布置又恢复到议事形式，窗外不再有极光弥漫，但是像阴天一样有点昏暗，调雨伞显然已经到位。

"科委的长篇大论待会儿再说，先议紧急事项，谁先讲？"

"报告！"信流署署长杨训才起立抢先发言，可能是想挽回昨天的面子，不过已经没有了紧张之态，显然是做了充分的准备，"昨天上午10时，信流署共派出18246名人员分赴肥料岛、菜果园、捕鱼湾和狩猎队传达躲灾令，至今天12时，除狩猎队还有一个猎虎小队没有联系上之外，其他的野外工作人员均已传达到位。"

"无线通信恢复之后，猎虎小队已经联系上了，他们没事，当时藏在老虎洞里了。"生存部部长报告。

"有两个地方我们没有派人，特请求处分：一是听说生态区里有研究人员，我们疏忽了，所以没有派人通知到。"

"已经联系上了，他们也没事，那些人都受过专业训练，知道如何自保。"试验院院长报告。

"还有就是天宫和调雨伞，飞天部的弹弓停止发射了，我们的人上不去，因此没法通知。月球也是这个情况。"

"他们就更不用你操心了，坐下吧！"主管副村长示意，显然对今天的报告感到满意，大家也都笑了。

"提高地磁强度的工作已经开始做方案，计划10天后交稿。"工程院院长报告。

"超强辐射危害追踪工作已经展开，共分了气、水、土、电、动、植、微、人等8个大组，每个大组又细分了3～50个小组。无机体的报告于磁暴结束之后的一个月内可以出来，有机体的追踪至少需要3个月，长的需要数年。"科委主管副主任报告。

"谣言很多，五花八门。"安宁部部长报告。

"谣言传播很快，人们有些紧张，由于昨天的会议没有决议，如何统一宣传口径辟谣需要早做决定。"宣传院院长发言。

"这个我家里人也给我说了，总体上还不算太出格，这个问题先不议吧。太平日子过得太久了，让全体村民都紧张一下也好，生于忧患，死于安乐嘛。先不急辟谣，只发正面消息，我们要相信村民的辨识能力，"孟村长定调，"还是先处理技术性问题，还有紧急事项要说的吗？没有的话'老旦'可要登台了啊。"

"有个古代圣人说'老旦'是最可怕的东西，可是没有'老旦'也唱不成戏。"言福如松在自嘲中开始了演讲，"不过今天本'老旦'要学龙套净丑，只开场，戏让给你们大家来唱。"说罢打开了视频。

"太阳的情况昨天我已经详细说过了，今后将越来越热、越来越狂，我们的安宁日子一去不复返了！怎么办？我的题目只有两句话六个字：逃不逃？怎么逃？

"先讲逃不逃的问题。太阳虽然越来越热、越来越狂，但一时半会儿还不会爆发为红巨星，那是20亿年（±5亿年）之后的事情了，所以不逃也是可以的。办法是逐步将地磁提高到10万高斯，再把调雨伞改装成能反射的伞面，这样可以勉强熬到太阳爆发，与此同时深挖洞、广积粮，到爆发的时候全部躲到洞里入地强熬，待爆发出行星状星云之后，再出来围绕白矮星过日子，那时候地球就在行星状星云里游荡，可以想象景色会很美。

"好处是只需要调高地磁、挖好地洞、改好伞就行。问题是太阳爆发为红巨星前后会把地球大气和水全部吹走，以后没法过日子，再就是靠白矮星的热量养不活地球。

"还有一个办法是拖延：走一步看一步，把问题交给后人，他们一定比我们聪明，一定会想出更好的办法来。但是从现在开始，地面上的工作会越来越难做，越往后难度越大，到那时很可能想法很好却没有实现的条件了。据此看来，拖延的办法风险极高。因此，科委认为还是要逃，而且从现在开始就要做逃跑准备了。

"那么怎么逃呢？从人类刚飞出地球大气层时开始，无数科学幻想家和真正的科学家，对于怎么逃的问题就已经提出了无数的方法，甚至做了很多试验研究，但是直到今天，这些方法都还停留在理论层面。现在到了真要逃命的时候，逃的方法必须是真正能够实现的，而不能是幻想的了。从这个前提出发，排除金星和月亮之后，我代表科委正式地、郑重地提出以下几个方案。"

在言福如松讲演时，视频上不断播放出有关内容和背景图像，最后停留在以下五行字上。

第一个方法：宇宙堡方案

第二个方法：火星方案

第三个方法：木、土、天、海大卫星分散安置方案

第四个方法：柯伊柏星分散安置方案

第五个方法：新地球方案

会场一片沉默，谁也不敢随便开口。静场片刻，一个座号为13号的年长女村委委员打破了沉默，说："为什么要排除月亮和金星，这不是最近、最方便的吗？"

"现在是太阳而不是地球出了问题。因此排除它们的原因只有一个——它们离太阳太近了。请允许我再说细一点：我们被逼着逃命的原因，是太阳将越来越热、越来越狂，惹不起躲得起，我们只好离它远一点，才不至于把我们烧煳烤焦。金星离太阳比地球还近，月亮离太阳和地球一样近，所以都不能考虑。"言福如松恭敬地回答。

"谢谢。"

"你认为哪一个方案最好？"座号为46号的中

年男村委委员问道。

言福如松严肃地回答："这不是我认为哪个好哪个就好的问题，科委实际上回答不了这个问题。事关全人类乃至全部有机体生命的将来，我想说一句不知轻重的话，就是咱们这个村委会扩大会议也做不了决定，最终恐怕要全民公决才行。"

"那是以后的事。既然你说到全民公决，总不能就拿这几句话让全民公决吧？总得把每个方案的利弊、难易告诉村民吧！"男委员继续质询。

"很抱歉，这也不是现在就能做到的事，也不是科委一个部门就能做到的事，事实上这已经不是一个纯科学的问题，所以我现在实在不能回答。"言福如松歉疚地说。

座号为38号的女委员问："难道就只有这5种逃的方法吗？再没有别的方法了？"

言福如松回答："当然不是！这只是科委目前能想到的方法，我真的希望能有比这更好的方法，因此需要全民参与。"

座号为12号的一位年纪最长的男委员问："言福主任，我只是粗略地估算了一下，暂且不谈利弊，单就可行性来讲，这五个方案没有一个是能轻易实现的。抛开其他细节不论，逃跑需要的能量在哪里？这恐怕是个天文数字吧，难道找科幻小说作家要吗？这可太儿戏了吧！"

言福如松肯定地回答："这反倒是一个容易回答的问题。能源是有的，而且就在太阳系里。当然了，取出来极其极其不容易，但确实有！"

座号为65号的年轻男委员说："既然言福主任说获取能源极其不容易，我倒想到了一个不费劲的巧妙的办法。您刚才不是说20亿年后太阳才会爆发吗？在这个漫长的时间里，宇宙中会产生出一些高速流浪的白矮星、中子星或恒星级黑洞，如果碰巧有一个这样的天体流浪到太阳系而又没有撞上地球，就有可能把地球俘获带走，这不就万事大吉了吗？请看视频。"

视频上显示出了原理模拟图，甚至连高速流浪天体的质量、大小和轨道参数都已经算出来了，这位委员显然是天文学科班出身，不是随意说的。

"……"言福如松欲言又止。

飞天部部长梁同乾给言福如松解围："这个问

题我来谈点看法吧，无论从理论上还是从实际上讲，65号委员说的绝对有可能！但是，50亿条生命不能寄托在'可能'上！即使真有这样的巧合，那可真要烧高香了！白矮星这种天体的能量也不能养活地球，中子星和黑洞就更不用说了，何况太阳在爆发为红巨星之前会持续变大变亮。"

年轻委员摸了摸后脑勺，赧然说："对不起，我光想着逃了，没有想逃出去还要活。"

"哈哈哈……"众人都笑了，但笑得很沉重。

笑过之后，会场又安静了。

"看来这个问题一时半会儿是无解了。"孟茂康极其严肃地说，"科委的意思大家应该都明白了，逃还是不逃，这个问题他们实际上已经表了态，我是赞同他们的意见的。逃！一定要逃！该我们这一代人做的事情，决不能留给下一代。即使不考虑技术细节，单从历史角度讲，如果我们的祖先把每一个生死存亡的问题都留给下一代，地球上可能就没有现在的我们了。

"怎么逃？科委提出的方案，诚如12号委员所说的那样，没有一个能够轻易实现，这是必然的，否则我们也不用开会了。65号委员出了另一个主意——等。大家不要笑他，实际上这个可能性还是有的！我的意见是不要轻易否定它，应该将它列为第6个方案一起研究。46号委员的质询意义重大，每个方案的利弊难易，必须缜密地研究论证，绝不能靠拍脑袋决策公布。

"言福主任说，这不是一个纯科学的问题，我个人赞同他的意见。进一步说，这实际上也不是一个全民公决就能解决的事。这两天我一直在想，如果宇宙中真有个主宰该多好啊！"

自地球村建村以来，从没有一个村长是这样绝望的，全体与会人员都意识到了问题是多么的严重，会场鸦雀无声，连一根针掉到地上都能听到。

"对不起，我有点失态了。老祖宗说得对，'天助自助者'！我们没有任何依靠，只有自己坚定地往前走下去。现在我代表村长办公会，提出以下四个动议，请村委会审议表决。

"一、鉴于六个逃跑方案都需要缜密地、过细地研究论证，而这需要调动全球一切可用的资源，单靠科委是不行的。因此，我提议由主管科技的王国兴副村长挂帅成立一个逃跑方案研究论证队，国兴副村长担任队长，科委主任担任副队长，分成六个小组，由科委指定六位副主任出任组长，每组负责一个方案，限期完成。

"二、鉴于事体重大，可以说是事关生死存亡，要广开言路，向全体村民征求意见和建议，关于逃还是不逃的问题，也请全体村民表表态。请科委加个夜班，立即拟一个文件，由我签发后以村委会的名义明天公告。

"三、鉴于研究论证的时间可能会很长，而太阳在这段时间内不会闲着，因此调雨伞必须立即开始改造。这件事就由工程院牵头吧，调雨部和制造署参加，科委负责技术指导。

"四、鉴于社会上谣言太多，请宣传院连夜给我起草一篇讲话稿，研究院审改，明天早上7点整我要向全球发表视频讲话，包括月球及宇宙出差人员和旅行团，征求意见公告也要发给他们，请信流署提前接通信号。

"我目前就想到这么多，来不及开村长办公会了，就请各位副村长现在指正补充吧。"村长把目光扫向副村长们。

主管危机的副村长说："我补充一点，调雨伞既然有这么大的作用，在改造的同时应该考虑研制新伞。"

"好。"村长回头示意机器人秘书记录在案。

王国兴副村长发言："我提个异议，鉴于事体重大，为了提高效率，还是请村长亲自挂帅担任队长，我任副队长，科委主任任首席科学家为好。"

其他的副村长们没有别的意见，均点头表示同意。

"行！下面进入表决程序，要不要无记名啊？"

"不要。""不用了。""举手表决吧。"委员们说。

"好，同意四项动议的请举手。"

座号 1～11 号的村长、副村长及 54 名委员共 65 只右手全部举起，一致通过，会场没有掌声。

"我宣布，地球村村委会扩大会议结束，散会！"

会后进行的全民征求意见，82.4% 以上的村民赞成现在就要开始做逃难的准备。

赞成的结果一出来，逃难论证队立即开始了工作。

几年之后，新造的遮阳伞投入试用。

又过了几年，地心调磁机已可以将地磁调高到30000高斯。

选择

公元499999995年，地球上不少生物死去。调磁机增功改造和新太阳伞两大工程加大了抗灾的力度。

位于地球中心点的调磁机谈不上高科技，只不过是一块超乎想象的巨大的电磁铁而已。调磁部部长陪同村长一行人从村委会乘专用磁轿下降6370多千米到达那里时，看到的是一个半径为100千米的巨大球室，柱形磁铁架在地球正中心点上，两端精确指向地理南北极。3亿年前，地球彻底冷却之后，地核停止了转动，自然地磁场也就随之消失了，于是人们为了保护自己不被太阳辐射害死，费尽周折在地球中心点建造了这台调磁机。最初地面值是3高斯，陆续增大到300高斯，经过5年的增功改造，已达到30000高斯的最高值了。

与防波堤、天梯、调雨伞和天宫相比，这里实在不起眼，但是工程难度和施工量却是那四个工程之和的10000倍。调磁电源来自地球总发电站，当年建造调磁机时最大的挑战不是磁铁，也不是电站，而是地球中心高达1000摄氏度的高温。虽然已经进行了人工强冷，但地心温度仍有上千摄氏度，加上超高压下的地核硬度，以及残留的放射性物质产生的辐射，解决这三大难题，占了整个调磁工程量的99%，挖通道只是个施工量的问题，人类将创造力发挥到了极致。直到现在，这里的最大耗电负荷并不是电磁铁本身，而是冷却系统。

操作、控制也都在这里，所以视察验收人员是不能进入球室的，只能沿着地球赤道线上的球壁的透明蔽磁通道转一圈。这时，一个神奇的现象出现了，所有的人都是头朝下脚朝上去看磁铁，从磁铁中心的监控镜头看来，他们都是呈放射状的，姿势太别扭了。

视察结束时，已经13时了，但是谁也不想在那里吃饭。一行人回到地面，在村委会的食堂草草吃完饭后，从天梯出发前去视察新建成的遮阳伞。遮阳伞伞长按惯例组织了夹道欢迎仪式，这不合时宜的欢迎仪式，惹得孟村长很不高兴。

总结会议用了足足8天的时间，除了上次会议上提出的6个方案，又从村民的建议里整理出了2个方案，由科委的8个副主任分别报告。

第九天的上午，言福如松做总结汇报。他呷了口浓茶说："第一个宇宙堡方案，是最古老的方案了，从人类刚飞出大气层时就开始构想，这也是现在的技术水平最容易做到的方案。但是这个方案只能把有限的人送走，绝大多数人只能等死。除此之外，还有三个缺点。"言福如松蹙眉继续说，"一是再大的人造宇宙堡也不能把所有生物都带走，而缺少了生物多样性，人也活不下去；二是无法避免近亲繁殖；三是最终还是必须找到并依附一颗恒星。

"第二个方案是火星安置方案，这是最省力气也是最容易实现的了。但是火星太小了，基本没有大气，绝对养不活50亿人，而且只能苟且几亿年，将来还是要逃，生物多样性的问题同样无法解决。

第三个方案与第四个方案（木、土、天、海分散安置和柯伊伯星分散安置方案）实质与火星方案一样，同样没有水、气，将来同样要逃，生物多样性的问题同样无法解决。第五个方案是移居新地球，比起前面的四个方案来，这个方案是最诱人的，诚如胡建飞副主任所汇报的那样，迄今为止，从10光年到1000光年内，我们已经发现并用无人探测器详细观测了2267个类地行星，其中有16个位于宜居带上，最近的一个围绕鲸鱼座陶星运行，离我们只有11.4光年，行星质量只比我们大15%，有水有气并且可能有植被，其他情况待查。但是令人遗憾的是鲸鱼座陶星比我们的太阳年龄还大，再有10亿年就会爆发为红巨星，还没等我们全部逃到那里，它就爆发了。离我们第二近的宜居带行星位于苍蝇座W4星，距离是576.2光年，恒星类别为M1型，主序星龄还有200多亿年，星光太暗，宜居行星离母星太近了，只有一面朝阳，并且质量只有地球的15%，仅比火星稍大一点，因此是没有大气层的。其他的14颗都在800光年之外，距离远了点，罗斯128b有大气层但是温度很高，目前掌握的情况也不如这两颗星清楚，如果最终决定采取这个方案，需要进行详细的勘察。

"距离我们14光年的沃尔夫1061C和20光年的鲸鱼座德尔塔的情况是最好的。沃尔夫一面对着母星，但是温度非常合适，缺点是重力太大，而且母星是颗红矮星。德尔塔星的情况更好，非常接近太阳和地球，如果最后决定采用这个方案，这是最理想的一颗星球。"

会场上有人问为什么偏偏遗漏了波江座 ε。

"这颗星虽然离我们最近，但是宜居带上却没有大行星！"[1] 言福如松又补充解释说。

言福如松接着说："1000光年内，有这么多宜居行星，按理说我们不用考虑其他方案了，用宇宙堡把人运过去不就万事大吉了吗？一次运不完，还可以多次往返。但是，生物多样性的问题仍然无法解决，况且受宇宙航行速度的限制，运一趟最快也

---

[1] 当然，现在天上的波江座ε星座早已不是古时候的样子，距离也不是那个样子了。天球早已经用科学的方位角进行划分，但是公元2000年代的人们还不知道。为了描述的形象化，仍然使用那时候的星座代替天球方位角，并采用那个时候的数据。

要3万～4万年，宇宙堡的弊端还是无法避免。所以这个方案虽然表面上看起来很完美，实际上却是很难实现的——"

"还有其他方案吗？我们听听其他妙计。"又有人迫不及待地打断言福如松的演讲。

言福如松接着说："有。第六个是坐等拐带方案。这个方案不像表面上看到的那样荒谬，但是最大的问题是，可能性几乎无限小。当然，无限小并不等于一定不行，所以今后我们还要继续这方面的研究。

"第七个是根据村民建议整理的驾小星球逃跑方案。月亮，木、土、天、海卫星及柯伊伯星，星体小，耗能也小，有可能把全部人类都带走，找到一个宜居行星之后再搬上去。这个方案实际上比宇宙堡搬迁方案更好，不用建造人工宇宙堡，缺点是生物多样性和气、水问题无法解决。

"第八个是虫洞穿越方案。提出这个方案的，是几个学校的一群著名物理学教授。对此，我们认真地进行了论证。这个方案的问题是我们的技术还达不到，虫洞的理论虽然已经很完善了，但理论上只能穿越微观粒子，并且迄今为止，还没有发现过一个真实的虫洞。所以，只能和坐等拐带方案一样继续进行研究，还不能依靠它。"

言福如松讲到这里，走回演讲台前，扫视全场，见无人提意见，接着说："综上所述，八个方案，各有利弊，都不完美。综合第五和第七个方案，驾小星球移居新地球方案是最靠谱的。但我个人对这个方案还是不满意，只有一个理由：我们不能扔下其他生物只顾自己逃命！我这样说，绝不是出于什么信仰或是什么生物伦理，而是没有其他生命相伴，我们自己也活不成！请同志们注意一个事实：平时我们换一个地方工作，还会水土不服；地球化学物质稍微有点偏差，我们就受不了；吃点生冷食品，有的人就会肠胃不适；呼吸点寒冷空气，就会伤风感冒；±20摄氏度的温差变动和微生物稍微有点变异，人们就会生病；爬个坡都气喘吁吁，引力偏差10%，体质稍弱者会得心脏病，还会导致女性不孕。如此脆弱的人类，在一个狭小的空间里，不论是人工宇宙堡，还是小星球方案，为了呼吸空气，都注定生存空间是狭小的。大伙儿想想，漂泊几万甚至是十几、几十万年，怎么可以存活得下去？即便是侥天之幸到达了新的地球，物理、化学、生物参数，只要有一点点细微的差别，就会出很大的问题。同志们，宇宙中没有一个和地球完全相同的行星，这不仅是哲学意义上的，更是宇宙学意义上的。地球生命系统是一棵完整的大树，地球人类只不过是这棵树上最纤弱的一根树枝。根之不存，树将焉存？树之不存，枝之焉存？"

言福如松情绪极其激动地结束了发言，这在他的一生中还是第一次。大家全被他最后的陈述惊呆了，都不知道说什么好，只是怔怔地盯着那棵生命树。

视频播放着地球生命之树的全息三维图像……

孟茂康率先开口："所有的方案都被你否了，难道又回到原点，苟且偷安等死不成？"

尽管在视察遮阳伞时，言福如松已经预先吹过风，与会者听到这个结论时仍然十分震惊，因此，孟茂康语气是十分严厉的。

"当然不是！"刚坐下喝了口水的言福如松又赶紧站了起来，"既然上次村委扩大会议已经决定要逃，而且征集到的村民意见显示80%以上的人同意逃，我个人有什么权利说不逃的话？但是逃，也有很多种逃法，我们总得要掂量出一个最好的吧。"

"那就不要卖关子了，亮出你的底牌！"主管科技的王国兴副村长说。

言福如松说："我个人的想法是：要逃，大家一起逃，整体搬迁，驾驶地球逃出去！"说完挺直身体，一脸沉静，准备接受最激烈的质询。

虽然已经有许多科幻作家写过地球整体搬迁的小说，但真驾驶地球逃出去谈何容易！这可是个石破天惊的建议，与会者全被震住了，又一次陷入沉默……

孟茂康村长的目光缓慢地扫视全场，在生命树上停留了很长时间，最后盯着言福如松的眼睛不动了。

孟茂康向来以"隆准虎目"著称，极少有人敢和他对视，可是他今天看到的是一双坚毅、执着、热烈、睿智、自信且毫无畏怯的凤眼。于是，他的眼睛也逐渐明亮起来，说的话却让人听不出任何倾向性："这将又是一出'老旦'戏，怎么办？是饿着肚子听，还是吃饱喝足之后慢慢听？"

"不休息了，边吃边听。"

"对，没个眉目我们吃不下去。"

"对，让言福主任接着说下去吧。"

"我有几个问题急于求教言福老。"

"……"

与会者你一言，我一语。

言福如松说："我已经独唱了一个上午了，这只是我的一个想法，还远远不是方案，也说不出什么来了，还是大家一起讨论吧，我回答大家的质询好吗？"

"好，那就这样，边吃边审。"孟茂康村长先示意言福如松坐下，向身后的女机器人秘书点了点头，女机器人秘书随即没入地下。

不等饭到，工程院院长就开了炮："天文数字的能量在哪里？别和我们说外星人已经给我们留在南极上了，也别说什么从石头里提取重核进行聚变，那是古代的科幻小说上讲的，当不得真。"

制造署署长接着发难："对！也别和我们说什

么夸克能、超弦能、黑洞能、真空子能、反物质能什么的，这类试验现在还入不敷出呢，远远达不到实用的程度。"

言福如松答道："作为科委的人，我比你们更知道，在可以预见的将来，还绝对指望不上夸克能、超弦能、黑洞能、真空子能、反物质能，更没有寄希望于外星人和重核聚变，那和寄希望于神灵差不太多，初步匡算下来，使用常规聚变能源就可以达到我们的目的。"

"地球和月亮上乃至火星上的聚变能源早已经普查过了呀，够用吗？"12号委员问。

言福如松解释："这些加起来连个零头都不够。不但驾驶地球不够，任何一个逃跑方案都不够！不过上次会议上我已经讲了，能源是有的，就在太阳系里，今天说具体点，是在个别小行星上，在木、土、海、天的某些卫星上，在柯、奥带群星上，更在土星上。"

"这怎么讲？"制造署署长问。

饭上来了，一人一大碗，是马肉米粉加了两个鹌鹑蛋。

言福如松答道："有水就有氘，有氘就有火！这是宇宙大爆炸给我们留下的礼物。嘘——！"言福如松烫着嘴了。

"都不准讲话了！让人家吃完嘛。"孟茂康村长体谅地说道。

会场响起了一片吸溜声，这也是自有这个会议室以来的第一次。

18号委员最先吃完，放下碗连嘴都没擦就问："怎么取出来？"

言福如松赶紧喝完残汤，边擦嘴边回答："极其、极其、极其不容易！但是要逃命，再难，也得取出来用。不论是哪个方案都得取，即使是虫洞转移，也要巨大的能量，而且还更大，区别只在于取多取少而已。"

飞天部部长梁同乾也吃完了，问："我请教个问题，即便有了能源，敢问如何推进？"

言福如松说："这是你的本行啊！怎么问起我来了？除了绝高温等离子电喷推，难道还有什么别的办法吗？玻色子光推不能用在如此巨大的载荷上吧？"

　　飞天部部长梁同乾说："问题就在这里！要想给地球加速，需要多大功率的等离子喷流？大气层还不给烧没了啊？"

　　言福如松说："这个我倒是想过了，将喷嘴竖到大气层的同温层里就行了，这不比竖天梯困难多少吧？"

　　"那干吗不直接利用天梯？"制造署署长想躲懒。

　　"天梯在赤道线上，无法给地球加速，喷嘴只能建在南极点上才行。"

　　工程院院长问："那怎么行？南极现在是一片深海，怎么施工？"

　　不等言福如松回答，生存部部长抢着插话："对不起，我想起了一个更重要的问题，不等地球飞出太阳系，空气就会凝华成坚冰，到那时所有生物都会冻死，这哪是逃命，分明是谋杀嘛！对不起啊言福主任，我这只是个比喻。"

　　"是呀！"

　　"对，对！"

　　"我怎么没想到这一点呢？"

"看来还是宇宙堡可靠。"

……

人们议论纷纷。

言福如松成竹在胸，说："深挖洞，广积粮！所有生物钻地道就能生存。"

工程院院长表示赞同："对！挖出的土方正好填海，喷嘴施工问题也解决了，一举两得！"说罢朝言福如松竖了竖大拇指。

65号委员问："飞出太阳系之后往哪里去？总得找个依靠吧！"

科委副主任胡建飞代答："新太阳有的是，真要采取这个方案，我们还要挑拣它们呢！"

大家一时想不出别的问题来，都看着孟茂康村长。主管科技的王国兴副村长正在和他咬耳朵。孟茂康村长点点头，又摇摇头……

两人叽咕完了，孟茂康村长回过神来说："听起来真像那么回事似的。但这只是言福主任的一个想法，远远不是方案。因此，现在还不能拍板，下一步要做更缜密细致的论证。请问言福主任，8个初步方案，你们足足花了5年时间，才弄出这么个都不能用的结论来，这次要几百年才能做出来啊？"

言福如松说："绝大部分数据在论证8个方案时已经收集有了，可以调用，不瞒大家说，我和胡建飞副主任及奇思部部长阿尔伯特同志已经为这个方案做了些初步工作，这次应该快一点了。但事情太重大了，为了保险起见，再给我们5年时间行吗？"

孟茂康村长："军中无戏言！5年就5年，一天也不准延期了，我希望能在我的任期内完成决策。"

言福如松说："还有两个请求。第一，请让65号委员参加论证小组。"

孟茂康村长："猎头猎到村委会里来了，真有你的！本人的意见呢？"

脸上放出红光的65号急忙站起来回答："荣幸之至！"

孟茂康村长："那就这么定了。参加论证可以，但别忘了自己的身份，要代表村委会监督他们。"

65号急忙站起来回答："不敢不敢！是向言福

老学习。"

大家都笑了，会场气氛轻松了不少。

言福如松说："还要请求工程院首席设计师、制造署首席制造师、飞天部首席飞天师及首席星体勘探师、发电部首席发电师、生存部首席生命师、探求院首席信息师参加论证小组，还得从学校里调几个行星专家来。"

"行！"

"没问题。"

"最好我也参加。"

不等村长说话，各部长、院长就表了态。

"这是必要的，全球的科学家你想用谁就调谁。"村长也同意了，同时挥手制止别再说多余的话。

孟茂康村长说："第二件事，新遮阳伞效果不错，再造几把吧？"

"是！"一直没有开过口的计划院院长莫迪起立接令，但只说了这一个字。

"村委会扩大会议到此结束，村委委员们留一下再议件事情，请研究院院长列席，其他人员散会。"孟茂康村长宣布结束会议。

深谋

言福如松在这些年里，事无巨细，未安心睡个好觉。公元499999997年5月20日，在孟茂康村长为他调配的氘源预戡专用视察飞船上，他正在似睡非睡，闭目养神。

一幕幕紧张工作的画面，在言福如松脑海里闪现。首先映出的是公元499999995年1月12日，村委会扩大会议散会之后，言福如松刚换乘上回蝴蝶庄的磁轿，就被村委会秘书长的紧急通话叫了回来，但拒绝透露原因。他一路上反复想着被紧急召回是不是地球整体搬迁设想在村委会上引起争论，难以弥合，需要他再做进一步陈述，绝没有想到是让他宣誓就任村长助理。

这一天，言福如松在秘书长的迎接陪同下，从磁轿站直接升入会议室，见到村委会委员全体起立，鼓掌欢迎他的到来。这个突如其来的超规格仪式，使他有点手足无措。他懵里懵懂刚坐下，秘书长即拿出一份文件让他签字，他瞅见的居然是《永久放弃克隆权利声明书》，心里不由得大吃一惊！这可是只有当选了村委会委员之后才被要求签署的啊。他示意秘书长拿错文件了，秘书长笑而不答。孟茂康村长已来到言福如松的面前，严肃而郑重地告诉他，他已被任命为村长助理，主持地球整体搬迁的论证工作，根据村约规定，要签署声明书……没等言福如松回过神来，村委们热烈的掌声封住了他的嘴，双手随即被村长紧紧握住。

孟茂康村长说："你不要推辞了，也不允许你推辞，因为这是村委会做出的特别决定！你先把声明书签了，然后宣誓。"

言福如松几乎是被孟茂康手把着手签完字的，会议室的布置由议事状态变成了宣誓状态，主背景墙上已经映出一面地球村村旗，言福如松被12号委员引导到宣誓位置，左手扪心，右手握拳举了起来……事后言福如松才知道，这个情景被实时传播到了全球……

言福如松仍记得那晚回到家里后的情形。亲人们无不向他表示祝贺，只有肖樱芬嘲笑他宣誓就职时的表现又呆又傻，像个木偶。言福玉跳起来搂着言福如松的脖子亲还不算，又举着雪儿硬和言福如松亲嘴，等言福如松拖着疲惫的身子坐下准备吃饭时，发现家里多了一个名字叫凤梨的机器人保姆……

画面转到几天后举行的科委全体会议场景。言福如松清晰地记得当他提议胡建飞副主任出任常务副主任，主持日常工作，他仍兼任主任时，那一阵难堪的沉默，以及表决时刚过半数的惊险，特别是第一副主任茉莉娅那双失望、嫉妒又怨恨的眼睛……与部、院、署的首长负责制不同，科委因其特殊的工作性质实行票决制。

画面又转到一个月后举行的论证队成立会议时的场景。村委会大会议室及会议过程已经模糊，分组情况却历历在目：

队　长：言福如松（村长助理兼科委主任）

副队长：赛尼德（65号村委会委员，恒星学家）

阿尔伯特（科委奇思部部长）

1.找火组：组长瓦西里（飞天部首席星勘师）

研究范围：太阳系取氘

2.烧火组：组长辛格（发电部首席发电师）

研究范围：绝大功率聚变电站设计建造

3.喷火组：组长阿里（制造署首席制造师）

研究范围：绝大功率推进器设计建造

4.找娘组：组长威廉（探求院首席信息师）

研究范围：寻找近距离宜居恒星

5.指路组：组长凯瑟琳（飞天部首席飞天师，女）

研究范围：逃跑路线最优设计（含地球调姿和驾驶控制）

6.开路组：组长魏德全（飞天部天梯碉堡层堡长）

研究范围：防星撞措施

7.挖洞组：组长安东尼奥（工程院首席设计师）

研究范围：绝大空间地下生存洞穴建造

8.保命组：组长安妮莉（生存部首席生命师，女）

研究范围：50亿人地洞生存条件

9.保生组：组长约兰达（生存部首席生物师，女）

研究范围：全球动物、植物、微生物地洞生存条件

10.综合组：组长胡建飞（科委常务副主任）

研究范围：综合，内外协调，汇编整体方案

画面转到第一次工作会议场景。科委小会议室里，在场者，要人、要房子、要光脑、要研究开端输入条件……

言福如松发现，如果不先把目标恒星确定下来，一切研究都无法开展，而如果太阳系取氘的事情不落实，什么都是空谈。

于是，言福如松把组建、装备队伍的事情全部推给综合组组长胡建飞，让工程院和飞天部派出联合预勘队分头奔赴谷神星，木、土、海、天卫星及阅神星进行预戡。

言福如松与赛尼德和阿尔伯特两位副队长，一屁股坐到找娘组里，与暂在探求院办公的威廉组长一起，当起了宇宙学家，开始了20光年范围内的宇宙寻星。

等他们初步确定了10个目标星之后，把赛尼德副队长扔在找娘组坐镇继续深查，通知其他各组暂按15光年为输入条件先开始工作，言福如松自己与阿尔伯特副队长、找火组瓦西里组长，工程院、制造署、物流署的专家以及萤火虫学校的热力学教授杰克逊、蟋蟀学校的炼氘储氘权威艾维德教授一起登上飞船视察氘源预戡情况。经过对谷神星和阋神星的实地考察及现场核算，找火组认为柯伊伯带和奥尔特带上的2000颗类似谷神星的冰雪星球里所含的重水都在万分之一以上，足够了，不用在土星上挖重氢了。土星上的重氢虽多，但引力太大，很难运出来，于是在归途中指示胡建飞调一台天眼寻找柯伊伯带的富水矮行星，然后又询问找娘组的工作进展。

由于光速的限制，他们的通信只能是各说各话。

回话的是赛尼德年轻的影像："村助好，祝贺你们取得的突破，很为你们高兴，威廉组长已经遵照您的指示，与胡主任一起到天眼上调望远镜了，委托我向您汇报找娘组的进展。我们已从10个目标星中锁定了一颗最好的恒星，既年轻，离得又最近，正在长个子，如果到那里去至少可保100亿年太平。还有个更妙的特点，它虽然也和咱们的太阳一样，有自己的行星系和柯奥带，但宜居带上却没有大行星，将来我们去住不会违反宇宙伦理。只有一个缺点：它比太阳暗淡，但不要紧，再过15亿年就和太阳一样亮了，而且温度和太阳差不多，我们去了之后不会感到冷，我们已经调了一台天眼专对着它看了，惹得贵委的主管副主任大发了一顿脾气。这次再调一台看柯伊伯，估计又要大吵一架，您得有个思想准备。我们就以这颗星为目标继续工作了。您夫人来过几次通话，询问您的情况，请您尽快和她联系一下吧，何时回来，请提前通知我们，再见！"

言福如松又记起了第一副主任那双眼睛，心想胡组长这下有好果子吃了，但事情没闹到一定程度，还不宜叫孟茂康村长出面协调，权当让这位常务副主任锻炼一下吧。

"赛尼德同志：来话收到，我为你们的进展感到高兴。请注意不能只以一颗星为目标开展工作，至少要三颗星才行。这不是一个技术问题，而是一个决策心理学的问题。你说的这颗星早已被我列为第一目标了，为什么还要让你们找其他的星呢？因为将来需要全体村民投票认可，而公众心理永远是没有最好，只有更好。你只拿出一颗星来，大家就没有选择了，这样反倒会引起更多的争论，所以必须至少拿出三颗星来，让人们挑选才行。现在你说的这颗星是K2型，还要找一颗G型和一颗F型靠近G型的，一起做方案，重点放在这颗星上。我夫人那里请转告一声，我很好，刚才还和他们一起猜谜对诗赌酒呢，请胡主任明天和我联系一下，完毕。"

赛尼德的话说对了，胡建飞果然在天眼上与科委主管探求院宇宙观测的第一副主任茱莉娅忺起来了，只是没有吵架。与村委会一样，科委委员也是按年龄论资排辈的。

茱莉娅说："别拿言福如松来吓唬我！别人怕他，老娘我不怕。当年还是我领衔推举他当主任的呢，怎么着，现在当了个村长助理，就张狂起来了！还有你小子，跟着他瞎起什么哄啊？搞地球整体搬迁，征求过科委其他委员的想法吗？开会统一过意见吗？未经科委全体委员表决，就直接在村委会上捅出来，你们这是违反科委决策程序的！要不是给他留面子，我当时就在村委会上站出来公开反对这种异想天开的馊主意了。宇宙堡方案，成千上万的人已经研究试验了几亿年了，又可靠又省力，凭什么他言福如松一句话就给否了？现在可倒好，仗着村长支持，你们还真当回事似的大干起来了！你们怎么干我无权干涉，统共4台天眼，已经调给你们一台了，上万个观测计划排队等着呢，再给你们一台，我们还过不过日子了？柯伊伯带这么近，一般的天文镜看得就够清楚了，动用天眼不是大材小用吗？"

茱莉娅的发作稍停，胡建飞赶紧递上一杯饮料，说："姐，喝口水，消消气，现在是特殊情况，一般的天文镜都在地面上，有大气干扰，没有天眼看得清楚啊。村长只给了5年时间，转眼已经过去两年多了，还一点着落都没有，言福村助也急啊。一个找娘，一个找火，这两件事不先有个眉目，其他工作没法开展哪，求求大姐，开开恩吧！"

"已经给了你们一台了，轮着看看就行了。"茱莉娅虽然不松口，但语气已经有所缓和。

"好大姐，你就是我亲姐！你又不是不知道主任那个脾气，交代的事情办不了，我还不得回家逗孙子啊？暂借！用个年把最多两年还给您老人家还不行吗？就是宇宙堡方案，也得找火不是？"

茱莉娅终于松口说："什么一年两年，最多一个季度。"她知道这事是挡不住的，只是借机发泄一下没有提她当常务副主任的不满，况且从职位上讲，胡建飞现在算是她的半个上级。

胡建飞说："一年！无论如何得要一年。回头我叫奇思部部长阿尔伯特那小子，从海卫一上给您带块烷晶回来，他们回来的路上要在那里落落脚。"

茱莉娅说："少来贿赂老娘。半年，一天也不能再多了！你也得替这些研究员们想想，他们还要写论文，没有论文拿什么评职称？"

"半年就半年，谢谢大姐！"胡建飞见好就收，"要不我再叫他们带几瓶太古冰水回来给您试试？

据说去皱纹效果特好。"

茉莉娅说："滚你的吧，小猴崽子就知道拿老娘寻开心！"其实胡建飞已经330多岁了。

威廉看着两个上级斗嘴，一句话都不敢插。

支走胡建飞和威廉后，茉莉娅这个研究了一辈子宇宙堡的全球第一宇宙堡权威，望着天眼层空荡荡的办公室，一阵失落感涌上心头，犹豫了很久很久，几次要动手写辞职报告，但终究没有动手……

胡建飞和威廉来到4号天眼的观测室里，让正在观测银河系中心的观天员掉转镜头，对准厄里斯。与地面的天文镜不同，由于没有空气散射，天眼白天黑夜26小时都能观测。观天员极不情愿，要求做完他的观测计划再掉头，威廉问何时能做完，他说只有两个月了。

威廉说："不行，交涉了半天，你们主任只给了我们半年时间，要找到两千颗类谷矮行星谈何容易！一分钟也不要耽搁了，马上掉头，观测计划明天送到，先看看厄里斯吧。银河系中心的事情，以后慢慢说，逃命的事情才急呢。"威廉下达了命令。

天眼到底不同凡响，镜头里出现了正在阅神星上旅游的人群。

"咱们顺道去看看魏德全堡长吧，我还没去过碉堡层呢！"下了天眼，威廉向胡建飞建议道。

胡建飞说："好，假公济私一回，顺便问问他大炮设计得怎么样了，也好向村助汇报。"

与天梯其他层上的车水马龙、热热闹闹相比，碉堡层是一个几乎被人遗忘了的地方，除了在校学生军训时到这里练练打靶，平时几乎无人光顾，因此非常冷清。碉堡层堡长按说应该是个粗犷的军人形象，实际上却是一位瘦削的文弱书生，此时正在光脑前鼓捣着什么，看到胡建飞他们来了，连忙起身搬椅子、倒水、握手寒暄。

坐定之后，胡建飞问："忙着呢，有眉目了吗？"

魏德全堡长边指着光脑边说："技术上没什么问题，思路恐怕要改改，单靠激光炮不行，它只能对付对付小流星，将来我们不但要过小行星带，还要过柯伊伯带和奥尔特带，出了太阳系路上也不会太平，到了目的地恐怕麻烦也不少，对付像冥王这种尺度的矮行星，激光炮无能为力。"

威廉说："这还不简单？发火箭炸了不就行了？"

魏德全堡长说："没那么简单，炸成碎块更讨厌。还有个问题，将来北极才是迎风面，现在的天梯位于赤道上，基本使不上劲，要在北极点上另外竖一座新炮台才行，高度不一定非要这么高，冒出对流层就可以。"

"这个主意不错，到时候在上头也给我单独装几只天眼，省得低三下四装孙子求人了。"威廉想起刚才的事来还有点恼火。

胡建飞说："这个问题不大，你们飞天部早就向我们提过这样的建议了，不过不是让你打石头玩儿，而是发射极轨卫星方便省电，借这个机会可以综合考虑一起装上。不过，这还是不能从根本上解决你的问题啊。"

魏德全堡长点了一下光脑，屏幕上显出推星器的草图，说："我正在设计一种推星器，遇到激光炮搞不定的大家伙，可以装上这玩意儿把它推开，只要让出道来就行了，不用消灭人家。让道之后推星器还可以回收，下一次可以重复使用。原理也不复杂，就是一个大功率火箭而已。"

威廉问："原理是不复杂，可是没有电，难道还要发射个电站上去不成？"

魏德全堡长回答："不用不用！复古就成，使用老祖宗刚开始学飞天的那个年代的化学能火箭就行，氢氧就地电解，只要一台小发电机就可以满足，质功比又大。"

"妙！就这么办。你不说我都想不起有这种老古董了，亏你还记着。"

"我就是吃这碗饭的嘛。快到点了，怎么样，在我这里吃了饭再走吧？"魏德全堡长礼貌留客。

胡建飞摆摆手说："饭就免了吧，除了太空食品，谅你这里也没什么好吃的。不过，你得带我们看看你的战壕啊，威廉组长还没来过呢。"

魏德全堡长爽快地说："好，请吧。"

太阳上一股比上次更大的火柱，向地球扑来。

一天之后，陆地被新太阳伞和改造后的调雨伞遮得严严实实。

公元499999998年2月1日，地球整体搬迁论证队全体队员，在位于万花城地下200千米的新落成的队部大会议室，召开全体会议。村助言福如松主持会议，首先听取各组汇报。

这个深入地下200千米，被阿尔伯特起名"小神仙洞"的地下洞天工程，是在保命组和保生组的建议下打造的，目的是提前模拟一下将来的地下生存环境，所以虽然规模很小，半径只有5千米，只略大于平原的地平线距离，却有山有水，有亭有台，有村有郭，有树有草，有花有菜，有蜂有蝶，有鸟有鱼，有鸡有鸭，有牛有羊，有狗有猫。含配套，每人居住面积50平方米；含菜园，活动面积200平方米；另有公用设施水供应站、空气循环站、海水冷却站、垃圾污水处理站、生物饲养试验处、应急电站、磁轿站等。

1000米高的穹顶被漆成蓝天白云，一轮模拟太阳按照北半球2月份地面感受到的大小、光度和热度东升西落，温度亦设置为10～20摄氏度，这很不容易，全靠海水冷却。置身其间，恍惚有一种别有洞天的感觉。美中不足的是，天穹显得低了点，有些压抑，已经有10个家庭志愿在这里生活了半年多，因为要开会了他们才搬走。

大会议室实际上也是论证队的联合办公处，与万花城的各种会议室没什么差别，最大的家当是一台（1E+50）次的光脑，已与地面上所有的数据库联网共享数据。几年来，90多个人的论证队，就是守着这台光脑过日子。

找娘组确定的第一目标星，是距离地球最近且最年轻的波江座 ε 星，也称天苑四星，已经掌握的情况如下：

星座：波江座

星名：天苑四（ε）

距离：10.5光年

质量：0.85太阳

温度：5350K（开氏温度）

亮度：0.35太阳

星龄：12亿地球年

星型：K2

行星系：有自己的类地、类木行星，但都不在宜居带上

柯奥带：有自己的柯奥带

各方面都很理想，优点是适于生存的主序阶段长达200亿年，搬过去之后就不用再折腾了，因为也有柯奥带，将来可以从那里取水炼氕做地球刹车减速定轨的能源基地。当然也有缺点，最大的缺点是，由于太年轻，亮度太暗，现在就搬过去辐照能量不足，不过15亿年后就和太阳差不多了。

除了前面说过的沃尔夫和德尔塔，20光年内没有找到F8、F9、F10型单恒星，也没有找到G型星。鲸鱼座 ε 星年龄太大已排除，半人马座阿尔法A是三合星也不能去，只找到了两颗K型单星，分别是印第安座 ε 和天鹅座61A，距离与天苑四差不多，比它更小更暗，一个是K4型，另一个是K5型。

找火组已经确定了2500颗柯伊柏带类谷矮行星为取重水目标星，决定利用真空环境蒸馏取水和分散造星储存，炼氕地点决定放在月球背面，这样可以充分利用现有的天梯地月运输系统，能节省重水运输能耗，更重要的是确保地球安全，剩下的问题是挖冰机的试制和月球炼氕工程。总之，理论上已无技术障碍。

综合组组长胡建飞询问为何不优先考虑从木土海天"四大天王"的大卫星上取水，而是舍近求远上柯伊伯带？人们早就知道这些大卫星特别是木卫2上的水也很多。喷火组组长阿里解释虽然这些大卫星上有水且距离很近，但是由于"四大天王"的引力太大了，运输成本反而比柯伊伯星更大。因为谁都知道运输耗能主要是耗在起飞和降落阶段，真空中的惯性飞行是基本不耗能的。

保命组和保生组联合汇报了地洞的规模。为了在漫漫的逃难路上能够抗击宇宙空间的奇寒并保持住地壳的强度，地道深度应不小于150千米，同时建议缩小规模，将现有的百万人的庄一分为十，形成10万人一个的里。这不仅能降低工程施工难度，也为将来一旦发生传染性疾病隔离创造条件。剩下的问题是1000米高的天穹太压抑了，征求了视觉学专家的意见，改为3000米高，使土方量增加了两倍，加大了挖洞的工程量。

喷火组强烈支持将天穹加高到3000米。南极填海建喷嘴，需要这些土石方。

挖洞组指出，按照保命组和保生组开出的生存保障条件，土方量将是四五千万立方千米的天文数字，短时间内是完不成的，最起码要用3亿年时间才行。言福如松说这个问题最后再议，先让其他组汇报完。

开路组烧推结合的设想获得大家的认可，对于在北极点再建一座矮天梯的要求，指路组也极为欣赏。指路组进而指出，要想用一个喷嘴将地球推出去，地球势必要调姿，这样一来，在加速过程中，没了四季交替，这对全球生物的影响无法预估。

保生组组长约兰达回复道："将来全球都将冻成一个大冰疙瘩，比较起来，四季消失实在算不了什么。"

烧火组提出了1毫米每二次方秒和1微米每二次方秒的两个加速方案，供大家讨论。前者不到一年，可以加速到第三宇宙速度，但需要的能量即使将全部柯伊伯带的冰星都掏完也不够，还得打奥尔特带彗星的主意才行；后者则只需要500颗类谷矮行星就够了，包括到达目的地后的减速能量，但需要800多年才能加速完毕。鉴于太阳只是不时发发火，有了遮阳伞和超高地磁保护，不用走得那么快，因此建议采用1微米每二次方秒的加速方案，这对地球本身的稳定也有好处。

指路组组长问大家："要不要带上月亮一起逃？带上它要多耗能量，不带上它人类会感到孤单。"

副队长赛尼德指出，如果不带就需要将它推出地球引力场，使用的能量和带上它一样多，只不过减速时少耗点能量而已，况且我们还要在她那里炼氘，所以应该带上。大家认可了这个意见。

只有喷火组组长阿里不愿意在月球上再建一套喷嘴，说那太麻烦。

指路组组长凯瑟琳说："不需要在月球上建喷嘴，它会像跟屁虫似的自动跟着地球跑，想甩都甩不掉。"大家一想是这么个理儿，于是都笑了起来。

综合组最后指出，一旦确定了这个方案，将是一个无比庞大的综合性超级工程，需要处理宇量的数据，因此需要开发建造一台或一批容量更大、速度更高的光脑，并且需要配备运筹学高级数学家去使用。

　　虽然1微米每二次方秒的加速度非常非常微小，但是推力却仍然是十分巨大的（接近1000亿亿牛顿），持续时间又如此之长，地球岩石是承受不了的，弄不好会把地球压成柿饼，为了安全起见，应该考虑加固措施。

　　柯伊伯带如此遥远，常规通信的速度满足不了取水工程要求，必须尽快开发出超距实时（也就是超光速）通信技术才行。

　　虽然目标恒星已经基本确定，但是仅靠天眼观测来的这些数据是不够的，十分有必要发射专门的飞船前去勘探，但是十光年的距离靠现有的飞船去一趟需要上万年，必须专门制造亚光速飞船才行。

　　现在的工业层仅在地下3千米处，进入宇宙深空之后可能会冻裂地壳，因此也需要将全部工业生产线搬迁至更深的地下才行。另外，里与里之间的交通需要构建。

　　进入宇宙自由空间之后，海洋肯定会冻实，地道冷却问题、海洋生物保护问题都需要考虑。保命组组长安妮莉插话说已经考虑了在将来的生态区地洞里挖几个迷你海洋，地道冷却问题亦有了巧妙的解决办法。

人类历史文物古迹（主要是建筑物）需要采取特别保护措施，不能因为逃命就割断历史，这样对不起子孙后代。

取水要钢，运水要钢，炼氘要钢，挖洞要钢，发电要钢，喷火要钢，加固要钢，矮天梯要钢……对钢的需求又是一个天文数字，地幔冶金已经不可能了，冶炼问题也需要拿出新方案。

保命组提出将庄分解为里，这无疑是非常科学的，但是这增加了一个行政层级，事关政体改革，需要修改村约。

各组汇报完了，一直没有开口的副队长阿尔伯特要求讲话。他说："综合组所提的问题我认为都不是障碍问题，而只是一个工作量的问题，作为逃难工作任务，连同取水、烧火、喷火、找'娘'——现在应说是探'娘'了——挖洞、保命、保生、指路、开路这九大任务一起提交村长办公会决策安排就行了。现在最大的障碍是挖洞工期与太阳不愿意配合的问题还没解决，我们应该借大家都在一起的机会，先讨论解决这个问题才是。"

言福如松打趣道："咱们伟大的奇思部部长憋了这么多天没开口，想必是憋出什么好主意来了吧！有什么鬼点子就快抖擞出来吧，别故作深沉了。"

阿尔伯特果然有好主意，他说："不瞒大家说，自打从阅神星回来后，我一直在想一个问题——我们有必要这么着急地跑吗？大娘——从现在起我提议将太阳称为'大娘'，将天苑四称为'二娘'，这样听起来亲切。大娘现在只是偶尔发发火，还没到病入膏肓的程度嘛，既然如此，我们为什么要急着跑呢？能赖一天算一天，能赖一年算一年，直到实在赖不下去的时候再跑不行吗？"

保命组组长安妮莉质疑："你是说靠那几把遮阳伞赖下去吗？那可是靠不住的啊。"

保生组组长约兰达也急着插话："问题还远不止于此，遮阳伞只顾遮人了，我那些野生生物怎么办？"

阿尔伯特说："请两位组长少安勿躁，我当然知道那几把破伞靠不住，但是我们为什么要靠它遮呢？我们离远点不行吗？连猫咪都知道辐射的距离平方反比定律嘛！"

凯瑟琳笑骂："只有奇思部部长家里的猫才知道呢！"

阿尔伯特说："对不起，我这是打个比方。我是说反正地球总是要加速改道的，不要一次加速就直接跑出去，逐渐地离大娘远一点，慢慢地往外跑，这不就给鼹鼠们争取到打洞的时间了吗？而且我们还可多留恋一下大娘，说真的，我真舍不得这么快离开大娘，毕竟她养育万物几十亿年了，一想到要离开她，我心里就很不好受。此举堪称一举两得。"说到这里，阿尔伯特装出要掉眼泪的样子。

找娘组组长威廉击节赞赏："妙！还不只一举两得，天苑四——不，叫二娘，二娘现在还很暗淡，15亿年之后才变得和大娘差不多一样亮，赖到那时候再去是最好的。"

"可是这样一来势必要侵占荧惑轨道，那样一来，战神玛斯——火星还怎么遛它的战马？"指路组组长凯瑟琳问。

"而且如果到了火星轨道，离小行星带太近了，整天挨石头砸的滋味会很不好受。"开路组组长魏德全补充。

阿尔伯特摇头晃脑，做出摇扇子的样子，说："这个本人早有妙计！为了赖下去，必须把战神玛斯赶跑。它的质量只有我们地球的十分之一，赶跑它并不困难。不但要赶跑它，还要让它捎带着替我们做件好事：吸积小行星，等它把小行星基本吸积光了，就把它推入木星，漏网者就叫开路神消灭！这样一来，我们不但可以在火星轨道上赖一段时间，还可以在小行星轨道上赖更长的时间，等到实在赖不下去的时候，地洞也挖好了，二娘也亮了，大娘也老了，我们再拍拍屁股走路，多么从容自在啊！"

烧火组组长辛格问："好是好，可是这样一来就要两次加减速，再加上推火星耗能，需要的能量要翻番，柯伊伯带有那么多重水吗？"

找火组组长瓦西里解疑道："这倒不成问题，本来一次加减速有500颗类谷矮行星就足够了，效率只考虑50%，我们已经找到了2500颗，保险系数够大了，实在不够，还有奥尔特彗星备用呢。"

喷火组组长阿里发言："这还有个额外的好

处，先在火星上试试喷嘴，再来地球上安更有把握，这样我心里也踏实。"

赛尼德犹豫道："但是事关宇宙伦理……"

阿尔伯特嗤道："那是哲学家们的事，由研究院想辙去，用不着我们操这个闲心！"

胡建飞说："这会产生一个新的问题，一旦决定了耍'赖'，准备逃难期间不用进洞，挖洞工程倒是可以精雕细琢了，其他工程也可以慢慢进行，不用那么赶了，但是喷火工程是不能拖的，没有土石方填海堆山，请问如何在南冰洋上竖喷嘴？那可是3000多米深的海呢！"

阿里一拍脑袋，说："是啊！我怎么没想到这一点呢？既然这么难，那就别赖了吧，一次逃出干脆利索。"

阿尔伯特又开始摇头晃脑："No！No！No！不必如此沮丧，这等小事儿，胡主任自己就可以解决。"

胡建飞说："你这奇思部部长都没招了，我更没辙。"

阿尔伯特："不是你提出要加固地球吗？干

脆把南北极打通，贯穿上一根铁柱子，南极架喷嘴，北极安大炮，齐活！这比孙大圣的金箍棒阔多了吧！"

保命组组长安妮莉插话："用1微米每二次方秒的蜗牛速度加速地球，在赖皮期间无疑是非常合适的。但是将来逃命时只用第三宇宙速度惯性飞行，逃难的时间势必很长，万一在那四邻不靠的路上遇到什么事，会不会有危险呢？"

"你的意见呢？"瓦西里问。

安妮莉："我的意见是在大娘这里就按这个速度加速，等飞出太阳引力边界后应该提高速度，早一天到达目的地早一天安心。"

瓦西里提出异议："这个问题先不用考虑吧？如果采纳了阿尔伯特的意见，地球还要赖十几亿年才走，到那时说不定已经研发出新能源来了。"

胡建飞笑道："这样说恐怕过不了孟村长那一关。"

"能不能过关还是小事，"喷火组组长阿里皱着眉头说，"大问题是如果我们按照现在的设想把整个推进系统做好了，到那时人们要高速快跑，势必要重新更换推进设施，不知道那时的大娘还允不允许做啊？"

阿尔伯特又开始摇头晃脑："这无非就是多炼点钢的事儿，按照100的冗余系数做推进系统不就齐了？"

言福如松笑道："就你小子鬼点子多，聪明人不长寿，你可得抻着点。"

讨论每个观点时都有三维视频演示内容。

……

言福如松伸了个懒腰，疲惫的脸上终于显出些许轻松，说："好吧，我看可以起草综合论证报告了，请胡组长执笔吧，半年时间完成初稿，用两个月时间再开全会逐字审定，争取10月12号前提交村委会，那是第一次逃命会议召开的日子，有纪念意义。各位这几年非常辛苦，我没有什么犒劳大家的，散会后找阿尔伯特部长，每人领一桶从厄里斯星上取回来的100升太古冰水，回去讨好讨好太太和姑娘们吧，据说美容效果特好，真好还是假好试了才知道。请赛尼德、阿尔伯特、胡建飞三位和我一起向村长办公会汇报，他们一直在等呢。其他人员散会！"

村长们在一个小会议室里听完了四人的汇报，之后是一阵长久的沉默。

还是孟茂康村长先开口："这下搞大发了！逃又不想麻利地逃，还要赖上一阵子。如松同志，上次会议上你提的地球整体搬迁设想，事先与科委其他副主任和委员们吹过风没有？"

言福如松意识到出事了，略显紧张地起立回答："没有！当时是话赶话嘛，我也是一时激动，就不管不顾地顺口说了出来，除了胡副主任和阿尔伯特部长外，还没有和其他人商量过。"

王国兴副村长说："不用紧张，坐下吧。有人向善恶院告你违反了科委议事程序，就这么个事儿。"

言福如松忐忑地说："是茉莉娅第一副主任吧？当时我太紧张了，不但事先没有吹风，事后也没有和她沟通，包括提名胡建飞同志任常务的事也是这样。在这个问题上我确实有失误，回去之后我会召开个全委会公开检讨，另请村长办公会给我处分。"

孟茂康村长苦笑道："要是只有她一个人就好办了，问题是还有其他很多人呢，不仅仅局限于你们科委，其他部、院、署的一些人和各庄学校的一部分教授们也有反映。为了不影响你们的论证，一直没和你讲。"

阿尔伯特有点气愤地说："报告村长，地球整体搬迁的念头是我第一个提出来的，只不过由主任在会上讲出来罢了，要处分请处分我，不要影响方案的实施。"

赛尼德说："我不认为言福村助有什么错误。我记得很清楚，当时在会上言福村助声明过，这只是他个人的设想，可以调会议记录查证，即使事先没有过科委的会，村委扩大会议既然接纳了这个设想，并授权组织了专门班子进行论证，这就已经合规了，为什么揪住不放呢？"

孟茂康村长摇头说："没有人揪住不放。你说的这些国兴副村长也同样说了。出现这个问题的根本原因不在程序上，而是在技术路线上。宇宙堡、分散安置、新地球、虫洞等等这些设想所代表的不仅仅是具体的逃生方案，同时也是这些学派经过几十万代人不懈地追求、探索、研究、传承下来的思想，仅凭你言福如松一个人或你们几个人的一席话就终结了他们的追求，换了谁都是极难接受的！要说失误，我的失误更大，我不该当场就拍板决定进行论证，而应该沉一沉，充分交换交换意见，开些座谈会，解释解释，甚至全民公投一下，虽然也不可能说服他们，但是就不会像现在这样被动了。"

胡建飞请示说："那现在该怎么补救呢？"

"不是补救，而是应该重走程序，将所有方案全部公布，由全体村民去做决定！说到底，我们一小撮所谓的精英，没有权力决定全体村民的未来，这应该由全体村民自己决定。但我个人坚信，整体搬迁方案是唯一正确的方案，我坚信全体村民会做出正确的选择！我有这个信心，不知道你们有没有？"

"我们更有！"全体与会人员一齐大声回答。

孟茂康村长说："那好，再给你们半年的时间，把所有方案全部整理好，经村委会扩大会议审定后一起公布，再举行一次全民公决。"

"别忙着走，"按说村长拍了板就应该散会了，王副村长却突然叫住了大家，"听说你们论证队每人发了一桶什么水，怎么没有我们的份儿？还反了你们了！居然敢背着村委会吃独食儿，有没有王法？有就赶紧跟我们分享分享。"

"哈哈哈！"大家一齐大笑起来。

阿尔伯特笑答："有、有、有！村委委员和各委、部、院、署正副首长每人一桶，回头就送到各位的府上。为了这几桶水，我们把干粮都扔在厄里斯上了，便宜了勘探队那帮臭小子，害得我们回程嚼了一路的牦牛肉干，牙花子都硌肿了。"

公元 499999999 年 12 月 1 日，全民公决以 61.795% 的赞成票，通过了地球整体二次搬迁方案。

出人意料的是，宇宙堡方案也获得了 23.462% 的赞成票。

公元 499999999 年 12 月 30 日上午，地球村村委会全票通过决议，决定从明年起开始正式启动逃难行动，同时将公元 500000000 年改为赖元元年。

攻关

公元499999999年的最后一天，村委会决定成立常设专职地球整体搬迁总指挥部，简称"搬指"，在村委会的直接领导下，统一筹划、组织、指挥整体搬迁工作。村委会形成决议：除了人命关天的事情外，凡搬指下达的工作指令，在各部、院、署永远是第一任务。这意味着除了救人，其他所有工作都得为准备逃难让路，足见最高决策层的决心和苦心。

言福如松自然是总指挥长，赛尼德和阿尔伯特改任副总指挥长。找火、烧火、喷火三个小组，合并为推进分指（简称"推指"），阿里出任推指指挥长，瓦西里、辛格任推指副指挥长；找娘、指路、开路三个小组合并为跑路分指（简称"路指"），凯瑟琳出任路指指挥长，威廉、魏德全任路指副指挥长；挖洞、保命、保生三个小组合并为保生分指（简称"生指"），安妮莉出任生指指挥长，安东尼奥、约兰达任生指副指挥长；另外成立运筹分指（简称"筹指"），由科委理论院首席数学家杰克逊出任筹指指挥长，蝼蛄庄运筹学教授黄敏飞、信流署首席女光脑师劳拉任筹指副指挥长。

言福如松本想让胡建飞屈就指挥部办公室主任，孟茂康村长认为没有必要，一个公关型机器人就可胜任，言福如松只好作罢。

由于搬指是常设专职机构，言福如松不再兼任科委主任，阿尔伯特也不再兼任奇思部部长，需要有人替补。奇思部部长人选是现成的，第一副部长上位即可，科委主任的人选一时难以任命。言福如松甚费斟酌，决定推荐年龄最大、排名第一的副主任茱莉娅接任，按排位次序这也是顺理成章的，岂料遭到大部分村委会委员的反对，因茱莉娅是宇宙堡学派的代表。王副村长提议由胡建飞接任，大家担心他太年轻压不住阵脚，最后决定暂时由他以常务副主任的名义主持工作。

这一决定使科委第一副主任茱莉娅十分愤怒但又无可奈何。

赖元元年，大家工作效率很高。刚过完年上班，搬指全体人员就在万花城地下200千米深处的论证队会议室里开了一个仅仅5分钟的成立大会，孟茂康村长宣布了任命后就离开了论证队会议室，会议转入工作议事程序。

生指指挥长安妮莉首先提议，为了以身作则、积累实验数据，也为了方便工作，三位总指挥长以及四个分指的正副指挥长，应将全家搬到指挥部附近的地窖子来住。此言一出，与会者热烈响应，各分指的成员们纷纷表示愿意来住。

指挥部办公室公关型女机器人菊花主任指出，这里最多只能住下20个家庭，考虑到将来还可能要增加分指，目前这个待遇还是让指挥长们享受吧，如果各位十分想住地窖子，可以申请另挖一个大的。

大家喜笑颜开，生指指挥长安妮莉的提议通过。

筹指副指挥长黄敏飞教授接着发言，他在全民公决期间已接到村助言福如松的邀约，虽然没有参加前期论证，但是筹指已经提前开始工作了，经过运筹学规划计算，已经排出了一个工作初表，根据这个初表，推指和路指要立即开始实质性工作，生指利用这个空当多做试验，一旦开始逃跑，生指的工作将是最繁重的。

路指副指挥长魏德全接着发言，详细论证了在现实宇宙中宏观物体运动速度的上限不能超过0.5光速，后来这个极限被称为"爱因斯坦·魏德全定律"，会议决定先从十分之一亚光速飞船开始试制，积累经验之后再试制半光速飞船。

赖元5年，经过地球整体搬迁总指挥部5年多的辛勤努力，一大摞书面材料摆到了村长面前，清单如下：

1.《造一个宇宙堡模拟地球变轨800年期间情况的请示》

2.《调用两艘恒星际飞船改装后充当慢斥候侦查二娘的请示》

3.《制造两艘十分之一光速飞船充当快斥候侦

查二娘的请示》

4.《试制联合取重水机并先在北极试验的请示》

5.《利用古典技术就地电解轻水充当摆渡重水能源球的报告》

6.《在月球背面建造炼氘基地的请示》

7.《研制（1E+100）宇量光脑立项的请示》

8.《研制量子纠缠超距通信机器的立项申请》

9.《在南极地下建造（1E+23）kW绝大功率推进电站的请示》

10.《动用元素山公园稀有金属制造（2E+22）N绝大推力等离子电喷嘴及8个（1E+10）N调姿喷嘴的请示》

11.《动用元素山公园稀有金属制造地球钢箍的请示》

12.《在北极点建造20千米矮天梯安装前进雷达及清道火炮的请示》

13.《利用古典技术就地电解水充当能源建造10000台（1E+10）N推星器的报告》

14.《在负400千米深处建造1个10万人居住的

生存试验区的请示》

15.《以10万人1个洞穴为标准规划地下工程的请示》

16.《在负100千米深处建造一个10万平方千米自然生态实验区的请示》

17.《在火星建造（1E+20）N推星器及配套电站和调姿喷嘴并优先试验的请示》

18.《关于破格选拔超耐寒冷志愿人员经过特殊训练后赴柯伊伯星取重水人员并制定特殊奖励政策的请示》

19.《关于固定两台天眼专供搬指使用的请示》

村委会扩大会议很快批准了这些请示。

这几年，各项搬迁工程在筹指的运筹下有序开展。工程进度最快也最顺利的，是在地月系拉格朗日L4点上建造的直径100千米的宇宙堡充当慢斥候的工程。超距通信机的研制，却迟迟没有突破，言福如松总指挥长非常着急。在赖元17年的一天，言福如松带着阿尔伯特、黄敏飞和劳拉前去催促。

利用量子纠缠原理实现超距通信是一个很古老

的梦想了，玻色子量子超距传输复制早已成为常规技术，这就是虫洞为什么如此令人向往的原因。但始终解决不了甲方测量结果用超光速即时传递给乙方的问题。

古代就有一个科幻小说作家，为解决甲方测量结果用超光速即时传递给乙方这个难题提出了一个巧妙的主意：甲乙双方各顾各不停顿地聊，绝大部分时间是光脑间的信息交流，这样话题就不会中断了。

言福如松总指挥长认为，这个科幻小说作家是在取巧，解决不了实质问题。几亿年来，量子物理学家们绞尽脑汁想求得突破，直到今天仍然在原地停留。以前人类对宇宙的探索，只是认识方面的问题，有它更好没它也行，超距通信需求不是那么强烈，所以没有投入很多精力和资源专门研究这个问题。现在是要逃难了，这个问题就到了非解决不可的时候，可是到现在还是没有突破。因此，言福如松一行来到时，整个攻关组全都是愁眉苦脸的样子。

言福如松直奔主题，说："难点到底在哪里？"

攻关组组长斯坦顿蹙眉答道:"还是那个老大难,甲方测量结果如何超光速传递给乙方,从理论上讲就解决不了。"

"为什么必须将甲方测量结果传递给乙方?对不起,这个领域我是外行,请不要见笑。"言福如松谦虚地望着大家。

攻关组组长斯坦顿说:"我只能打个比方:我们姑且把玻色子量子纠缠比作一对绝对全同的克隆人,用量子力学语言说实际上是全反,但在超对称的词典里全反也就是全同。超距传输的原理就好比是把这两个全同的人,我们不妨称他们为'张三'和'张三一撇',强行放在两个相距遥远的星球上,逼着他们制造出两件全同的东西,比如一件毛衣。各自使用的材料,就是彼此纠缠的量子毛线,这边怎么织,那边也会怎么织,而且织出来的毛衣也是全同的。从第三方的角度看,这可以说是超光速将张三的毛衣传送给张三一撇了,实际上只不过是全同复制了一件而已,这就是量子超距传输的本质。"

言福如松说:"这不就齐了吗?连一件毛衣都

可以超光速送过去，那为什么还不能超光速通信呢？光量子不是更容易传递吗？"

斯坦顿解释："问题出在张三必须在织这件毛衣之前把这件毛衣的全部信息告诉张三一撇，张三一撇才能照着织出来一件全同的毛衣，传递这个信息的速度只能是光速。"

"这还不简单，事先约定好毛衣的样子不就行了吗？"阿尔伯特的聪明劲上来了。

斯坦顿："如果是这样简单，我们的老祖宗早就解决了，还用得着我们伤脑筋吗？"

"那是什么原因呢？"劳拉好奇地问道。

"原因是他们织毛衣用的是量子毛线，具体地说是使用的毛线是量子化的。"斯坦顿说道。

"那又如何？"阿尔伯特还是想不明白。

斯坦顿："测不准原理。张三在织毛衣的过程中，把量子毛线干扰了。因此，他可以织出一件毛衣，但是这件毛衣的式样却是随机的、不确定的。张三一撇用与张三同样的毛线同样的织法，织出来的毛衣也是随机的、不确定的。所以，约定没用。这就是问题之所在。"

阿尔伯特还是想不明白，说："可是一对光子的量子纠缠是绝对确定的啊！"

看到斯坦顿嗤之以鼻的脸色，劳拉替他解释道："没错，如果超距通信机只用一对光子，其结果当然是完全确定的，但是这种单光子对通信的速度是无限慢，一封简单的电报可能到宇宙毁灭都传不完，那还有什么意义呢？为了获得正常的通信速度，我们需要宇量的光子对才行，这就乱了套了。"

"我——"

"你先不要说话，"言福如松拦住阿尔伯特这个快嘴，"我突然间看到了一缕光……可是又没了……"

黄敏飞问道："你是不是想问毛线的量子态，是有限还是无限的问题？"

言福如松说："对！就是它！它是有限的还是无限的？快说！！"

黄敏飞答道："很遗憾，是无限的。"

"且慢！让我也想想，数学上是无限的，但是物理上特别是工程上可以做到近似有限！但还是不行，即使是这个近似有限事实上也就等于是无限。"斯坦顿刚一激动又泄气了。

言福如松松了口气，说："我们终于有个立脚点了！我再确认一下，你是说工程上可以做到近似有限？"

黄敏飞说："这绝对没有问题。事实上从量子力学诞生的那天起，我们一直是在近似有限的状态中过日子的，但是这个近似有限还是宇量的啊。"

言福如松转向劳拉，说："这是小劳拉的事了，我正想问你呢，宇量光脑的进展如何了？"

劳拉轻松回答："进展顺利，主机已经造了20几个模块待用，因没有课题可算，那帮虫子们整天在玩儿游戏呢。"

言福如松说："我要的是小型化！"

劳拉说："是。就是这样做的，肯定能装到斥候上去。"

"这真是天助我也！黄敏飞同志，看你的了啊。"

"我再次提醒一句，近似有限也是宇量的！"斯坦顿说。

"实际上不用考虑宇量计算，"阿尔伯特终于找到了话缝，"我们不是要什么理论突破，而是实用！管那么多无用信号干什么？只要能破译斥候发送，不，应该说是斥候产生的数据就行了，这再多也不会是宇量的，甚至连海量也算不上。"

黄敏飞接上话茬，说："完全正确！古代战争时期的密码就是这样破译的，只要两家说的是同一件事情，翻来覆去也不过就是那几个概念。没问题，这事交给我们了，半年之内保证拿出算法程序来。"

"我还是不明白。"斯坦顿迟疑道。

阿尔伯特抢着说："道理说穿了一文不值！你们陷在必须将甲方的测量结果传递给乙方这个问题里头了，言福总指挥长的思路很简单，我们不需要将张三的测量结果传送给张三一撇，我们让张三一撇猜！"

黄敏飞进一步解释："是这样的。甲方对一个玻色子量子的干涉，可能会产生宇量的量子态。对宇量的玻色子来讲，就是宇量的宇量次方。但乙方的纠缠量子只能产生一个确定的对应的量子态，只要双方约定了要说的事情——这是极其有限的，使用的概念也是极其有限的，宇量光脑瞬间就会检索罗列出所有要说的事情的结果，将这些结果排列组合起来，就会产生有意义的句子。于是，猜着了。"

"但这是有前提的，必须有两台宇量光脑。而宇量光脑是能够造出来的，事实上劳拉他们已经造出来了，所以这个问题可以说已经解决了。从古到今都说量子通信无法破译，现在看来只是因为电脑或光脑的运算速度不够快呀。"言福如松笑容满面。

"明白了，谢谢大家。这一下我死也瞑目了！谢谢谢谢！"斯坦顿跳起来来回作揖。

阿尔伯特泼冷水，说："老人家，先别高兴得太早，怎样无限期储存纠缠量子？怎样维持其不衰减？这也是难题啊，怎么解决？"

斯坦顿舒坦地坐回原位，说："小同志，这请放一万个心吧！储存和抗衰减的问题5亿年前就解决了。请看，这就是光量子箱，不用说20亿年，就是宇宙毁灭了它也还能用。"斯坦顿边说边指着一排大小不一的箱子说道。

"就这么些个小破玩意儿能行吗？"阿尔伯特怀疑地问。

"小破玩意儿？最小的这个里头也有100万亿个光子，全地球的信息它都能储存下来！好了好了，这里没你们的事了，有好远走好远，恕不远送！"斯坦顿边说边起身逐客。

这是老头的一贯做派，大家不以为意，纷纷起身握手告辞。

阿尔伯特握别时忍不住问："老人家，您是怎样让您的这些宝贝光子，既能保持住各自的个性，又能做到让它们一切行动听指挥，步调一致得胜利的呢？"

"小毛孩儿，隔行如隔山，说了你也不懂，反正5亿年前人们就已经做到了。"斯坦顿保密。

超距通信问题一解决，言福如松一身轻松，将联机问题推给劳拉、杰克逊和黄敏飞，自己开始张罗着给孙子娶媳妇。

言福金和伊万诺夫娜的婚礼，在夏至这一天

举行。

赖元17年的人类重生轻死，丧礼十分简单，但是婚礼却异常隆重，一律由庄委会出面在各庄的广场上举办，不但亲戚朋友都要出席，还要举行广场冷餐会和舞会。

庄委会出面举办，婚礼自然是体面的了，一般是选择春分、夏至、秋分和冬至这四个节气，这是法定假日。

夏日的夕阳染红了天边，广场周围的花草树木在炎威过后支生起来了，倦鸟归林，知了长嘶，蝴蝶翩飞。广场周边摆起了一圈冷餐桌案，不用像古时候那样交饭票，红、白案前的人不多，主要是中老年人在那里挑挑拣拣，瓜果案边基本上被孩子们围住了……

时值盛夏，果品极多，荔枝丹兮蕉黄，杧果绿兮木瓜香；桃红兮梨白，葡萄簇兮樱桃凉；石榴兮咧嘴，娇杏兮溢芳；莲雾甜兮李酸，苹果润兮菠萝甜。更有那甜瓜兮翠皮，西瓜兮沙瓤；哈密瓜兮醇里，白兰瓜兮金装；香瓜兮甘脆，面瓜面兮王瓜王。这正是：崇光泛彩兮百果飘香，大啃大嚼兮汁染腮帮。

100多对新人手持鲜花，站在广场中心的旋转礼台上向观礼者致意，在温柔轻松的婚礼进行曲中，庄长挨对给他们颁发证书，言福金和伊万诺夫娜接过后转手递给身后的伊万和言福玉，然后在司仪的统一口令指挥下向人群三鞠躬，人们鼓掌欢呼起来。

蝴蝶庄学校的学生们穿着古代飞天的裙裾提篮撒花，花雨过后一群天鹅飞起来盘旋天空，礼成。

华尔兹响起来了，人们退出一个大圈，先让新人和他们的傧相跳第一曲，傧相一般是弟妹充当。与伊万的愣头愣脑不同，言福玉已经初显窈窕，因此两人的舞步显得不太协调。东方慕贞和伊万妈妈搂肩搭背，幸福地看着这两对，嘴里不停地絮叨着希望这俩小的也能成双。

有很多大人物参加蝴蝶庄的婚礼，不但科委和搬指的人大都来了，村长和几个副村长及部、院、署首长和一些村委委员们也来祝贺。新人跳完第一曲后，庄长请他们和新人及亲属们跳第二曲。伊万诺夫娜与村长不熟，推着言福玉和村长结对，一老一少不像是跳舞，更像是祖孙饭后散步。

一曲舞罢，年老的副村长，部、院首长和委员们，纷纷向人们拱手告辞起飞或乘轿回家。

婚礼过后，言福如松带队视察月球炼氜基地和斯坦福。视察团里增加了从研究院院长任上调过来的负责后勤管理的副总指挥长邢悠贝，还特意叫上了制造署机器人设计司服务型机器人设计处保姆型设计室的傅锡泉方长和安妮小姐。

位于月球背面的制氜储氜基地，已经打好了地基。5台巨大的织屋机，在冷光灯的照耀下，挖出月壤后熔化成液体进入抽丝机，抽成纳米级空心软丝，再一层层纺织成既隔热又轻巧坚固的厚墙壁。

这项3亿前发明的建筑技术，保证了地球上人类的房屋，能够抵抗里氏2000级的地震，而在月亮、小行星和其他大行星的卫星上，可以抵御零下270摄氏度至零上1000摄氏度的极限温差，使人类不用消耗太多的能量，就能舒适地住在这些星星上，做喜欢做的事情。

土建施工队队长告诉视察团团长言福如松：

"比起谷神星来，在这里干活就像是度假，只要太阳不发脾气，再有半年，土建工程就可以交付了。"说得大家都笑起来。

已经当了月球工程指挥长的蛐蛐庄学校艾维德教授，亲自当视察团的导游。视察团走马观花地看了运输码头、动力厂、电解厂、提纯厂和氘库的地基，都为规模的宏大而赞叹。

视察团最后来到重水卸货码头，这里的构架已经直矗苍穹，现在是月球背面的黑夜。

言福如松在飞天帽里开口了，说："我心中一直有个疑问解不开，裸体重水球飞到这里之后被太阳一晒不全部蒸发了吗？"

言福如松的声音传到各人的耳朵里，音质有点变化。

艾维德教授笑道："真不愧是总指挥长，一点就是要害。三言两语说不清楚，咱们还是到工棚里看图说话吧。"

在密封的工棚里，也就是就地取材纺织出来的屋子里，大家一边看着三维卸货码头图，一边听教授讲课。

艾维德教授说："还真叫总指挥长说着了，卸货问题让我们不知伤了多少脑筋呢。裸体水球一进木星的地界就会开始蒸发，如果不采取有效措施，还没到火星就蒸发没了——"艾维德教授用激光教鞭指指点点。

阿尔伯特第一个插话，说："不对呀，谷神星比木星近一倍呢，没有蒸发啊？"

艾维德教授："那是因为它的引力大。我们的重水球质量只是它的二万分之一，拉不住水分子，太阳一照就开锅了。"

言福如松："快说说怎么解决的吧，不用给他上科普课了，菊花的行程表安排得很满。"

艾维德教授："只有盖被子，没别的招。"

言福如松蹙眉："缝被子的工作量可就大了。"

艾维德教授："哈哈，完全不是这样，只要一层1纳米厚的全反射超薄膜就行。"

"不会吧？在地球上冬天我们盖鸭绒被还冷呢。"安妮说道。

艾维德教授："那是在大气层里。真空中没有对流和导热，只要把阳光全反射出去就行了。妙就妙在全反射，将来一个个耀眼的白星星排成串等着卸货，不知道要聚焦多少摄影家的镜头呢！"艾维德教授边说边得意地打出效果图给大家看。

言福如松："太好了，既然这样简单，我们就不打扰了，就此告辞，看看斯坦福去。"言福如松站起来就想走。

"等等等等！"艾维德教授赶紧留住，说，"你们不想知道怎么卸货吗？"

"愿闻其详。"言福如松为自己的匆促感到有点不好意思，又坐下了。

"真正的难题不在被子上，而在如何靠岸。"艾维德教授眉飞色舞，显然已有巧妙的主意。

"这有什么难的，每天穿梭于地月之间的飞船有好几百艘，照猫画虎不就行了吗？"这次是凯瑟琳发问了。

"你这是只知定性不知定量，"艾维德教授的教师口吻不自觉地露出来了，也不管对方是什么身份，"二万分之一谷神星的质量有多重？差不多有1000亿吨！如此重的水球，确切地讲是冰球，直接落在月球上，反推火箭会把这里变成一片火海！弄不好还会把月亮砸得摔个跟头。"

"那怎么办呢？"劳拉问道。

艾维德教授说："怎么办？凉拌！学过微积分吗？只能用微分的办法用摆渡船一船船运过来。"

"也就是说先将其停在月球静止轨道上？"凯瑟琳一边捂住阿尔伯特的嘴一边抢答，大家都笑了。

艾维德教授说："恭喜你答对了，加10分。"

"我们可以走了吧？"言福如松又要站起来。

土建施工队队长卡洛斯说："别急别急，既来之则安之。好不容易见到娘家人，吃完饭之后我们到月亮正面去，已经和宣传院打好招呼了。今天是望日，晚上黄金时间要直播一场我们月亮队对你们视察团队的足球赛，天街上的票已经被抢光了。知道你们人少，男女都可以上场，我可是下了赌注的，不10:0赢你们算我输。"

"这也太狂了吧！"赛尼德跳起来大叫，"兄弟姐妹们！团耻啊！怎么办？"他显然是个超级足球迷。

"灭此朝食！"除了言福如松和邢悠贝，全体团员包括菊花一起跳起来大吼，有两个第一次出差的小女孩，忘了这是在月亮上，还像在地球上一样使劲，一头撞到天花板上，惹出一阵哄笑。

卡洛斯说："请领导们抓紧时间吃饭，下午你们可能需要熟悉熟悉月球足球场的场地，还要拼凑拼凑队伍。"

"你是怎么想起这一出的？"吃饭的路上赛尼德悄悄问艾维德教授。

艾维德教授说："是村长特别指示。你知道他是个超级球迷，几次嚷嚷着要来这里看一场，一直没有合适的机会，他又不想单飞专船怕惹非议，才想出这么个招来过过干瘾。当然，也是想让你们出出洋相。要不要来点特别饮料提提神啊？免得输得太难看。"

赛尼德说："别那么笃定，我可是得过业余比赛金靴奖的。"

艾维德教授说："独木难支。再说这是在月亮上，要知道我们已经上来8年了。"

地球队组队时就遇到了麻烦，无论怎么威逼利诱，言福如松和邢攸贝就是不上场。这一来，加上傅方长和一个飞船司机，只有6个男的，还得上5个女的才凑齐人。月球队表示为了公平，也是六男五女，凯瑟琳说自己年纪大了只能当守门员，赛尼德却坚持让劳拉守门，训练前他说只要不输10：0就算打平，进一个球就算赢了，让大家放开踢。

铺着假草的月球露天足球场，长宽都是地球上的6倍。球门仍和地球的一样，11个人往场子里一摆，不用望远镜基本看不到人。一群乌合之众，虽说人人在学校里都受过系统培训，还不至于挨不着球，可是练了一下午却一球没进。

比赛毫无悬念。虽说月球队里任何一个人的技术都比不上赛尼德，但是他们已经适应了月球的引力，踢起来有板有眼。反观地球队，虽然士气很高，可谁也摸不着球路，不是踢高了就是踢远了，上半场月球队9：0领先。

中场休息一进屋，大家还没来得及互相抱怨，赛尼德就对着劳拉大叫："快！快脱衣服！"

"你说什么？"劳拉一愣。

赛尼德："磨蹭什么！快把球服脱下来给菊花穿上！"

"好主意！"阿尔伯特第一个反应过来，一把拉过菊花一边作揖，说："团之兴亡匹夫有责，顾不了那么多了，你只要把门守住，咱们就算没输。"

"对，顾不了那么多了，别让月亮队太猖獗了。"大家七手八脚帮她们换好衣服，还没戴好头盔开场哨就响了。航天服一穿，还真看不出来李代桃僵。

"怪不得不让我守门，原来早憋着幺蛾子呢。"凯瑟琳边扣头盔边对赛尼德说，她的身材比起菊花来显得胖了点。

"兵不厌诈！"赛尼德一脸得意。

下半场开始时，月亮队本来想放水，踢着踢着发现不对劲了，不管地球队的后卫线多么笨拙薄弱，无论艾维德教授的射门多么的凌厉，就是进不了球了，倒被地球队打了几次反击差一点破门。艾维德教授要求机器人裁判查看一下守门员有什么蹊跷，却吃了一张黄牌，只好指挥大军全线压上狂轰滥炸，就是再也进不了球。

离终场还有30秒，菊花扑住一个点球抛向高空，然后一个鹞子翻身跳起足有15米高，一个狮子点头将球直接顶向球门，进了！

全场欢呼起来，劳拉的声音最尖最高，邢攸贝赶紧示意她别露馅，但声音已经传到孟茂康村长的耳朵里。"想不到搬指这帮秀才也会作弊。"边说边笑，摇着头关了视频。

"输了吧！"按地球时间吃夜宵时，阿尔伯特得了便宜还卖乖，揪住艾维德教授不放。

"谁能想到机器人裁判也吹黑哨？这日子没法过了！"艾维德教授笑着发牢骚。

"这只能怪你自己书生气太足，忘了它是由我派给你的兵了？"菊花打趣。

"你们是怎么串通的呢？没见你们接触过啊。"

"亏你还是教授，一个短波脉冲搞定。"男裁判透了底。

"没王法了！看来得再给你们加几条禁令才行。"

"胜之不武！况且还只是挽回点面子而已，实不足喜！"邢攸贝总结。

当他们离开月亮到斯坦福工地视察时，言福谈雪去世了，村长要言福如松回地球开会顺便给父亲治丧，因此终止了视察。

经过7天的繁复讨论，扩大的村长办公会形成如下公开决议：

一、面向全球公开招募志愿者，以整个家庭为单位入住斯坦福和大神仙洞，各以一万个家庭为限。入住之后，不论发生什么情况都不得迁出，第一代入住人员全部天梯刻名。

二、面向全球公开招募赴柯伊伯带星球取重水人员，优先从尚未从事完40年轮岗劳动期限的人员中选拔。取水队员，不论分工如何一律天梯刻名，再在此基础上议奖议罚。

三、鉴于入住斯坦福和大神仙洞的家庭要世世代代居住下去，这意味着他们将为全人类的生存做出巨大牺牲，特别决定所有入住人员不分男女老幼全部提取基因妥善保存，一旦有了牺牲，立即克隆并延续10代。

四、鉴于赴柯伊伯带星球取重水人员将面临难以预知的巨大生命危险，特别决定所有人员全部提取基因妥善保存，一旦有了牺牲，立即克隆一代。

五、成立斯坦福、大神仙洞特别庄，由地球村委员会直辖，管理机构、公共服务机构和行政级别等同于庄，管理模式、公共服务模式及所有管理、分配制度暂照地球村执行，将来视情况再修正，但所有修正必须经地球村委员会三分之二委员投票赞成并由村长签署后方能生效。

六、鉴于斯坦福庄和神仙洞庄的第一批居民来自五湖四海互不熟悉，第一届庄委会委员、庄长及庄长办公会成员，各局、处、方级主官暂由村长指派，50年后通过与地球村一样的规则和程序，由特别庄村民选举产生或任命。

七、本决议已经地球村委员会全体委员投票通过并已经村长签署生效，自公布之日起施行。

扩大的村长办公会形成的没有公开的实施细则是：

一、招募选拔工作由指令院主持，各部、院、署分工负责，地球整体搬迁总指挥部可以提出建议并负责提供技术支持，要点是各行各业都要有人进去。

二、原则上，曾经反对地球整体搬迁方案的人不得选拔入住斯坦福庄和神仙洞庄，因工作特别需要或其他原因（比如家庭连带）必须入住的，须经村长特批。甄别工作由安宁部负责。在一个狭小的空间里再闹分歧，后果不堪设想。讨论这个问题时，茱莉娅如坐针毡，当听到言福如松提议增加例外处理程序时又喜出望外，她不知道这是孟村长特别授意的。

三、柯伊伯星取水人员，优先从具有古代因纽特、诺曼、斯拉夫基因的人中选拔。他们具有超越常人的耐寒体魄和不畏牺牲的精神。

四、入住大神仙洞庄的家庭，各种人都要有。

会议还决定言福如松接替即将退休的村委会秘书长兼任起这个职务来。

斯坦福建好之后，赛尼德当了斯坦福特别庄第一任庄长，茱莉娅当了副庄长，精心选拔了10万名志愿者住了进去。

赖元20年1月1日上午10时，斥候一号（慢船）和斥候二号（快船）与斯坦福同时发射，言福如松在天梯弹弓上主持了斥候的发射仪式，孟茂康乘坐村长专船亲自来到斯坦福身旁为它送行。

绸缪

赖元24年，谷神星自从诞生以来，50多亿年间从来没有见过这么多人。

经过搬指的慎重筛选，在排除了从木土天海的大卫星上取水后，确定将含水量超过50%的谷神星作为第一个取水目标星。

赖元24年冬天，由阿尔伯特带队的取水队10000多人马，结束了在北极长达两年的试机和培训，由领队瓦西里、副领队勒纳、取水工程指挥长杰克逊教授和总机械师杨文进率领，浩浩荡荡来到它的身边。

言福玉的爸妈也在这支队伍中。

根据筹指的计划，必须先牺牲它，为推开火星提供能源。按理说，只要200来人就足够干这件事了。搬指常务副总指挥长邢攸贝却坚持10000人全部拉上来实战练兵，为今后赴柯伊伯星取水积累经验。改装提速后的一艘行星际货运飞船，经过半年多的跋涉才到达目的地，随船而来的还有他们的帐篷。

到站之后，帐篷究竟搭在何处，很费了杰克逊教授一番脑筋。杰克逊教授与勒纳、杨文进已经带着两台名叫长臂猿的联合取重水机的预制部件先期到达，谷神星那么大，直接搭在它上面就行了。但是考虑到它会被越挖越小，将来多次搬家会很麻烦，在征求了阿尔伯特的意见之后，决定一劳永逸，以飞船为质心，将帐篷拴在它身上并互相挽结成了谷神星的卫星，轨道半径为5000千米。100顶锅筒形帐篷膨胀起来之后，言福玉从学校的教学天文台上的望远镜里看到的是一朵绿色的莲花，很有诗意。

言福玉爸妈的工作却一点诗意也没有。在人几乎感觉不到重力的谷神星上，即使有机器人帮忙，组装长臂猿也是一件很烦人的工作。烦人之处倒不是需要付出多大的体力劳动，而在于每干一件事情都非常啰唆。按地球北纬30度时间作息，早上起来，洗漱完毕就得穿上航天服，经过减压仓出帐篷门，手脚并用攀过1000米的绳索到飞船里，加完压后吃早饭。飞船成了他们的仓库、餐厅和活动室，饭后又经过一次减压，坐上100人的小飞艇，摆渡到谷神星上。下飞艇后，必须先穿上电热冰靴，找准位置，开电将融冰爪插入冰层后关电凝固，这才能站住脚，但也就不能移动了，还得拦腰拴上绳子，调整好呼吸气量，才开始安装工作。这时天已黑了，只能挑灯夜战。还没干一会儿，午饭时间到了，于是解绳子、融冰脱靴、上飞艇摆渡，加压、吃饭，饭后再重复早上的程序。如此这般，第一天干下来，工作时间还没有吃饭、摆渡的时间多，领队瓦西里本来就是个急性子，看到这个情况急得快要发疯。

谷神星上的第二顿晚饭——切记是按照地球北纬30度的时间——每个人都吃得面无表情，看到领队鼻子不是鼻子脸不是脸的样子，队员们食不知味地草草吃完后悄悄回了帐篷，只剩下瓦西里、杰克逊教授和勒纳、杨文进四位边喝茶边嘀咕。

杰克逊教授首先开言："这事都怪我们仨，所有的心思全放在长臂猿身上了，就是没有想到5亿年前已经解决了的太空走路问题，在这里还是问题。没说的，请求处分。"

瓦西里说："这怎么能怪你们呢？要怪只能怪我这个领队！立项之后你们忙技术的事，我这个领队干什么去了？光顾着向计划院要吃要穿要帐篷了，压根没有静下心来想过这些。对了，也不能怪我，这只能怪阿尔伯特那小子！他是北极王，两年里只知道摇头晃脑吟诗了，为什么不给我们规划一下细节？还有筹指那帮虫子们，除了超光速通信没别的事似的。还有常务大指挥长，一天到晚除了安全没别的。还有老大，自从兼了那个什么破秘书长，搬指的事好像和他没关系了，还有村长——"

勒纳笑道："打住打住！你就是连天梯都骂上也没用，还是想想怎么办吧。"

杰克逊教授再次道歉，说："谁也不怪，还是要怪我这个工程指挥长，我现在才知道教书和干事的区别是多么大。你说得对，事到如今怪谁都没用，还是想想怎么办吧。"

瓦西里说："和阿尔伯特通话，叫他想办法！"上级安排好了的事让他拼命可以，遇事想主意却不是瓦西里的强项。

"我们还没配上超距通信机，通一次话要两个多小时，有这功夫还不如我们自己先商量一下呢，三个臭皮匠顶个诸葛亮，何况我们还多了一个。"一直没有说话的杨文进笑道。

"也是。谁先说？"瓦西里还是没主意。

"先急后难吧。"杨文进续道，"今天主要是中午和晚上两顿饭耗费时间太多了，解决了这个问题效率就上去了。"

"对！让女人们送饭，今后一律在工地吃！"

"这不是个办法，"勒纳摇头，"送饭不是问题，问题是送到工地上却吃不到嘴里去啊。"

"马上清查一下带了多少流食。"瓦西里向侍立身后的机器人秘书命令，"今后中、晚餐一律吃'牙膏'糊弄，夜宵再来顿好的。"愚者千虑亦有一得。

杰克逊教授忧虑道："短期内这样应付可以，时间长了恐怕不行，都是体力劳动啊。"

"这算什么！想当年老祖宗们还吃不上这个呢，不吃也得吃，谁敢叫苦就滚回地球去。"

勒纳说："我看似可变通一下，其实没有必要1万多人全部拥上去，根本施展不开，还容易出事故，按照已有的计划，将来上柯伊伯星时每颗星就200来人，不如现在就这么干起来，每天只上200人，50天一个轮次，轮番上阵，可以坚持下去。"

瓦西里说："先说好啊，队员们50天一轮，我们几个可得天天上去。

"报告，应急流食只带了1000吨，10000人可以吃50天。"机器人秘书回来报告。

"带少了，都怨我。"

"按刚才勒纳的办法，可以熬到给养船来了。"杰克逊教授说道。

瓦西里说："好！立即向邢攸贝常务副总指挥长发报，请他马上发一艘专载流食的给养船。"

"是！"

"请等一会儿再联系，"杰克逊教授拦住，"急的事情就这样了，等难的事情议完了一起汇报吧！"

"对！你看我这个急性子。难的还有什么事情？"

"帐篷和飞船之间攀着绳子来回爬来爬去总不是个事，还有总不能长期吃流食，这可是几十年的工期啊。"杰克逊教授续说。

"第一个问题恐怕只有麻烦阿尔伯特指挥长了。第二个问题解决起来不难：让搬指发两个简易厨房带餐厅过来放到星面上就行了，10000人的饭难做，200来人就餐不用很大地方，况且还可以轮班吃。"勒纳建议。

"行，就这么办！还有别的吗？"瓦西里刚想回头下命令，硬忍住了。

"电热融冰靴把人定死了，也是严重影响效率的因素。"杨文进赶紧接嘴。

"有主意吗？"

"想了几个都不理想，还是请教阿尔伯特指挥长吧。"杨文进不好意思地摇头。

"那就干脆叫这小子来一趟，顺便带个菊花型机器人来，这一摊子家长里短实在烦人。"

"何必呢？他未必有空，一来一去可是要近一年呢。"勒纳有点不服气加不甘心，说，"办公型机器人的问题好办，让劳拉遥控给你的秘书扩展一下功能就行了，至于如何解除定身法嘛——长臂猿身体的主要成分是钢铁，做双电磁靴试试怎么样？"

"对，干脆再弄双电磁手套甚至再加个电磁腰箍，这样一来连安全绳也可以省了，反正谷神星上基本不分上下。"杨文进鼓掌欢言。

"妙！在想出根本解决办法之前，不妨再让搬指给我们造200副电池滑绳器送来。"杰克逊教授也从自责的情绪里走出来了。

"200副不够，要1000副！"瓦西里这样一说，大家都笑了。"行啊！几个臭皮匠不比诸葛亮差多少嘛！今后再遇到什么问题，能不求别人就不求别人！免得奇思部把功劳都抢走了。"

"还有个彼此之间的通信问题需要解决，"勒纳说，"两只长臂猿沿赤道对挖，没有中继卫星接力，彼此之间无法联系，出点事真不好办，单靠母船有盲点，要让搬指给带一颗来。"

"好！立即发报。"

"我看干脆明天停一天工，开个全体会议做做动员，说不定还有更好的主意呢！等开完会分好组之后，再全面报告更好一些。"杰克逊教授阻拦得都有点不好意思了。

勒纳说："这样好，还有件事要议一下。10000多人凑在一起，针头线脑、水咸盐淡的事情肯定少不了，我们几个都是男的，谁也理会不到这些，是不是选拔一两个女的替我们操操心，组成个委员会什么的，遇事就像今天这样商量着办，我们就可以把全部心思放在工作上了。"

瓦西里情不自禁地站起来作揖，他是那种在家里油瓶子倒了都不扶的男人，一想起娘们儿的那些事就头大，他说："这个提议好，是明天民主推选一下还是现在就指定？"

勒纳说："我们只是个工作组织而不是什么权力机构，连我们都是搬指指定的，还是指定吧。"勒纳说完后大家都点头称是。

瓦西里说："指谁好呢？虽然在一起两年多了，我可是连她们谁跟谁都不知道，更不用说谁是双眼皮谁是单眼皮了。"

"我们何尝不是如此。"杰克逊教授和勒纳都笑。

杨文进说:"我看就是瓦西里夫人和杰克逊夫人操劳一下吧,她们年纪最大,应乎众望。"

"瓦西里夫人可以,我老婆没这本事,不是说笑话,她缝被子真把自己缝进去过。"杰克逊教授推辞道。

"我就不推辞了,我那口子还真是个当家的料。再加一个吧,碰到我们不便掺和的事情也好有个商量。"瓦西里居然细心起来了,都是当了领队被逼的。

"老大的儿媳妇怎么样?在培训队里表现得挺抢眼的。"勒纳提议。

"同意。"三人一齐点头。

"都几点了?怎么还侃哪!"风韵犹存的领队的"领队"忽然进来了,把几个人吓了一跳,再往她身后看,杰克逊的夫人、勒纳的爱人和一个小娇娃鱼贯而入。

"来得正好!"瓦西里大喜,"快给我们鼓捣点吃的,饿了呢。"

"就知道你们没吃饱，我把这几个正在空床上烙烧饼的一起叫来了。说吧馋猫们，想吃点什么？"

"来个凉拌猪耳朵，多加黄瓜大蒜。"这是瓦西里的最爱。

"给我来碗阳春面就行了。"杰克逊教授爱清淡。

"别吃你那破阳春面了，"勒纳赶紧拦住，"凉拌猪耳朵也是平民食品。既然劳动尊嫂一回，不妨奢侈一次，就请各位显显本事，一人整一个拿手的。大事议定了，来点酒怎么样？"

瓦西里说："好极了！这次我说了算，咱们来武的，指头上见真章。"

"喝点酒我们不反对，知道你们心累，划拳就免了吧，已经24点多了。"文质彬彬的杰克逊教授夫人细声细气地劝道，"对了，我倒是想问问你们，5000对生龙活虎聚到一起，他们没处发泄精力怎么办？现在几乎没有一对睡觉的，打扑克的打扑克，下棋的下棋，玩游戏的玩游戏，更不安生的在拿大顶呢。"

"依你之见呢？"瓦西里开始学阿尔伯特。

"该组织点文体活动。写写字、画画画、跳跳舞什么的，小女子不才，可以教教他们摄影。如果能给他们开辟个运动场地就更好了。"

"好主意呀！"杨文进附和，"干脆把大船舱里的座位拆了，可以做个室内足球场。艾维德教授他们能在月亮上踢，我们为什么不可以在飞船里踢？说不定也能混个直播呢。"

"仓促之间显不出手艺，将就吃点吧。"就这几句话的功夫，四凉四热端上来了，杨文进赶紧加了三张凳子，大家一起入座。

"看你们眉飞色舞的样子，找到办法了？"

"什么事能难得倒我们！"瓦西里开始吹牛，"不过还得请示搬指。今天不谈工作了，痛快喝几杯。"

以瓦西里名义签发的电报以及他的秘书顺带发出的会议视频，没有立即得到地球的回复，只好将吸收女将参加管理的事压住不说，工作先干起来。

谷神星上发生的事情，不但引起言福如松的高度重视，而且惊动了村长孟茂康。这是派出去的第一支取水队伍，与火星和月亮上早就有了完善的生活设施和其他工作及旅游人员不同，他们的一餐一饮一举一动都孤立无援，最快的飞船也得半年才到，如果发生混乱或出点什么事情，将严重影响整个搬迁工作。因此，孟茂康村长放下已经开始了的换届选举筹备工作，亲临小神仙洞，第一次亲自参加搬指指挥长会议。

搬指指挥长言福如松主持会议，在地球上的指挥长们全部参加。

搬指指挥长言福如松说："先说好，取水队还在等回复呢，为了节省时间，今天的会议只想办法不做检讨，更不要辩解，特别是被瓦西里领队骂了的人，包括我本人在内，什么检讨的话都不准说，只想办法。"

邢攸贝先开口："如果不准做检讨的话，我只能说取水队来电请示的所有事项都是好的，我们应该立即表态无条件支持，并且应该给予嘉奖。"

"他们为什么改变了原来的计划不住在谷神星上呢？这是一切问题的根源，需要解释。"安妮莉表示异议。

阿尔伯特打开了谷神星三维动态视频，说："他们请示过我，我同意了的。原来的计划考虑不周，不仅仅是影响挖冰，还影响后期搬家，更有安全隐患——两条各伸展出1500千米的长臂，在虚空里张牙舞爪，任何情况都可能发生。为了安全，我同意了他们的提议。"

"这件事难道事先没有在光脑上模拟过吗？"安妮莉不依不饶。

阿尔伯特："任何模拟都不会完全吻合实际情况，我们需要的是万无一失。"

"阿尔伯特事后向我报告了，我也认为这样做是对的。"言福如松点头。

黄敏飞说："那就只好按他们所说的办。但是长期吃流食总不是个办法。"

阿尔伯特解释："吃不了多久。先改装两艘小型货船给他们当厨房，半年就可到达，真正的简易厨房要精心研制，预备给柯伊伯星用吧。真正难的是攀绳子问题，办法可以想出几十个来，但是工程量都很大，还都要在飞船上钻洞。我们不能轻易把船体弄成马蜂窝，那样就太危险了。"

邢攸贝表态："如果是这样，干脆就不改了。我当初之所以坚持把全部人马都拉上去，初衷就是要尽可能多地暴露问题，这样到了柯伊伯就会顺畅些。都是年轻人，攀几十年绳子有什么？"

言福如松拍板："那就这样！先给他们一台超距通信机吧。"

"是，正好刚出厂了一台，可以随货船运去。"劳拉领命，"就怕飞天部要骂人，原本是给他们的。"

言福如松："骂就骂吧，救急要紧。看来十分之一光速货船需要立项了，谁来挂帅？"

"这当然是我的事。"凯瑟琳说道。

言福如松："火星上的工程进展如何？半年之后谷神星就要出水了，他们那里不会拖后腿吧？"

"不会！"邢攸贝保证说，"自从斯坦福竣工之后，天梯货运优先保证他们，比月亮工程还顺利呢。魏德全报告，他对于行星际重水驳运有一个新的想法，想亲自到谷神星上做做实验，请求批准。"

言福如松："智神星推星试验离得开他吗？"

邢攸贝说："已进入设备安装阶段，他说离得开。"

言福如松："他也向我说过那个设想，真能实现会省飞天部好多事，让他去吧。"言福如松同意了邢攸贝的意见，再问道："炼钢的事进展如何？"

"根据阿尔伯特总长的建议，我们决定挖地核炼钢，因此已经暂停了北极的所有工程，改从地心往两极连挖带造空心通地柱。"安东尼奥说着，打开视频，"待造好这根柱子之后，地核的钢铁就很容易运出来了，那时再造电站、喷嘴、钢箍和炮台，连元素山也不用动了。这真是个一举数得的好主意，应该给阿尔伯特副总长记功。"

言福如松："不处分他就算好的了，还谈什么功不功的，为什么一开始不这样想？我问的是进展。"

阿尔伯特："正在制造联合冶炼纺织机，这次通地柱我们不打印了，把房屋纺织技术移植过来，将来纺织出来的通地柱和钢箍机械性能更好。"

"这些我们当然早已知道，我问的是进展！"

言福如松不耐烦了。

安东尼奥赶紧站起来回话："对不起！5年之后可以进行地面整机调试，真正开挖要10年之后了，原因是调磁部的竖井通道太小，整机调完之后还得拆成小零部件运下去组装。能不能再挖一条大通道？那就方便多了。"

阿尔伯特："别想美事了！再挖条通道那么容易？反正不急，慢就慢一点吧。"

言福如松见大家没有别的补充，总结说："先议到这里。自从我被捆在村委会之后，搬指的工作基本上按计划进行，我很高兴，在这里谢谢各位了！取水队在谷神星上遇到点困难不算什么，对此我们早有思想准备，最令人高兴的，是他们能够主动想办法解决，应该通报表扬，就按他们请示的办吧。下面请村长指示。"

"这就完了？"孟茂康村长一开口就语气不善，"你们哪，永远改不了工程师的脾气，遇事只在技术坑里扑腾。如松助理刚才说不准检讨和辩解，但是没有说不准批评，我就钻这个空子，今天要特别批评几个人！"

孟茂康村长停下话观察，见邢攸贝不安地站起来，招呼说："攸贝同志坐下坐下，不用站起来。首先我就要批评你，让你来当这个常务副总指挥长，就是要你当'婆婆'的，取水队遇到的这些事情，他们搞技术的想不到，你为什么也想不到？还有就是，一万多男男女女拥到离我们4亿多千米的虚空中，为什么不事先成立个管理组织？别忘了你就是吃这碗饭的！要给瓦西里记功！我还以为这家伙是个莽夫，没想到他还真会当家，就照他说的办！成立队委会管理一切，让旅游部部长跟给养船去一趟，好好研究一下地外工程的娱乐问题，不能再让冲锋队过得比我们还差。

"其次我要批评筹指的一帮人，特别是杰克逊同志——也坐着听吧。瓦西里领队骂得好！超距通信有一个老斯坦顿加一个小劳拉还不够吗？你们不能光考虑工作的统筹，今后也要把生活的统筹一起管起来！立即从生存部调个老成持重的女同志当筹指副指挥长，杰克逊提为搬指副总指挥长兼筹指指挥长，排在邢攸贝之后阿尔伯特之前。今后如果没有筹指的详细计划书，不准再往外派一兵一卒！"

孟茂康村长顿了顿，接着说："我还要批评阿尔伯特同志。作为主管取水的副总指挥长，在北极的两年培训练兵期间你都干什么了？定居问题、攀绳问题、就餐问题、定脚问题乃至娱乐问题，为什么不在地面上模拟周全后再出发？是缺光脑还是缺心眼儿？"

孟茂康村长呷了口茶，又接着说："我就不批评总指挥长言福如松同志了，我也有疏忽的，这两年我把如松同志捆得太紧了，也有点锻炼你们的意思，好在每一块都做得很好，缺了一个统筹，接受教训吧！定两个原则：一、生活第一，工作第二。任何工程不先安排好生活，不准开工。迄今为止，搬指没有一个人明白我看月亮足球赛的真意，只有取水工程指挥长的夫人想到了，也要给她记功！二、宁慢勿快。还有十几亿年可熬呢，不需要这么慌慌张张的，我总觉得我们现在走得太快了，该稳一下了。先不要急着发给养船，我们再想细一点，那边也继续暴露问题。这样吧，干脆等选出新村长之后再发船，已经带去的粮食够吃吧？"

阿尔伯特："保险系数为4，吃两年没问题。"

孟茂康村长："那就这么定了。"

搬指指挥长会议规模不大，只有半天时间，在地球整体搬迁史上，却具有里程碑意义。

指挥长会议后，搬迁工作结束了以往以奇思妙想为主导的、谁出主意谁挂帅、不管三七二十一先干起来再说的工作模式，开始了以周密策划、稳步推进为主导的管理先行的流程化工作模式。

筹指的排位有了变动，原来的老幺上升为老大，管理型人才开始取代技术型人才掌控搬指。

孟茂康村长在会上指定杰克逊升任副总指挥长，会后杰克逊反复陈述和请求推辞，强调只懂数学不懂管理，还是让擅长管理的人负责为好。

孟茂康村长听从了言福如松的意见，调回胡建飞任副总指挥长。

搬指常务副总指挥长邢攸贝再三推让，请求不再担任常务副总指挥长。孟茂康村长一锤定音，他的请求也没有被批准。

搬指的工作从此开始走向正轨。

搬指指挥长言福如松感觉轻松了些，再也不用那么提心吊胆了，全身心投入村委会的换届选举工作。

换届

　　根据村委会选举条例，村委会换届选举每50年进行一次，每次选举65名村委会委员的半数，任期为100年。赖元25年要选举33名新委员，与尚在任期内的另外32名委员组成新一届村委会，行使地球村最高权力。从村委会新委员里推选一名村长和10名副村长组成村长办公会实质就是村政府，行使日常管理权力，任期均为100年。

　　根据村民委员会选举细则，村长要在村委会委员之中选举产生，并且必须先被选为副村长，报名参选的人数可以等额也可以差额但不能缺额，竞选时要先面向全球村民各举行一次正面陈述会，需做述职报告，再进行一次辩论会，选举细则允许辩论会上互相揭短、互相抨击，但不得造谣诽谤。各竞选人对于被揭发和被抨击的事情，需当场辩解、澄清，言者无罪，闻者足戒。辩论会后一旬内，全民投票，票数多者当选。

赖元25年换届需要选举村长，由任期届满即将退休的村长在留任和新当选的副村长里面提名两名候选人，经新一届村委会全体委员三分之二同意（不到三分之二票数的重新提名，以达到法定票数），由村民投票，票数多者当选。

言福如松毫无悬念地顺利通过了科技文教口的提名，高票当选了村委会委员，接着报名参选副村长。

最吸引眼球的其实是副村长的竞选辩论会。赖元25年需换届的村长、副村长共有6名，被地球整体搬迁的行动所激发，有19个人报名参选，为地球村成立以来报名人数最多的一次，除了言福如松，调雨部、飞天部、生存部的三位部长和制造署的署长都报了名。

搬指的人和肖樱芬等家人，这时才感觉到言福如松可能竞选村长，无不关注无时间限制的辩论会视频直播。

言福如松无意且不善于攻击别人，他心里其实希望不当选，在辩论会上主要是承受来自其他竞选者的质询和攻击。

这19名竞选者中，有6名来自科技、文教口，6名来自部、院、署，7名来自庄委会。

来自科技、文教口和部、院、署的竞选者都非常熟悉言福如松，抨击和非难主要来自庄委会出身的竞选者，抨击最强烈的是普遍认为下一轮村长职位最有力的竞争者知了庄庄长哈比卜。他很清楚言福如松将是他最强的对手，所以集中火力抨击和非难。

这场辩论，实际上是竞选村长的角逐，因此火力猛烈。

哈比卜先入为主，他演讲道："尊敬的言福如松先生，我们都知道您是一个非常出色的科技工作者，在组织推动地球整体搬迁的事情上贡献出了大量的精力。我的问题是，现在这项工作已经在您的主导下全面启动了，地球正需要您集中所有精力推动她逃出火海。为什么在这样的关键时刻，你却放弃了搬指这么重要的工作，来竞选一个行政管理职位？这会严重影响这项伟大工作的进度！"

言福如松："尊敬的哈比卜先生，首先，我没有放弃搬指的工作，说我放弃了搬指，只是您的假设。地球整体搬迁工程，是一项需要动员包括您在内的地球村全体村民，大家同心协力，才能完成的事业。在这个节骨眼上，副村长不应置身事外。另外这项工作需要调动很多的资源——几乎要调动全球所有的资源，我竞选副村长，是因为在这个职位上能够更方便地调动这些资源，科学利用这些资源。这一点，我在述职会上已经反复说过了，想必您还记得。"

哈比卜："可是我们都知道，副村长是一个行政管理职位，据我所知，您没有这方面值得称道的经历，怎能有效履行副村长的职责？"

言福如松："我从副方长起，一步一个脚印，扎扎实实干到村长助理兼村委会秘书长，怎能说没有行政管理的经历？"

哈比卜："您的履历确实值得称道，但您之前的职位都是对上级负责的职位，而副村长是一个要对全民负责的职位，您没有这方面的经历。"

言福如松："哈比卜先生，您在当选知了庄庄长之前也没有这方面的经历，但这丝毫没有妨碍您当选后将庄长的职责履行得非常出色，对此我极为欣赏，我如果当选副村长，将向您学习。"

哈比卜："请问您对以权谋私和请客送礼持什么态度？"

言福如松："坚决反对。"

哈比卜："但您曾经使用村长的专用飞船，从厄里斯星上拉回来一船太古冰水。能够得到这些昂贵的美容品的，除了您的亲属之外，还有搬指的人和各部、院、署首长的夫人，您对此作何解释？"

言福如松："解释如下：一、我是在视察完厄里斯星冰的含氘量后，返程时顺路带回来的，不是专门派船拉回来的；二、数量有限，效果未知，只能给有限的人试用；三、我自己也只留了一桶。解释完毕。"

哈比卜："请问效果如何？"

言福如松："据说对中老年妇女有作用，年轻女孩还看不出来。"

哈比卜："请问这里边的科学道理是什么？"

言福如松："好像这种水分子的电子轨道处在激发态的较地球上的多一些。我们忙活搬迁的事，还没有时间进行专题研究，实在顾不上这个。"

哈比卜："您还兼着科委主任。"

言福如松："是兼着。"

哈比卜："这就是您的不对了！有如此好的美容品，作为科委主任，为什么不组织力量进行研究开发？为什么不让我们的妇女更美丽一点？您是不是有歧视妇女的倾向？"

言福如松："哈比卜先生，那可是在柯伊伯带上啊，就算研究证明了确实有效，我们怎么运回来呢？"

哈比卜："重水能运，轻水为什么不能运？如果我当选，我会把轻水也运回来造福妇女。"

言福如松："我只能认为，您这是在为自己拉女同志的选票。"

哈比卜："对于这一点，我乐于承认。现在请您向我发问吧。"

言福如松："谢谢！我只问您一个问题：很快就要选拔大神仙洞永久居民了，您支持还是反对您的亲属报名参选？"

哈比卜："当然支持。"

言福如松："谢谢，我也是同样的态度。"

飞天部部长梁同乾："我向言福如松先生讨教一个问题，请问您是不是对飞天部有意见？"

言福如松："这话从何说起？对于飞天部总是优先安排发运搬指的人员和货物，我们感谢还来不及呢，哪里来的意见？"

梁同乾："把已经专门为飞天部量身造好的超距通信机，硬生生夺走给了别人，这不是对飞天部有意见是什么？"

言福如松："这确实是我的决定。10000多人正在谷神星上爬冰卧雪制取搬迁所需要的能源，没给他们配置超距即时通信机，用古老的电报联系，万一有什么紧急情况，会贻误处理时机。因此，我特事特办做主先给了他们，我相信飞天部的同志们会理解的，在此补个感谢。"

梁同乾："理不理解是我们飞天部的事。我们只是希望第2台至第100台一定要给飞天部才行。"

言福如松："这我无法保证。而且如果我还继续担任搬指总指挥长，你们恐怕要排在105台之后了。我只能承诺待搬指的地外工程配齐后，就优先给你们配置！"

梁同乾："您就不怕我的天梯和飞船因联络不及时出些事故吗？"

言福如松："如果是那样，你得回家抱孙子了。"

言福如松的回答引起竞选者一片笑声，梁同乾无奈地摇头苦笑。

蜜蜂庄学校的竞选者，著名物理学家英迪尔教授提问："我想请教言福如松先生一个技术问题，为什么不干脆利索一次逃出去，而是还要赖很长时间？"

言福如松："这是因为天苑四现在还没长大，我们早去了会挨冻。"

英迪尔："现在尚无法准确预报太阳的耀斑？"

言福如松："是的。"

英迪尔："比起挨冻来，烤火更难受吧，危险性哪个更大？"

言福如松："这您知道，我们调高了地磁，还增设了遮阳伞。"

英迪尔："这两项措施能确保我们在准备逃难期间内不受火烤吗？"

言福如松："自从整体搬迁全民公决之后，我们正在争分夺秒做逃难的准备工作，一刻也没有浪费。但这需要至少3亿年的时间，主要是地下工程费劲。在这3亿年里，确实存在很大的风险，但这是没办法的事情。3亿年后，我们的准备工作都做好了，点火即可开跑，那时候是走是赖，由我们的后代视情况决定。"

英迪尔："难道就没有办法准确预报太阳耀斑吗？"

言福如松："科委无能，没能准确预报，太阳里小微尺度随机性碳氦闪耀的数学物理模型我们都还没有建立起来。"

英迪尔："蜜蜂庄学校在这方面的研究有点进展，需要建造一个巨大的试验装置验证，但这会分流搬迁的资源，您支持吗？"

言福如松："求之不得！这是整体搬迁最大的福音了。如果我继续担任搬指总指挥长，宁愿暂停一些搬迁项目，也全力支持你们，要人有人，要物有物！"

英迪尔："非常感谢总指挥长！"

10天后，言福如松顺利当选村长，知了庄庄长哈比卜、蜜蜂庄学校物理学教授英迪尔、飞天部部长梁同乾、制造署署长曼弗里茨当选为副村长。

地球村盛大的就职典礼，是100年一次的全球狂欢。

45岁的言福玉站在爷爷奶奶身边，检阅军队分列式和游行队伍。

只有村长才能知道的机密事项交接完成后，卸任村长孟茂康紧握着言福如松的手深情地说："坐到这把椅子上，今后只靠你自己了，没有任何人能帮你。"

言福如松："是！我记住了。但按惯例，您是村委会第一顾问，怎能说不帮的话？"

孟茂康说："所谓顾问，只不过是为了让卸任的公职人员安全度过退休综合征发病期而已，我不靠这个劳什子治病。"

言福如松说："那您的打算是？"

孟茂康说："我已约好国兴副村长，蹭给养船到谷神星上下棋去，我俩的太阳系旅游票还没用呢。"

"谢谢！"言福如松双手紧紧握住村长，眼睛有些湿润。

在天梯的"弹弓"上送走去谷神星下棋的孟村长和王副村长，言福如松叫住前蜜蜂庄物理学教授的现任副村长英迪尔、言福如松当选村长之后新任命的搬指总指挥长胡建飞、凯瑟琳指挥长和新任科委主任阿尔伯特，在梁同乾和菊花的陪同下，由新任飞天部部长郑立柱带路，登上了天眼层。天眼上的观测员们见村长驾到，一齐停下观测，起立欢迎。言福如松让他们把四台天眼分别对准谷神星、快斥候、金星和斯坦福，视频上显出四个星体的清晰图像。

言福如松询问："亚光速快斥候走到哪里了？"

凯瑟琳回答："已经走了一半了。"

言福如松："正常吗？"

凯瑟琳："现在是惯性飞行状态，一切正常。"

言福如松："发动机呢？"

凯瑟琳："迄今为止没有发生问题。"

言福如松："超距通信机呢？"

凯瑟琳："互相猜得越来越靠谱了，宇量光脑的自学能力是很强大的。"

言福如松："碰到过拦路劫道的吗？"

凯瑟琳："还真碰到过几块石头，打掉了。"

言福如松："既然如此，也该抓紧设计十分之一亚光速货船了，否则将来柯伊伯取水会很困难，一百支队伍上去，给养供应是个大问题呀！"

凯瑟琳："刚刚完成概念设计，制造署正在做发动机中试，船体模型还没开始造呢。这毕竟不是斥候那样的小飞船，一个发动机、一个船体，都要反复试验论证才行。从某种意义上讲，这比载人船还难造。"

言福如松："估计再有三十几年就要登柯伊伯星了，这样恐怕来不及吧？"

凯瑟琳："我只有催了。"

梁同乾："不要太急于求成，还是稳扎稳打吧，搬指特别是筹指接受了谷神星的深刻教训，针对这个问题已经开始考虑对策，决定提前往柯伊伯星上发送粮草和帐篷，不会再让他们吃流食、攀绳子了。但是有个问题，飞天部能飞柯伊伯星的行星际货船，只有给旅游站送生活用品的十来艘，而要给取水队送给养，至少要100艘才勉强够用。"

言福如松："每天的游客都有两三万，十几艘船怎么够用？"

梁同乾："这只保证接待站的工作人员，旅游团自带饮食。"

言福如松："高速货船在研制着，不可能再造慢船吧？"

阿尔伯特虽然已离开了搬指，仍忍不住插嘴说："我有个想法，到时候暂停几年太阳系旅游，把旅游船改装一下就齐活了。"

凯瑟琳:"这只能作为最后一招备用,能不停最好别停。"

梁同乾支持阿尔伯特,说:"可以向旅游部承诺,十分之一亚光速船造好后先给旅游部用,他们高兴还来不及呢。"

"搬指的事今后不用你多嘴,"言福如松显然默认了这个做法,"太古冰水美容的试验开始了吗?"

"谁爱做谁做去!科委不是美容院。"阿尔伯特一肚子无名火,借机忍不住顶撞起来。

英迪尔赶紧给两人垒台阶,说:"阿尔伯特主任这一阵子一直和我一起忙活耀斑预报实验模型呢,估计还没顾上安排别的事。"

"你小子升了官脾气也大了,回头再和你算账。"言福如松就坡下驴,说,"太阳耀斑这件事情是我最大的隐忧,这几年太阳出奇的平静,我生怕再发作就是大灾难。"

凯瑟琳:"太阳内部热核聚变反应的过程虽然已经被研究了5亿多年了,但要精确到预报随机碳氦闪耀所致的太阳耀斑，仍然需要建立新模型，由于氦壳层存在混沌，单靠光脑模拟已经无能为力了。"

梁同乾："再多发些太阳检测器行吗？"

英迪尔："现有的这六千多颗人造行星，已经实现了太阳表面全覆盖了，再增加只是更清晰些，但看不到对流层下面的情况，再清晰的画面也没用啊。"

言福如松："你们想怎么办？"

英迪尔："我们想造一个球直径为100千米的一万分之一的太阳模型，在地球上从里到外直接观察测量，找出耀斑爆发规律的希望极大。"

"这当然是个很好的想法，"言福如松对英迪尔非常客气，与对阿尔伯特形成了很大的反差，"现在聚变电站等离子约束腔的最大直径才10千米，你一下子扩大10倍，怕一时半会儿做不来呢。"

英迪尔："但是已经没有理论问题了，只剩下材料问题，所以我们想请求推指暂停绝大功率电站的工程，先把材料让给我们使用，等通地柱挖出材料之后，他们再开工也来得及，正准备打报告呢。"

言福如松："我是已经承诺过的，决不食言，但是这需要上会，你们尽快送上报告来吧。"

英迪尔："谢谢村长！"

言福如松："不要谢，今后咱们在一起共事了，要随便点才好。"

英迪尔："是。"

言福如松的视线转向宇宙堡，说："斯坦福怎么样了？听说个个都得了肥胖症？找出减肥的办法来了吗？"

梁同乾答："他们正在跑步呢，节食、运动双管齐下，已经基本控制住了。"

言福如松："很好。谷神星制出来的重水球如何防止辐照蒸发？"

"带了1000床被子去遮挡。"梁同乾又道。

言福如松："火星让道工程进展怎么样了？"

"一直不是很顺，我准备去一趟，实地调研一下。"胡建飞答道。

言福如松："恐怕还是管理上的问题，小邢上次说没什么问题，甚至比月亮还好，为什么现在成了这样子？"

"以前的主要问题是东西运不上去，飞天部优先照顾宇宙堡了，斯坦福出发后理应改善了吧？"梁同乾也不清楚。

郑立柱部长急忙汇报："不但没有改善，反而更严重了，现在关注的焦点在谷神星上，荧惑上的货只能插空安排。我们天天挨骂呢。"

"为什么月亮工程没受影响？"凯瑟琳不解。

郑立柱部长说："地月系货船到不了火星。"

言福如松指示："谷神星的事进入常态了，火星成了焦点，我看胡总指挥长去坐镇一阵子吧，搬指的常务请邢攸贝同志多操点心。"

"是。"胡建飞回答。

言福如松："小郑也一起去一趟吧，顺便熟悉熟悉情况。"

郑立柱："是。"

言福如松："亚光速货船的事要抓紧。"

"是。"凯瑟琳承诺。

言福如松："太阳模型的事，请英迪尔副村长挂帅，建飞同志上火星之前先和推指通通气，把让材料的事搞定了再走。"

胡建飞："是。"

言福如松："太古冰水的美容实验一定要做，科委不许推脱！"

"是——"阿尔伯特极不情愿，"要做也得一年之后了，现在没有材料。"

"你可以先把实验室的架子搭起来，我让给养船返回时给你装上满满一船轻水带回来。"梁同乾成心给他添堵。

作为地球整体搬迁的让路工程，火星开道实际上还承担着试验地球喷嘴的任务。由于斥候、斯坦福、谷神星及村长换届吸引了绝大部分注意力和资源，这里的工程一直处于半开半停的状态。

推指副指挥长辛格领着一帮人，在南极上建造电站和喷嘴，指挥长阿里领着一帮人在南纬45度上建造调姿喷嘴，路指副指挥长威廉领着另一帮人在北极建造开路炮台，虽然在一个星球上干活，却是各自为政。谷神星已经快出水了——已决定谷神星的重水全部就近给火星使用——火星的接水炼氕工程却还没有任何动静。

赖元26年开春，胡建飞一行从荧惑的南极到北极，再到南纬45度视察了一圈，看到设置于火星南纬45度上的8个调姿喷嘴只开建了一个。推指指挥长阿里毫不客气地将他的工程指挥部所在位置定为东西经0度，虽然比不上月球阔气，但比起谷神星的帐篷来可称为小康了。除了纺织的五星级酒店和大会议室，还有电温室菜园和猪圈，甚至还有电温室鱼塘。因此，胡建飞决定用从地球上带来的高级食品犒劳一下大家时引起了一阵哄笑，纷纷表示谁也不想吃那些垃圾飞天食品。

推指机器人办公室主任槐花，亲热地拉住菊花的手说："这里不是谷神星，我们的日子过得比月球上还惬意呢！听说谷神星上在吃流食，月亮上只有粮食和蔬菜，是千万顷温室大棚里种出来的，其他吃的东西都是从地球送上去，物流署送什么他们就得吃什么。我们就不一样了，想吃什么有什么，山珍海味当然没有，家常便饭却是天天不重样。想吃荤的，鸡鸭鱼肉随便挑；想吃素的，要花有花，要叶有叶，要根有根，要薹有薹，要果有果，要穗有穗；这些都不想吃，藻类、蕈类也能管饱。现杀、现炖、现摘、现炒，怎么样？比你们小神仙洞里也差不了多少吧？"

菊花："看把你美得！他们想吃'蚂蚁上树'，你们有吗？"

槐花："不就是肉末烀粉条吗！'蚂蚁'是想吃猪肉、羊肉、鸡肉、鸭肉还是驴肉、牛肉？'树'是想吃绿豆的、土豆的、芋艿的还是地瓜的？请指示。"

菊花："真有你们的。'干炸虎须缠珍珠'呢？"

槐花："粉丝、莲子也现成。你怎么掉到粉坊里了？麻烦再点点别的。"

菊花："奇怪的菜名我只知道这两样，还是从阿尔伯特副总指挥长那里听来的呢，没想到还真难不住你。"菊花边咯吱槐花边笑道。

"好了，两位主任别斗嘴了，"胡建飞说，"既然这样，今天晚上就先给我做一碗螺蛳粉吧，等明天开会的人到齐了，再全面品尝你们的厨艺。威廉他们从北极赶过来需要多长时间？"

阿里："登高爬低即使沿直线走也得一昼夜（火星时间），两万多千米路程呢，气垫车最高时速也就是1000来千米。我们一直想修条道，阿尔伯特就是不批；想要两艘小飞船，飞天部也不给，只能坐气垫车颠簸，底下的人都发牢骚，说一觉回到公元前了。"

"派我们的飞船去接他们过来。"胡建飞没接阿里的话茬，直接向菊花下命令。

菊花："是。"

胡建飞："辛格他们上午恐怕也到不了吧？"

阿里："起早点能赶上午饭，他们近，五六个小时就能到了。"

胡建飞："不用那么急，干脆将会议改在后天早上，让他们从容赶路，明天的晚饭借花献佛，你们出菜我做东怎么样？"

"菜没问题，但是我们没有好酒。"槐花主任抢着说道。

"我们的船上还剩了几瓶，"菊花笑道，"早知道这样就不给你们带吃的了，下次来时全给你们带酒！"

槐花："再给我们带点好的酱油、醋来。"

胡建飞："散了吧，我想早点睡觉了。"

槐花："好的，明天见。"

如果火星上也有环保局，辛格们的座驾一定会受到最严厉的处罚。时速1000千米的气垫船离地3米，在战神的原始身躯上疾驰，激起一条经久不散的长、高均达千米的红龙。乘客们虽然在密不透风的座舱内感觉不到尘沙扑面，但也饱受颠簸之苦。因为需要躲避凸出地表的高低不一的岩石，必须不停地上蹿下跳，外加左转右弯，初次享这个"福"的人，没有一个不是把苦胆水都吐出来的。即使多次乘坐过的人，胃里也无不翻江倒海，没有谁会去看窗外壮丽的风景，更没有心思闲谈和想事。

这一切都源于搬指的一个极不人道的决定。考虑到战神将来不但要挨砸，最后还要英勇献身，所以基础设施的建设是能省就省，因此一直不同意他们修路。即使修了道路，在只有0.4倍重力的道路上也不敢开轮式车辆，在没有磁场、没有大气无法飞行的这里，除了气垫车还能拿什么代步呢？

别以为气垫车没什么科技含量，其实造这么一辆车比造一艘飞船或一副磁力飞行器要难得多！因为这里是火星，大气的密度不到地球的百分之一。也就是说，要浮起同样质量的载荷，需要比地球上大40多倍的功率才行，而要前进，则需要100倍的功率。这还不算，车子必须密封自不待言，还要有充足的氧气才能上路，简直就是一艘在地面上爬行的太空飞船。

辛格一行艰苦跋涉了六七个小时才到达开会的地方，为减少带到驻地的沙尘，在500千米之外减速慢行，一个个都成了"红尘中人"，灰头土脸，东倒西歪，下船后没有一个人还有胃口吃饭，都要求喝碗稀粥就上床躺着。其他的人也没了胃口。胡建飞、阿里和威廉都不苟言笑，虽有菊、槐两花千方百计插科打诨调节气氛，大家还是没有胃口，有的只喝杯水，槐花精心准备的饭菜剩了一大桌。

早上总指挥长胡建飞宣布开会，会场一片沉默。大家都对飞天部和搬指憋了一肚子气，谁也不想先开口。

胡建飞不苟言笑，他能够从群豪中脱颖而出坐上了搬指的第一把交椅，自然是经过大风浪的。是他在论证队里首先提出了9个综合性问题，在此基础上才最后形成了19个报告，对于火星上的这点问题，他早有解决的腹案。现在先让大家发牢骚出气，等他们的气顺了，解决办法也就有了。因此，他不但不催促人们发言，反而优哉游哉地闭目养起神来……

分管主喷嘴控制性工程的辛格终于忍不住了，率先开了口："我来开个头炮吧。我们提前成了天苑四的子民了，要机器，制造署说没工夫造；好不容易求爷爷告奶奶造出来了，飞天部没船运；等到终于有船了，安装队伍全上了谷神星。开工五年多了，喷嘴和支架的部件只到了三分之一，发电机到齐了，起重机却要等到长臂猿安完后才能调过来，现在这些东西都在冰天雪地里睡觉，我们几个都改行当农民了。"

胡建飞没有任何表情。

威廉怒气冲冲，说："我那里的北极开路炮台刚刚挖了基础，合金材料全给了斯坦福，好不容易把斯坦福打发走了，又要搞什么太阳模型。既然这样，干脆下马别搞了，反正火星将来就是挨砸的，搞这个开路炮台有什么用？"

胡建飞仍然不说话。

阿里接上茬，说："问题还远不止这些。听说谷神星再有半年就出水了，我们这里的接水码头连地址都还没定下来，更不用说炼氕厂了。月亮上的工程都快收尾了，我们这先动的却是这个样子，真不知道筹指那帮人是怎么想的。战神玛斯不让开道，地球能走得了吗？"

胡建飞还是无动于衷。

威廉又来了气，说："要我说不要让战神玛斯让道了，人类已经发射过无数的宇宙深空飞船，哪一艘撞上火星了？让凯瑟琳在光脑上鼓捣鼓捣，我就不信钻不出去。"

胡建飞依旧无语。

阿里开始灭火，说："这话说过了，飞船可以绕着弯走，地球是要在这条轨道上赖着的，而且一赖就是十几亿年，不把战神玛斯赶开，走着走着两个撞到一起怎么办？"

胡建飞仍然没有说话。

辛格动气了，说："既然非要让道，那为什么连条路都不让修？我们打了多少次报告啊？到了阿尔伯特大总长那里就没动静了，这究竟是为什么？威廉受总指挥长的眷顾，能坐飞船来开会，我们可是吃着风沙翻江倒海着来的！"

威廉说："你以为我愿意沾这个光呢！宁愿把飞船开到谷神星上当厨房，为什么就不能调一艘给我们坐坐？"

阿里望了一眼胡建飞，接着说："还有个通信问题需要解决，三处人马要通个话，必须先把信号发给地球再转回来，打了几次报告，要求发几颗火星通信卫星，都让阿尔伯特给压住了。这样的人反倒升官，真让人想不通。当年把火星牺牲掉的主意，还是他出的呢。"

见胡建飞还不开口，新飞天部部长郑立柱说："我先给大家道个歉吧，老部长去村委会上班之前，专门和我谈过火星的两个问题：一个是运货不及时的问题，一个是不给你们派飞船的问题。这两个问题，飞天部都有不可推卸的责任，造成这种局面的种种原因我就不说了，今天只是表个态：一、今后金星工程的客货船，都是最优先级发射，就像以前斯坦福那样优先。二、给金星配小飞船的事已经在进行之中，不是新的，是拿村长们的3艘地球紧急状况值班船改装的，5个月之后连人带船一起开过来。三、临行前老部长特别交代，一定要我给大家鞠个躬！"郑立柱说罢起立鞠躬。

"别，别，别！"指挥长们赶紧起身还礼不迭。不管搬指多牛，他们也知道部长的级别比他们高不止一级。

胡建飞对此视若无睹。

阿里见胡建飞总指挥长仍不开口，作揖说："我们知道责任不在你们，这都是搬指内部的事，千万不可如此客气，今后仰仗之处多多，我也代表推指向飞天部行礼了！"

胡建飞还是不置可否。

该说的说了，会场陷入沉默，十几双眼睛都在看着胡建飞。

胡建飞还是无动于衷。

理治

胡建飞表面上平静如水纹丝不动，心里却翻江倒海此起彼伏。他这时想的并不是金星工程的进度，他知道他这个总指挥长不孚众望。自己既没有言福如松那样的威望，也没有阿尔伯特那样的才智，更没有邢攸贝那样的谋略，所以搬指的人特别是这些分指指挥长们心里都不服他这个总指挥长。

搬指不少人背地里嘲笑胡建飞，说"从没见他为地球整体搬迁出过一个主意，还有脸当总指挥长"，还议论说他是靠捧新村长的臭脚才上位的总指挥长。人们明里骂阿尔伯特，实际上是在骂他，因为谁都知道阿尔伯特离开搬指已经快两年了。

胡建飞充满了自信。越过阿尔伯特和邢攸贝这两个强有力的副总指挥长，接受村长的这个任命，胡建飞的自信来源于他的组织协调能力。阿尔伯特虽然随时都有奇思妙想，但是缺乏将这些奇思妙想付诸实践的耐心和韧性；邢攸贝的组织协调能力和他在伯仲之间，处理人际关系的能力比他还强，但是他从狩猎队出来之后一直在社会科学领域发展，对于驾驭搬指这种绝顶级的科学技术组织就力不从心了；其他的分指指挥长们在各自的专业领域无疑都是出类拔萃之辈，但综合整合能力比起他来就不止差了一个档次。地球整体搬迁的工作，已经过了各学科各专业殚精竭虑、穷思冥想制订方案阶段，进入了烦冗纷杂、艰难困苦的实施时期，正是他这种不畏繁巨、耐烦琐碎的人施展拳脚的时候，所以言福如松村长和邢攸贝分别代表村委会和搬指找他谈话时，他欣然领命。

胡建飞心里非常清楚，火星工程现在的局面正是言福村长和阿尔伯特、邢攸贝两位副总长有意留给他建信立威的。他不能像言福如松村长那样高屋建瓴、居高临下拍板，因为他没有言福如松村长的业绩和威望，也不能像阿尔伯特那样用奇思妙想解决难题，因为他没有奇思部部长那样的智商，更不能像邢攸贝那样施智设谋打太极拳，这既不符合他的性情定位，他也没有研究院院长那样的资历。胡建飞只能用他自己的方法来驾驭群雄推进事业，而长久的沉默不语是第一招。

胡建飞的无声胜有声，现在这一招开始发威。他的不动声色使三员大将感到了巨大的压力，都有点后悔话说得有点过头，如果让这位新上司误会他们是因为看不起他而向他发难，而且他们各自心里明白自己下意识里是有这种意思的，今后的事情就更不好办了。但是能够当上指挥长的人，个个都是自尊心特强的主（阿尔伯特是唯一的例外），况且说的也都是实情，因此谁也不愿意先开口示弱，会场的沉默在继续。

仿佛是在打赌谁先开口谁输似的，胡建飞仍然没有表示出要说话的意思。

所有的人将眼光又都转向阿里，希望他打破僵局——他是路指正职。

阿里：“都说完了？情况就是这个样子，请胡总指挥长指示！”

辛格准备记录。

见火候已到，胡建飞终于开了金口，说："没有指示。我说过今天是座谈讨论会，也是一个出气会，我是做好了充分的思想准备前来挨骂的，没想到你们会这么给面子。三个地方我都看了，你们说的都是实情，除有点误会了阿尔伯特主任之外，你们实际上给我和邢副总长都留了面子，对这一点，我们心领了！既然是讨论会，我就想到哪里说到哪里吧。首先我代表搬指向你们表示感谢，你们为搬迁事业做出了很大的贡献……"胡建飞不说则已，一开口就是滔滔不绝。

辛格："您说什么？我们都羞愧得不敢见人了，还会有什么贡献？总长不会是讽刺我们吧？"

辛格虽不能和阿尔伯特相比，但是和阿里、威廉两位比起来，也是快人快语，因此接了话茬。其他人都以为总指挥长会先向大家表示一下歉意，没想到他绝口不提搬指的问题，一上来先表扬大家，不免有点意外，会场气氛开始转变。

胡建飞："咱们已经共事很久了，各位应该都知道我的脾气，我从来不讽刺人，不是不想，而是不懂。"

　　大家一想也是，不但从来没有听过胡建飞总指挥长说笑话，连笑脸也很少见到，所以会场气氛开始活跃。

　　胡建飞接着说："辛格同志之所以以为我是讽刺你们，原因是这个贡献是你们在无意之中做出来的。是什么呢？就是你们的温室大棚！你们在等待之中没有闲着，而是把自己的生活搞得出乎意料地好，这就是贡献！大家知道，谷神星上在吃流食，也向你们通报过老村长卸任前对搬指的批评，大家可能忽视了老村长最后宣布的一个原则——搬迁工程要先生活后工作。实话实说，我坐上搬总这把椅子之后，并没有为火星的事犯过愁，因为这只不过是缓急顺序造成的问题，实际上已经解决了，郑部长刚才已经表了态，今后你们成被关注的焦点，想偷懒恐怕都不行了呢！"

　　没有人插嘴，胡建飞总指挥长接着说："我是为取水队的生活问题头疼得睡不着觉。10000多号人的生存问题啊，加上路途遥远，即使十分之一亚光速货船造出来了，几十上百年顿顿吃飞天食品，谁能受得了？况且他们还要付出难以想象的艰苦劳动。搬指留守的这些人绞尽了脑汁，却没想过建温室大棚！你们不等不靠，不讨不要，把生活搞得这么好，这就是一个大贡献！"

听了胡建飞总指挥长这番话，大家欣喜之余都感到惭愧，因为这根本不是他们想出来的主意，而是承袭了几亿年间火星探险者、工作者们早就做了的事，所以大家都有点不好意思。阿里想说明情况，被胡建飞摆手制止了。

胡建飞接着说："你们别不好意思，我知道这是老祖宗们已经做过的事，但是他们建的都是完全依赖太阳光的温室，而你们却是在两极建起了电温和光温相结合的大棚，是300多天的极夜啊，这就是创造！将来在柯伊伯星上是没有太阳光的，正是这一点阻塞了我们建温室的思路，还是你们聪明啊！我谨代表取水队向你们致以崇高的敬礼！"说罢起立一躬，大家赶紧还礼不迭，会议气氛开始热烈。

"请总长别再表扬我们了，快说说今后怎么干吧！看着别人立功的立功受奖的受奖，我们心里实在不服！"辛格激动地站起来，挥拳跺脚，一不小心蹦上了桌面。

其他两人异口同声："是啊，是啊，快议正事吧！"会议气氛达到高潮。

"这也是正事，而且是最大的正事！"胡建飞知道他已经通过了升官之后的第一次大考，一高兴话就多了起来，说，"你们所谓的正事，不就是工程进度吗？飞天部已经保证你们第一优先，剩下的事情还需要我来唠叨吗？"

阿里诚恳地说："不用劳您的大驾了！只要运输畅通，剩下的事情如果我们还搞不定，那真得回家哄孩子了！不过我们还是希望解决一下道路和通信的问题，现在三处人马各自为政，会影响今后的联合调试，能否考虑给我们派个领导来统一指挥一下？"

胡建飞："你说了三个问题，我先答复第三个。搬指已经内定魏德全同志担任让道项目指挥长，他是开路神嘛。威廉和辛格同志是当然的副指挥长，将来还要派一位女将来管理你们的生活。德全同志正在谷神星上解决重水驳运的问题，至少要一年之后才能过来就职，在此期间由阿里同志代理，等他到任后你就要回地球了，那里才是你真正施展才华的舞台。关于道路和通信的问题，当然应该解决，但具体怎么解决呢？你们知道我是冶金专业出身，想出来的主意不会比你们更高明。这样吧，咱们先看一段视频，说不定会有启发。"胡建飞说完向菊花示意。

菊花给大家放的视频是没有剪辑的完整版谷神星第一次领队会议记录，不但瓦西里骂娘的话没有删除，连他们猜谜喝酒的内容也保留了。

看完之后辛格气得直拍自己的大腿，说："我们三个就是三头驴！就蠢到如此地步，光顾着骂娘了，就没想到要自己想想办法！你们说我说的对不对？"

威廉不拍大腿而是揪头发，说："五六年的时间哪，我们只想着养鸡种菜了，如果早动起来，何至于走起路来翻江倒海、通起话来吊死鬼咽气？"

"这么说能够自己解决？"胡建飞笑了。

"太能够了！阿里兄，我先说吧？"辛格请示，阿里含笑点头，"我们的织房机都闲得要生锈了，而当年老祖宗们是先织路后织房子的，怎么就把这茬给忘了呢？！"

"可不是吗！"不等阿里插嘴，威廉已忍不住了，"火星上什么都缺，唯独不缺石英，是哪个混蛋吵着闹着要发卫星？"他这是在骂自己，"不到50000千米的光缆，半年工夫就能造出来！"

"而且不用另外的机器，"阿里笑着插话，"在织房机上加个提纯抽丝绞股敷膜装置就行，这些东西在制造署的仓库里堆积得都长蘑菇了，等运来装上后，道路和线路同步前进，三处同时开工，半年后就能向搬指报喜了。"

"亲爱的部长老爷，"辛格向飞天部部长作揖，"求求您老人家现在就发个话，请贵部明天就给我们发艘最小的飞船，运6套光缆制造机来，不要动力那一部分，顺带捎3套或者6套有线通信机来，拜托！"

飞天部新部长郑立柱笑而不语。

"现在终于急起来了？"菊花笑道，"你们不喜欢吃我们带来的好东西，所以连我们飞船的货舱都懒得进去，如果你们昨天有兴趣进去搬东西，12套光缆机、24套有线通信机，现在就已摆在这里了。再告诉你们一件好事，我们的货仓里还有3台超距通信机！这可是从老虎嘴里抠出来的，不知道得罪了飞天部多少人呢。"

"总指挥长万岁！"辛格和威廉同时高喊，引起一片哄笑，这是火星工程自上人以来第一次有开心的笑声。

"不要谢我，"胡建飞却没有笑，"这是你们腹诽了不知多少遍的阿尔伯特同志的创意，要谢应该谢他。"

"请你正式记录在案，"阿里向菊花示意，"我们正式撤销对阿尔伯特主任的非难，正式向搬指和他本人道歉，同时请求处分。"

"阿里说的我们都同意，但是我个人有点保留。既然他早就想到了这个办法，为什么一直瞒着我们？"辛格为失去的光阴耿耿于怀。

"真是啊！连总指挥长也一起隐瞒，害得我们个个出尽洋相，这有点不太仁义吧？"威廉也反应过来了。

"自己养的孩子最疼，自己想的主意最爱。索性把底子全交给你们吧，是村长严令不准向你们透露的！"胡建飞笑着说。

几个人忍不住问："是老村长还是新村长？"

"这话不是你们该问的，但是我愿意回答，是两个村长一起下的命令。"

阿里郑重表态："我明白了，万分感谢领导们的苦心！从今之后，搬指只会听到我们的喜讯，不会再听到我们的叫苦声。"

"先别把话说满了，"威廉赶紧接话，"现在就有一件需要叫苦的事。虽然有了制线机和通信机，但是火星上没有橡胶树，如何敷膜？"

"你可真是'只缘身在此山中'了，在这里要橡胶何用？沿路基敷无机硬膜铺到房间里再软接不就行了吗？"辛格已经想通了。

威廉："也是，我又犯傻了。"

"没别的说了？那就散会吧。昨天晚上剩了那么多菜没倒掉吧？我要和你们干几杯了。"第一场大考顺利结束，胡建飞来了兴致。

"哪能给领导吃剩菜！"槐花喜笑颜开，"我早就吩咐厨房准备了，只有蔬菜，荤菜要吃你们带来的，菊花主任悄悄给我发脉冲了，有很多好东西我都没听说过呢，你们不吃白不吃！"

"那还愣着干什么？还不快去搬哪！"菊花笑着推了她一把。

"走，搬东西去！"大家一哄而起，纷纷穿上航天服向飞船跑去。

这头指挥长的气顺了，那头科委主任的气却还没顺。

阿尔伯特一直惦记着要找言福如松讨个说法，却一直没有合适的机会。村行政高官要不定期地给全球的学生讲课，这是必须履行的法定职责，今天轮到村长和科委主任给学生上大课，题目是"地球整体搬迁"，因此邀请言福如松和阿尔伯特来讲。主课堂自然是万花城学校的草坪广场，不分年级，全体师生都来听讲，各庄学校分课堂也是如此，由宣传院负责实况直播。

阿尔伯特早早来到课堂，有意无意地和言福玉走了个对面，顺口叫她告诉奶奶准备点好吃的，讲完课后爷爷要回家吃饭，他也跟着去蹭一顿。言福玉自然巴不得，立马和奶奶通了话，肖樱芬更是高

兴，马上请假回到村长官邸看菜谱，然后通话问老
伴想吃点什么，搞得言福如松一愣，言来语去才知
道是阿尔伯特捣的鬼，他也一直想和阿尔伯特好好
聊聊，所以就顺水推舟答应了。

菜肴虽好，阿尔伯特却没有酒兴，言福如松已
经过了贪杯的年龄，所以也不劝酒。两人酒菜下肚
没一会儿就饱了，溜达到前花园里边消食边闲聊，
这正是阿尔伯特所期望的。

肖樱芬知道阿尔伯特要谈正经事，也不来打
扰，只是反复给孙女夹菜，絮叨着让她多吃点。

两人的关系情同父子，不用过门话，阿尔伯特
直奔主题："快两年了，我到现在还是想不通，为
什么把我赶出搬指？难道仅仅因为谷神星上的那点
小失误吗？"

言福如松："那点失误算事的话，还升你
的官？"

阿尔伯特："我比胡建飞还小三十几岁呢，就
让我养老，是不是早了点？我从来也没想过和他争
位，你们为什么这么心虚？"

言福如松："我第一次听说，科委主任是个养

老的官。"

阿尔伯特："反正我不愿意干！要不是纪律压着，我几次想申请病退呢。"

言福如松："我知道你的心思，甚至比你自己知道得还深。我也一直想找你聊聊，今天就成全你吧。为了搬迁大业顺利进行，你必须离开搬指，这是我、孟村长、攸贝同志三人的共识。"

阿尔伯特："就是这一点上我怎么也想不通！"

言福如松："我们理解你。如果你能想通的话，反倒不用搬开你了。"

阿尔伯特："这究竟是为什么？我不是反复说过不争位吗？别人可以不相信，难道你这个看着我长大、亲手提拔我成长起来的老领导也不相信吗？"

"这一点不单我，其他人也都相信。"

"那我就更不明白了。"

"道理极其简单，因为你太聪明了。"

"可我的聪明都是用在正道上的啊！"

"正因为这样，你继续留在搬指就要坏大事。"

"这是为什么？"

"现在搬迁已经过了制订方案的阶段，剩下的是坚定不移地实施方案，这时最忌朝令夕改，你的天性决定了你一天会有几个主意，以你的业绩、成就、资格、职位、威望和影响力，你提出来的东西谁会反对？谁敢反对？但这样一来，所有工程的进度都会受到严重影响！这就是你的破坏性！"

"我终于明白了！可这并不复杂啊，你们为什么不和我明说呢？我闭上嘴不就行了吗？"

"那不但是对你的不负责任，而且是对地球村资源的浪费。"

"好吧，退而求其次，副总指挥长我不当了，让我负责一个专项总可以吧？"

"还说明白了呢，这就是你和赛尼德本质上的不同，他比你小50多岁呢，可人家就知道什么时候该退场。斯坦福特别庄庄长是他自己费力争取来的，而你却还是这么执着。"

"这么说来，我的历史提前这么多年就结束了？"

"不仅仅是你一个人的历史，整个搬指这一茬所有人的历史都已经结束了，从19项工程被批准的那天就结束了。"

"可你是例外吧，不是升了村长了吗？"

"那是两码事！实际上我的历史比你结束得还早，从第二次全民公决通过整体搬迁设想那天开始，我的历史就结束了。索性再给你说明白点吧，将来你留在历史上的记录会比我多。"

"这怎么可能？"

"确定、一定以及肯定！将来我的历史记录只有一句话：他主持制订了地球整体搬迁方案。而你呢，至少是三句话：他第一个提出了地球整体搬迁设想，他第一个提出了'赖皮'的设想，他第一个将太阳称为大娘而将天苑四称为'二娘'。同志哥，该满足了。"

"按照你这个标准修史，我岂止是满足，简直是受宠若惊了。可是有一点是不对的，第一个正式提出整体搬迁的人是你，不是我。"

"是你第一个向我提出了这个设想，还在那次向村长汇报时特意说明过，难道忘了？"

"那只不过是灵光一闪顺口一说而已，从来没想过能不能实施，是你把它变成了科学的方案，我怎敢贪功？"

"难道我就可以欺世盗名吗？"

"我们爷俩这是怎么了？青天白日的讨论死后的事干什么！将来的历史怎么写，由不得我也由不得你。还是说我的事吧，难道今后我只能当'诗人'打发日子了？可我连平仄和互文都不懂呢，在北极试验长臂猿时写了一首'诗'，曾让宣传院长骂得狗血淋头。"

"谁让你当诗人了？科委有多少正事要你操心，还有闲空作诗？"

"我已经老了，没什么正事了。"阿尔伯特语气充满悲凉。

言福如松："现在就有两件大事需要你马上全身心投入，另外还有一件更大的事需要你未雨绸缪。"

"真的？"阿尔伯特精神一振但随即又萎靡了，"我知道，不就是开美容院吗，求您老人家了，让我去做这样的事，还不如杀了我呢。"

言福如松："胡说八道。这件事不比搬迁的事小！搬迁是为了活命，美容是要活得更好，你说重要不重要？你要真把这件事情做成了，说不定还会被妇女们评一个什么旗手呢，那可是要上天梯的！"

阿尔伯特："好，好，好，我做还不行吗？还有一件什么事？"

言福如松："这一件你肯定喜欢，我想让你辅助英迪尔副村长，把太阳模型尽快做出来。"

"这个当然喜欢！我已经这样做了呀。"

"你没有明白我的深意，英迪尔副村长教了一辈子书，从来没有真正做过工程，我是要你发挥出你那狗头军师的特长，多在可行性上操点心。"

"明白了，坚决完成任务！明天就开会。"阿尔伯特不想错过任何能展现他能力的事，"那件更大的呢？"

"你猜猜我现在最忧心的是什么事？"

"这还用说？怕胡总长压不住阵呗，我也听到些议论，不服的居多。"

"完全错了！你还不知道呢，他已经把金星上的那帮刺儿头镇得服服帖帖了。这里有你一份功劳，如果不是你顶着骂名，迟迟不批那些叫苦的报告，胡总要镇服他们，会多费许多周折。"

"真的？祝贺他这么快就通过了大考！那你还有什么忧心事？真猜不出来了。"

"你不觉得太阳这段时间太平静了吗？"

"上次在天眼上你不是说过了吗？强磁加大伞，还有什么可怕的？别学杞人了，好好享受一下当村长的福吧！"

"不能不忧天哪！大娘再发病，十有八九是场大的，辐射固然不怕，我忧心的是火焰！现在除了赤道上那块特意保留下来供教学和游览用的不大的沙漠，全球的陆地上都是浓密的植被，一颗火星就成燎原之势，万一一束日珥直接扫到地球，怎么得了？"

"这也不怕，调一场暴雨过去，再大的火也能灭了！现在不都是这么干的吗？"

"这种办法对付凡火可以，对付天火恐怕不行啊。"

"为何不行？"

"如果一束日珥扫到地球，什么伞能经得住烧？伞一烧坏，还怎么调雨？"

"……"阿尔伯特少有地沉默了。

"慢慢想，不用着急，拍脑袋想出来的主意，我还不敢要呢。"

"主意已经有了，而且不止一个，只是我不敢说，你已经在天眼上当众宣布过，搬指的事不许我多嘴了！"

"谁说这是搬指的事了？"

"你的意思是……"

"你呀！最近我一直在考虑一个问题——搬指该如何定位？这个组织一成立，实际上就一直居于部、委、院、署乃至村长办公会之上。长久这样下去，会对地球村的正常管理造成极大的伤害。我和孟老村长与邢攸贝同志小范围讨论过几次，一致认为现在就贸然撤掉搬指，将会对整体搬迁造成致命的伤害，最好的办法是逐步剥离一些职能，逐步把它变成一个受现行体制管辖的执行组织，甚至只是一个协调机构，而不是像现在这样，既决策又执行还自带监督。把你和劳拉调开，不要胡思乱想，调她当制造署副署长，是专门负责造超距通信机的，让邢攸贝同志兼任村委会秘书长，还可加上我接任村长，都是削权的初步措施。"

"这是什么时候的事？"

"我孙子结婚那天。"

"我的天梯啊！我服了。"

"所以你完全不必担心你的用武之地，今后凡是与搬迁无直接联系的项目，还是要由科委管起来，即使是有直接联系的项目，只要不在19项之内，也要由科委管起来。"

"接令！那我就把想法说出来吧！"

"不要着急，"言福如松赶紧制止，"奇思部部长可以随时把不成熟的想法说出来，由别人去论证可行性，科委主任就不能这样了。我向科委要的是一个或几个经过严密论证过的、理论上可行的方案，而不是奇思部的一个或一些脑筋急转弯式的奇思妙想。"

"是！我一定学着转变工作方式。"

"可真是爷俩啊，就有那么多话拉！来，喝口茶润润嗓子，再接着侃。"肖樱芬和言福玉一人端着一杯茶来到身边。

"谢谢师母！"阿尔伯特接了肖樱芬的茶，一口喝干后道谢。

"我说阿尔伯特啊，看你和这个老东西那么投缘，做玉儿的干爹怎么样？"

"我愿意我愿意！"言福玉把茶给了爷爷，听奶奶这样说，急忙拍手顿足凑趣，"反正我亲爹不管我了，正想找个干爹疼疼我呢。"

"胡说八道什么？差着辈分呢。"言福如松说。

"我知道师母的意思是要认我做干儿子，这是多么荣幸的事啊！但是得等师父退休后才行吧？"

牺牲

退休的孟茂康村长和王国兴副村长，以下棋为名，在哈比卜副村长的陪同下，到谷神星上考察取水（实际上是陪伴取水），飞船到达时，正好赶上长臂猿试机，他们乘便检阅了取水队伍。

哈比卜代表村委会和搬指按下了开机按钮，首先动起来的是一次就能挖1000吨冰的四个巨大的抓斗，然后是旋转的冰筛，冰筛下面是一个巨大的融冰分离锅，分离后含量仅不到万分之一点五的液态重水，纯度为0.9999999999，直接用泵通过伴热保温管道，也就是长臂猿的长臂，输送到1500千米之外的南极方向的推星器上造星，轻水蒸气再冷凝成水后，向相反的北极方向泵送。按照杰克逊教授最初的设想，轻水是直接弃置的，哈比卜副村长建议也安上推星器，准备推向地球制造太古冰水美容产品。

两台长臂猿，都是在地球北极冰原上反复试验、修改、完善过的，运行正常。

魏德全没有参加开机典礼，此时正在长臂的1500千米之外的南极端头，守着他发明的推星器，等着出水。与他在智神星上试验的推星器不同，重水推进器比古典的常规氢氧火箭多出了一个喷口，看起来像一根60来千米长的大圆柱子，全部装满了用谷神星冰水就地电解压缩而成的固态氢和固态氧，之所以设置成两头都可以喷射的样子，是为了节省调头减速喷嘴。横架在长臂猿的出水口上的火箭，已经缓慢轴向旋转，遮阳被还没有罩上，他想亲眼看看出水情况。

魏德全几个人没有回去吃饭，一直等了一天一夜才把水等来。这些液态水一出管口，很快就凝结成冰冻结在火箭上，等到谷神星上的重水全部提取光了之后，会自动形成一个直径接近60千米的重水冰球，一点火就可以开往金星，到达之后一反喷，就可以减速直接落到接水码头上。火星上没东西可烧，一次性接过来就行，不像月球还要由小飞船驳运，这就是推星器的奇妙之处。

终于出水了！魏德全恨不得趴在出水口上仔细看结冰情况。

所有人一直担心的情况发生了：连续水流的微小紊流动量累积成一个推力，使长臂在无重力的虚空中摆动起来，摆幅越来越大，他们不得不开启推星器的定位喷嘴校正，渐渐地，定位喷嘴也校正不了，直线震荡摆动变成了划圈，圈子越来越大……

第一次开机失败了，魏德全在通话机里大叫："停机！"

庆祝加接风的宴会推迟了，旅游部精心排练的慰问演出取消了，副队长东方慕贞邀请孟茂康、王国兴和哈比卜参加事故分析会。哈比卜欣然应邀，孟茂康和王国兴婉拒了，他们要去下棋。

虽然出师不利，瓦西里却没了上次会议上的急躁。相反，他的脸上还有些许轻松。

瓦西里说："咱们也学'搬指'会议，不检讨、不辩解，只想办法，下面先请哈比卜副村长做指示。"

哈比卜知道瓦西里客气，仍忍不住亮出了他心头的疑问，这也是所有人的疑问："我是来学习的，只带了耳朵。我只想请教一个问题：为什么要将输水管道做得这么长？"

杰克逊教授答道："谷神星的极向半径有950多千米，将来轻水星的半径有500多千米，即使是1500千米的长臂，将来两星之间也只有不到200千米的净空，已经算是极限了。"

哈比卜："谢谢，我明白了。"

"咋整？"瓦西里轻松地问道。

杨文进回答说："还能咋整？只能砍短呗。"

杰克逊教授说："千万不能砍短，现在这个长度我还担着心呢。两颗星隔得这么近，会不会吸引到一起呀？科委模拟的结果，1500千米是极限距离了。"

勒纳说："即使是这样，还是可以砍短的。以出水端口做轻水星的中心是极限了，但是我们可以让它做边缘呀，事实上我们只能拿它做边缘，这就可以砍短500千米了。"

杰克逊教授说："对呀！我怎么没想到呢！"

　　杨文进打趣说："因为您是热工专家而不是几何学家。"他们已经亲如兄弟了。

　　瓦西里问："砍短500千米就行了吗？"

　　勒纳说："没底。"

　　魏德全说："还可以再砍得更短一点！实际上我们完全不要长臂都行！"

　　"……"

　　在座的都是人精，知道"开路神"不会在这种场合信口开河，因此都不说话。

　　瓦西里性急："有话快点说，别憋得人难受！"

　　魏德全也开始学阿尔伯特的摇头晃脑："我的话怎么会憋着你们？各位总是不把本开路神的发明放在眼里，我们为什么一定要造一颗轻水星呢？我们造一万颗不行吗？"

　　哈比卜本来打定主意不开口的，实在忍不住了，说："那有什么区别？"

　　不等魏德全开口，杨文进已想明白了，说："区别大着呢！化整为零，造一颗小星推开一颗，推得远远的，再造一颗小星再推开一颗，推得远远的，我们不就没事了吗？妙啊，太妙了！"

"是啊，太妙了！！"连女的也一起喊起来。

哈比卜也反应过来了，说："对啊！这下我的美容液也不用费功夫了！"

"要多少给您多少！"魏德全正色答道。

瓦西里跳起来一把揪住魏德全的领子一边叫道："大家快来揍这小子一顿！这么好的主意为什么不早说？打！"

"噢——是该打！"众人一齐拥上来，七手八脚抓起他就往上抛。

"救命啊！杀人啦！"魏德全被飞船舱天花板重重一撞，落在地板上又弹起来，还是很疼的。

"报告！搬指来电。"机器人秘书将电报递给瓦西里：

拆掉长臂，化整为零。另请魏德全同志想办法将拆下来的长臂送到月球上去，说不定将来有别的用途。

搬指通过天眼和超距通信机，及时掌握了长臂猿开机失败的情况，想出的对策和魏德全的一样。

"怎么回事？谁被杀了？"赢了棋的王国兴兴冲冲地跑过来问道，孟茂康有点抑郁地跟在后面。

"报告！杀了开路神。这小子有好主意不早说，故意看我们的笑话，村长给评评理，该不该杀？"

至此，地球整体搬迁迈出了实质性的一步。

由筹指起草、胡建飞签发的谷神星取水阶段性总结报告，放在村长办公会成员的案头，科委、飞天部、生存部、旅游部、调雨部、制造署主官的手上也有一份，主要结论如下：

1.长臂猿须改成螃蟹，应有电解水功率冗余。

2.重水星和轻水星的最大直径以50千米为宜，推星氢氧火箭和遮阳被按此标准制造。

3.同时开工的50颗星，每颗柯伊伯星的装备按照以下标准配置：

①联合取水机2台（含电解水制氢氧装置）；

②超距通信机3台；

③微型通信中继卫星6颗；

④60人同时就餐小型厨房（带做饭机）兼餐厅2个；

⑤带起飞动力的120人（60对）太空帐篷2座（含排泄物制肥功能）；

⑥帐篷型电热温室蔬菜大棚2座；

⑦带磁固定和电热融冰固定功能及飞行功能的取水工作服1000套；

⑧综合办公服务型机器人4台、餐厅服务型机器人6台；

⑨工作型机器人按谷神星配置标准配置；

⑩星面气垫车4辆（用火星气垫车型改装）；

⑪百人摆渡飞船2艘；

⑫带300人厨房、舞厅、室内足球场并能储藏300人4年食品的客货滚装飞船1艘。

4.取水队组织机构设置：

①领队1名；

②副领队1名（原则上与领队是异性）；

③工程指挥长1名；

④工程副指挥长1名；

⑤生活委员1名；

⑥文体委员1名；

⑦安全委员1名；

（以上7人均为专职，组成管理委员会）

⑧厨师10名（由随队女家属经培训后担任）；

⑨蔬菜种植员20名（由随队女家属经培训后担任）；

⑩工地安全员20名（取水队员兼任）；

⑪各类技术员若干名（取水队员兼任）。

5.取水队员应两星一换，后续新队员的选拔培训，需纳入搬指常规管理内容。

6.要在十分之一亚光速货船能飞之前，提前将生活设施及10年的食品储备放置到取水目标星上，生活设施调试正常之后才能上人。

村长办公会扩大会议批准了上述计划，交制造署进行制造。

美容、防火、造小太阳会议在科委召开，阿尔伯特主持，英迪尔和已从谷神星返回地球并顺道带回一船轻水来的哈比卜两位副村长参加会议，杰克逊、凯瑟琳和已从火星返回地球履职的阿里被特邀参加会议。本来魏德全也需参加，但他直接从谷神星去了火星就任驱星指挥长了，因此没有到会。

第一个议题"美容"没什么可讨论的，仅谷神星就有50多亿亿吨轻水需要推开，只要试验证明确有美容效果，水源应该说是取之不尽用之不竭的，责成科委试验院生命科学所开始试验研究即可，会议无异议立项。

第二个议题"造太阳"也只是走走程序，万分之一体积（不是质量）太阳模型的图纸已经画出来了，大小和斯坦福差不多，与斯坦福不同的是里面装的是氢、氦、碳，英迪尔希望用它模拟50亿岁太阳内部氦壳层的核聚变机制，以便找出随机性碳氦闪耀的规律用于预报。

英迪尔指着三维视频图纸说："这个小太阳虽然大小和斯坦福差不多，但是其他方面却与宇宙堡毫无相似之处。首先这就是一颗人类现在能造出来的绝顶级大氢弹，反应温度将达到1000万至1500万摄氏度，压力为800亿个标准大气压（80亿MPa），如果做成了，它将不仅能预报太阳耀斑，还可以发出巨大的热能。与绝大功率聚变电站不同，它只烧氢、氦、碳，不烧氘、氚。当然，这个试验是不能维持多久的，磁约束层很快就会被烧毁，所以不能充当地球推进器的动力源，阿里同志不用担心我会抢你的饭碗。"

阿尔伯特问："最乐观的估计一次试验能维持多久？"

英迪尔："设计要求为1秒。"

阿尔伯特又问："最悲观呢？"

英迪尔："万分之一秒。"

阿尔伯特再问："这么短哪？"

英迪尔："在高能物理领域，这就等于上亿年了。"

阿尔伯特继续追问："这有什么意义呢？你还是探测不到什么。"

英迪尔："恰恰相反，所有的聚变过程我们都能通过内壁上的探测头记录下来，等冷却之后，我们还可以检测到生成物。有了这些信息，我们一定能找出小微尺度的碳氢闪耀规律来。"

阿尔伯特说："聚变释放出的巨大的热量会炸毁这个装置。"

英迪尔："反应完毕之后立即银冷。"

阿里插话："我也有个疑问，既然是探测观察聚变反应过程，何必费这么大力气造专门装置呢？我的电站核聚变腔内分分秒秒都在进行着聚变，安上你所说的探测器不就行了吗？"

英迪尔："表面上看起来是这样，实际上是完全不同的。第一，你的聚变腔里烧的是氘、氚，而且只产生氦而不产生碳。第二，你的聚变腔温度虽然能达到1亿多摄氏度，但是压力却比地球大气压还小。我们要模拟太阳氦壳层的物理参数，只有这样才能找出规律来。"

"你如何使之达到这种状态下的参数？"阿里是这方面的专家。

英迪尔："加足常温物质之后静态加热。"

阿里："这需要巨大的电力。"

英迪尔："细水长流式加热，耗电虽多，功率却不大。"

阿里："我还有个疑问，既然同样是探测器检测，直接探测太阳不就行了吗？我们有那么多人造行星围着它转呢。"

英迪尔："太阳上有巨厚的对流层，再厉害的探测器也看不到氦壳层。"

阿里："模型里就能看到吗？"

英迪尔："能看到，我们模拟的就是这个区域的参数。"

太专业了，别人都插不上嘴。

阿尔伯特问道："没别的问题了？既然技术上可行，剩下的问题，一是需要多少聚变腔特殊材料？二是建在哪里？"

英迪尔："因为要能承受80亿MPa的压力，聚变球材料的数量是个天文数字，只能请阿里指挥长先割爱，建设地点离有生物的地方越远越好。"

杰克逊发言："第一个问题好办，筹指经过评估，发现这实际上并不影响阿里老弟的绝大功率电站的进度，只要把聚变腔撇开，只管先做其他的事，等英迪尔村长的试验做完了，如果装置还没被烧坏，直接拉过来做你的聚变腔就行了，比你的极低压力等离子氕氚聚变腔还阔气好多亿倍呢，你说是不是？退一万步讲，即使烧坏了，材料还在，重新织一个聚变腔也用不了多长时间。"

"我同意！"阿里代表推指表态。

"谢谢！"英迪尔站起来行礼，阿里还礼。

阿尔伯特："好，第一个问题就这样定了。第二个问题，建在哪里？"

阿里："既然这个装置最终是我的东西，当然离南极越近越好。"

"那就西格尼岛吧。"阿尔伯特打开三维地图指点道。

"同意。"一致通过。

会议接着讨论如何挡火，在排除了利用大行星的卫星和月亮之后，新当选的哈比卜副村长，问用谷神星的每颗直径为50千米的10000颗轻水球冻结成一个2000千米直径的冰饼子，放在地日系拉格朗日L1点上行不行？这个脑洞大开的主意获得了与会者的一致赞成，在大冰饼子上，再盖上一床20米厚的全反射防火被子，就可以当挡火墙了。

"好，所有议题都有可行方案了，下面请两位村长指示！"议定了挡火墙的方案之后阿尔伯特非常高兴。

"没有任何指示，只有感谢的话！万分感谢你们！"排位靠前的哈比卜先说道。

英迪尔有点激动地说："我也是！从今天的会议上我学到了很多东西。我在学校里教了一辈子书，虽然有了一点虚名，但是没有做成过任何一件实际的事，这次这个太阳模型构想，我也没抱多大的希望，没想到到了你们这里好像小孩过家家似的，几句话就能动手做了，感触太深了！向你们学习！"

"可不是吗？防火这么大的一个难题，在你们这里轻松地当场连具体方案都出来了，真是大开眼界啊！"哈比卜补充道。

阿尔伯特也开始学着说场面话："两位村长过奖了，实质性主意都是你们两位出的，我们只不过是执行罢了。特别是哈比卜村长，你这个主意挽救了我们多少脑细胞啊！我还得向你道歉呢！当初叫我开美容院，我是100个不愿意，背后说了你不知多少怪话，现在郑重、正式、真诚地向你道歉！"说罢郑重一鞠躬，大家都笑起来。

凯瑟琳凑趣说："别光说好听的，我和英姐可等着你的神水呢！别跟我们承诺一万年以后啊，是不是英姐？"

英迪尔只笑不语。

阿尔伯特："半年之后出结果！"

心情最好的人是哈比卜，因为他终于为搬迁出了份力，他十分清楚就凭这一条，将来一定会上天梯，获得世人的尊重。

砍掉了联合取水机的长臂并解决了吃饭问题，谷神星上的取水进入正常轨道。转眼到了赖元76年，谷神星被挖完了，按照搬指的设想，是让取水队回地球休整一下再上柯伊伯星，但这时的十分之一亚光速飞船才刚试飞，常速飞船一来一回要很长时间，于是取水队决定不回地球了，分成100支队伍直接开上柯伊伯星。为了解决女队员想孩子的问题——有的都快得精神病了——决定让孩子们乘亚光速飞船前去探亲，于是言福玉上了冥王星。追了她整整一个学生时代尚未追到手的伊万，通过未来的大舅哥言福金，找到胡建飞走后门，也乘给养船追了去，上演了一场百亿里追美人的痴情剧。

用谷神星的轻水球堆积在位于地日系L1点上的、直径2000千米、包裹了20米厚的全反射防火被子的挡火墙造好了，经过一次大娘发大火的检验，非常成功，地球暂时不怕日珥烧到它了，而且在地球的赤道上还可以天天看日环食。

火星工程已经完工，用谷神星提取的重水制成的重水球，成功降落在火星南极上，驱战神让道的条件已经具备。

"斯坦福之母"茱莉娅病逝了，遵照她的遗嘱，人们将她的灵珠埋在了斯坦福上。为了表彰她在宇宙堡上的特殊贡献，村委会决定给予她克隆一代的奖励。这个奖励被她的家族滥用了，由此埋下了斯坦福闹独立的后患。

伊万走后门乘取水队的给养船上冥王星追到美人的事情，被劳拉在超距通信机上留的后门侦听到了，劳拉将这件事匿名上报了善恶院。言福如松村长公开向全体村民道了歉，取消了言福金、伊万诺夫娜、伊万、言福玉的太阳系旅游资格。

肖樱芬自从听到孙子、孙女、孙媳妇和已经取得实质资格的未来的孙女婿被取消了太阳系旅游资格后，就离开万花城的村长官邸，和言福金、伊万诺夫娜住到了一起，再没与丈夫说一句话，只要是言福如松来的通话视频，她就坚决躲开。今天的中秋夜宴，老头子也没回家，肖樱芬却主动接通了通话视频，要他和她一起到天梯上去接孙女。

　　这段时间的言福如松连吃月饼的时间都在办公，刚刚为危机院签发了三天后将有里氏2000级地震的预报，要宣传院立刻滚动播发，此刻正在听取专为取消公务人员走后门而制定的《纠察法》第一稿起草汇报，就让机器人秘书回复没空。

　　秘书出去通完话进来笑着大声说："领导发话了，如果你敢不去的话，这一辈子再别想见到她和孙子孙女。"

　　言福如松只好在僚属们的哄笑声中宣布休会，匆匆赶往天街与夫人会合。

　　言福如松一路上不停地威胁秘书，说要给它换程序。机器人秘书开始还忍着，听言福如松唠叨起来没完没了，忍不住怼了一句："你不懂换！"使言福如松住了口。

　　赖元100年，英迪尔副村长主持建设的太阳模型已经造好了，却得不出预报数据，急得阿尔伯特头发都掉光了，斯坦顿建议在试验产生的特异中微子上想想办法，这需要光脑和算法的配合，言福如松重新起用了劳拉。

月亮背面上的艾维德教授已经没有空踢球了，随着柯伊伯陆续出水，月亮上的炼氘工作已经开始。当初不让重水球直接落到月面上的设计是正确的，既避免了尘土飞扬，也避免了月亮轨道漂移，但是比起火星来，接水就麻烦多了。重水球到达四个拉格朗日点上停住之后，百万吨级运水船开始穿梭运水，接水码头上一片繁忙，液态氘运氘船则在另一个码头穿梭于天街之间。艾维德教授从一个取火专家变成了交警队长。

冥王星上的冰雪已经被挖了一大半，两只"螃蟹"是沿着赤道顺时针追逐的，开采面已经挖到南北纬60度线上，普鲁同的身体已从球形变成了对着长的蘑菇形。除了重水被运往月亮之外，甲烷等含氢的物质也没有丢弃，有氢就有氘，在艾维德教授的建议下，凝成了另外的冰球，同样发往月亮用另外的工艺炼氘，轻水冰球也没有盖被子，在环冥轨道上渐渐地形成了一个珍珠环，不用天眼，用地球上的一般天文望远镜就可以看到。

今天是言福云亭当班，"螃蟹"的大螯一铲子下去，竖直切出一面100米的冰壁。开这样的机器真是太过瘾了，工作四班倒，歇人不歇马，计划50年的开采期，已经大大提前，再有10来年就可以回家了。想到这里，言福云亭有点想爸妈和孩子们了。俩情圣是脱了校服的当天结婚的，玉儿结婚时队里本来叫他们两口子回去参加婚礼，他以别人大都没有回去过为由拒绝了，他知道作为村长的儿子自己必须得这么做，只让东方慕贞一个人回去了一趟，她也没待多久即乘给养船回来了，带回来一人箱子高保真视频，两口子依偎着看了好多天。

"螃蟹"要挪窝了。言福云亭按照程序，先开启了深深插入地下的八根爪子上的电热器融冰，通知发电机和融冰锅上的工友做好准备，将两只巨螯摆到"螃蟹"两侧，使劲使它悬空，然后开始往上提爪子。

突然，八股巨大的甲烷气流急速喷发出来，灰白色的浓雾将整个"螃蟹"笼罩，言福云亭还没来得及惊呼就陷入了一个大坑里，随即挖掘面上的冰壁倾倒下来，将整个机器埋得无影无踪。

冰爆！最悲惨的事故发生了。

不管女家属们如何歇斯底里地挣扎，按照既设程序，居住和厨房帐篷自动开启了逃逸模式，火箭腾空而起，大家眼瞅着蘑菇云越来越小。

言福如松携邢攸贝、胡建飞、阿尔伯特以及制造署新任署长，在飞天部部长郑立柱的陪同下乘坐亚光速飞船，半天就落到了儿子牺牲的工地上，随即命令飞船立即再飞去接瓦西里和杰克逊教授。

1号和2号取水队的全体人员，已经全部撤到后勤母船上，4顶帐篷在母船旁漂浮，得知村长已在星上降落，6个队委加12个女家属乘摆渡船赶来会合。东方慕贞一下船就扑到公公面前哭晕了过去，另外的11位则扑到冰堆上痛哭，这时是劝不住的，于是大家一起陪着痛哭。

亚光速飞船扔下瓦西里和杰克逊教授，奉令赶回地球运带发电功能的挖掘机和冰铲及专业救援队。地下仍然不停地冒气，地面也不停地颤抖，在瓦西里的再三劝说下，言福如松一行才拉着女家属们返回了母船。

亚光速飞船连夜卸下救援队伍和装备，飞天部部长亲自驾驶赶往其他49颗取水星上接队委，瓦西里已经在第一时间下令取水队员全部撤到母船上了，女家属和取水队员们死活要去参加挖掘，被胡建飞坚决拦住了。

现场会议决定全部停工，胡建飞建议队员们全部撤回地球休整，遭到全体队委的反对，瓦西里留下带领队员在各自的母船上休整，杰克逊教授回地球改进"螃蟹"。

言福云亭等12位烈士的遗体，3天之后被移到亚光速飞船上。覆盖遗体的地球村村旗上面，放满了女家属们亲手从温室帐篷里采来的各种花。

烈士们没有下天梯。在克隆院提取了记忆信息之后，村委会、搬指和烈士的亲属在天街上举行了隆重的入殓仪式。哈比卜副村长代表村委会致祭，言福如松则站到了家属行列里，全地球村下半旗志哀。仪式结束后，烈士的灵柩在直系亲属和指令院长及工作人员的陪同下，飞到水星背面的英雄公墓下葬，这里是村委会委员以上民选公职、因公牺牲烈士和地球村最高奖励获得者们的永久安息地。

宇宙不老，英灵永存。

指令院院长在他的办公室里安慰12位烈士的母

亲和遗孀，征求她们对烈士克隆体的安置意见。

赖元100年，地球村对于男性烈士克隆体的安置办法有如下几种供妻子或母亲选择。

烈士妻子的选择：

1.人造子宫孕育，出生后过克隆人的生活，妻子再婚。

2.人造子宫孕育，记忆复制，30年后长成牺牲时加30岁的样子回家继续过日子（补充上30年他那个岗位的情况，如果选择这种方式，需要一个机器人在他的岗位上干30年以便接续）。

烈士母亲的选择：

1.当烈士妻子选择再婚时，母亲将克隆体接回家亲自哺育，直至其成年再娶妻生子重新过日子。

2.当烈士妻子选择再婚时，让重生的烈士过克隆人生活。

12位遗孀不约而同全部选择了第2种方案。

言福云亭克隆重生两年之后，斯坦顿向英迪尔报喜，太阳模型终于可以发出正确的碳氢闪耀预报了，通过检查验收之后，阿尔伯特给它起名叫"小娘"。

　　言福如松将劳拉晋升为科委奇思部部长，现任部长升任科委副主任，全体试制、试验人员分两批到胡闹园胡闹了半年。

地球新生三部曲 中

逃难

·

没有太阳的日子

留旺 著

成都时代出版社
CHENGDU TIMES PRESS

图书在版编目（CIP）数据

地球新生三部曲．中，逃难·没有太阳的日子 / 留
旺著．-- 成都：成都时代出版社，2024.2
ISBN 978-7-5464-2970-0

Ⅰ．①地… Ⅱ．①留… Ⅲ．①幻想小说－中国－当代
Ⅳ．① I247.5

中国版本图书馆 CIP 数据核字（2022）第 000043 号

逃难·没有太阳的日子

TAONAN · MEIYOU TAIYANG DE RIZI

留旺 著

出品人	达 海	
责任编辑	敬小丽	
责任校对	兰晓銮銮	
责任印制	黄 鑫	陈淑雨
封面设计	悟阅文化	
装帧设计	悟阅文化	

出版发行	**成都时代出版社**
电　话	（028）86742352（编辑部）
	（028）86615250（发行部）
印　刷	三河市华东印刷有限公司
规　格	145mm×210mm
印　张	24.25
字　数	355千
版　次	2024年2月第1版
印　次	2024年2月第1次印刷
书　号	ISBN 978-7-5464-2970-0
定　价	98.00元（全三册）

第一代地球整体搬迁英雄光荣谢幕之后，地球人开始了长达15亿年的赖元生涯，继续进行了挖地洞藏身、建造通地柱、驱赶月亮挡火、重建防波堤御海啸等工程，还抽空平息了斥候斯坦福发生的叛乱，将茱莉娅家族搬迁到一颗名叫德尔塔的类地行星上，建立了一个德尔塔村。

在赖皮期间，为了躲避太阳不断增强的辐射，地球绕太阳公转的轨道半径需要不断向外扩大，一直扩大到小行星带的极限轨道上。伴随着公转轨道半径的不断扩大，地球公转的速度也在不断加快，一直加到能够脱离太阳引力的极限速度才能逃跑。这必然引起时序的混乱，也就是纪年的延长。因此，整个准备逃难期间的纪年也是不断加长的，到了逃跑前的极限轨道上，赖元纪年一年恰好等于公元纪年的两年。

在储蓄了大量的食品之后，地球人于公元25亿年左右（赖元15亿年）开始脱离太阳系告别故乡。

地球逃难喷嘴点火离开位于小行星带上的极限赖皮轨道前夕，地球村将赖元15亿年改为逃元元年，但仍保持了赖元纪年的时间长度。逃元纪年1年的时间长度精确等于公元5亿年时的两年。

在脱离极限轨道期间，精心选择了地球的起步窗口和逃难速度，成功避开了木土海天这"四大天王"，经受住了海洋冰封和大气层凝固，顺利穿越了柯伊伯带和奥尔特带。

逃难路上的地球人，并不是单纯消极地躲在地洞里，煎熬那没有太阳照耀的漫漫长夜，而是在进行了长生手术的村委会领导下，积极地在原来的肥料岛上建造了一座冰雪园进行户外活动，还对太阳进行了守望，并且利用天苑四的大行星进行了减速入轨实验。

试验成功之后，地球于逃元990年跨过太阳系的引力边界线进入宇宙深空，变成了一颗六亲不靠的流浪行星。

梁园虽好，终难久恋，该娅开始衰老。
身躯虚胖，脸色潮红，墨丘利已迷道。
洞府藏身，仓廪足食，点火即可出逃。
十光年漫漫征程，航标星红灯照耀。

谁承想逃难路上，风刀霜剑，茫茫氧氮华飘？
千里封冰，万里积雪，塑成乐园逍遥。
守望情殷，驯驴执着，鼹鼠积粟辛劳。
选窗口躲避碰撞，择吉日跨线开跑。

——《地球新生三部曲·逃难·没有太阳的日子》题记

目录

CONTENTS

化境

　　赖元105年火星的夏至，驱火星让道工程到了开机的时刻，之前进行的火星调姿，将火轴调到了与公转轨道切线方向一致的方向，激起的红尘尚未全部散尽。火星的南极，天是红的，地是白的，永远绕南极圈纬线转圈的太阳是紫的，这是因为火星经过调姿之后，自转轴已经和公转轨道精确重合，北极点永远指着公转的前进方向，而南极点永远和前进箭头保持180度，将来地球也会这样逃跑。现场是空的，自转快了一点，因调姿所致，除了巨大的等离子电喷嘴孤零零竖在正南极点上，几个机器人上蹿下跳忙着，见不到一个真人的影子。

　　在南极地下100千米处，经过加固和隔热的总控室里，出席战神出征仪式的人并不多。孟老村长老两口被安排在正对主控屏幕的一个观察室里观看仪式，斯坦福特别庄庄长赛尼德视频参会。控制台前，除了言福如松村长、搬指的前任和现任正副总长、各分指正副指挥长、各单项工程正副指挥长之外，就只剩下推进工作人员了，所以并不拥挤，因为是在地下，他们都没穿航天服。

火星上的居住人员、旅游人员，以及与出征无关的科研人员等，已经全部被遣回地球。

安装调试验收人员本来也是要被遣回去的，经魏德全、辛格和凯瑟琳向胡建飞再三磨叽，被允许在北极点上参加仪式，村长的专船也停在这里。

因为主喷嘴直接竖在地面上，推动一个星球的喷焰很可能会把地面烧红，因此所有机器和建筑都已采取了绝对保险的防热辐射措施。

这是人类第一次推动一颗大行星，却没有任何人发表讲话，整个总控室里静得仿佛能够听到针落到地上的声音。言福如松右手拇指虚按在启动按钮上，等待火星夏至点的到来，这是它公转速度最快的时刻，大屏幕上的战神走到那个红点上的刹那，言福如松按了下去。

　　一阵巨大的震颤震动了每一个人，几秒钟后上亿摄氏度高温的等离子火焰喷出来了，指示加速的屏幕上的战神却一动不动，现场所有人的心都提了起来，十几分钟后，一股强烈的地震波把人们推得七倒八歪，等他们站直之后，屏幕上的"战神"往后缩了一下，然后开始以比乌龟慢了不知多少万倍的速度往前爬，放大之后，人们才看到它确实开始往前爬了。

　　"成功——"欢呼尚未结束，放大的喷焰开始歪斜。

　　"不好！"人们开始惊呼。

　　"镇静！"魏德全的声音淡定沉稳，说话间火焰开始往理论线靠拢，又过了十几分钟，终于和理论线重合，加速度指示屏幕上显出的匀加速度数字，在0.9999微米每二次方秒和1.0001微米每二次方秒之间快速变换。

　　"呜呜呜呜……"这次人们没有欢呼，而是互相抱头痛哭，胡建飞、阿尔伯特、邢攸贝、魏德全、凯瑟琳、阿里、瓦西里、杰克逊教授、艾维德教授等人瘫倒在地上，连哭都哭不出来……

村长不见了，原来是跪倒在已安然逝去的老村长面前，抱着他的双腿哭哑了嗓子……

这一幕任何人都没有看见，事后人们通过形影不离的机器人秘书的视频才知道的。

欢呼雀跃的场面出现在天街，出现在万花城，出现在各庄的广场和学校的广场，出现在肥料岛、粮食园、捕鱼湾、狩猎队、地下工厂，出现在神仙洞、斯坦福，出现在遮阳伞、调雨伞、挡火墙，出现在月亮，出现在木、土、海、天卫星及其他柯伊伯星上……

一阵凄凉悲壮的哀乐突然响起，人们惊得一愣，言福如松拿着一张纸从房间里走出来，嘶哑着嗓子沉痛地宣布：孟老村长夫妇归天了，遗命不搞任何仪式、不致任何悼词，立即就地埋葬。人们大哭起来，这次是悲痛的恸哭。

当老村长夫妇的后事处理完毕之后，又一次因喷焰的巨大反作用力引起的强烈地震，将有"奥林匹斯之雪"之称的死火山震矮了400多米。

因老村长意外辞世，主喷嘴喷火搅起的红尘又太浓，原定在火星上召开的搬指指挥长全体会议临时改在月亮上召开，因为这是搬指的最后一次总结性的会议，特邀了村委会委员前来出席，艾维德教授从魏德全手里接下东道主的会务准备工作。

自从熬人的逃难方案选定之后，地球整体搬迁总指挥部规模最大的一次会议，在月亮正面的广寒宫里召开。村委会全体委员经过两次换届选举，除了言福如松还有哈比卜、英迪尔和梁同乾，实际上变成了一次村委会扩大会议。

言福如松决定让发电、调雨、调磁、飞天、生存部部长和制造署、人流署、信流署、物流署署长及计划院院长也来参加，科委主任阿尔伯特已在场，月亮炼炁工程指挥长艾维德教授没当成东道主，会务由邢攸贝和菊花接管了。

地球整体搬迁总指挥部是这次会议的主角，出席会议的人员名单如下：

总指挥长：胡建飞

副总指挥长：邢攸贝（兼村委会秘书长）

前副总指挥长：赛尼德（现任斯坦福特别庄庄长，视频参会）

前副总指挥长：阿尔伯特（现任科委主任）

筹指

筹划指挥部指挥长：杰克逊（科委理论院前首席数学家）

筹划指挥部副指挥长：黄敏飞（蝼蛄庄运筹学教授）

张瑞清（分管生活筹划，女）

筹划指挥部前副指挥长：劳拉（信流署前首席光脑师，女，现任科委奇思部部长）

超距通信机攻关组组长：斯坦顿（科委试验院量子物理学家，退休返聘）

推指

推进指挥部指挥长：阿里（制造署前首席制造师）

推进指挥部副指挥长：瓦西里（飞天部前首席星勘师，取水队总领队）

辛格（发电部前首席发电师）

取水工程指挥长：杰克逊教授（萤火虫庄学校热力学教授）

炼氚工程指挥长：艾维德教授（蛐蛐庄学校核能学教授）

路指

开路指挥部指挥长：凯瑟琳（飞天部前首席飞天师，女）

开路指挥部副指挥长：威廉（科委探求院前首席信息师）

驱星工程指挥长：魏德全（飞天部天梯碉堡层前堡长）

生指

生命保障指挥部指挥长：安妮莉（生存部前首席生命师，女）

生命保障指挥部副指挥长：安东尼奥（工程院前首席设计师）

约兰达（生存部前首席生物师，女）

搬指总指挥长胡建飞主持会议，在正式开会前，全体起立，为老村长孟茂康、斯坦福工程指挥长茉莉娅和牺牲的推指取水队12名队员肃立默哀5分钟……

会议第一项议程，是汇报搬指成立以来的工作进展，由胡建飞报告19项工作进展情况。

"1.造一个宇宙堡模拟地球变轨800年期间情况

完成。宇宙堡最后定名为"斯坦福",充当慢斥候飞到二娘身边等待与地球会合,已于赖元20年成功发射。运行情况由斯坦福特别庄庄长、搬指前副总指挥长赛尼德同志补充汇报。

"2.调用两艘恒星际飞船,改装后充当慢斥候侦查二娘,没做。由于宇宙堡斯坦福充当了慢斥候,这项工作没有进行。

"3.制造两艘十分之一亚光速飞船充当快斥候侦查二娘完成。两艘十分之一亚光速飞船已到达二娘身边并成功发回数据。详情由开路指挥部副指挥长威廉同志补充汇报。

"4.试制联合取重水机并先在北极实验完成。已在谷神星和50颗柯伊伯星上成功取水,详情由推进指挥部副指挥长瓦西里和取水工程指挥长杰克逊教授补充汇报。

"5.利用古典技术就地电解轻水充当摆渡重水能源球完成。已成功将重水运到火星和月球,详情由开路指挥部副指挥长魏德全同志补充汇报。

"6.在月球背面建造制氘基地完成。已开始接水、炼氘、储氘。详情由推指炼氘工程指挥部指挥长艾维德教授补充汇报。

"7.研制（1E+100）宇量光脑完成。已成功应用于超距通信机。详情由筹划指挥部前副指挥长劳拉同志补充汇报。

"8.研制量子纠缠超光速通信机器完成。已成功应用于快斥候、取水队、飞天部。详情由筹指超距通信机攻关组组长斯坦顿同志补充汇报。

"9.在南极地下建造（1E+23）kW绝大功率推进电站尚未开工。制造设计图已经完成，但是有利用小娘的可能性，故设计图也可能修改，本次会议需要做出决定；工程施工图尚未设计。由推进指挥部指挥长阿里和副指挥长辛格同志主持讨论。

"10.动用元素公园稀有金属制造（2E+22）N绝大推力等离子电喷嘴及8个（1E+10）N调姿喷嘴尚未开工。制造设计图和工程施工图设计已经完成，但是从火星的推星情况看，有必要进行修改，建议暂停此项工程，待火星撞木星之后再开展，可收事半功倍之效。

"11.动用元素公园稀有金属制造地球钢箍正在进行之中。困难超乎想象，进展极慢，需要专题讨论，由生命保障指挥部副指挥长安东尼奥主持讨论。

"12. 在北极点建造20千米矮天梯安装前进雷达及清道火炮已完成基础施工。受钢箍工程制约而停工，建议待火星撞木星之后再开展，理由同第10项，或者路指指挥长凯瑟琳同志另有高见，后面补充。

"13. 利用古典技术就地电解水充当能源建造10000台（1E+10）N推星器超额完成。已成功应用于重、轻水球的输运和驱离，还额外制造了一堵2000千米长的挡火墙，但是对于50千米以上的五六百颗小行星是否都用推星器推开的问题，路指认为能砸就砸，实在砸不动的再推，需要会议决定。详情由开路指挥部副指挥长魏德全同志补充汇报。

"14. 在地下400千米深处建造1个10万人居住的生存试验区已完成。何时进人需要会议决定。详情由生命保障指挥部副指挥长安妮莉同志补充汇报。

"15. 以10万人为1个洞穴规划地下工程完成。

上上届村委会已经批准照此办理，需要10万人生存试验区试验至少4代人（2000年）之后方可动工，目前先关注试验区为好。

"16.在负100千米深处建造一个10万平方千米自然生态实验区已完成。还没有进动植物，何时进需要会议决定。详情由生命保障指挥部副指挥长约兰达同志补充汇报。

"17.在火星建造（1E+20）N推星器及配套电站和调姿火箭并优先试验完成。火星已开路，目前状态良好，但是调姿出了点问题，喷焰热辐射防护效果有待检验。有鉴于此，建议等它走完全程后再设计地球的调姿和防热辐射工程。详情由开路指挥部副指挥长魏德全同志补充汇报。

"18.破格选拔超耐寒志愿人员经特殊训练后赴柯伊伯星取重水，并制定特殊奖励政策的工作正在进行之中。首批10000人的取水队已经成功将第一批重水和轻水取回来了，第二批10000人已选拔完成，目前正在北极培训。关于这个问题我要多说两句，由于我们的工作不细，造成了12名取水队员牺牲的重大事故。对这个这个重大失误，善恶院仅仅给了我们几个责任人剥夺登水星资格的处分，我们认为太轻了，心里一直不安，这次会议应充分讨论，加重对我们的处分，以警后人。再就是第一批回来的队员，论功论劳论苦，他们都应该提前退休，但是他们都还年轻，是否安排点轻松的工作，需要会议讨论。详情由副总指挥长邢攸贝和瓦西里、杰克逊教授汇报。

"19.固定两台天眼专供搬迁总指挥部使用完成。

"以上19项工作完成和超额完成12项、工程已完成但后续工作尚未开展2项、正在进行1项、停工1项、尚未开工2项、取消1项，从数字上看算是良好吧。从质量上看，我们取得了两项重大技术突破：一是超距通信，二是亚光速飞船。这两项突破不但解了整体搬迁的通信和交通问题，更应用到了取水、飞天等领域，现在不但十分之一亚光速人货两用船已经飞起来了3架，载人船村长也先用上了，意义是十分重大的。其他项目虽然麻烦不少，但都取得了预期的效果，如果没有人牺牲的话，这方面应该打优秀。但因为有人牺牲，只能打良好。

我的汇报完毕。"

总指挥长胡建飞的汇报，赢得了持久而热烈的掌声。

会议第二项议程，科委主任补充汇报其他工作进展。前副总指挥长阿尔伯特补充汇报了3个项目：一、用谷神星的轻水球成功建起了一堵直径2000千米、厚50千米的挡火墙；二、成功建造了一个小娘，实现了大娘随机性小微尺度碳氢闪耀耀斑预报；三、开发了太古冰水美容液，获得广大妇女的喜爱。尤其是太阳耀斑预报技术的突破意义深远，建议将小娘永久保留，拨给科委做试验。

在言福如松村长的建议下，会议充分肯定了火星清道的经验，吸取了教训，敲定了地球推进喷嘴、调姿喷嘴、开路炮台以及半光速飞船研制开发的设计方案。

战神启程后，月亮会议成了搬指的最后一次全会，18项整体搬迁工程按技术特性分散到了各部、院、署归口管理。

1.斯坦福划归科委探求院。

2.斥候划归科委探求院。

3. 柯伊伯取水划归发电部。

4. 重水驳运划归物流署。

5. 月球制氘基地划归发电部。

6. 南极地下（1E+21）kW绝大功率推进电站工程划归发电部。

7. （2E+20）N绝大推力等离子电喷嘴及（1E+10）N调姿喷嘴划归发电部。

8. 地球钢箍工程划归科委特管。

9. 北极矮天梯安装前进雷达及清道火炮工程划归飞天部。

10. 200千米深10万人大神仙洞划归生存部。

11. 以10万人为1个里的地下洞天工程划归生存部。

12. 100千米深10万平方千米自然生态实验区划归生存部。

13. 100千米深300万平方千米狩猎区和300万平方千米自然生态区工程划归生存部，另300万平方千米工业区划归制造署。

14. 挡火墙及两个人造小月亮划归调雨部（新增一项调光职能）。

15.保留西格尼岛小娘划归科委理论院、试验院和探求院永久共用，发电部/制造署用新材料另行制造推进主喷嘴。

16.半光速飞船划归飞天部。

17.工程院负责配合各搬迁工程的具体施工图设计和人员、设备的调配（施工人员归各口管理）。

18.决定在地月系拉格朗日L4、L5点上放两颗用轻水球拼成的小月亮给年轻人谈恋爱使用。

为了有效协调，会议还决定设立一个由分管副村长牵头、专业对口委员参加的地球整体搬迁委员会协调管理（简称"搬委"，办公地点仍设在小神仙洞里），重大决策权收归村长办公会。

从此，搬迁工作进入常态，地球村村民的日常生活、工作井然有序。

地球整体搬迁的第一代英雄们，完美谢幕，他们已经为后代规划好了逃生的路线图并且都已付诸实施，后人只要按照他们已经设计好的并已开始稳步推进的计划坚定不移地往前走，就一定能逃出太阳系获得新生。

不是每个人都能碰到这样的历史机遇，即使能碰到，也不是每个人都能抓住；即使能抓住，也不一定能大展宏图；即使能大展宏图，也不一定能取得最后胜利。而他们碰到了，抓住了，施展了，以火星成功让道为标志也取得胜利了。

在搬指制定的地球整体搬迁路线图的指引下，赖元660年，火星走完了它50多亿年的生命历程，经过400多年的加速、100多年的清道后，带着满身被砸的累累伤痕冲向木星，为地球逃生让开了通道。

在搬指制定的地球整体搬迁路线图的指引下，经过500多年的无数次失败，半光速飞船在这一年才首飞成功。

在搬指制定的地球整体搬迁路线图的指引下，赖元1000年，地球成了天文爱好者的天堂：喜欢看太阳的，可以追着大娘的直射纬线走，因为挡火墙的遮挡，每天都会看到日环食；喜欢看月亮的，地月系拉格朗日L4、L5点上放了两颗用轻水球拼成的小月亮，月食出现的频率比以前增加了3倍，随时可以看到。

在搬指制定的地球整体搬迁路线图的指引下，赖元1000年的地球村，飞天部的工作量比以前大大增加了，除了半光速飞船项目，他们还负责了从柯伊伯星往月球的重水驳运和地月之间的液氘驳运，还要保证取水队的客货供应。比起赖元初年来，大型亚光速客货两用新船的不断投运，使运输效率大大提高了。太阳系亚光速旅游船全部取代了老飞船，旅游时间没变，看的东西却越来越多了，加上全部配置了超距通信机，舒适度和方便度也大大提高了。战神已经把小行星带100千米以下的石头连吸积带炮打地消灭了60%，航线设计比以前方便、安全多了。

在搬指制定的地球整体搬迁路线图的指引下，赖元1000年的地球村科委比以前忙多了。天眼、斥候每天发来的宇量数据，需要分析、解读、分发。斯坦福还没飞出太阳系，已经完成长达800年的加速开始惯性飞行，由于已经给他们送去了超距通信机，每天的数据也是海量。挡火墙、小月亮都上了人，安装了特异中微子探测器的太阳监测新人造行星，全部替换了老星，耀斑预报已经能够做到分钟级，再也不会手忙脚乱了。西格尼岛上的小娘从来就没有歇下来过，一批接一批的物理学"疯子"天天在那里忙活，经过不断改装、加固，超弦、超膜、超柱、超卡丘已经不怎么玩了，他们提出要制造霍金黑洞。

只有通地柱和钢箍工程还没有敲定设计方案。

飞天部首先提出，鉴于地球逃到二娘那里之后需要从北极上反喷火减速，因此应该在北极上建造一座和南极推进喷嘴完全一样的喷嘴系统，这样减速入轨时就不用调向了。经过核算，通地柱挖出的重金属绰绰有余，村委扩大会议决定就这样做，因此到了地球点火开跑时，北极的喷嘴支架和南极的一样高——都是300千米。

经科委的理论院、试验院和探求院的强烈要求，加固地球的通地柱附加了一根13000千米的直线加速器通道。

科委可以往上加东西，飞天部也要求加上一根航天员训练柱，13000千米经历两次超重和失重，对航天员来讲诱惑太大了，调磁部要求再加一根专用永磁铁柱，不用耗电了……

地球村村委会扩大会议上，委员们听说不用耗电就能调磁当然高兴，异口同声："加！"

调雨部要求加一条通风管调调地球的凉热；物流署要求加一条磁轿管道以方便两极运输；旅游部要搞"穿越地球"的旅游项目，人流署帮腔说这很有必要，可以方便两极人员来往。飞天部一听还可以这么加，就提出加固一下天梯，现在地震强度愈来愈大，每次听到预报，心都是悬着的，天街晃得越来越厉害了，反正要给钢箍打铆钉的，把天梯基础和通地柱子连在一起吧。这样一来，就是10000级的地震也不怕了。

人流署提议，钢箍的主箍从天梯脚下走，从箍上面生根，再斜撑上几根柱子，天街晃动就不那么厉害了。

主管教育的副村长，要求加一根教学柱培养孩子。

信流署署长提出加一根通信线路柱，以方便将来地球调姿信号的传输。吸取了火星调姿的教训，地球调姿方案是两极一起调。

发电部说把强电超导输电电缆一起放进去，就不用在北极再建电站了，南极的（1E+21）kW绝大功率电站的冗余功率足够炮台和调姿用的。

经过反复争论、辩论和权衡，村委会决定都加上！

已经断续施工了几百年的通地柱工程，出现了返工。给地球套钢箍现在成了关键工程。

现年241岁的曹乐超，经过严格的体检和招聘程序，被选入了钢箍工程队。

曹乐超做好了一切吃苦耐热的思想准备，他按照报到路线图的指示到地心报到，先从万花城乘调磁通道的磁轿到达地心调磁室，然后换乘专为通地柱工程开挖修建的专用小磁轿，升到南一工作面上才到达工房。工房有海水冷却，比肥料岛的地面上还凉快，空气循环，不像古代矿井那样恶浊。挖掘采用的是超大功率激光掘进机，强大的圆形激光火盾直接将挖采面烧融后将熔岩液抽到超高温分离机里，分级分离出不同重度的金属和金属化合物，因此没有古代矿井必有的粉尘。

对于经历过肥料岛采桑磨炼的人来说，这里其实像是休息室。

这个工作面名义上说是地心，其实离调磁室还远着呢。这里位于地球最大重力球面线上，因此并不失重，从下往上往南极方向打和从上往下往地心打，都可以重力自流。现在他们是从上往下朝地心打，因此实际上是头下脚上，但自己感觉不出来，因正在修改设计，现在是将修织了35000多米的直径1千米的空心柱挖掉重来。

和曹乐超同时报到的有31个工友，其中有6个女性。接待他们的罗比昂面长，是一个五大三粗、虬髯卷鬓的具有赤道肤色的中年汉子。副面长兼执行工程师是个文静的年轻女子，气质优雅。

"大家好！欢迎各位来到通地柱南一工作面。我叫罗比昂，外号'唐璜'，是这里的面长。听说你们三十几位都是自动降一档要求来当穿山甲的，个别同志还降了两档。同志们，这个地方你们算是来着了！吃得好，住得好，工作环境也好，风吹不着，雨淋不着，日头晒不着，唯一不好的是宿舍太小了。下面请副面长给你们讲一讲工作情况，大家鼓掌！"

掌声七零八落。

"大家好！欢迎各位前来一起工作，我叫阿西娅，外号'雅草'。我要先给大家打好招呼，这个工程要五六十代人才能做完，我们要在这里一起工作160年，大家都得有个外号，互相叫起来亲切。

"你们接受的第一项培训是安全教育。咱们在40年的轮岗生涯里，已经接受了无数次安全培训，一般的安全知识我就不重复了，只讲两点这里的特殊情况——防粒子电离辐射、防热。这里的电离辐射无处不在，别看现在很凉爽，那是因为巨量的冷却海水将地核里的放射性元素自发衰变产生的热量带走了。我们在这个工房里可以穿着便装，是因为地板、墙壁、门窗都是防辐射的，如果我们就这身穿着打扮到工作面上去，不到半个小时就变成灵珠了！

"因此，我们这里的工作服比取水队的航天服还复杂、昂贵。二者的共同点都是不能漏气，不同点是取水队的航天服是防寒的，我们的却要防热，要防工作面上1500摄氏度以上的高温，还要防比太空强100000倍的粒子辐射，这就是我们的艰苦、危险之所在了！

"为了防热，除了我们的工作服是最后一道防线之外，我们的火盾还有很可靠的几道自动保险，等大家上去之后就看到了。为防辐射，我们8.5小时轮一次班，上班期间不能饮食，方便要像古代的航天员一样，在裤子里解决，下班后的清洗消辐必须做满2.5小时才能出舱换便服。这一点请大家务必记住。当然，作为补偿，我们这里是连续上半个月班休半个月。顺便说一下，咱们现在是在地球重力线上，掘进难度极大，每人虽然也像其他地方一样有一间单身宿舍，但比肥料岛的鸽子笼还小，好在房子虽然小了些，但很精致。

"大家有点饿了吧！对不起，现在还不能开饭，从今天起我们就要开始练习忍饥挨饿，必须在清醒时耐够12个小时才能就餐。"

罗面长补充道："这里只有20度的葡萄酒可喝，白酒、黄酒、啤酒以及其他酒类一概没有，这是为了我们上班时不喝水少上厕所。"

阿西娅把话题拉回来："好了，安全问题和生活问题就先介绍到这里，以后各自慢慢体会吧。下面真的要言归正传了，我们先大概了解一下钢箍的概况，介绍过程中随时可以提问。”

曹乐超举手："报告！"

曹乐超的举手招来女工的一片白眼，她们早上很少吃饭，都有点饿了。

阿西娅当年也被这样逼过，她对女工的白眼视而不见，说："请讲。提问前请先报报名，互相认识一下，最好也报一下外号，如果没有外号，别人给你起的可能会很难听。请讲。"

"我叫曹乐超，外号'乐天'。地球中心点上的调磁强磁场也是个安全威胁吧？"

"这个问题提得很好，原来确实是个严重的威胁，严重到身上不能带任何铁器，不过自打通地柱开工之后，调磁部将超强电磁铁往调磁室的边上平移了25千米，将角度偏转了5度，避开了工作面，现在已经不是威胁了。"

"快点讲吧，我们真饿了。"

阿西娅笑笑说："几个女同胞再坚持一下，等我介绍完了概况就开饭。大家在新闻里已经看到过介绍，钢箍工程是地球整体搬迁工程中科技含量最小，却最难做而又最重要的工程。"

阿西娅边说边打开了三维视频："整个工程看起来极其简单：1根通地柱、8根径向箍、5根纬向箍以及10根与通地柱固接的抓钉组成了工程主体，通地柱的南端伸出海平面300千米，顶部将安装逃离喷嘴，北端伸出300千米，将在上面建造开路炮台和前进雷达及减速刹车喷嘴。"

曹乐超又举手："报告！两极喷嘴为什么要架这么高？"

阿西娅："为了喷火时尽可能减轻对大气层的搅动。我接着讲，从图纸上看这就是一根钢柱子，极其简单，但是工作程量极大，仅次于地下洞天工程，施工难度比地下洞天大了上千倍。这不仅仅是因为工作面太狭窄，还因为通地柱不只是一根简单的柱子，柱子里有一根直线加速器柱、一根航天员训练柱、一根永磁铁柱、一根磁轿柱、一根教学柱、一根通信线路柱、一根超导输电电缆柱、一根燃料柱，甚至还有一根通风柱，加上这么多功能柱，总直径达到了10千米，外面还要敷设海水冷却层和绝热层，工程量可想而知。"

一个女工举手："报告！我叫卢娃卡，外号'浪美'。既然这么难做，为什么一定要做它呢？只在地球表面箍一下不行吗？"

女工们嘀咕，这位显然是吃了早饭的。

阿西娅："手放下！浪美同志，这有两个原因，首先因为逃难喷嘴推力高达（2E+20）N，单靠地表钢箍承受不了。"

一个男工友举手："报告，我叫弗兰西，外号'猎人'，我听说火星连钢箍都没有打啊，不是也推出去了吗？"

阿西娅："火星喷嘴的推力只有地球的十分之一，虽然火星的岩石硬度和地球差不多，但是推进过程中仍然引起了上万次强烈地震，有几百次把喷嘴都震歪了，频繁调姿多耗了很多能量。除了加固地球之外，挖通地柱还要给喷嘴和绝大功率电站冶炼特种钢材。——好了，为了让大家早点吃饭，不必再提问了，我接着说吧。主喷嘴、调姿喷嘴以及它们的支架需要添加海量的特殊重或超重的化学元素，这些元素除了元素山公园里有一点之外，只有地核里才大量存在。这个道理不难理解，原始地球成形之后，重元素绝大部分沉降到地核里了，所以我们的工作不仅是当矿工打通地柱，还要当冶炼工大炼钢铁。当然，这都是流水化作业，不像古时候那么啰唆复杂了。这就是我们的概念工作流程。"

阿西娅指着三维视频讲解："我们的流程分这么几大步骤：首先激光火盾以南北极穿地线为中心，烧出一个直径12千米的巨大空心柱洞，烧融的水状熔岩通过火盾底部的管道自流到绝高速离心机，逐级进行轻重分离，能够分离的金属单质流体收集提纯后暂储备用，在金属化合物中加入不同的还原剂，冶炼出金属流体收集提纯后暂储备用。绝大部分高纯度金属，冷却制锭后运到地面去使用，极少一部分流到这几个配料缸配置，主缸的合金液返回到空心柱下，纺织成一根直径12千米的蜂窝柱子。大家看，这根柱子的外壁是双层的，中间有500米的空隙，这是敷设海水冷却带和填充绝热层的，目的是保护内部的功能柱而不是保护外壁，这就是通地柱的柱体了。这个小缸里的合金液是低级的一般铁合金，用来纺织海水冷却带的。这个次大缶里的液体用于冶炼浮渣，填充在冷却带外边的空隙里充当绝热层。

"还有一个辅助流程很重要，岩浆冶炼还原过程中会产生很多气体。在洞天工程上这不是问题，让它们自由挥发到地面上就行了，但在地心就成了很大的问题，这些气体对人是有毒的，但却是很好的化工原料，将它们加压之后通过高压管道顺着调磁室挖的磁轿通道送往化工厂。另外还有一个安全流程就是降温。激光火盾烧融岩石的同时也加热了岩壁，对于这部分热量，只能用空气冷却的方式将其带走，所以冷却能耗占很大比例。好了，概念流程就是这样，每个细节今后都要逐项培训，考试合格后才能正式上岗。上午就讲到这里，吃过饭后领工作服，下午由西门面长带领大家看流程。"

曹乐超从此开始了自己的矿工生涯。这期间他成了阿西娅最亲密的朋友，并靠着自己的勤奋当上了钢箍队南一工作面的兼职通讯员，还和弗兰西、卢娃卡建立了深厚的友谊。

赖元1065年，曹乐超作为主机手和一个工友身穿密封防辐射工作服，正在操纵着直径为12000±0.001米的火盾以每小时0.5米的速度往下（地心方向）推进，已经离开面部160多千米。支撑火盾的空心电磁升降柱从通地柱中心为调雨部预留的1000米净空的通风柱里穿上来，有严密隔热层和水冷层双重保险的操纵室，也是升降磁轿，就挂在升降柱的旁边，锥形火盾的外圆边缘与通地柱烧熔面接合得很严密，只偶尔闪现出一线红光，操纵室外面的冷风循环机将洞温控制在30摄氏度以下，消耗了大量的电能，因为除了火盾加热岩壁的能量之外，这时地心的本底温度也在1000摄氏度以上。由于现在是从地球重力峰面线（3740千米处）往地心打，烧融的岩浆能够向上自流到面部的冶炼缶里，这是一个违背常识的佯谬。

在他们上方的100米处，弗兰西和另一个工友操纵纺织机使用着卢娃卡等女将们在面部的冶炼调配缶中调配的特种金属液纺织通地柱柱体；在他们的上方50米处，是填充绝热材料的机械（定型设计的火盾不再另外敷设海水冷却带，而是直接由矿工们一次织成）。因此，通地柱是连挖带织一次长成的，成长速度是每年4.680千米。

由于需要地核里的特殊重金属制造喷嘴和支架，60年前设计定型的火盾首先在地心南一面和北一面安装使用，其他工作面现在尚未开工。

现在，曹乐超、弗兰西和卢娃卡同时当班的这个班（他们三人都是副班长，班长是一个老同志），挖掘进度和工程质量一直保持着先进红旗，成了南北两个面的标杆班。这是科委副主任兼任的钢箍工程队队长有意安排的，就是要配置最强的力量做出标杆业绩让别人追赶，这是提高效率的不二法门。除此之外，他还有别的深意。

下班消辐之后还没吃饭，三人就被同时叫到了面长办公室，正、副面长很严肃地接待了他们，拿出一纸公文让他们过目。原来是队部的一个通知，要选调他们三人参加一个培训班，北一面也有他们不太熟悉的两人入选，另外15个人是队部的工程师。

"恭喜你们！南二面和北二面就要同时开工了，这个培训班是专门为这两个面培训面长和班长的，你们三个人被选中了，我们也很高兴，这也是我们全面的光荣嘛！再次恭喜你们！"罗比昂面长满面春风。

"是呀，上千年来，钢箍工程开开停停，中间还经历了一次返工，现在终于全面铺开了，可喜可贺！从未在工人中选拔过面长、班长，以前都是从队部工程师中任命的，看来队部现在人手不够了，你们算是赶上好时候了，祝贺你们！"阿西娅也是笑容满面。

"谢谢面长栽培！没有你们的教育培养，就没有我们的今天。"三人一起起立致谢，脸上更是乐开了花。

"到了那里一定要好好干，要给咱们南一面争口气。后天就要报到，今儿后晌和大家告个别，明天一早你们就走吧。"

培训班结业之后，由于提出了先打通道再全面开工通地柱的建议，曹乐超被破格提拔为钢箍队首席工程师，当位于天梯底下的通道打通之后，阿西娅接任了首工，曹乐超被提拔为科委主任助理，专职解决地下洞天工程试验洞大神仙洞的辐射问题。

赖元1150年，位于地下400千米深处的大神仙洞，比搬指、搬委办公地点用的小神仙洞大多了，能住10万人。这是将来地球逃出小行星轨道后，人类居住地的1:1的试验区，还有同样大小的一个动物、植物、微生物试验区在负100千米处，担负着为人类将来逃难时积累经验、吸取教训、提供改进依据的光荣任务。

自赖元600年志愿者入住后，大神仙洞一直不太顺利，粒子辐射导致接近千分之一的人患过白血病，还发生了几十例新生儿畸形。当然，在赖元1150年代，这些病症都是可以轻松治愈的。但辐射问题毕竟需要解决，因为这是个长期威胁。搬委针对这个问题会商过多次，采取了诸如探查辐射源、铅封辐射源、挖掉辐射源等措施，但效果非常有限。这是因为大神仙洞的内表面积太大了，辐射几乎无处不在，探不胜探，堵不胜堵，挖不胜挖，给志愿入住者的第二代、第三代乃至第四代带来巨大的生存压力，要求出洞的人越来越多，大家的思想越来越不稳定，甚至发生了坚守派与撤离派之间的械斗。

地下洞天工程已经设计完成，绝大功率电站已经开始发电，这个问题到了非解决不可的时候了。如果不能解决，地球整体搬迁项目就会夭折。因为地球一旦离开小行星轨道，为了躲避严寒和宇宙线辐射，地球人都必须住在地下，地洞里如果有辐射，就没人敢住了，何况还有整个生物界。

在这个背景下，曹乐超以科委主任助理的身份临危受命，组织了一个小组，来到了大神仙洞里考察，受到了大神仙洞特别庄庄长孟庆智及其他官员的欢迎。

与斯坦福的完全封闭不同，大神仙洞因为要做各种试验，是可以进入的，将来逃难时也不是不可以进出，只是志愿居民不可以出去而已。

与斯坦福特别庄的自种自吃不同，因生态试验区尚在试验阶段，大神仙洞的居民也是农民，按照地面上的作息时间到生态试验区劳动，主要的食品由地面供应。按照搬指时代孟老村长做出的决定，要把最好的供应给他们，所以欢迎宴会的菜肴非常丰盛。曹乐超从来是心里放不下事的人，问题解决之前，吃什么东西都不香，因此菜肴虽然丰盛，主人也非常有礼，气氛却并不热烈，宾主礼节尽到之后就结束了。没有休息，他就要求先走一遍看看全貌，大神仙洞里不能飞行，只能以磁车代步，庄长亲自陪同他登车浏览。

大神仙洞特别庄是地面庄的微缩版，地面庄里的设施和管理机构，这里一样都不少，只是每家每户的院子缩小了一半，住房面积缩小了三分之一，中心广场缩小了十分之九。这里照样是蓝天白云、绿树红草、鸟语花香、鸡鸣狗吠、小桥流水、湖影荡漾，真是别有洞天。

与小神仙洞不同，也可以说是吸取了小神仙洞的教训，大神仙洞的天穹不是半球形的，而是半椭球形的，最高处高达3000米，永不褪色的蓝天格外清澈，人工制造的白云朵朵飘飞。这里的人造太阳是全光谱型，永远按照地球北纬35度的天象东升西落，月亮星辰也是如此，气温也是按照地面上同纬度的四季进行调控，地面上有一个标准点，那里怎么样这里就怎么样。地平线上，也就是神仙洞的边界，是人工刻蚀的山峦，使人一点不感到压抑，反而比地面上更感心旷神怡，尤其是曹乐超这个在地心狭小的工作面上待过几十年的人，更是感觉如此。

曹乐超："当我听说这里发生的种种问题后，一直下意识认为这里的气氛是阴沉压抑的，没想到完全不是那么回事嘛！我感觉甚至比地面上还好呢。"

孟庄长笑道："每个第一次进来的人都是这么说的，否则我们怎么可能坚持了快1000年，仍然人丁兴旺、生机勃勃呢？如果不是这个辐射烦人的话，这里比地面上舒服多了，最起码没有蚊蝇叮咬，没有蛇鼠横行，还可以飞车兜风。"

曹乐超："您作为神仙庄庄长，应该是比谁都着急的，咱们都受过完整教育，粒子电离辐射是个古老的问题了，如何防治，您应该有自己的想法了吧？"

孟庆智："虽然有些想法，但我毕竟从在这里出生之后就没有从事过技术工作，究竟可不可行，自己心里没底。您来了就太好了，听说您曾在地心工作了六七十年，对于防辐射肯定有独到的体验和心得，相信一定会解决这个问题。"

曹乐超："您过奖了，我在地心时只是个普通矿工，哪有什么心得？那里的辐射主要是靠特制的工作服抵挡，在这里不适用啊，我们总不能穿着防辐射服过一辈子吧？"

"您不是防辐射科班出身？"孟庄长很失望。

"不是，我是个工人，不过我带来了几个辐射方面的工程师。"

"啊？那是另一回事了。咱们逛完了，下面做什么？"庄长的语气变得极其礼貌而冷淡。

"开会。"曹乐超对庄长态度的转变胸中有数，因此不卑不亢。

"请吧。"

像接风宴上一样，会议的气氛也是冷淡的，大家对于无休无止的参观、调研、考察等已经很疲劳了，上了一杯清茶之后就什么也不说，盼着说完快点走人吧，我们还有很多正事要忙活呢。

"我没有带来什么锦囊妙计，如何解决这个问题，恐怕还是要靠你们自己想办法……"曹乐超不计较庄长的态度转变，自顾自地按照想定的思路说，"但我来也不是一点作用也没有，搬委已经全权授予我可以调动一切资源，不管是人力还是物力。临行前主管副村长特别向我交代了，要相信特别庄的同志们，这个问题对于地面上的人来讲是个纯技术问题，而对于特别庄的人来讲，则是个生死存亡的问题。庄里也有辐射专家，已经积累了很多经验和数据，我们要以你们为主。现在就请你们先说说吧。"

从来没有听过这样的说法，孟庄长眼睛一亮，随即又黯淡下来。以往的经历太让他伤心了，来的大员或专家一上来就是大吹特吹解决这个问题如何容易，他们已经解决了多少多少比这更难的问题，然后讲一大堆技术术语和数据——数据都是他们特别庄提供的，然后就是攻击上次来的人制订的解决方案如何如何低级，再用最短的时间讲一讲他们的方案，然后要求立即实施，然后……走人。更有甚者，打着考察的名义来混吃混喝，提前几个月精心准备的汇报，听不上10分钟就开始打岔，从来没有人问过他们有什么想法。难道这个矿工出身的组长，还能打破这个规律吗？不太可能！既然如此，还是再看看吧。庄长想定之后，不咸不淡地开了口："我们能说出什么来呢？着急当然着急，但能力有限，实在想不出办法啊，还是请领导们指导吧。"

曹乐超："我没有说要你们讲出具体的解决办法，那样的话我们就不用来了，我是说你们肯定已经有些想法，不管对错，哪怕只是些否定性意见，都可以讲出来，解决方案很可能就在这个否定的过程中产生了。所以不必客气，请讲吧。顺便说件事情，我们的时间很富裕，搬委给我们规定的时间是无限期。找不出办法来，我们这个小组的所有人就在这里与你们一起过到老了。"曹乐超说完后，双眼注视庄长，这是一种压力。

"我明白了！"孟庄长当然感受到了这个压力，同时也燃起了希望之火，于是精神焕发起来，换了一种兴奋的语调说，"克努特教授，既然地面领导这么器重我们，你就抛砖引玉吧！"

"好的，"大神仙洞特别庄学校辐射学教授克努特应声打开了视频说，"大神仙洞的辐射源主要是氡，其特点是能量很小，数量很少，却无处不在。所以以前采取的打补丁和磁偏转的方式很难见效，来的专家们谁都不愿意采取最笨的办法，恐怕是怕降低自己的身份吧。经过了这么多年的折腾，我们只能痛苦地承认，只有采取最笨的办法——衬铅，才是唯一能够解决的办法，也是唯一不消耗能量的办法。"

一个月后，一份由克努特教授牵头撰写的大神仙洞衬铅技改项目申请由曹乐超带回地面，又过了一个月，项目被批准实施。

在搬指制定的地球整体搬迁路线图的指引下，经过几代几十代人的艰苦奋斗，下列工作相继完成了。

赖元2600年，柯伊伯星取水工作胜利结束。

赖元10210年，通地柱／钢箍工程全部竣工。

赖元10218年，通地柱穿越地球游、钢箍两极环球游、赤道环球游线路开通。

赖元10300年，14000千米直线加速器试机开始试验。

赖元10300年，四大洞天工程之一的自然生态洞阆苑洞从两极开工，狩猎种植洞上林洞、工业洞天工洞和人居洞琅嬛洞，则要等到阆苑洞完工之后再次第开工。

赖元11000年，位于南极和北极两点上的海拔300千米、直径10千米的两套推进地球的等离子电喷主喷嘴及同样大小的两极调姿调向喷嘴和配套电站竣工。

这意味着可以随时给地球加速了，人类却还不愿意这么快就走，点火加速的全民公决没有通过。

救火

地球运行到赖元12106年时，大娘的火气越来越大了，地震也越来越强烈。

为了统一指挥救灾，地球村村委会新成立了一个救灾部。救灾部成立之后做的第一件事情是在万花城和所有庄的旁边都修建了一个无比巨大的消防湖。

地球村人类开始按照由寒到热的顺序逐步往琅嬛洞移植生物。为了超额准备逃难的能量，地球村重组了取水队赴奥尔特星取水。

有史以来，太阳最大的5级耀斑于赖元12106年8月6日15时02分如约而至，由于遮阳伞是跟着太阳走的，蜻蜓庄已经在挡火墙遮挡的范围之外，这次大娘的火气比以往任何一次都大，3个小时后，蜻蜓庄燃起了大火。

赖元12106年，所有的建筑都用无机泥土纺织而成，因此不怕火烧，但茂密的树林却毫无耐火能力，火苗一起立成燎原之势，救灾部立即向全村发出通告，要求所有人员立即到地下磁轿处躲避。庄里的消防系统启动了，是从消防湖里抽的水。

因为耀斑爆发在下午，暴露的全是人居区，至17时止已有26个庄起火，调雨伞只有10把，救哪个庄不救哪个庄，成了难以选择的问题。

救灾指挥室里的气氛空前紧张，立体视频里26个庄的庄长眼巴巴看着第二任救灾部部长，等他的决断，都没有叫苦，更没有争执。

这就是赖元12106年时人们的觉悟。

成立不久的救灾部，此刻面临严峻考验。

视频中，每个庄都烈焰冲天；10把调雨伞驾驶室的正驾驶员，拇指虚按着按钮等候命令奔向目标；4把太阳伞则牢牢顶住最烈的阳光，不使灾情扩散；与失火庄相邻庄的庄长报告，已组织了救火队伍整装待命，随时可以出发；武备部10万将士，全员整装在万花城待命。

手心手背都是肉，救灾部部长马广军实在难以选择，只好请示现任村长亚历山大。

亚历山大此时乘村长专艇在天上视察，接到马广军的请示后，没有替他决断，只说了一句话："一定不能死人！"然后中断了通话。

一定不能死人！马广军十分明白亚历山大村长的意思，开始下令："所有调雨伞都有了！"

"有！"

"专拣火小的庄救，具体位置由首席救火师发布，立即出发！"

"是！"

"所有组织了救火队的庄都有了！"

"有！"

"立即解散队伍，各回各家不要出门，提前开启消防喷淋水保护建筑物！"

"是！"

"人流、物流署署长听令！"

"有！"

"失火庄及其周围庄的磁轿立即驶离，越远越好。空出磁轿道！空出磁轿道！"

"是！"

"26个失火庄的庄长都有了！"

"有！"

"确保消防喷淋水不断，按照先小孩后青年、先学生后教师、先老年后壮年的顺序往磁轿磁道上疏散群众，公职人员殿后。不要试图救火！不要试图救火！听明白了没有？！"

"明白了！"

"武备部部长听令！"

"有！"

"解散队伍，回营房。没有我的命令，不得重新集结。"

"这……"武备部部长犹豫了。

"执行命令！"

"是！"

"信流署署长听令！"

"有！"

"立即向全球发布信息，全体村民一个也不准出门，如有一人走出室外，唯责任者是问！"

"是！"

"旅游部、飞天部、生存部！"

"有！"

"你们部里还有暴露的人员吗？"

"报告，旅游部没有。"

"报告，飞天部有，都穿了防护服。"

"报告，生存部没有。"

"肥料岛和狩猎队也没有吗？"

"报告，没有。"

"给我紧盯住粮食园，一有火情，马上报告。"

"是！"

"科委主任！"

"在！"

"太阳这次发火要发几天？"

"预计24天。"

"强度？"

"不确定。"

"计划院院长！"

"在。"

"24天足不出户，能保证食品供应吗？"

"有一个先决条件。"

"请讲！"

"要保证货轿畅通。"

"人流署署长！"

"有！"

"停止一切人员流动，能做到吗？"

"等等！""等等！"制造署署长和发电部部长同时质疑。

"请讲。"

"我们的倒班工人怎么办？"

"指令院院长同志！"

"制造署能顶就顶下来，顶不住就干脆停工，确保发电部和调磁部正常倒班就行。"

"报告！调磁部不用考虑，我们能顶下来。"

"好！就按指令院的指示办。物流署！"

"没问题！"

"村委会秘书长、万花城城长、武备部部长、安宁部部长、生存部部长及5000个庄长都有了！"

"有！""有！""有！""有！""有！""有！"

"除发电部倒班工人和危急病人之外，24天之内，不准任何人乘磁轿。"

"是。"

"对不起，我有难处！"万花城城长报告。

"讲！"

"我管得了居民管不了官，村长们，委员们，部、院、署首长们，包括您本人在内要乘轿，我怎么管得了？"

"村长，看您的了。"

"这件事不用难为村长，"危机院院长说道，他一直站在救灾部部长的旁边，"凡是城长管不了的人员，由你签发特别通行文书方可乘轿，由安宁部负责把关验证即可，违者报善恶院严惩。"

"好，就这么办！"

"生存部部长，看来今年是颗粒无收了？"

"那倒不至于，有调磁部保着呢。现在磁场已经调到30000高斯，你看看天空多么美丽啊，不会对动植物产生大面积辐射危害的，极少数高能粒子会闯到地面上来对少数个体产生危害，耀斑结束后逐个排查剔除就行了，以往都是这么过来的。"生存部部长打包票。

"怎么排查？"

"对于个体，一个小小的盖革计数仪就行。对于局域，我们有检测飞艇，还是和你的救灾艇一起造的呢，你忘了吗？"调磁部部长胸有成竹。

"亲娘哎，这极光还真是好看哪！"马广军终于空出眼睛来看看室外了。

"报告！又有7个庄起火！"首席救火师报告。

"调雨部！调雨伞就位没有？"马广军立即放下刚沾唇的水杯，呼叫调雨部部长。

"正在途中，还有半小时才到。"

"真够慢的！传我的命令，调冲在前头的7把伞到刚起火的庄上去，其他3把救最小的火。"

"是！"调雨部部长接令。

万花城城长喊道："不好了！万花城也起火了！"

马广军对调雨部部长大吼："将剩余的3把伞都给我调过来，万花城要是烧成白地，你和我都回家抱孙子去吧！"

"慢，部长同志，调一把就够了，消防湖就那点水，伞来多了无用。"一直没有说话的副部长劝道。

"你懂个屁！3把伞一起过来可以大大缩短蒸水时间，快调！"

"是！"调雨部部长立即发令调伞。

调雨部部长刚下完调令，马广军又喊道："为何不固定一把遮阳伞保护万花城？这是应急预案特别规定了的！"

"不要责怪调雨部，这是我下的命令！"传来村长亚历山大的声音和影像。

马广军大吼："村长！我强烈抗议您越级指挥！"

亚历山大："抗议无效！我有这个权力。"

马广军："我不理解！"

亚历山大："本来我可以不解释的，看在你刚才基本上调度有方的份上，我可以解释一下。万花城里住的是人，别的庄住的同样是人！遮阳伞只能跟着大娘走，不能先官后民！刚才你不也是这样安排的吗？"

马广军："烧了万花城我怎么向全体村民交代？不行，我得动用部队了！"

亚历山大："你敢！我告诉你，除非死了人，否则不得调动一兵一卒，别忘了我是最高司令官！"

马广军："是！官大一级压死人，何况还不止一级呢，请问您还在天上吗？"

亚历山大："在啊，怎么着？"

马广军："怎么着？请您听好了：我以救灾部部长的身份命令您立即下来，坐回您的村长椅子上去！"

"你有什么依据敢命令我？"亚历山大村长笑问。

马广军："依据我代表您刚才下达的'足不出户'令！现在全地球村只有您和您的随员没有执行这个命令！"

"好吧，我执行！"亚历山大村长笑了。

"这就对了。您如果不执行，他真敢提请善恶院处分您。"研究院院长笑道。

亚历山大："别急，我们已经飞到万花城上空了，消防水已经蒸起来了，我们要看看效果，求部长大人通融一下吧。"

"通融可以，我们也要上去视察，请您批准。"

"人都没有危险吗？"

安宁部部长："报告，所有着火的庄子消防喷淋都正常，暂无大量人员伤亡报告，也没有建筑物毁损，着火的只是喷淋不到的区域的植物，看来我们的消防湖立大功了。"

亚历山大："好，留下副职值班，所有正职和首席技术人员都上来看看什么叫'水火无情'。"

"是！立即出发。"马广军答。

"我不上去了，必须在这里盯着。"安宁部部长说。

"好！有情况立即联系。"亚历山大说。

"是。"

等到叫齐人来到村委会楼顶登上停在村委会楼顶的飞艇起飞后，雨头已被调过来了，马广军命令飞艇驾驶员不要进入雨区，先围着风柱转一圈，就近看看情况如何。

夕阳西下，36000千米高空的3根经调雨伞聚焦的明亮的光柱，一齐射向位于万花城东边的大湖。

为了充分利用地球自转的速度，除了在原有的河湖上扩挖的之外，新挖的消防湖都位于庄子的东边，强烈的太阳光能将湖水蒸腾起强大的水柱，比自然形成的龙卷风还大，这股台风已经笼罩了万花城，明火已经消失，挖消防湖的创意取得了完美的成效。

马广军稍微松了口气，接通了3把调雨伞驾驶员的通话："同志们辛苦了！我代表地球村救灾部谢谢你们！"

"为人民服务！"

马广军："伞面情况怎么样？"

"报告首长，偏流磁场工作正常，伞面基本未受烧蚀。"

马广军："遮阳伞和挡火墙怎么样？"

调雨部部长回话："暂无异常反应。"

亚历山大："万花城已无明火，你们可以将雨调到仍在燃烧的庄上！"

马广军："立即执行。"

生存部部长喊道："等等！现在耀斑强度有增无减，我十分担心万花城西边也会起火，狩猎区需要重点保护，不如请他们就近分散，提前将西边的雨蒸起来，哪里起火就往哪里下，东边的庄子烧就烧了吧，你看怎样？"

"好主意！先把这场雨引到西边去，再分散找3个湖蒸水。"马广军立即采纳。

调雨部部长说："是！调雨只要一把伞就够了，其他两把可以现在就去。"

马广军："好！听你的。其他7把伞灭火情况如何？"

安宁部部长从地面报告："报告，已熄灭了5个庄子，正将其余雨导往其他庄。

马广军："很好！就这么逐次推进，能救一棵树算一棵树吧。"

危机院院长提示："与其这样，还不如预防为好，干脆将7把伞全部调往西边追着太阳走，提前把雨蒸起来保护还未着火的庄子和狩猎区。"

生存部部长喊道："这个主意我赞成！"

"好！就这样，立即执行吧！"马广军也赞成。

"万万不可！"调雨部部长反对，"十个庄同时下雨，我们要闹水灾了！"

"那也比闹火灾强！"生存部部长坚持。

"部长，我有个变通办法！"留守在地面上的副部长说，"将雨蒸起来后不要往地上下，先停在湖面上空，等起火之后再去救，就不会闹水灾了。"

"主意是好，但是现在还不行。"马广军说，"必须先把明火灭了之后再转移，否则一路烧过来损失太大了。"

"是！"调雨部部长同意，"7把伞先将明火扑灭，再将光柱调往西边，追着太阳逐次推进。"

"是！"相关操作人员同时应承。

"看来我们还是经验不足啊，"调兵遣将告一段落之后，马广军感叹道，"如果一开始就照这个办法做就不会失火了！村长，我部的应急预案做得不好，请求处分。"

亚历山大："不单是你，谁也没想到应该先把雨蒸起来等火，我们全体都有责任，这么简单的事谁也没有早想到，教训哪！愧对乡亲父老啊！要处分应该先处分我。"

指令院院长虽然没有到现场，但也在办公室里关注着灾情，及时发声安慰："你们不要自责了，人类就是不断从教训中学聪明的，吃一堑长一智嘛，没有大量人员伤亡就是最大的胜利！"

科委主任也帮腔："是的！我们谁也不是未卜先知、算无遗策的半仙，那是写小说的人想象出来的人物。不过我的心情比你们谁都沉重，奇思部是我管着的。"

亚历山大："这话说得中肯，今后要充分发挥一下奇思部的作用才是。就这么定了，以后凡有大事商量都要叫奇思部参加。这次的事情就这样了，后悔药没地方买，我们还是看火去吧。"

两艘飞艇掉头向东方的夜色中飞去，天边极光混合着火光和电光。

由于及时采取了提前蒸雨的措施，再没有发生新的火灾。

这次大火烧了30几个庄，村民的思想彻底扭转过来了，开始到万花城集会、请愿要求点火加速，村委会顺水推舟开始做准备。

赖元12109年1月1日，是一个伟大的日子，地球村要举行启程变轨大典。

根据村委会办公室的安排，除了与推进有关的诸如发电、天梯、总控（位于万花城信流署内）、北极炮台和南极喷嘴坚守岗位之外，地球上包括挡火墙和遮阳伞、调雨伞在内，所有的人员全部停课、停工，到各庄的广场上聚集，等候那个历史性的时刻。月亮，木、土、天、海卫星的留守人员，以及奥尔特取水人员、大神仙洞和斯坦福两个特别庄的全体人员，全部停止工作静候点火加速大典。

大典主会场设在万花城村委会门前的广场上，二十万军警戎装列队，万花城居民和全体公职人员在单位首长的带领下静立广场，村委会委员在主席台站位。

艳阳高照，春风和煦，蓝天如洗，彩旗招展。

8时55分，亚历山大村长正装走上典礼台，宣布向先辈鞠躬致敬1分钟。

礼毕，吉时一到，亚历山大村长伸出右手大拇指，按向启动变轨按钮，礼成，散会。

南极上空的火焰喷出来，照亮了地球人类和其他生物新生的道路。

振动

在永恒的黑暗里，火炬照亮了冰海。在苍茫的冰海上，狂风卷集着乌云。

在乌云和冰海之间，海燕像黑色的闪电，激昂地飞翔。

一会儿翅膀碰着波浪，一会儿箭一般直冲云霄，它叫喊着。

在这鸟儿勇敢的叫喊声里，乌云听出了欢乐，充满着对光明的渴望！在这叫喊声里，乌云听出了希望的力量和新生的信心。

海燕的力量，来自对人类的希望、对二娘的希望、对未来的希望。

海燕的热情，来自冲破黑暗的千仞高塔、万丈喷焰、冲天气浪。

激昂的海燕，勇敢地，激情迸发地，在泛起白沫的冰海上飞翔！

在它的周围，海鸥、军舰鸟、信天翁与它一起飞翔，海鸭、企鹅与它一起歌唱。

乌云越来越暗，越来越低，向海面直压下来，而波浪一边歌唱，一边冲向高空，去迎接那雷声。

雷声轰响。波浪在愤怒的飞沫中呼叫着，跟狂风争鸣。

看吧，狂风紧紧抱起一层层巨浪，恶狠狠地把它们甩到冰崖上，把这些大块的翡翠，摔成雪雾和冰沫，在火炬的照耀下，变成了璀璨的宝石。

海鸟们叫喊着，飞翔着，像彩色的闪电，箭一般地穿过乌云，翅膀掠起波浪的飞沫。

看吧，它们飞舞着，像一群精灵，激昂的、光明的精灵，它们在大笑，它们又在号叫……它们笑那些乌云，它们因为欢乐而高叫！这些敏感的精灵，它们从雷声的震怒里，早就听出了困乏。

烈焰狂喷……暴风怒吼……雷声轰响……

一堆堆乌云，像青色的火焰，在无底的冰海上燃烧。海浪抓住闪电的青光，把它们熄灭在自己的深渊里。这些闪电的影子，活像一条条火蛇，在冰海里蜿蜒爬行，一晃就消失了。

只有那希望的火焰，永恒地照耀在海上！

"光明！光明就要来啦！"这是勇敢的海鸟，在闪电之间呼喊，这是胜利的预言家们在预言。

赖元12109年1月1日，在南极半岛最南端地下推进发电机房入口旁边的外防波堤上，面对着喷焰冲天、乌云翻滚的冰海和远处铺在冰面上的为反射火炬火焰辐射而铺的全反射膜，参加完启程变轨典礼赶来视察的村委会全体委员及部、院、委、署首长，听完宣传院院长李龙仪满怀激情的朗诵，纷纷称赞。

"好什么好？不过是拾人牙慧而已！"亚历山大村长却扫大家的兴，"再者说，诗作得再好也不能当饭吃，还是回到现实吧，现在负荷是多少？"

发电部部长王治云回答："报告，刚到50%。"

亚历山大问："加速度到了多少？"

科委主任朱之恒回答："0.2微米每二次方秒，才刚开始动弹呢。"

亚历山大："只要动弹起来就好！钢箍情况怎么样？"

"变形在设计范围之内，正在压实过程中。"仍然是科委主任回答，因为所有监控工作都集中到科委了。

亚历山大："这么说地震这一关就算过了？"

朱之恒："这至少得过半年才能有结论，现在还不好说，况且还没有达到额定负荷呢。"

村委会秘书长说道："不管怎么说，过了启动这一关，再震也不会很大了。"

亚历山大："没人轻生吧？"

安宁部部长回答："报告，遵照您的命令，宣传院在启程前做了大量的宣传，各个庄对有殉日念头的老人都建立了档案，我们要求那些家庭在今天务必盯住他们，到目前为止还没有接到轻生的报告。"

"这个全体都到广场上集中的创意起大作用了，在那种气氛下，谁也不会轻生的。"制造署署长笑道。

指令院院长说："就是嘛，这才哪到哪啊，就要寻死觅活的，想殉日，到了真正离开太阳系的时候再殉也不迟。"

"什么时候达到满负荷？"村长又一次拉回话头。

朱之恒："为使钢箍和岩石吃力尽可能均匀一点，程序设定为一昼夜，明天早上9点达标，还要22小时。"

村长："这里有住的地方吗？"

"有是有，但是住不下这么多人。"秘书长汇报。

朱之恒："我建议不要住这里了，还是回万花城吧，村委会大会议室可以看到方方面面的情况，而且都有实时数字视屏，在这里只能看到火炬，所有的情况都靠转发，很不方便，而且风越来越大了，看来扰流器实际效果不太理想。"

亚历山大："你、我、发电部、飞天部、调雨部、生存部、工程院、制造署、安宁部、宣传院的留下，其他人回万花城。"

"我也要留下，我是主管副村长。"巴特尔说。

"恰恰你不能留下，万花城那边需要你抓总，执行吧。"

"给我看住了村长，不要让他冒险。"分别时巴特尔叮嘱安宁部部长。

"是，但恐怕看不住。"

"一定要看住！出了事你吃不了兜着走。"

"是！"

风越来越大了，大得快让人站不住脚，云越来越厚了，黑得已经望不到海燕。

亚历山大："我要到架子顶上看看。"

飞天部部长大惊："万万不行！"推进喷嘴属飞天部管。

亚历山大："为何不行？难道那上面没人吗？"

飞天部部长："上面只有16名运行人员和正、副喷嘴长，还有喷嘴设计调试团队的20来个人，由首席喷嘴师带队在上面坚守，都是签了生死状的。"

亚历山大："他们的生死，是由我们这几个人决定的，因此我们要上去陪着他们。"

"这是违反警卫条例的，我不允许您上去。"安宁部部长出头阻拦。

亚历山大没有理睬他，转向飞天部部长问："架子上有总控信号吗？"

"喷控室里可以看到全部总控信号。"科委主任代答，安宁部部长急得扯了他一把，被村长看到了。

亚历山大下了决心："不要鬼鬼祟祟搞小动作！你要么回家过年，要么随我们一起上去！"

安宁部部长："我的顶头上司专门交代不能让您冒险。"他其实也很想上去。

亚历山大："我是你顶头上司的顶头上司！怎么上去？"

"当然是坐磁轿。"飞天部部长回答。

亚历山大："请你带路！"

"等等，先问问上面的情况。"秘书长说。

"喂，你们情况怎么样？"飞天部部长开始通话。

喷嘴长布劳恩回答："报告部长！我们一切正常。"

"振动厉害吗？"朱之恒插话。

"没有任何振动，比地面上还安静！"

"从天上走还是地下走？"科委主任请示。

亚历山大："当然从天上走，我们虽然不会作诗，但是可以当一次海燕。"

冰海开始咆哮起来了。

飞艇从地面穿过团团乌云升到钢箍上，见到满天星斗，一行人心情为之一爽。首先看到喷嘴支架上一层层杈杈丫丫的鹿角，上方的火炬直插星空，使人不敢直视。到了海拔300千米的用通地柱支撑的支架顶层后，反而看不到火炬了。这是因为工作场所都在一个防蒸发、防射流的直径300千米的双曲面形遮焰盖（俗称"大锅盖"）下面，任何人，只要到了锅盖上面都会立即被亿度喷焰烤成青烟。自从之前孟老村长在调雨伞上发火之后就形成了一个惯例，官员视察任何地方都不再搞夹道欢迎的仪式，因此到轿站迎接的只有身穿航天服的正副嘴长和首席喷嘴师三个人。

"村长您不该来！"首席喷嘴师谢护国在这里职级最高，一开口不是欢迎而是拒客。

"废话少说，情况怎么样？"亚历山大也直奔主题。

"真的，村长您不该来，这里什么也看不到，还是快点下去吧。"喷嘴长布劳恩也劝。

"你们要是不说这话倒还罢了，我们本来打算瞄一眼就走的，经你们这么一说，我们决定在这里住下了。菊花，让他们把调试队宿舍里的破鞋烂袜子快点收拾收拾，换换被套床单，我们今天住他们那里了，让他们蜷缩到磁轿里享受一夜吧。"

"是！"菊花看着秘书长不动弹。

"哪能让首长们住宿舍呢，条件太差了。"副嘴长戚红梅急忙笑着说，"有客房，不过只有一间单间，其他首长要挤一挤了。"

"我们无所谓，把村长招呼好就行。"秘书长笑道。

亚历山大："情况怎么样？"

"到目前为止一切正常，不过负荷才到58%，还说明不了什么。"谢护国答道。

亚历山大："嗯。副村长他们到村委会了吗？"

"刚到，已经连上线了，无线通信完蛋了，现在只能靠有线网。"喷嘴长答道。

亚历山大："去看看吧。"

一行人来到喷控室里脱掉航天服后，硕大的控制屏前只有一男一女两个人起立行礼。

"新年好！"亚历山大上前和他们握手，"你们是宇宙中最牛的人了，两个人就推动了地球！向你们致敬。"

"村长好！各位首长好！报告村长，我们的背后站着50亿人！"两个年轻人齐声回答，看来都很会说话。

"推力？"亚历山大边啃汉堡边问，其他人见状也纷纷拿出五花八门的干粮当起午饭吃，菊花招呼给他们倒水、倒茶、倒咖啡。

"（1.2E+20）N。"

"加速度？"

"0.32微米每二次方秒。"

"喷嘴负荷？"

"60.1%。"

"喷焰中心温度？"

"9243万摄氏度。"

"喷焰高度？"

"180千米。"

"嘴壁烧蚀度？"

"报告村长，我们不用这个概念，自抹度目前是

100%。"

"支架振荡幅度？"

"目前尚未发生。"

"空气流失度？"

"这个问题由我来回答吧，"谢护国接过激光笔调出数据，"目前是 +0.000001 度。"

"这是什么意思？"

"氢、氧离子的补充量大过了氢、氦、氮、氧离子的散失量，虽然只是大了百万分之一，但是毕竟补充量大过了散失量。"

朱之恒极其激动地问道："这可不可以称为意外之喜？"

"当然！"谢护国也极其兴奋地回答，他也是第一次看到数据。

"万岁！万万岁！"生存部部长第一个明白了这个数据的含义，忍不住大喊起来。其他人也明白了，一齐热烈鼓掌，这一关又算过了，宣传院院长李龙仪悄悄打开了直播设备。

"这说明锅盖起作用了，看来要给科委记第一功。"村长到此才放下了第一颗心。

"惭愧惭愧，首功应该是飞天部的。"朱之恒急忙推辞。

"不不不，我的共振关还没过呢，科委首功当之无愧。"飞天部部长谦让。

"看你们两个部门推来推去，让人瞧着恶心，好像我们没干事似的。"工程院院长凑趣，说，"发电部部长，你的发电机不会出毛病吧？"

"绝对不会！我们的设计冗余，或者说负荷保险系数为100，这是当年阿尔伯特副总指挥长定下来的，设计工作寿命是两亿年，现在怎么会出毛病！出点毛病也不怕，我们是一用四备。"憨厚的发电部部长王治云没听出工程院院长话里的调侃意思，一五一十认真介绍。

制造署署长突然大叫："安宁部部长何在？"

"有什么事？"

"立即把工程院院长扔到海里去！"

"署长饶命！"还没等安宁部部长反应过来，工程院院长赶紧讨饶，"小的再也不敢了。"边说边作揖，大家哄堂大笑。

"对流层情况怎么样？"村长没笑，继续发问。

"让我看看再说。"调雨部部长接过激光笔，"情况不太好，超级风暴正在形成，而且不止一个，以支架为圆心、半径150千米的大圆上形成了3个台风眼。"他调出视频之后指给大家看。

科委主任朱之恒皱眉说道："看来对流层扰流器没起作用！"

"你真是经不起表扬，刚说记功就出事。"宣传院院长李龙仪关了直播。

"问题出在哪里？"秘书长忧虑地问。

"我们胶柱鼓瑟，忘了'灯下黑'这句话，把扰流器安在支架中心柱上了，恰恰中心有锅盖挡着接收不到辐射，锅盖挡不住的外圆才被照射加热。"科委主任指着三维视频解释道。

"为什么会犯这样的低级错误？"亚历山大有点恼火。

"有个客观原因，"工程院院长出来解围，"铺反射膜的地方是冰面，扰流器无法生根，就安到中心柱上了。"

"为什么不事先模拟？"亚历山大对这个解释十分不满。

"大气湍流模型从来计算不准。"调雨部部长接着解释。

"胡说！气象预报为什么准？"亚历山大仍不接受。

"气象预报与其说是模拟之功，还不如说是经验积累之功。大家都是知道的，这里没有历史数据可借鉴。"

"你们不要替我委辩护了，总之是我们粗心了，我请求处分。"科委主任说道。

"恐怕不仅仅是粗心，轻敌才是最主要的！这就是我为什么不赞成现在就庆祝的根本原因，处分是一定要处分的，现在先说怎么改进吧！"亚历山大说道。

"有了锅盖的成功经验，解决它没有技术难题，无非是把扰流器做大点，安装位置挪一挪，不过风暴已起，施工难度加大了，这就是我们很对不起工程院的地方。"科委主任带着歉意说道。

"我看工程量不见得很大，可以充分利用一下这四根斜撑。"调雨部部长指点着三维图像。

"好主意！这就省了牛根基础了，扰流器本身没什么，生根基础才是大工程呢。省了这一步，其他都是小事。"工程院院长高兴了。

宣传院院长李龙仪问："这都是火炬惹的祸，给它加个套管遮一下光行不行？"

谢护国笑答："那比喷嘴工程量还大，什么物质能承受亿度高温？除非加冷却，可那样一来就没推力了，变成了一个复古的锅炉。"

亚历山大："好了，不探讨理论问题了，对流层扰流器就按你们刚才说的办。海啸情况怎么样？"

"这里没有直接监测，要连万花城总控室。"科委主任说道。

"算了！要联就联大会议室吧，顺便问问其他情况。"

"喂，你们都在吗？"连线之后亚历山大向他们打招呼，"情况怎么样？"

"我就知道你们一定会上去，好事总轮不到我。"巴特尔副村长未报情况先发牢骚，"情况很多，先听好的还是先听坏的？"

亚历山大笑道："让你们回家享福还有意见，真难伺候！先听好的，大过年的总得有点好事吧。"

"第一个好消息，空气散失量小于水蒸气补充量，这一关算过去了。"

"这不用你说，还是我们先发现的呢。"

"第二个好消息，各庄居民兴高采烈载歌载舞，一片喜庆祥和，要不要看看视频？"

"不必了，还有更好的吗？"

"很遗憾，没有了。"

"那就说坏的吧。"

"坏消息有小、中、大三个，请问先报哪个？"

"先小后大吧，让我们锻炼一下承受能力。"

"小坏消息是南冰洋上起了3个飓风，不过还没波及小娘。"

"这也是我们先发现的，已经有了解决办法。"

"好。中坏消息是推力潮汐已经形成，大量海水正往南冰洋涌去。"

"这在意料之中，只要不发生海啸就不算坏消息。"

"海啸暂时还未发生，负荷也还没到最大嘛，关键看明天早上了。我们以前忽视了一个问题：海水漫上冰面会淹没反射膜，这等于我们白干了，天晴之后水分会大量蒸发，这就是我将其列为中坏消息的理由。"

"这也好办，"朱之恒说，"既然买了马就得配鞍子，看来原先想省事的做法是不行的，还是踏踏实实弄个环形锅盖与扰流器一并装上吧，我再一次为工程院要在暴风雪里施工表示深深的歉意。"

亚历山大："同志们，当年孟老村长就说过，不能把现在能做的事情推给后人去做，那很可能就没有后人了。如果不是12000多年前决定搬迁，放到今天来做，我们将会多么困难多么被动！不要怕工程量大，再大还能大过地下洞天和钢箍吗？要紧的是不要再出现返工。从这个角度上讲，扰流器生根基础该打还是要打，不就是3000米的海水吗？能竖起5根柱子也能竖起100根来！宁愿浪费一点，也不要取巧。科委牵头成立个专题组吧，一定要弄结实点！是否一定弄锅盖，你们再论证，我只提醒一点，对流层和同温层是不同的，天上的锅盖成功了，不等于地上的也会成功。"

"是！我又犯了轻敌的毛病，这次一定改正。"科委主任沉痛表态。

亚历山大："说大坏消息吧。"

"大坏消息是地球出现了不稳定征兆，公转方向和自转方向都有。"巴特尔接着汇报。

亚历山大："查明原因了吗？"

"还没有完全查明，初步分析，推力潮汐是主因，月亮的拖累也有影响。"

亚历山大："月亮也出问题了？"

氛围紧张起来。

巴特尔："不用紧张，月亮本身没出问题，而是它的公转轨道，有点几乎不能察觉的南移，由此引起了地球的章动。"

亚历山大皱眉："这确实是大坏消息！公转好办，有调姿喷嘴顶着，自转紊乱可就麻烦了。"

飞天部部长宽慰说："村长，不管怎么说，自转紊乱死不了人，这个效应也不是一天两天就显现出来的，只能算是隐忧，不用太过忧虑。"

亚历山大："隐忧也是忧啊！现在没有办法解决它，将来真要一天变成十几个小时，岂不天下大乱了？"

谢护国笑道："村长请宽心，解决起来一点不难！在天梯上再架正东正西两个喷嘴，想怎么转怎么转。"

"原理没问题，真做起来可就难了，当年老祖宗造天梯时可没有考虑这么大的弯矩，弄不好会把它齐根推倒的。"科委主任开始从最坏的可能考虑问题了。

"这不是什么问题！"工程院院长调出天梯三维工程图指点道，"天梯基础已经和通地柱连起来了，最多只是推弯，绝不会齐根推倒，从环赤道钢箍上加织两根斜撑就稳如泰山了。这个工程量不大，一年之内我就能做完。"

飞天部部长质疑："加上斜撑会严重影响弹弓发射。"

"我只架到天街上不行吗？"

"等喷嘴喷起火来天街上的人往哪里逃？"

"这不是问题，"制造署署长掺和进来，"把喷嘴水平支架加长到伸出天街就行了。"

"一喷火，我的飞船特别是地月飞船还是会被烤着，天眼也会受影响。"

朱之恒说道："同志们，这更不是问题了，调整自转不是天天要做的事，可以定个范围，比如说±2小时，越界之后调一次再等下次，这时你那飞船暂停一下就行了，总不能再竖一根柱子吧？那太浪费了。"

"和扰流器一样，科委牵头拿方案上会。"亚历山大结束了讨论，实际上认可了这个做法，说，"还有超大坏消息吗？"

巴特尔笑道："暂时没有，倒是有个超小好消息。"

"快讲！"

"你们脚底下的三个旋风没有再扩大，迄今为止没有波及小娘，看来火炬的威力不过如此了。"

"谢天谢地！总算让我吃得下晚饭了，结束吧，你们可以回家看看家人了。"

巴特尔笑了，说："你不回去，我们哪敢回去？我们准备吃饺子呢，不陪你们喝酒了。"

亚历山大："别说得那么高尚，我知道你们是心里痒痒的睡不着。"两个会场里的人都笑了起来。

李龙仪："幸遇如此伟大的时刻，地球村里能睡得着觉的不多，各庄都说要通宵狂欢等明天那个时刻呢。"

亚历山大："咱们开饭吧？"说着关了连线视频。

菊花笑道："真是一个村长一个做派，我也见过些开会的，以前孟老村长组织的最紧张的那次论衡会上，好歹还有碗米粉。你们倒好，一个汉堡、几块饼干就打发了一顿，今天可是过年呢。"

突突突突，一阵强烈的震颤突袭而来，大家愣了。

谢护国喊道："大家别慌，这是临界共振，很快就会过去的！"果然，一分钟不到震颤就停了。"瞧！负荷冲到了85%，这下可以安心过年了。"

"对不起村长，酒可以喝一点，后面的活动就不能陪了，我们要值班。"布劳恩赔笑道。

"我知道你们这是变着法子赶我走，我还就不走了。爱陪不陪，不陪我们自己喝！噢，对了，既然来了这里，得去看看电解水，这你们总可以陪吧？"推进主喷嘴是纯水电解成氢氧之后做一级化学燃料，其生成物水蒸气再用巨电加热到一亿摄氏度高温等离子喷向天空，以获得更大的推力，因此需要电解水。

"电解水有什么好看的？那都是古董工艺了，还是先吃饭吧。"喷嘴长阻拦道。

"是啊村长，您不饿，我们可早饿了。"戚红梅附和。

"好吧。"村长让步了，"把所有不当班的都请来，大家一起过年。"

旋风还在脚底下刮着，满负荷关还没有过，尽管宣传院院长想尽办法插科打诨，这顿饭也吃得并不十分畅快。

突突突突……突突突突……突突突突……

上午8点，一阵使人心悸的越来越强烈的震颤，将狂欢了大半夜的人们从梦中惊醒。群鸟惊飞，众兽惊嚎，恰好与人的心脏跳动频率差不多的低频震颤，沿着钢箍和通地柱向全球传播，共振使得人人心跳加速，血压升高，在喷嘴支架顶上的感觉尤烈。人们急忙从床上跳起来，披上衣服就往喷控室奔去。寝室有密封通道与喷控室相连，不用穿航天服，支架摇晃得使人走不稳当，锅盖被震得上下忽闪。

谢护国喷嘴师第一个赶到控制台前，一把将操作员扯开，自己坐上座椅，将操控手柄从100%刻度上平稳拉到90%，震颤慢慢消失。

等震颤基本停止，谢护国不向陆续赶到的任何人请示，猛将手柄又推到100%的刻度上，想快速冲过第二个临界点，但失败了，共振频率没变，振幅却加大了，人们的心跳又开始加速，支架晃荡得更加厉害，锅盖晃动的幅度比刚才更大……谢护国缓慢地将手柄往回拉，拉到91%时震颤减弱，到了82%时又开始震颤，他只好将手柄推到90%的刻度上，共振又消失了。

谢护国还不死心，又将手柄往前推去，被飞天部部长抓住了。

飞天部部长："死心吧，看来只能到这个程度了。"

"部长，让我再冲一次150%吧！"谢护国几乎带着哭腔喊道，"将来在逃难路上很可能会遇到需要快速躲避的情况，速度加不上去怎么行啊！喷嘴和发电机的设计冗余都是额定负荷的100倍，我们有本钱！"

飞天部部长不敢做主，大家全望着亚历山大

村长。

亚历山大问："再这样震下去架子受得了吗？"

工程院院长语气肯定："保证没问题！支架和发电机和喷嘴一样的设计冗余，对它来讲保险系数也是100倍，应该再试试。"

"谢谢院长！"谢护国立即伸出手去，马上又被一只手抓住了，这次是亚历山大的手。

"慢！给我接通村委会大会议室，他们肯定在那里坚守着——刚才这几阵子你们感觉怎么样？"

巴特尔一脸关切说："极其难受，但是还可以忍受，看样子你们也还行吧？"

"彼此彼此，还有别的情况吗？"

"鸟兽们受的惊吓好像比人还大，现在还没安静下来呢。另外，洋面上有点动荡，尚未发生海啸，其他没接到异常报告。"

"房屋怎么样？"

地震专家出身的救灾部副部长："安然无恙。能抗2000级地震的房子，这点震颤连挠痒痒都算不上，放心吧。村长，你们可得注意安全啊。"

"少啰唆！天梯？"

天梯梯长报告："天街上振动强烈，天眼也一样，但还没有损失。"

"北极炮台？"

炮长报告："与天梯一样！"

"大神仙洞？"

大神仙洞特别庄庄长报告："难受程度比地面上厉害些，勉强可以忍受。"

"阆苑洞？"

阆苑洞女洞长："人的感觉和大神仙洞一样，飞鸟和爬虫受惊最厉害，不过还没到撞墙的程度，四条腿的反倒好一些。迷你海洋震荡得太厉害了，淹了好大一部分滩涂，卷去了好多生物啊，一只北极熊也被卷进去了。你们没事吧村长？我们好替你们担心哪，快点下来吧。"

"防波堤？"

"无恙！"捕鱼湾湾长报告。

"全体都有了！我们准备再冲一次150%负荷，信流署用最快的速度发出警报，提醒所有人做好准备。几时完成？"

"半个小时。"信流署署长承诺。

"好。正好让我们吃个烧饼。"

"今天不吃破烧饼破饼干了，戚副喷嘴长给你们精心准备了蟹黄汤包就鸭血粉丝汤，快去吃吧。"菊花笑道。

"可以在这里吃吗？"

"完全可以，现在的光脑早就没那么娇气了。"谢护国笑道。

"那就端上来吧。"

"在这里吃可以，吃完之后你们就下去吧，这个地方是闲人免进的。"布劳恩笑道。

"又来了，竟还敢说我们是闲人！"亚历山大大笑，"这汤不错，包子腻了点，多吃点小伙子，待会儿是死是活可全看你的了。"说着，亚历山大把半笼包子让给了谢护国。

"你这么说他还怎么吃得下去啊？"秘书长笑道。

"吃得下！"谢护国一口俩包子匆忙吃完用袖子抹嘴，"最多晃荡吐了，绝对死不了人！"

非常遗憾，冲击150%负荷又失败了。

奇思部出了个往喷嘴支架上挂一个15万吨重钢球的主意，暂时解决了这个问题，直到结合对流层扰流器的施工重新加固了支架后，才永久消除了震颤，使喷嘴负荷达到了200%。为此，这任奇思部部长上了天梯。

地球村从村长到上了天梯的功臣，都被推进共振虚惊了一场，能抗2000级地震的地球村房子安然无恙。

从此之后，地球正式开始了长达15亿年的赖皮生涯。

点火加速之后的历任村长都很轻松，特别是赖元12225年上任的新村长更是如此。共振消除之后，地球在平稳地前进着，缓慢地扩大着公转轨道半径；扰流器安好后再也不起大风了；海洋在第一波涌流之后已经达到了新的平衡；阆苑洞在不紧不慢地挖着；奥尔特取水一拨一拨正常轮换着；亚光速太阳系旅游船一天几艘发着；钢箍环球旅游已经恢复；斯坦福已遵照指令试探着往二娘身边靠拢；大娘这几年很平静，前不久的一次不到1800级的地震没造成什么影响；胡闹园里照常笙歌曼舞、其乐融融；北极炮台成功打掉了一颗小行星，验证了技术是可靠的；在小娘肚子里产生的超弦越来越多，照此下去迟早会造出一个霍金黑洞来；两艘快斥候每天照旧发回宇量数据；月球上的氕库越充越满；村民们情绪稳定，生活幸福；四季消失后的生物圈虽然缩小了，但是经过一段时间的自适应自调整，已开始呈现恢复的迹象；永冰区虽然扩大了，但是尚未危及粮食园、肥料岛和居民区；高纬度地区虽然越来越冷，但是温带和热带还没有太明显的感觉；温室和采暖工程由科委和工程院在筹划着……除了昼夜加长和周年加长给生活带来很多烦恼之外（生产和管理由超弦钟授时未出现混乱），基本上就是太平盛世。

因此，这一任具有东方基因的村长抱定了萧规曹随的宗旨，并不想创新什么或改变什么，把所有的业务分配给10个副村长去管，自己只做三件事情：一、到万花城东边的消防湖上写生；二、在办公室里画画；三、到远近各个庄里转转（以看消防湖景色为主）。因此，他得到了一个艺术家的称号和一个亲民的美誉，就这样优哉游哉过了65年。他计划要好好利用剩下的35年任期把5001个消防湖全部画完（已经画了二分之一），这必将成为地球村文学艺术史上的一大盛举。在理工人的眼睛里，5001个消防湖基本一样，而在他这样的艺术家的眼睛里，5001个湖至少有500100个样子。

但是在这任村长平滑的宣纸下面实际上并不平静，而且可以说有十几股暗流已经在涌动，这些暗流都是由干理工的人搅动起来的。

同一件事情，美学家看到美，文学家看到情，哲学家看到规律，政治家看到成就，历史家看到进步，社会活动家看到机会，老百姓看到差异，科学家看到的却是问题。点火扩轨之后的问题不少，主要有以下5个：

1.高纬度地带居民迁留问题；

2.要不要恢复饲养解决准备逃难期间因太阳光照减弱造成的食物短缺问题；

3.洞天工程的施工次序问题；

4.地球公转定轨还是渐进和自转章动导致昼夜时间紊乱要不要调整以及怎样调整的问题；

5.快走还是慢走的问题。

当科委要求召开村委会扩大会议讨论这些问题时，迟迟得不到画家村长的任何批示，当主管科技的副村长不得已决定自己召开会议时，画家村长却又提出了异议。为此，村委会12号委员实质上的议长发动村委会全体委员召开了一次闭门生活会，大神仙洞、奥尔特星取水队长和斯坦福的三名庄委会委员视频参会，会议内容只有一个：批评村长沉溺于艺术创作，怠政懒政。会议的初衷本来是想通过批评与自我批评的方式，让村长正常履职，但是村长却不接受批评，反而谴责他们搞秘密小集团企图乱政，与他形影不离也跟着画画的秘书长出来作证说，有确凿的证据证明12号委员与科委主任、研究院院长、指令院院长、宣传院院长等人进行了多次密会，背后还有个副村长参与其中。这是什么性质的问题委员们应该很清楚。然后村长很动情地说："同志们，民间一直流传一种说法，只要政府不折腾，日子就好过。我们的前辈已经把搬迁工作安排得非常妥当了，现在火炬也燃起来了，我们萧规曹随吃碗安稳饭不行吗？为什么还要折腾？太平盛世就应该大力推进文化建设，我宵衣旰食、以身作则、身体力行有什么错？我希望有关同志好好检讨一下，改正自己的错误认识才好。"

村长的这番话不但没有起到他预想的效果，反而引起了委员们的义愤。经过两天的讨论，由12号委员发起联署罢免动议并付诸记名投票表决，罢免了村长，任命第八副村长任代理村长直到本届任期结束，任命科委主任为村长助理并全权主持搬迁工作（仍兼科委主任）。待科委主任签署了放弃克隆权利的声明宣誓就职之后，村长办公会决定撤销现任秘书长的职务，由研究院院长兼任，建议被罢免的村长和秘书长都不要急着退休，可以到旅游部继续进行创作或研究，两人同意了。

代理村长邓毅很快就组织会议就五大问题做出了选择和决策：

1.高纬度地带居民迁留问题——不迁。加强供暖即可坚持，这也是对人类体质的一种锻炼。

2.要不要恢复饲养解决准备逃难期间因太阳光照减弱造成的食物短缺问题——不恢复饲养。在南北纬40～75度之间利用洞天工程挖出的石英提纯后掺上稀有金属造两条温室带，宁愿在温室里种粮，也决不恢复饲养。

3.洞天工程的施工次序问题——先阆苑、次上林、再天工、后琅嬛。

4.地球公转定轨还是渐进和自转章动导致昼夜时间紊乱要不要调整以及怎样调整的问题——公转采取渐进方式，由此引起的年度延长随它去了；自转则仍以一昼夜26小时为基准，超过正负两个小时集中调一次。

5.快走还是慢走的问题——鉴于地球以1微米每二次方秒的加速度不停地加速，只要800年就可以加到第三宇宙速度，但既然有15亿年的时间要赖，就不做硬性规定，大体上以大娘发火的强度（以喷火烧不到地球为标准）决定停留的轨道，也就是所谓的"小步慢走"。

后来的实践证明，前四条都不折不扣执行了，唯有第5条，因后来遇到了多次冰河期没有完全执行，甚至出现了多次来回摆轨的情况。

地球开始扩轨之后，只有洞天工程还在紧张地进行，地球人的心开始空闲起来。在赖到赖元三亿年时，洞天的土建工程全部完工了，于是，一时没事可做的地球村村委会决定到斯坦福上去亲眼看看二娘。

看娘

赖元初年参照天宫的样式建造的、直径为100千米、能住1万个家庭10万人口、充当探路慢斥候用的宇宙堡斯坦福，居住条件和地球上一模一样，丝毫不显拥挤。

斯坦福庭院里的花草树木和菜园里的蔬菜甚至比地球上还茂盛。人造重力比地球小10%，而大气的组分、气压、温度、湿度、光照和二氧化碳浓度，均按照地球亚热带地区的气候数据设定。沿可以最小转速获得最大重力加速度的斯坦福赤道最外层设置的人居区高3000米，人造天穹永远是蓝天白云，日出月落、星移斗转和地球北纬25度的天象一致，风不鸣条，水不扬波。

斯坦福人居区的两侧，模拟地球的环境设置了生物区。北侧是粮食种植和动物饲养区，给居民提供食物，气温按地球北纬0度至50度隔离设置，其他大气参数与人居区相同。南侧是自然生态区，气温按热、温、寒带隔离设置，有一条参观走廊，供孩子们逛动植物园，天穹同样是3000米高，同样是风不鸣条，水不扬波。

位于斯坦福中心点上的电站区和靠近两极的工业区是失重的，大气却和人居区一样。因此，人们可以像逛街一样，随时体验失重的玄妙。这种玄妙在于：人造的3座大山，山腹内隐藏着水、气、固循环处理设施，每座山相对高度都在30000米以上，比地球上最高的山峰都高几倍，却越往上攀登却越省力，爬到山顶后，重力已经微乎其微，人人都有一种虚空御风的神仙感受，但是不用穿航天服，这种感觉在两极同样存在。

斯坦福没有疾风骤雨、山呼海啸、火山地震等自然灾害，更没有搬迁的工作压力，综合机器人承担了所有的体力劳动，因人们过度肥胖产生过一次危机，但很快就化解了。

斯坦福的人们在学习、思考、研究、娱乐之余，几乎无所事事，比在传说中的天宫和伊甸园里还惬意几分。除了接收超距通信机开过一次门，斯坦福还从来没迎接过别的客人。

在这种完全封闭的环境里，茱莉娅、赛尼德等第一代志愿者陆续逝世之后，斯坦福慢慢起了变化，主动与地球的联系越来越少，特别是出了太阳系引力范围进入自由空间后，虽然地球早已给他们送去了超距通信机，他们却不再向地球发送天文观测数据，也不解释原因。

那时，地球村的人民正在忙于地球逃难工程，根本顾不上过问斯坦福的事，等洞天工程完工之后，斯坦福早就到达了二娘的宜居带上，却仍然不报告对二娘的观测数据。

斯坦福特别庄的庄长，每年在述职会上都讲超距通信机和光脑太老了，观测设备也不能用了，却并不主动要求地球更新，这些现象引起了地球村村委会的警觉。到了赖元3.1亿年的时候，零距离探测二娘的快斥候报废了。

抓住这个时机，地球村村委会决定派一个工作队给斯坦福送去新卫星、新行星、新光脑、新超距通信机等设备。因为这时地球人的平均寿命虽然还是480岁，但是由于这时的地球已经在原来的火星轨道上，因此按赖元初年的每年360天计算，实际上已超过了500岁。

这时由于已经有了半光速飞船，地球村工作队以送新卫星为名，乘半光速飞船前去斯坦福，只要二三十年就到了。

以指令院副院长卡洛斯为队长、科委首席光脑师穆清明为总工程师的68名客人，到达斯坦福上时受到了隆重、热烈甚至有点夸张的欢迎。激光、牌坊、横幅、彩旗、鲜花、军乐、锣鼓、秧歌等一样不少，差不多是万人空巷、夹道欢迎，在中心广场上"斯坦福之母"茉莉娅的塑像前，主客迎答后，还放了鞭炮献了花环放飞了群鸽。

斯坦福中心广场上还有一群凤凰，是用野鸡、锦鸡、长尾鸡加上孔雀、天鹅、军舰鸟等的基因混合起来，经过几千年时间培育驯化成功的。这在地球上是严格禁止的，没想到在斯坦福上开了禁忌。

欢迎仪式过后，接风酒席上的菜肴极其丰盛，水陆珍馐流水似的，恨不能每样菜肴客人只吃一口就换掉，斯坦福上酿造的白酒、红酒、黄酒、啤酒等酒，别有一番风味。

斯坦福特别庄庄长、副庄长、庄委会委员，然后是各职能方方长、副方长，校长、副校长，专业队长、副队长，厂长、副厂长，组长、副组长，里长、副里长以及俊男靓女代表，鱼贯敬酒，还没有喝完一轮，工作队的队员就个个进入了醉乡。

临行前，地球村村委会已经推测到斯坦福可能出了问题，只是现在还鞭长莫及，因此村长们严厉嘱咐工作队："只看不说，只夸不贬，被动应对而不是主动出击，能不和地球联系，就不要和地球联系。一定要用多种对策把新设备安上、把卫星放出去调试好，教会他们使用了马上回来，绝对不要试图在那里安钉子，他们不求援，地球村也不会再主动派人。"

因此，工作队说话极其谨慎。在第一天的欢迎仪式和接风宴会上如此，在第二天的对接会议上也是如此。

斯坦福特别庄的会议室，比起地球上的庄委会大会议室显得逊色了点。客人坐满了后，主人的空座已经不多，参加会议的除庄委会五个委员外，都是专业对接的人员。

庄长言福瑞年又一次表达了对娘家人的热烈欢迎，卡洛斯领队也再一次代表地球人表达了对斯坦福人艰苦卓绝的生存努力最崇高的敬意，用最简洁的方式介绍了地球整体搬迁工作的最新进展，特别感谢了斯坦福人为此做出的牺牲和贡献。

一阵热烈掌声后，卡洛斯建议开始讨论对接。

言福瑞年："对不起副院长同志，对接的问题在来往函电中已经确认得很彻底了，今天不过是互相认识一下，散会后立即开展工作。借此机会，我应该代表特别庄全面介绍一下斯坦福的现状，给地球村村委会的年度述职报告，因受时间限制不可能面面俱到，当面汇报更全面、生动一些，你看这样好吗？"

卡洛斯领队："我完全理解庄长同志的心意，但是不能同意。因为我们这次来的任务只有两个：一是移交最新设备并教会你们使用；二是放飞二娘探测行星并调试好。我们完成这两项任务后就回去。我的身份只是一个工作队队长，没有权利更没有资格听取庄长的汇报。如果庄长同志的汇报内容比特不是太大，可以等新的超距通信机调好后直接发给秘书长或村长；如果比特很大，可以交给我带回去。"卡洛斯领队的话非常客气，但是没有商量余地。

"副院长太谦虚了，"言福瑞年听到这样的回答不禁一愣，"无论如何您是自斯坦福启程后，代表村委会来到这里的第一位领导，当面向您汇报是我们的义务。"

卡洛斯："我说过我理解斯坦福人的心意，但是村长没有给我听取汇报的授权啊，我要是真的不知天高地厚听了您的汇报，回去之后我恐怕要被撤职了。"

"好吧，"言福瑞年似乎松了口气，"那我就单拣与这次工作有关的内容介绍吧，这不是汇报，而是对接，怎么样？"

"这样好！请讲吧。"

言福瑞年："第一个方面，机器人的情况。这方面还没有发生大的问题，还能用，你们这次来主要帮我们升级软件即可。

"第二个方面是光脑，光脑速度太慢了，听说给我们带来了100台新的，真是雪中送炭了，请调试好教会我们之后再走。

"第三个方面，超距通信机。我们的超距通信机与光脑一样已经破旧不堪，有了你们带来的10台，全部替换掉，感谢你们还想到了语言升级的问题，派来了语言教师辅导，非常感谢。

"第四个方面，生物和人类学。我们全体都是样本，全力配合你们就是了。

"第五个方面，放飞人造行星。我们已经盼了10000年了，希望带我们一起去放飞，教会我们使用，对接队伍已经组织好了。

"最后一个方面是星星观测研究。我们要做深刻的检讨，斯坦福配备的激光炮功率有限，受观测条件限制，经过太阳系小行星带、柯伊伯带和奥尔特带时，观测窗口被打成了麻子脸，那时候正是地球搬迁各项工程最紧张的时候，为了不给搬指和后来的搬委添麻烦，我们没有报告。进入自由空间后想了很多复明的办法，但均不理想，进入二娘的疆域后，遭受了新一轮砸击，已经近乎失明，主要是50

厘米以下的石块、铁块造成的，看又看不到，打又不胜打。考虑到二娘已有两位快斥候观测，我们的一些天文学家都已改行当了老师，光学和射电镜都已闲置了很久，现在主要靠雷达、引力镜和激光探测器看路，憋死我们了！你们来了就好了，斯坦福已经穿过了二娘的柯伊伯带进入了宜居带，有一颗比木星还要大一倍的行星正在离二娘最近的轨道上运行，预计500万年后投入二娘怀抱，会把这一带的大小行星包括小石块、小铁块基本吸积清扫光，只要换上新玻璃就可近距离观测，等把迷你行星放出去，就如虎添翼了。"

副领队兼总工程师穆清明："没想到你们遭遇了这么多事情，早告诉地球就好了，有了半光速飞船，修复起来很快的。"穆清明最关心的就是这一块，不等领队说话就表示了遗憾之意。

卡洛斯赶紧解套："他们不是不想给地球添麻烦嘛！快斥候刚刚报废，我们来了正好接上，没有耽误事。"

"真的抱歉！"言福瑞年有点言不由衷，却没有解释为何不及时报告，"光想着生存了，没把观测

二娘的工作提到应有的高度，我们要向村委会深刻
检讨。"

"能够生存下来并有所发展，这就是伟大的成
就！"卡洛斯顺风转舵，"各位在早餐时已经互相
认识了，就按已经商定的计划开始工作吧？"

"不急不急，"言福瑞年好像如释重负，"今天
能把货卸下来就不错了，首长们不远亿里来到这里，
起码得先转两天，看看我们这个大圈吧！我相信各
位都有这个兴趣。"

穆清明急道："我们最大的兴趣是二娘，都想
一睹为快呢。"没意识到这句话是很不礼貌的。

言福瑞年："一切都安排好了，今天下午卸货，
明天开始视察两天斯坦福内部。在此期间，我们把
观测窗口的玻璃换好，大后天就可以目视二娘了。"

天苑四，波江座 ε，二娘还不到16亿岁，个头
比起大娘来明显偏小，光热还不足以养育地球这样
的全光谱生命，副领队穆清明将其命名为"该娅二
世"的一颗和地球（该娅）差不多大的类地行星，
在二娘也具有的柯伊伯带和奥尔特带之间游荡；另

一颗穆清明把它命名为"宙斯"的比大娘的木星儿子大一倍的巨大类木行星，在二娘刚形成的洪荒时期，被另一颗穆清明命名的类土行星克洛诺斯所排挤，一路往二娘身边靠，沿途将小行星带上的小兄弟姐妹几乎完全吸引到了自己的怀抱之中，进而又把一颗类地行星揽入怀中，将另一颗类水行星逼进了二娘的怀里，自己占据了它的轨道。由于离二娘太近了，只好永远面向二娘，以表达自己的恋母情结。但这样一来，它的头发就再也梳不拢了，二娘呼出的比大娘强20多倍的气息，将它的气态长发吹拂成宇宙中最长的发云，一直漂浮到二娘的柯伊伯带上，形成了壮观的天文奇观，却使发云飘散区域内的空域一片混沌，斯坦福现在正处在这片发云之中。

"这可不是什么好事！"用最快时间完成了新望远镜安装与新光脑联机调试成功后，在挤得满满当当的准备放飞迷你行星的半光速飞船上，看到这种景象，穆清明惊叫道，"将来地球到达后，一年中有差不多半年的时间在雾霾里过日子可怎么好？"

行星学家甲："这请放一万个心！庄长已经告

诉我们了，最多再过500万年，宙斯就要和母亲合而为一了，地球到来时，将是青天白日、朗朗乾坤！"

行星学家乙振臂高呼："要万分感谢宙斯，为人类、为该娅清出了这么一大片空场，省了人类多少事情！宙斯万岁！"

恒星学家甲接茬："真正要感谢的是赛尼德和搬指其他的老前辈们，是他们选天苑四做我们的后娘，真是太英明了！"

恒星学家丙笑道："叫后娘多难听啊，还是统一叫二娘吧。最妙的是二娘是K2型星，我们至少可以在这里住200亿年她才发大脾气呢，人类有福了！"

行星学家丁笑道："这提醒了我们一件事，要在克洛诺斯的卫星上插几面地球村村旗才行，就像古代地理大发现时期那样，以此告诉胆敢侵犯的外星人：这里已经有主了。"

言福庄长："对！斯坦福上也要插几面！"

行星学家甲："有了地球送给我们的半光速飞船，插几面旗帜费不了什么事，干脆在奥尔特带的大彗星和被放逐的该娅二世上也插几面。"

飞船驾驶员："报告，已进入二娘行星放飞轨道，请求放飞迷你行星。"

穆清明下命令："按预定计划放飞！"

半光速飞船放飞900颗监测行星花了个把月时间，另外300颗被当成卫星往宙斯和克洛诺斯上放飞。至此，天苑四本身和围绕着它的所有大行星被全天候照拂起来，信号不仅传回斯坦福，同时也传回到地球的天眼上，虽然天眼要10年之后才能收到信号，但这不影响什么。

3年以后，工作队圆满完成了所有的任务准备启程返航。在此期间，一切正常，正常得让人感到有点不正常。

应庄长言福瑞年和副庄长西崎崇子的强烈要求，以及生物学家和人类学家热切的期盼，卡洛斯勉强同意了用斯坦福上的食物样本和生物活体样本装满了回程的2号船，这其中包括一大两小三对凤凰，1号船留给斯坦福用了。

返航飞船在穿越天苑四黄道带上的新星系途中，实用主义的穆清明又给克洛诺斯起了个"挡箭牌"的外号，顺便又将该娅二世称为"亲家"，说将来可以往它这里移民，还把天苑四所拥有的柯伊柏带呼为"火库"，相应地把它同样拥有的奥尔特带叫成了"水库"。正是这个水库带，后来成了地球减速入轨的能量来源。

言福瑞年庄长和西崎崇子副庄长秘密地训练出三对凤凰，给地球报信，这三对凤凰会说人类语言，回到地球后完整地报告了斯坦福上发生的事情。

原来自茱莉娅和赛尼德逝世之后，茱莉娅家族就在"斯坦福之母"后裔的光环下开始大规模克隆，工作队来的时候，这个家族已经发展到20多万人，完全控制了斯坦福，其他家庭的后代都成了他们的奴隶和傀儡。不知出于什么考虑，他们家族再也不竞选公职，而是成立了一个世袭的贵族会议来控制庄委会。他们还想造超人，欢迎仪式上的凤凰只是初步尝试，他们想借此测试一下地球村的反应。

鉴于地球还要在大娘这里赖十几亿年，加上茱莉娅家族的作为尚不算很出格，村长办公会权衡利弊，决定装作不知道斯坦福上发生的事情，以维持现状。但对斯坦福违反地球村第一禁令造出了凤凰这件事情却做出了强烈反应，迫使他们放弃了制造超人的念头。那三对报信的凤凰也没有再让它们继续繁殖。

谁也没想到，这个现状一维持就维持了7亿年。

在这7亿年里，斯坦福完美地履行了观测二娘的职责，观测数据从来没有缺报、迟报、漏报和不报，也没有任何其他异动。每年的年度述职都是形势一片大好，插播的视频和图片显示斯塔福的居民身体健康、心情愉快、工作努力、生活幸福。

转眼到了赖元10亿年，为了适应每二三百万年就来一次的冰河期，地球已经在原来的小行星轨道上来来回回摆了四五次轨道，由于来回摆轨多消耗了很多氘、氚，为了确保地球到达二娘身边之后有足够的刹车定轨能量，加上已经有了大型半光速飞船，地球村村委会想给斯坦福特别庄的庄民找点事干，决定将封存在大娘的奥尔特星上的取水螃蟹送到二娘的奥尔特星上，培训他们取水。

地球村村委会的这个决定，引起了茱莉娅家族的极大恐慌。他们深知，只要斯坦福的门一打开，就永远关不上了，一家独霸了10亿年的好日子也就到头了。

茉莉娅家族的贵族会议反复商讨后，决定立即以"有限度自治"的名义宣布独立，等运送螃蟹的5艘飞船到来后，先将安装和培训人员扣为人质，再和地球村摊牌。

不甘永远雌伏的其他庄民，在庄委会的秘密安排下，同样做好了应变准备。

地球村的5艘飞船，时隔7亿年又来到二娘身边，地球人和斯坦福人均有物是人非之感。

这时的二娘身子稍微胖了一点，脸色比以前白了一点，眼睛比以前亮了一点，吹出的气体小了一点，宙斯已经不见踪影，显然已经投进了二娘的怀抱。

斯坦福原来是在宜居带的外围转悠，现在已经在一条每年12个月、每月20天、每天24小时、每小时3600秒、公转一圈为240天的非常靠近二娘的行星轨道上行走，这是为了验证整个宜居带有多宽做出的调整。12个月是随着地球叫的，实际上既没有月亮，也没有四季，斯坦福依然靠自身携带的氦-3维持生存和运转。

围绕二娘、该娅二世与克洛诺斯转圈的迷你监测星已经更新了无数代，都是地球用无人飞船运过来直接放到轨道上的，从未在斯坦福上降落过，当年工作队插在星星上的地球村村旗依然鲜艳无比。

出乎贵族的意料，出乎庄长、庄委会的意料，也出乎全体斯坦福人的意料，5艘运送螃蟹的大飞船并没有直接飞到斯坦福上，而是在二娘的奥尔特带上一颗被带队的指令院副院长邵永青命名为"梅毒煞"的、位于二娘黄道面上的最大的彗星上降落，安营扎寨了。

一艘卸空了的飞船来到斯坦福上，声称只有两个驾驶员，又声称尚未隔离检疫坚决不下飞船，只通知庄委会全体委员以及各行各业的代表（要保证每十家出一个）到梅毒煞会面。这个举动彻底打乱了茉莉娅家族现任首领和军师的部署，使他们陷入慌乱、忧虑和焦灼。

"图穷匕见了，我们被骗得好惨哪！"一个贵族发出哀叹，"一切的独立计划全部落空。"

军师很镇静，他说："不，只是将来人扣为人质的计划落空了而已，别忘了我们内部还有10万人质！"

"对，不管他们来不来，今天都得摊牌。"一个年轻贵族说道。

"都布置好了吗？"首领问军师。

"一切都布置妥当了，就等您的命令了。"

"那还等什么？快动手啊！"贵族中最年老的人叫道。

另一个年老贵族沉吟道："先不要急着动手，现在情况不明，我们是不是有点想多了？他们不来这里不是正好吗？将培训放在取水星上进行是很正常的啊，我们派人去不就完事了吗？"

一个中年女贵族摇头，说："万一我们反被扣为人质怎么办？"

"让他们庄委会的5个委员先去，如果一切正常我们再去人。"一个老年女贵族指着被胁迫参会的庄委会成员说道。

一个中年女贵族问："你们敢去吗？"

庄长说："这由不得我们。"

军师断然说："不能走这步棋！如果本来无事，他们去了之后出卖我们怎么办？"

女副庄长保证道："我们不敢，我们的家人还在这里呢。"

"真相大白了！"最年老的贵族双手一摊。

"还不能说是真相大白，"另一个年老贵族也犯了固执的毛病，说，"这个安排，从他们的角度讲，还是正常的。"

那个年轻贵族说："再正常有什么用？已经指明了每10家出一个人，人一到那里还能包住什么？"

军师说："再联系，就说时间已经过去了10亿多年，斯坦福的原始家庭早已不存在，每10家出一个人根本无法识别。"

庄长又接通了邵领队，一字不差地原话告知。

"现在才想起这一点来，早干什么去了？噢，是我忘记说了，我们带了基因快速检测仪，一分钟就能搞定一个！"

"那就请你们派人来检测吧。"

"我们不去，去了就回不来了！"声音不大，但在他们听起来比炸弹还响！

"这是什么意思？"首领知道一切都结束了，推开庄长亲自说起来。

"哈哈哈哈！"邵领队一阵大笑，声音也变成正常人的了，"久违了首领！我们本想尽可能多救出几个人质来，谁知你们不上当，这一回合算你们赢了！说吧，你们打算怎么办？"

首领："就两条：把特别庄改为自治堡，承认茱莉娅家族的世袭权力。简单吧？不过分吧？"

邵永青："请等一下，我要和杨爱军村长联机，最好你们也联上。——很抱歉村长，他们不上当，我没能把庄委们救出来，已经摊牌了。"

杨村长："没关系，你们没搭进去就是一个胜利。——首领你好，我是现任村长杨爱军，有什么话对我说吧。"

首领："您好杨村长，我是茱莉娅家族的族长，用这种方式和您联系不是我乐意的，箭在弦上不得不发，请您原谅。"

杨村长："好说，请讲讲要求吧。"

首领："就两条：一、把特别庄改为自治堡；二、承认茱莉娅家族的世袭权力。"

杨村长："这算不了什么，改个名字不是一句话的事吗？世袭权力实质上你们早就有了，顺便问一句，现在你们究竟有多少人口了？"

首领："实话实说，茱莉娅家族现有25万人，其他家庭已恢复到10万人，一共是35万。我们没有做好生育控制工作，愿意接受批评和处分。"

杨爱军："有这么多人了？向你们祝贺啊！看来宇宙堡是能够生存的，也是能够发展的。"

首领："生存质量却不敢恭维，实在太憋屈了。"

杨爱军："那就回来吧，现在有大型半光速飞船了，几趟就接回来了。"

首领："人离家一久，心就野了，回去怕不习惯呢。"

杨爱军："但这只是你们家族的想法，其他家庭能同意吗？"

首领："我不说您也知道，其他家庭已经成了我们的人质，10万人不是个小数目。"

杨村长："你要把他们全部杀了？"

首领："怎么可能？我是怕你们把他们杀了。"

杨村长："你知道我们不会，不是不能，而是不会。"

首领："彼此，彼此。"

杨村长："独立之后呢？"

首领："不是'独立'，而是'有限自治'。自治之后取消选举，茉莉娅家族永为堡主，我们继续为地球探测二娘，地球继续为我们提供必要的帮助，类似取水的事就免了吧。待地球到达之后，就按刚才您说的那样，给我们划一块薄地延命即可。"

杨村长："那得把10万异姓人民接回地球。"

首领："这个恕难从命。接走他们我们就没人使唤了，也失去了人肉盾牌。"

杨村长："咱们再探讨一下啊，地球村来硬的会是个什么结果？"

首领："我很清楚绝对打不过地球，大不了玉石俱焚。"

杨村长："不，还有一条路。给你们另找个地方去独立好不好？这等于传播了地球文明，咱们还可以继续做亲戚。当然，搬家的飞船及必要的安家物资由地球提供。你们离鲸鱼座德尔塔星很近嘛，我们已经派无人飞船探测过了，那是一颗很好的类地宜居星球！"

"斯坦福本身就是飞船，你们只提供点氦就

行。"首领急忙抓住机会，"到了那里允许我们完全独立吗？"

杨村长："当然有几个条件：一是交出斯坦福，你们只能坐地球提供的飞船过去；二是只准茱莉娅家族的25万人过去，其他家族的人要全部留下；三是——"

"对不起，我要下令扣人了，咱们找机会再谈吧。"

杨爱军："请稍等片刻，斯坦福已经不能动了。"

两人斗嘴期间，地球来的飞船上走出了一群机器人，两人一组，立即分散到各处，各抬着一块大金属板，对喷嘴和眼睛以及炮口都盖上了一块，然后焊得严严实实。

"哈哈哈哈……好笨的一招！"首领大笑，"斯坦福本来就是过的封闭日子，感谢当年的言福村助，给我们配备了20亿年的生存物资。这下好了，我们再不需要为地球观天望地了。"

杨村长："请你再看看斯坦福进出口上的变化。"

进出口的密封舱门被割出了一个洞，伸进来一根不大的圆筒子。

"这是什么？"首领的脸色变了。

"这是极速致晕波束发射枪，"视频上换成了飞船驾驶员，"只要一开，10分钟之内斯坦福里所有的生物将全部晕倒。不要怕，毫无生命危险，48小时后会自动苏醒，没有任何后遗症。有这个工夫能把反贼们铐起来了吧！真不知道吃了什么迷魂药，好好的日子不过，非要折腾！"

首领："你是谁？"

"我是武备部第一副部长洛桑扎西，奉命前来平叛！"司机威严地说道，"赶快投降，否则一律按反贼俘虏对待！"

"就你这个小枪头能在10分钟内把整个斯坦福人打晕？你知道它有多大吗？"军师十分镇静。

"知道，有效容积50万立方千米。"

"你这个小枪头能有多大功率？吓唬谁呢？"军师依然冷静。

"就算能把我们打晕了，就凭你们两个人，能在两天之内铐起我们35万人来？嘁！"年老贵族也很镇静。

"早就知道凡是反贼都是不见棺材不落泪的主儿，那就试试吧！我喊'123'，喊到'3'再不投降就开射。1——"

"停！"首领急忙举起双手，"我们投降，继续谈判！"

"族长！"贵族们一齐大叫，"他是在吓唬我们！"

"10分钟绝对打不晕！"

"即使打晕了，就他们两个人也铐不完！"

"两个人铐不完，10万人总可以吧！"庄长突然发话。话音未落，突然停电了，转瞬间又恢复了供电，就在这一瞬间，5个被挟持的庄委已经扯掉了脚上的电极，一人扭住了一个男贵族，只剩下了首领和几个女的没被扭住。

"这有什么用？"老贵族笑道，"你们的人全部被扣起来了，就你们几个还能扭转乾坤？"

"你想得太美了！"斯坦福上没有配备手铐，庄长掏出早已预备好的绳子，三下五除二将其捆成粽子，"谁扣起谁来还不一定呢！"

"别忘了我们是两三个对付你们一个的！"年老贵族依然嘴硬。

"不错，可惜你们千算万算漏算了一点！"庄长说道。

"哪一点？"军师问道。

"机器人保姆啊！不是每家一个吗？它们不能打人却可以自卫！"副庄长边捆最年老贵族边笑，"10个真人也打不过她一个！喂，各家各户注意了！情况怎么样？"绑好最年老贵族之后，女副庄长打开了全景视频问道。

"我们全都平安！"全庄人七嘴八舌回答，"我们没被控制，但也控制不了敌人，怎么办？"

"机器人保姆那么没用吗？"

"不是没用，而是让'三原则'管住手脚了。"

"哼哼！"年老贵族又神气起来。

仿佛要印证这些话似的，庄委会办公室的门外突然蹿出了20几个大汉要进屋，被庄委会的一男一女两个机器人秘书挡在了门口。大汉们不论怎么往里闯都会被拦住，打它们不知道疼，骂它们不知道怒，一时形成了僵局。

"看到没有？这就是结局，下令投降吧！"把人全部捆住之后，庄长命令首领。

"不能降啊！"最年老贵族叫道，"茉莉娅家族的血液里没有投降基因，让他们来杀好了！"

"别和他们啰唆了，庄长同志，让我显显身手吧！"副部长说话了，"你们不用怕，打晕之后很舒服的，就像喝醉了酒的感觉，然后我们先救醒你们再一齐干活儿。现在知道厉害了吧！我们两个人当然铐不完25万叛贼，但给10万好人每人点击一下神经，这用不了多长时间吧？"这是对首领和军师说的，"我说你们几位，谁叫你们铤而走险的？到手的功劳让你们抢走一半，气死我了！"这些话是对庄委们说的。

"我们帮了忙还落下不是了？"女副庄长边拿出小镜子拢头发边笑，"那好吧，我们不管了，你快点开枪打我们啊！这得算工伤，我们醒了之后总得休养一阵子再干活吧？"

"2——"

"不能降啊！"

"3——"

"我们投降！"首领又一次举起双手，"我命令全体住手！"

"让他们全部到广场上集合待绑，胆敢反抗者一律电晕！自缚归案者罪减一等！"洛桑扎西严厉命令。

"全体到广场上集合待绑，胆敢反抗者一律电晕！自缚归案者罪减一等！"首领重复了一遍命令。

"大势去矣！"最年老贵族大叫一声，口吐鲜血，戛然倒地。首领和几个没被捆绑的女贵族急忙上前探看。

"庄长同志，你们怎么停电的？难道他们没有防范吗？"副部长对首领的活动视而不见，开始和庄长聊天，"我们最担心的就是你们5个庄委受苦，这才想接你们去开会，没想到你们早有自救之道，害得我们白盘算了一场。"

"别看他们人多，其实早就腐化堕落了，年轻人都不愿工作，30年前听说你们要来，被首领逼着每人勉强找了个轻快活儿干，也不过是象征性的点卯而已。不单是电站，所有工作场所都由我们控制着，他们仅仅控制了超距通信机，即使你们不来，他们也独立不了。他们若是真独立了，连饭都没得吃！"庄长回答。

"我们要求与杨村长直接谈判。"军师含泪说道。

"急什么？老子还有命令呢。都给我听着！你们几个投不投降？"副部长问道

"我们投降。"还被绑着的几个贵族一齐回答。

"给他们松绑。首领和军师留下，继续谈判！"

"我们也去吧，这里只留庄长一个人就行了。"女副庄长终于化完妆了。

"你也要留下，其他委员可以去了，注意带上机器人秘书，别又出什么意外。"

"是！"军师说道。

杨爱军适时现身，说："副部长，把那根枪头子撤回来，暂时没你的事了，休息待命！"

"是！"洛桑扎西退出了视频。

"你们受惊了，但不失为俊杰。请先接受我对逝者的吊唁。"杨村长站起来庄重地鞠了三个躬，首领和军师鞠躬还礼。

杨村长："大家坐下来谈判吧。"

"事到如今，我们还有什么资格谈判？任凭处置。"首领苦笑道。

"先认识一下吧，这位是什么身份？"

"这位是他们家族的世袭军师。"庄长代为介绍。

"现在你们打算怎么办呢？"杨村长扯回正题。

"一切听从地球村安排。"军师答道。

杨爱军："这是题中应有之义。斯坦福再待下去肯定没意思了，愿意回地球还是到德尔塔去？"

"回地球如何？到德尔塔又如何？"军师不让首领说话自己抢问，仍然心存侥幸。

杨爱军："回地球，本来是给你们准备了一个琅嬛洞的，比斯坦福的条件好多了，但发生了刚才这一幕，恐怕你们自己不好意思住了吧？村委会也难以通过，只好分散到各庄安置下来过正常日子。我代表地球村向你们保证，除了被选举权暂停10000年之外，其他村民权利不予削减。

"至于到德尔塔嘛，还是我刚才说的，只能带走全部族人，其他家庭的人就不要去了，他们还要留在斯坦福继续做斥候呢。当然，现代鲁滨孙是不好当的，地球负责运去基本安家物资，人也由我们运，剩下的就要靠你们自己努力了，开创时期肯定苦一点，但是可以实现你们的独立愿景。"

"地球允许我们独占一个星球吗？"首领有点不敢相信自己的耳朵。

"当然要事先签个协议，也就是我刚才要说被打断了的第三个条件，比如承诺永远不得攻击地球及地球的属地，也不能唆使和支持可能有的外星人或其他生物或地球的反叛者做这些事。地球也做同样的承诺。"

"这真是高天厚地之恩了。"军师说道，"我们怎么有能耐攻击地球？村长是不是说笑话啊？"

"世事难料，谁说得准呢？就算给地球预留个保险系数吧。"

"我们完全接受这个安排！"首领立即表态。

"有两个小细节还要请村长开恩允准。"军师想能多捞点就多捞点。

杨爱军："请讲！"

军师："一是单让我们一个家族去就只能近亲繁殖，过不了几代可能就灭亡了，如果斯坦福上的其他家庭有自愿去的，是不是可以允准？二是这一去前途难料，本家族有不愿意去的可否仍在地球安置？"

杨爱军："不愧是军师，算无遗策啊！本来我们也是这么考虑的，经过了刚才的一幕，再这样做，就没法向村委会交代了。再说现在劣因剔除术已经很成熟了，而且你们也已经这样做了十几亿年了，因此近亲繁殖的弊端是可以克服的。"

军师："最后能让我们征求一下族人的意见吗？"

杨爱军："很抱歉，不能。这对你们也没好处。民主是在你们手上断送的，仓促恢复起来，你们的地位难保，这样一来，我们就没有谈判对象了。你们要恢复民主，等到了德尔塔之后再徐徐进行吧。"

"好吧，这已经够宽大了，我们知足了。"军师见好就收。

杨爱军："这是看在茱莉娅同志的情分上——由于证明了宇宙堡也能生存发展，并且以自己家族的伟大牺牲为地球逃难探了路，她对地球整体搬迁事业的贡献不比言福如松和阿尔伯特等前辈小！也是看在你们10亿年来兢兢业业攻坚克难为地球充当斥候的情分上，更是看在你们及时中止了制造超人计划的情分上，这是应当向你们说明白的。"

"谢谢了！"首领拉着军师起立鞠躬。

"盟书怎么签？是要我们到地球去签字吗？"军师鞠完躬又问。

杨爱军："不用了，虽然按理你们是应该回来一趟的，但一来一回至少50年，双方都耗不起。我已经任命第一副村长李广勋同志为特命全权代表到斯坦福了，现在就在飞船上。等你们把门修好后，他就可以进去了。"

"代表由我们负责接待。"庄长说道。

杨爱军："好！那就这样吧？"

"运完我们这些族人，需要几十年甚至几百年，过渡时期怎么安排？"军师急问。

杨爱军："这些事情由全权代表和你们谈吧，庄长、副庄长也是代表。"

"是。"所有人一齐答应。

"我去安排修门了。"副庄长起身告辞。

飞船上并非只有两个驾驶员和一个副村长，11

女9男的20名全副武装的特战队员，在副部长兼平叛司令洛桑扎西的带领下，手持激光枪，护卫着第一副村长李广勋走进斯坦福，穿过人们夹道欢迎的队伍，直奔庄委会办公室。

首领、军师已经自缚双手，弯腰恭迎。李副村长略一点头，挥手让副部长给他们解缚。门外是由特战队员和机器人秘书组成的警戒线，警戒线之外，是渐渐围拢过来的人群。

谈判在武备部副部长的枪口下举行。原则已经由村长宣布了，要谈的不过是等待遣送期间的细节安排，没费多长时间就达成了协议：地球派25艘用太阳系旅游船改装成的十分之一亚光速万人大飞船一次性将所有反叛者运走，除了随身用品和行李，不准带走斯坦福上的一草一木，到达德尔塔后的基本安家物资，由地球用恒星际亚光速货运飞船运送过去。鉴于亚光速飞船最快也要170年之后才到，过渡期间先用4艘半光速飞船将首领等叛乱主犯最多不超过3000人先送到德尔塔上以实现隔离，送到后返回来供斯坦福取水用，剩下的人软禁在各自的家里，等待大飞船到来，地球将保证他们生活无忧。

军师提出，至少应给德尔塔留一艘飞船，被李副村长拒绝了。

军师提出，要带去至少一台光脑和一台超距通信机，也被李副村长拒绝了。

军师提出，要带上自己的保姆型机器人和适量的工作型机器人，还是被李副村长拒绝了。

李副村长明确告诉他们，到了德尔塔后，要从初步电气化的文明水平开始，安家物资将按这个水平配置，这就是妄想独立所要付出的代价。

在枪口下举行的谈判，首领们不能不同意，协议签完后，没有香槟没有酒宴，两个叛乱方代表连家都没让回就被直接押上了飞船，由庄长、副庄长带队将贵族会议的成员及其家庭成员共3000来人押上飞船，场面凄惨。

洛桑扎西将驾驶座交给了年轻的副驾驶，从特战队员里指了一名女队员担任副驾驶，另指了一男一女两名战士当后备驾驶员，然后严厉警告首领们不得劫持飞船，否则将危及待遣发人员的安全。

李副村长关上驾驶舱门，和4个驾驶员嘀咕了好一会儿才下船。斯坦福的舱门又关上了，飞船迅即起飞，向16光年之外的鲸鱼座德尔塔飞去，梅毒煞上起飞的4艘飞船相向飞来。

洛桑扎西命令茱莉娅家族聚集在广场上听候宣判。

茱莉娅家族全体人员听了协议的传达后，被押回到各自的家中，在软禁状态下等待遣送。

广场旋即被庆祝解放的人群占据，李副村长在庄委的簇拥下，登上主席台发表了热情洋溢的讲话，讲话多次被阵阵欢呼打断。讲完话后举行了隆重的授勋仪式，10亿年来与独立势力进行了不屈不挠斗争的有功之人或其后裔，受到了各级表彰奖励。其中，第一次工作队进驻时的庄长、副庄长与凤凰饲养员的后裔，以及这次平叛成功的武备部副部长和5个庄委受到最高奖励，被允许克隆一代，但他们都当场放弃了这个权利，每个家庭都得到了一枚解放勋章。

授勋之后，人们顾不上吃饭，接着进行狂欢，气氛热烈，亘古未有，一直持续到午夜之后。地球村来客，被群众请到各家家里吃饭，副庄长精心准备的宴席冷了场。

平叛之后的重建会议，做了两个重要决定：一是在斯坦福上驻军；二是开始和地球"走亲戚"。有了半光速飞船，10光年的距离是天涯若比邻。

地球村平叛圆满结束，斯坦福从此恢复了正常。

从此之后，鲸鱼座德尔塔星上有了人烟。

它的母星是一颗正壮年的G6型主序星，发出和地球公元时代差不多的光热，孕育的这颗岩石行星有山有水、有草有树、有风有雨、有鱼有虾、有鸟有兽，体积是地球的67%，重力是地球的52%，自转一天为20.101小时（他们沿用了1小时3600秒制），公转周期为289天（当地天），有两个小缺憾：一是没有月亮；二是基本没有四季，因此生存范围比地球小50%。

茱莉娅家族自从被放逐到这里之后，接受了家族统治所带来的差一点灭族的沉痛教训，立足之后，首领取代了茱莉娅，被后代尊称为"始祖"。他利用开基立业的权威坚决推行了地球村的制度：民选村和庄两级政府，所有人必须劳动，严格计生抚幼，科技立球，生产资料公有但生产活动竞争，生活资料公平分配但不是按需分配，也配备了军警和善恶机构。经过了十几亿年的繁衍生息，人口严格控制在10亿以内，人均寿命已达到地球的70%。由于这里的重力只有地球的一半，他们的个子比地球人高出了1米多。当邀请他们参加地球开跑大典的时候，接他们的半光速飞船是在他们建造的德尔塔天梯上降落的。

鼹鼠

让我们退回到赖元13000年，此时地球人开始对地球加速扩轨。但是由于地球这时仍然在原来的轨道上爬行，要达到每秒42.1千米的脱离速度至少需要800年的时间。调姿导致的四季消失，成了加速扩轨期间第一个影响生存质量的问题，因地球加速和章动引起时序混乱，阆苑（自然生态洞）、上林（狩猎种植洞）、天工（工业生产洞）、琅嬛（人居洞）等四大洞天工程的施工顺序需要妥善筹划和解决，按照搬指最初的设想，先一步跨到原来的火星轨道上苦熬，这意味着接收到的太阳辐射能量要减少45%。针对这个情况，当时的村委会做出了如下决定：

1. 利用新增设在天街底下的调时喷嘴，永久保持每天24小时的时序不变，地球变轨后的年度延长只能听其自然。

2.四大洞天工程，按照先生物、后工业、再人类的原则，从寒带往热带挖，挖好一个移植一个。

3.洞天工程挖出的土石方，利用钢箍磁轿运往南冰洋填海，再造一个新南极洲。

4.从洞天工程的土石方中提炼玻璃材料，在寒温带建两个环球温室带，以扩大地球降温之后的食品生产能力，坚决不恢复饲养。

这期间地球开开停停，走一步看一步。转瞬之间，时间过了一亿年。

这一亿年间，地球的主要工作是深挖洞。

这一亿年间，人类在奥尔特带上取重水的工作已经结束，为地球准备逃难和逃难多积攒了一倍的能量，其中相当一部分没有送回地球，而是安上了钶灯，直接往将来逃难的路上散布，于是形成了一条红色的逃难路标。

这一亿年间，太阳在常态时的变化不大，但是发的火越来越大了。

这一亿年间，地球表面的变化也不大。生态洞里的生物能够存活，只有洄游的鱼儿和迁徙的鸟儿因不能自由行动开始变性和退化。由于阆苑洞南北还没有贯通，人类只能采取退化一批补一批、变性一拨换一拨的方式延续。

大娘发火的频率越来越高了，持续时间也越来越长，一发就是一两个月，原始的挡火墙和遮阳伞已经挡不住了，地球人不得不给月亮和挡火墙也安上了腿（喷嘴），将挡火墙改成了飞碟和月亮一起随时准备近距离挡火，嫦娥几亿年积攒的家当，全部废弃了，重水炼氘不得不挪到地球上进行。

等做完了这些工程之后，赖元120000308年5月12日14时28分4秒，大考降临地球。扩展了级数的里氏1998级地震发生于北纬31度、东经163.43度的浅海地区，震源深度89千米。

两个小时之后，12级太阳耀斑喷出的巨大火舌抵达地球。

根据科委从两年前就不断更新发出的精确预报，全球的居民已提前3天躲在家里。天梯、喷嘴、炮台、肥料岛、粮食园、捕鱼湾、狩猎队等露天工作场所的工人，全部停工放假；所有旅游活动全部停止；所有学校也已停课放假；震中区沿海的居民为了躲避海啸，全部撤离到了高处。对于极少数不愿撤离的老年人，地球村村委会毫不犹豫执行了强制措施，与此同时实行了最彻底的禁空令，即使是空警也都收了翅膀。

迟敬宗村长命令救灾部将10把调雨伞分成两组，提前1天在南北高纬度带上各人工制造了5个超级台风，万一月亮和飞碟漏光时好灭火。

救灾部根据迟敬宗村长的命令，将月亮和飞碟提前两天变轨为分别距地球38万千米和15万千米的地球公转同步轨道，构成了遮挡火舌的双保险。这导致了这时的地球一片黑暗，遮阳伞和调雨伞全部躲到了地球身后。

飞碟和月亮变成与太阳和地球成一条直线的地球同步轨道行星之后，3个天体叠加的引力使潮头高度达到地球有史以来的最大高度150多米。飞碟质量虽小，但是由于离地球很近，引潮力远远超过太阳，巨浪一波接着一波，冲击着外防波堤，发出惊天动地的轰响。外防波堤像狂风中的大树一样不住地颤抖、晃动，激起的浪花不住地向堤内猛扑，很快就将两堤之间的海面灌平了，次生的激浪开始往陆地上冲刷。人们躲在关紧门窗的房间里都能听到惊涛拍岸的声音，感受到巨浪冲击防波堤的震撼；海燕们不管多么英勇，也被撼天动地的大潮吓着了，早已钻到窝里惊恐地旁观。

这只是地震前的序曲。

地震发生后，引发了780多米高的超级海啸，与大潮叠加成近1000米高的水墙向防波堤压过来，震中区的内外防波堤瞬间被冲垮，巨浪咆哮着扑向陆地，沿海的庄园很快没了踪影。

海啸往远处扩散，终极大陆的东海岸、从北到南的防波堤相继被冲垮，肥料岛的防波堤被冲出了不少决口，人岛和鸟岛全部被淹。

老南极半岛也未能幸免，在人工制造的台风和地震引起的海啸双重打击下一片狼藉。

衰减到600米的浪峰，漫过南冰洋上的冰面，冲上初具规模的新南极洲，将喷嘴支架冲击得剧烈摇晃，水墙推动空气，形成了58级台风，台风抽吸起海水，往西北方向突袭，将古南美洲的大部分狩猎区变成一片汪洋。

南北高纬度地带人工制造的10个台风携带的水汽，在没有太阳照射的情况下迅速过冷，变成了冰雹和暴雪，将两个地带变成一片白色。

原始的地下磁轿线和地下工厂区多处进水，幸好有超大功率防洪泵开足马力排水才没有成灾。

海啸破坏力再大，总是一次性的，几个波峰过后逐渐回落，地震的第二天就基本恢复了天义大潮时的局面。防波堤被冲毁后，巨浪周而复始地肆意侵蚀海岸线，潮水对沿海陆地的破坏已经过了峰值，另一重灾难却又出乎意料地袭来了。由于月亮将耀斑火柱遮挡得严严实实，地球已经连续三个昼夜处于完全黑暗之中，气温急剧下降，北纬45度以北和南纬30度以南开始结冰。对于这样的天气，人类全部躲在室内感受还不深，动植物却已经受不了了。

月亮上的情况也不容乐观，超强粒子辐射在裸露的月面上连撞带蒸激起了一股月尘暴。这股有放射性的月尘暴，任其发展下去，将严重影响人类灾后重新登月。

面对出乎意料的新情况，迟敬宗村长在救灾指挥部里和四天四夜没合眼的村领导班子强打精神，紧急商讨对策。

迟敬宗村长首先开口："火灾可以避免了，水灾再厉害破坏性也有限，迄今为止没有一例人员伤亡，这是一个巨大的成绩！问题是，根据预报，这次耀斑要持续一个半月，现在仅仅过了2天，人们已经冻得受不了，长期下去怎么办？请各位出招。"

"报告村长！"奇思部部长高喊，"有办法解决这个问题，但要做一些局部牺牲！"

"先讲如何解决，再评估牺牲！"迟村长大声说。

奇思部部长："很简单，将月亮往外开出一段距离，人工造一个日环食，这样可以透过一些光来照向高纬度地带，使气温回升，但要承受一定剂量的高能粒子辐射。"

调磁部部长说："这个方法可行。我们把地磁调到最高，就可以将辐射减到最低。"

飞天部部长指出："可是即使造出日环食来，也会被飞碟挡住。"

"这就是我想说的第二点！"奇思部部长指点着

视频，"将飞碟开到月亮前面去，既可以让开光道，还可以保护月亮，更可以降低潮水高度，可谓'一石三鸟'！"

"好。立即执行吧！"迟敬宗村长果断命令。

飞天部部长亲自当起了驱星赶月之人，近处的金色莲花和远处的红色火炬照亮了漆黑的夜空，这是人类的改天换地之光。

两天之后，大地重见天日，飞碟变成了月亮的挡火墙。

潮头降低，气温回升，灾难被控制住了。

人类过度追求保险的行为，造成了巨大的灾难。四星连珠形成的巨大引潮力为地震引起的海啸推波助澜，使终极大陆的东海岸和南海岸经历了一次彻底的洗劫。两万多千米的内外防波堤被冲得没了踪影；沿海地区庄园的编织房屋虽然没有倒塌，玻璃防蛇围墙及前花后菜的庭院都被彻底冲毁；东南沿海的捕鱼湾设施全部损坏，捕鱼量减少了60%；肥料岛被淹、南极半岛被淹、南部大陆被淹……

万幸的是，在月亮和飞碟的双重遮挡下，没有发生火灾，地下工厂和磁轿运输系统没有被淹。

灾难结束后，迟敬宗村长带队视察，在飞艇上看到的就是这番景象。

"用挡火墙给月亮挡火，将成为常态，"灾后重建会议上，高度紧张了一个多月的迟敬宗村长眯缝着眼喃喃说道，"再把它送回地日系L1点去吧？"

"这样最好！"科委主任哈欠连连。

"是啊，谁会想到月亮这么能干，我们反应过度了。"救灾部部长瘫在座位上有气无力，"今后不管大娘的火发多大，也不必再下全球禁足令了，更不必再制造人工台风了。"

"我有个问题！"主管生存的副村长接话，他的精神已接近崩溃，"防波堤被冲成了断壁残垣，怎么办？"

迟敬宗村长闭着眼有气无力地摆手，说："既然说到这个话题了，就由你负责重修大堤吧，怎么样？"

"保证完成任务！"

迟敬宗村长说："都回家睡觉吧，睡饱了再起来收拾残局。"

赖元1.5亿年，高1500米、宽1000米的两道新防波堤胜利竣工。

赖元3亿年，人类逃难的主体工程——四大洞天土建工程全部竣工。

原来的工程概要是：

位于地下225千米处的人居区琅嬛洞：10万人一个里，共建设5万个里，总人口控制为50亿，按每人居住（含配套）面积50平方米、活动面积（含菜园）200平方米配置。里洞直径10千米，面积78.5平方千米，高度3千米，体积235.5立方千米；总面积400万平方千米，总体积1177.5万立方千米。每10个里仍然编为一个庄，配置的公用设施有太阳广场、医院、学校、公园、裁缝铺、工艺品铺、酒馆、庄委会（含信控中心）、安宁局、水供应站（含降雨）、空气循环站（含调温）、应急电站、轿站、仓库、物质循环站（环卫处）、简易维修站。庄部洞直径15千米，面积150平方千米，高度3千米，体积450立方千米；总面积75万平方千米，总体积225万立方千米。人居区有效总面积475万平方千米，有效总体积1425万立方千米。

位于地下150千米处的工业区天工洞：总计200万平方千米，分为200个分区，每个分区为1万平方千米，总体积400万立方千米。每个分区直径为120千米，高度为2千米。

位于地下300千米处的狩猎种植区上林洞：总计300万平方千米，分为300个区，每个区为1万平方千米，总体积900万立方千米。每个区直径为120千米，高度为3千米。

位于地下300千米处的自然保护区阆苑洞：总计300万平方千米，分为300个区，每个区为1万平方千米，总体积1500万立方千米。每个区直径为120千米，高度为5千米。

位于地下400千米处的万花城区及通道：万花城区直径150千米，高度3千米，面积2万平方千米，体积6万立方千米；通道总长度100万千米，直径1千米，总体积78.5万立方千米。

洞天工程挖方量合计：

总里程：通道100万千米。

总面积：1269.5万平方千米。

总体积：4287万立方千米。

开始施工后，发现漏算了磁轿通道工程、洞与洞之间的联系通道工程，为了避免穿堂风还加了两个弯，增建了地下大气库和全谱生物种子库及10000年供给量的应急食品库，均位于地下负400千米处围绕万花城而建，还有海水冷却通道，以及调温、调湿、调氧及循环设施等辅助工程，加起来也是一个不小的数字，再加上不便明说的其他秘密工程，总计多出了700万立方千米的石方。为此，工程院院长（含）以下好多人受了大小不等的处分。

洞天工程挖出的这些土石方，极小一部分用来重建防波堤和温室带，大部分运到喷嘴脚下，再造了一个1600万平方千米的新南极洲，顺便造了一座与南极半岛连起来的石桥，最高峰围着极点火炬喷嘴支架主柱堆到了6000米高，再也不怕主推进喷嘴的喷焰蒸云造雨了。如此巨量的石方填到海里，使海平面上升了130多米，如果不是重建了新防波堤，后果不堪设想。好在这种情况没有维持多久，几千年后又回落了近100米，回落的那些水变成了冰雪覆盖在新洲上，使喷嘴支架变得异常牢固。

　　洞天工程竣工后，地球已在火星轨道上运转，人类还不需要立即搬下去住，村委会决定办如下几件事：

　　首先是天工洞。完工之后工厂里的生产线要不要立即搬迁下去？制造署坚决要求搬迁，因为年代久远的负3000米处的工厂区已经到处是补丁，每次地震都提心吊胆。如此合理的要求却被否决了。救灾部指出，随着地心越来越冷，现在只有400来摄氏度了，加上庞大的洞天工程纺织洞壁的再冷却和固化牵制，地震强度和烈度将越来越小，时间间隔会越来越长，因此不必急着搬。科委的理由更充分，现在离逃难还有12亿年，到那时，科技还不知道发展成什么样，为避免频繁的技改，最好是在走之前的几百年里重造新生产线，旧的不要了。

　　否决后引出了一个新问题：闲置的天工洞在准备逃难期间干点什么？

　　发电部态度坚决——闲置就闲置，不要多耗电了。

　　村委会采纳了这个建议，决定除了阆苑洞持续维持生态之外，上林洞和琅嬛洞同样闲置起来。

　　闲置也罢，维持也罢，从琅嬛洞竣工开始，地球上有了两个世界。

　　赖元3亿—15亿年间，大娘进入了过冷和过热的模式，火发得越来越大，带给地球的灾难冷热交替，都是以一二百万年为一个周期，迫使地球只能采取来回摆轨的方式艰难度日。月亮和挡火墙被烧得焦头烂额，幸好地球安然无恙。

　　大娘的脸色越来越白，地球时近时远，总趋势是离她越来越远。到了赖元15.3亿年时，走到了距离她4.2亿千米的极限轨道上，公转线速度已经达到每秒40.42千米，一年的取整时间为720天，每天24小时，每小时3600秒，随便喷把火就可以逃出去了。

　　地球进入小行星轨道时，经历了长时间的磨难。虽然火星殉职过程中连打带吸清除了60%左右的大小石头，超额10%完成了任务，但仍然有40%漏网。漏网小行星超过50千米直径的，都用魏德全火箭推开了；直径50千米以下的，一见到地球送上门来就虎视眈眈，伺机用自杀方式报仇，这只能靠北极炮台和天梯碉堡真枪实弹地打了……激光划天，弹幕纷呈，流星遍野，地球人享受了好长一段时间的视觉盛宴，比放礼花好看多了，极大地满足了摄影爱好者和学校的孩子们。但不管怎么打，总有漏网之鱼，穿过反砸系统报了仇，烧了几处森林，砸死了几头野兽，毁了几处设施，但没伤着人。北半球的露天工作场所的工人全部停工了，北极炮台和天梯碉堡对人居区实施了重点保护，这期间绝大多数上天梯的人出自这两处。这一关过得比预想的要顺利，等到了极限轨道后，打星战役基本结束。

大娘发起火来，火气已能追上位于小行星带极限轨道上的地球，没有月亮挡火是赖不成的，月亮自身弹痕累累、遍体鳞伤，所有的家当包括千万顷温室蔬菜大棚和炼氘基地毁灭殆尽，主要设备如发电机等提前搬入地下给喷嘴用，只有调姿、调轨喷嘴幸免于难，这些地方是炮台和碉堡的第二个重点保护对象，它自己的亿度喷焰亦可烧毁敢于来犯者。天梯上的地月系弹弓层，门可罗雀。

跨过火星之后，地球村人开始过上了基本无所事事的赖皮生涯，于是科学家们开始进行人类长生研究。

　　自从人猿揖别以来，更确切地讲是进化到智人阶段以来，各个人种、各个民族、各个社会阶层的人类，都是传说在追求长生，都宣称获得过成功，还留下了据说绝对真实的、确切的文献记录。但这些都是传说，并没有让普罗大众获得长生。

　　随着科学的继续发展，人类的视力越来越好。其中视力最好的两个人在高倍显微镜下看到了那条著名的双螺旋。这又燃起了人类对长生的探索热潮，通过摘除负责细胞分裂计数的端粒体基因，人类才真正迈进了长生的门槛。但在生存资料私有制的社会阶段，端粒体摘除术的费用极高、工作量极大，因此只有极少数的富人才做得起这种试验，也成功了几个。但由于试验手段尚处于不断完善阶段，那几个成功者并没有获得真正的长生，只是比普通人活得久一点而已，加上战争频繁，社会革命迭起，这些试验只能断断续续进行。

　　最后一次世界大战结束后，生存资料公有的地球村成立了，虽说已经具备了试验的条件，但人们的精力都集中在乾坤再造上了，后来开始忙活地球整体搬迁，永生的事情就彻底终止了。

地球开到赖皮的极限轨道上之后，科委开始有了空闲，这件事情自然而然被提上议事日程。因此科委生命所一提出建议，立即获得了村委会的全票通过，只是附加了五个严格的限制条件：

一是必须循序渐进，决不能全民一起搞；

二是试验主体必须是自愿的；

三是开始阶段必须先从需要执行特殊使命的人员中选拔试验对象，严格禁止按职论价；

四是必须由村委会审批，而不是村长办公会，更不是科研委进行一人一案的特殊审批，三分之二以上参会委员同意方为有效。

实施细则则进一步明确副庄部级以上的公职人员，包含享受同等政治待遇的非政府组织的领导人，一律不得参加试验。这个规定比克隆的规定还严，克隆禁令只适用于村委会委员以上的高官，而这个禁令却扩大到了副庄部级。

试验规则定下来，班子也搭起来之后，确定什么人群是"执行特殊使命的"却很费了一番周折。科委试探院生命科学研究所长生探索组（以下简称"长生组"）当然认为自己是这种人员，从自己身上开始试验也符合传统科研伦理，学联的高级教授也认为自己是。

于是长生组先从这两部分人里精心筛选了第一批1000名志愿者，男女各半，老、中、青结合，长生组的名额占了一半以上，审批时却被村委会全部否决了。村委会委员们认为现阶段只有长途飞天才算是"执行特殊使命"，相当长的一段时间内，志愿者只能从这个职业人群里挑选，开始不用试很多，男、女、青、壮各找几个就行，成功之后再慢慢扩展。

飞天部一旬之内从载人探索勘查队里选出了100名身体最棒的俊男靓女，村委会只批了10对，第一次切除端粒体加细胞洗澡只成功了两对，发现在成年人身上做这种手术只能驻颜，不能长生，手术后2000来年还是会自然衰老，重新进行一次手术后只剩下了一对，又活了1500来年。

这已是了不起的成就了，初试手术就将生命延长了一倍，说明这条道是能够走通的！因此，两位志愿者和长生组的人都提前使用上了机器人保姆。

到了赖元13亿年时，试验人已经可以延长到

10000年再做一次手术了，如果可以无限重复下去，就意味着人类从理论上讲可以长生了。当然，这还只是理论预期，尚未经过实践的检验。

赖元15.3亿年，这时的一年刚好等于赖元初期的两年，除了长生试验人之外，普通地球人的寿命也接近了赖元初期的1000岁，人生的各个阶段还是按习惯延续着，即10岁上学，100岁结婚，第二个孩子上学后工作，400岁退休，公共职类的任期仍然是100年，按天计算的时间实际上已延长了一倍。由于一直坚定不移地实行着自地球村建成以来的计划生育政策，人口的年龄结构一直保持正常。

地球已没有地震了，最热的地心仅有150摄氏度左右，洞天处海水冷却负荷已经很小了，因而节省了大量电力。

按照赖元初期一年360天计算，大娘这时已经有70多亿岁了，地球启程之后每年都比原来长，到了极限轨道后的一年正好等于原来的两年。大娘不发火时比赖元初年大了60%，亮了7倍，地球接受的光热是赖元初年的80%左右，完全实现了赖皮的目的。

地球到了该走的时候了。在妥善处理了斯坦福庄的独立企图、放逐了茉莉娅家族后，地球村进入了点火即可开跑的状态，却比预期开跑的时间又多赖了3000多万年。

人类已经赖得有点不耐烦了，与其天天过着提心吊胆等火烧的日子，不如早走早安心。从斯坦福上传过来的消息说，二娘比赖元初年时大了10%，亮了4倍，靠她近一点已经可以生存。斯坦福平静之后打开了大门，进驻了军队，恢复了民主，重建了正常秩序，担负起取水的工作，到现在还没停，取的重水量早已远远超出地球减速入轨的用量。他们认为入轨后要继续过日子，多存点柴火可以防阴天，于是取水成了除观测二娘之外的另一项常规工作。

地球真到了该走的时候了。经过20多亿年的观测、模拟、计算，并拿其他恒星类比，已经完全确定人类在公元初期已经预测到的一个无可改变的事实：大娘将在她按赖元初期的地球年计算的90亿岁时爆发为一颗红巨星，按现在的地球年计算还有十几亿年。但正如罗马不是一天建成的那样，一颗太阳质量的主序恒星也不是在吃完90亿岁生日蛋糕那天突然胖起来的，在此之前，随机碳氦闪耀的小尺度已经慢慢变成大尺度。对于这种慢性病发作，地球还可承受，因为距离与辐射能量成平反比下降，月球也能挡得住，可怕的是整体性脉动式的膨胀收缩——不是早已存在的极小间隔、极小尺度的常规脉动膨胀，而是大尺度、无规则、爆发式膨胀。膨胀收缩也不可怕，她膨胀到最大直径时，只不过吞灭水星而已，距离地球现在的轨道还有3.6亿千米，伤不到地球一丝一毫。但光球边界虽然伤不到地球，膨胀时吹出的超级太阳风却会把地球大气层吹散殆尽，弄不好还会把地球推入木星怀抱，因为现在离木星实在太近了。这已经为小娘多次模拟结果所证实，也有其他恒星的观测资料作证，因此不能不走了。

确实，地球现在离木星这个强邻实在是太近了。当地球、木星会合时，木星巨大的星盘已经可以和月亮争辉。在角度合适时，肉眼已经可以看到其光环，为全体人类献上一份视觉盛宴。木星强大的引力摄动效应，使地球的公转轨迹变成蛇形，这不单纯是因为靠强邻太近，还因为这时的地球公转线速度已经达到每秒40.42千米，是原来在这条轨道上运行、已经被人类挖完的谷神星的每秒18千米的2.2倍，虽还不能脱离大娘，但已经快达到临界速度，引力和离心力之间的平衡，已经极其脆弱，稍微有点外力就会打破它，所以需要多次开动调向喷嘴才能划直。这样的现象每年都要出现一次，每次都会使科委和飞天部的有关人士提心吊胆好几个月。

但走之前还有很多的工作要做，而且这些工作还不能早做，只有在出发前一二百年做起来才有意义。所以，村委会的领导们长期处于焦灼状态，焦灼地等待着小娘的预报。

小娘承受了无与伦比的压力，终止了一切与搬迁无关的科学实验，日夜不停地模拟、计算，计算、模拟，在赖元1530000009年年底前夕报出了大娘将在未来250±22年开始第一次脉动膨胀。

赖元1530000010年1月4日，生存部部长出身的女村长果尔达同志主持召开地球村村委会扩大会议，主题只有一个——在逃跑前如何做"鼹鼠"。

果尔达："同志们！地球整体搬迁的最后一次全体会议现在开始。"女村长的语态非常平稳，显然成竹在胸，这种自信，是由以下几个事实支撑的：

一是四洞一城早已在12亿年前全面完工，阆苑、上林两洞在运行了十几亿年之后已经形成了自成体系的稳定的生态结构。动、植、微三界生存状态良好，上林洞里种植区的各种各类粮食树、蔬菜树、水果树、油料树、调料树、香料树、药材树，以及专给女性做化妆品原料的花卉树等，早已成林、开花、结果。经试吃试用，虽不如地面上出产的好吃好用，但是远远超过了公元初期的人工种植的作物，狩猎区的猎获物同样超出了公元初期，足够50亿人口度过逃难路上那没有阳光的黑暗日子。

二是人居区和万花城已于4000万年前快进入赖元15亿年时开始绿化和公用工程建设，于赖元1429000000年全面完工，现已达到了入住标准。人类一直将赖元15亿年视为一个大关口，这就是提前1000万年开始做入住准备的原因，实际情况是多赖了3000万年，相当于赖元初期的6000万年。

三是大、小神仙洞的长期居住试验和斯坦福的漂泊试验证明，人类乃至全体生物是能够在没有阳光的密闭环境中生存繁衍的，虽然不如在有阳光雨露的地面上舒服，但总比搬到一个别的物化参数与地球有差别的星球上生活要好得多，这已为鲸鱼座德尔塔星的殖民活动所证实。被送到这颗星球上的人都活下来了，而且已发展成高度的人类文明，地球每隔一段时间会派船远眺，但为了不干扰他们的自然正常进化，从未和他们联系过。德尔塔已经造出了能在自己的太阳系里飞行的飞船，但尚不具备恒星际飞行的能力。

四是经过十几亿年的来回摆轨，人类已经极其熟练地掌握了地球的调姿、调向、调轨、调时技术，最大加速度已经试验过30微米每二次方秒并取得成功，氘库里储存了2倍保险系数的氘、氚，并且还有一倍的重水球均匀地布放在逃难的路上，二娘那边也取出了足够减速入轨用的重水，足以应对逃难路上的任何不测。

五是地心冷却之后，地球已经有2000多万年没有发生地震了，这意味着人类已经永远告别了热源型地震，逃到二娘身边之后又可以盖高楼大厦了。

开跑

女村长果尔达说："同志们，我们的历代祖宗经过15亿年艰苦卓绝的努力，已经把逃难的条件为我们准备得如此充分，现在到了要走的时候了，让我们全体起立，向他们致敬。"

致敬过后，果尔达村长转入正题："下面先讲解一下当鼹鼠的行动纲要，计划院已经为这个纲要耗费了几千万年的精力了，确切地讲是4000万年，大家欢迎计划院院长张光可同志给大家报告！"

计划院院长张光可："刚才村长同志说的一点不错，我们院主持制定的这个纲要，在赖元1429000000年代琅嬛洞达到入住标准之后就成形了，是大娘的好脾气让我们推迟了4000万年才讲出来。纲要内容不多，但是做起来异常繁杂、艰难，还有几个原则需要在会上确定下来，现在我向大家报告如下。"

计划院院长说完之后，打开地球生命树的立体视频，公布的鼹鼠行动纲要如下：

总协调：村委会秘书长

总计划：计划院院长

总调配：指令院院长

总动员：宣传院院长

总奖惩：善恶院院长

总安保：安宁部部长

总指导：科委主任

总检验：研究院院长

总保障：发电部部长

总督查：飞天部部长

下设15个专业组各司其职：

1.种子组

组长：第一副村长

副组长：生存部副部长，探求院种子所所长

首席种子师：生存部首席种子师

职责：搜罗地球上的所有植物种子，每种10000

份，保存5万年

2.基因组

组长：第二副村长

副组长：科委副主任、探求院基因所所长

首席基因师：生存部首席基因师

职责：搜罗地球上的所有生物基因，每种10000份，保存5万年

3.粮食组

组长：第三副村长

副组长：生存部长、生存部首席医药师

首席粮食师：生存部粮食司司长

职责：收齐储足供50亿人消费10000年的所有粮食、蔬菜（脱水）、草药

4.肉蛋组

组长：第四副村长

副组长：生存部肉品司司长、生存部狩猎队队长

首席狩猎师：探求院首席生态师

职责：收齐储足供50亿人消费10000年的所有肉蛋食品

5.水产组

组长：第五副村

副组长：生存部捕鱼湾湾长、制造署工程师

首席海鲜师：生存部首席营养师

职责：收齐储足供50亿人消费10000年的所有鱼、鳖、虾、蟹

6.酿造组

组长：第六副村长

副组长：制造署副署长、旅游部膳食司司长

首席酿酒师：生存部首席酿酒师

职责：制造收藏供50亿人饮用3000年的所有酒精饮料

7.微生物组

组长：第七副村长

副组长：探求院微生物所所长生、存部首席病毒师

首席微生物师：生存部首席生物师

职责：搜罗地球上的所有微生物，每种10000份，保存5万年

8.工业组

组长：第八副村长

副组长：制造署署长、工程院首席工程师

首席制造师：制造署首席制造师

职责：在天工洞里按照全新理念，使用全新材料，进行全新设计、制造、安装，实现全新控制，重建完整齐全的工业生产线以及办公、科研、控制等设备设施

9.肥料组

组长：第九副村长

副组长：生存部肥料岛岛长，探求院肥料所所长

首席肥料师：肥料岛首席肥料师

职责：制齐储足供阆苑洞、上林洞、琅嬛洞种植和绿化使用50000年的各种各类肥料和纸张（逃难和恢复期间肥料生产全部停工，天工洞不建肥料生产线）

10.文物保护组

组长：第十副村长

副组长：工程院院长、旅游部副部长、制造署

材料处处长

首席建筑师：工程院首席建筑师

首席工程师：研究院工程史处处长

首席材料师：探求院材料所所长

职责：甄选、保护人类有史以来最典型的历史建筑和历史工程，不使其在逃难和恢复期间受到任何破坏，还必须保证恢复期过后能够非常容易地清除保护层，完好无损地恢复原貌

11.文献保护组

组长：第12号村委委员

副组长：地球村总图书馆馆长、地球村总档案馆馆长、地球村总博物馆馆长、旅游部胡闹园园长

首席顾问：研究院历史所所长

首席文献师：地球村总图书馆首席文献师

首席档案师：地球村总档案馆首席档案师

首席博物师：地球村总博物馆首席博物师

首席音像师：旅游部胡闹园文雅园园长

首席乐器师：旅游部胡闹园视听园园长

首席古董师：旅游部工艺品处处长

首首席首饰师：生存部首饰司司长

首席衣饰师：生存部衣饰司司长

首席器皿师：生存部器皿司司长

首席家具师：生存部储物司司长

首席工具师：制造署工具处处长

首席机械师：制造署首席机械师

首席运具师：物流署运具处处长

首席航具师：飞天部航具处处长

首席炉灶师：发电部设备处处长

首席武器师：武备部装备处处长

首席目录师：菊花（兼任）

职责：搜罗、甄选地球上所有的文化遗产入地保存

12. 守望组

组长：第13号村委委员

副组长：探求院小娘娘长、飞天部副部长、调雨部部长、工程院副院长

首席监测师：天眼眼长

职责：在大娘和水、金星周围以及木、土、天、海卫星上设置观测设备设施，用于地球逃走之后继续观测故地，留守观测总部设于海王星1号卫星特里同上以策安全

13. 开道组

组长：第14号村委委员

副组长：探求院行星轨道所所长、飞天部部长

首席轨道师：探求院地球轨道方方长

职责：专职为地球设计逃跑路线

14. 推进组

组长：第15号村委委员

副组长：飞天部副部长、发电部副部长

首席喷嘴师：飞天部首席喷嘴师

职责：专职负责推进

15. 奖惩组

组长：村长兼任

副组长：善恶院院长

首席评判师：指令院院长

职责：在地球开跑前夕甄别、表彰对地球整体搬迁有功人员，考核奖惩鼹鼠行动结果

张光可院长讲完之后，果尔达村长接着说："计划院归纳的这15个小组的工作，除了最后的大量积肥、在天工洞新建工业生产体系、筹建留守设施、地面文物保护和文化遗产入地这5项是必须做的，其

他10项都似乎可做可不做，因为毕竟有平安运行了十三四亿年的琅嬛洞和上林洞在那里顶着，何必多此一举再搞什么广积粮呢？但是同志们，这是赖元初年言福如松村长的特别遗嘱，经一任任村长传下来的。世事难料，谁也不知道逃难路上会遇到什么样的风险。从这个意义上讲，20%的储备量是最低限度的保险系数了，小心没大差，既然有这个能力和时间，也有这些资源，我们不用讨论了，挽袖子干起来吧，怎么样？"

"没意见！"大家一致鼓掌通过，秘书长指示菊花记录在案。

分工之后，鼹鼠行动立即开始，到赖元1530000199年开跑前夕，除粮食储备只完成了计划的70%之外，其他各组都超额完成了任务。

开跑前夕，村委会决定派半光速飞船接德尔塔人和斯坦福人的代表前来观礼。

1530000199年24月30日。

词曰：

试叩阳关，

聚核有数，
日头终将衰老。
光爆天镜，
电击磁层，
烘烘烈焰炙烤。
河干树燃，
海枯石烂，
群生何路是逃？
柯奥带遍地氢冰，
隐藏着躲灾之窍。

驾荧惑舍身成仁，
让开生路，
再将空域清扫。
乱石弥空，
弹幕纷呈，
莱塞开辟通道。
万丈喷管，
亿度气浪，
时序为之颠倒。

那时节，

远离祸根，

廿亿年生机可保。

这首由一个半吊子诗人写的平仄不调的，名为"苏武慢"的词，实为"韵语"的长短句，形象地概括并预言了从太阳开始间歇性发火，到开始脉动式膨胀收缩时的20亿年时间里地球准备逃难的过程，从改公元纪年到赖元1530000199年的人类实践，证明了这个预言是十分准确的。

小娘已经发出最新预报，大娘将在未来100±20年的时间内，开始她第一次脉动式膨胀收缩，这意味着地球在太阳系已经赖不下去了，必须在太阳膨胀之前离开现在的极限轨道逃跑。之所以要提前100年左右的时间开跑，是因为1微米每二次方秒的加速度需要三十几年的时间，转三十几圈才能使地球达到每秒42.5千米的脱离速度，冲破太阳引力，逃向宇宙深空。

为此，已接替果尔达村长的王孚仁村长和村委会，与已当选即将就任新村长的大卫为首的新一届村委会联合召开的全体会议，决定将按惯例于赖元

1530000200年1月1日上午9时举行的权力交接仪式，提前到赖元1530000199年24月30日24时举行，这样就可以让新村长按开跑点火按钮了。

会议同时决定将赖元1530000200年1月1日，改为逃元元年1月1日。在到达逃难目的地之前的整个逃难期间，继续保持每年24个月、每月30天、每天24小时、每小时3600秒的时序不变。

会议还决定正式解散搬委，并全体起立向搬委和之前的搬指致敬。

会议还做了一个极其重要的决定：为了高效率应对漫长逃难路上的各种风险，决定将逃元时代的村委会、庄委会和村庄两级（含斯坦福和特里同特别庄）方长以上的在职在岗干部列为执行特殊使命的人员，开跑后立即全部进行长生手术，以保证在整个逃难期间进行高效的管理。这意味着整个逃难期间不用再进行换届选举和行政任命。后来，这些执行特殊使命的人员范围又扩大到了轨道所和驯驴号的全体工作人员。

为了纪念这个悲惨的日子并化悲痛为力量，村委会联席会议决定在赖元1530000199年24月30日上午9时举行开跑大典。

从地球历史角度讲，虽然这是一个离娘远逃的痛苦的日子，但经过了第一次点火变轨，以及十几次来回摆轨折腾的人类，早已没了悲痛的情绪，却充满了对战胜艰难险阻早日到达二娘身边过太平日子的信心和渴望。

从万花城到5003个庄（大神仙洞的人迁回地面后，在万花城附近成立了一个土蜂庄；在海卫一特里同上成立了一个留守大娘特别庄林叩斯庄；加上斯坦福特别庄，地球村现有一个万花城、5003个庄）的广场上洋溢着庄严而欢乐的气氛，德尔塔的中心广场上同样聚满了欢乐的人群，通过超距通信机实时观看并参与这次前所未有的大典。

月亮、天梯各层、北极炮台、南极喷嘴、地下电站、地心调磁、万花城中心控制室以及各洞的监控值班人员，庄严等待伟大时刻的到来。

上午9时，万花城广场检阅台上领导人已经就位，各庄庄委会领导在分会场就位，前排一左一右分列着以王孚仁和大卫为首的两届村委会委员，第二排是果尔达这届村委陪同的德尔塔观礼团的外星贵宾，斯坦福特别庄的5位庄委也陪坐其间，后面几排是尚健在的其他届的村委会成员。

吉时到，卸任和候任的一男一女两位村委会秘书长，同时宣布开跑典礼正式开始。

广场上5003门礼炮以两秒一发的节奏，一齐鸣响了。

在地球村村歌《我们一往无前》的伴奏下，地球村村旗在广场中心的旗杆上冉冉升起。

村旗、庄旗、城旗在庄歌主旋律的伴奏下次第升起。

在《我们是未来接班人》的乐曲声中，20012对（每庄4对）五彩缤纷的昆虫翅膀飞过来了。男生手擎火炬，女生臂挎花篮，将检阅广场装点成一片花的海洋、火的海洋。这是人类的生命之花，这是人类的希望之火。

在《文明永存》交响曲中，100艘大型半光速飞船，满载着包含了地球村所有人种基因的50万对种子，超低空飞过来了。地球已经与德尔塔签订了协议，万一在逃难路上遭遇不幸，这100万人种或其后代将乘坐这些时刻待命的飞船，飞赴德尔塔暂住，再寻机开发另一颗星球，以确保地球文明之火永不熄灭。

遵照两届村委会联席会议的指令，赶月人将月亮变了轨，因此出现了太阳西落之后月亮东升的天文奇景，皎洁的月光与璀璨的灯火交相辉映。

24时，新村长大卫庄严宣布改赖元为逃元之后，按下了开跑的启动按钮。

地球颤抖起来了，礼炮响起来了，音乐奏起来了，锣鼓敲起来了，礼花放起来了，广场人群在胡闹园演员的带领下欢腾起来了，万丈火焰喷射出来了。

穿越

地球加速开跑之后，仍需要在小行星极限轨道上围绕大娘转30多年（这时的一年等于公元时代的两年），其间地球人没有休息，开始解决开跑带来的一系列问题。其中：全体生物入琅嬛洞之后将有80%的人失业；如何跨过"四大天王"（指木土海天四大行星）和柯奥带；在跨栏过程中如何防止水汽和氧氮洪流引起的严重水土流失；脱离太阳系进入自由空间之后用什么速度逃难；原来的一个庄现在分成了10个洞，最基层的洞该如何设置；新天工洞投运之后如何处理老天工洞等。面对这六个最关键的问题，开跑后的村委会第一次扩大会议，在已经做了细胞计数端粒体切除和给细胞洗澡的手术之后的村长大卫和第一副村长田建华的主持下召开了，经过长时间讨论做出了如下决定：

失业问题：决定一个人的工作四个人干，再成立各种娱乐组织度过漫长的没有太阳的日子。

跨栏方式：决定采取最安全的走法避开四大天王，跨越柯伊伯和奥尔特带时采取连打带推的方式。

逃难速度：决定利用天苑四大行星做减速入轨的刹车毂以节约能量，先用旧天宫改造一个"驯驴号"前往二娘那里的克洛诺斯类土大行星上做试验，视试验情况再做决定。

防止水土流失：决定在所有河流上梯级筑坝加造煤矿，利用通地柱接深海不冻水冷却洞天，在海洋结冰之前把10000艘渔船挂起来。顺带把鼹鼠行动时弃之不顾的海鸟全部打下来，按食品级标准加工储存以备不虞。

设洞待遇：不作为政府层级，完全放开民选。为了保证民间组织的性质，特别规定退休官员一律不得参选。

老天工洞的处理：为了提高工业生产的保险系数，决定完好封存并备好全线开机200年的氦-3备用。

会议还决定了其他小事情：琅嬛洞装修个性化，允许带宠物入洞，全体入洞前需要进行一次演习，关闭胡闹园，停止任何形式的旅游，将调雨伞拆散封存在天街上以备定轨后恢复使用、给守望者留一座天宫，等。

会议还决定送给德尔塔村两艘最好的万人半光速飞船。

言福秀然于逃元元年2月20日高票当选蝴蝶庄9洞洞委会委员，旋即被推举为洞长。另一位叫蒙娜的老奶奶也当选了委员，还有一个委员是正在谈恋爱的男生，叫段元平，为了向女朋友证明自己的能力积极参选并成功当选。

逃元元年2月27日，刚刚走马上任的蝴蝶庄9洞第一届洞委会接到庄委会通知，根据安宁部、危机院、救灾部、人流署和生存部五部院的联合决定，定于29日三休日休假人口最多的时候举行全民入洞演习，要求各洞根据演习预案做好组织协调工作，确保老弱孕幼全部按演习要求入洞，一个都不能少，为使演习逼真，通知还要求饲养了宠物的家庭要把宠物如实登记造册上报并全部带上。

由于正处在长假期又逢休假日，家家户户人手都是齐全的，洞委会的工作就是打开刚安装的洞委会视频反复滚动播出演习预案，然后，逐家逐户视频确认已经收到通知。这项工作一个年轻委员就胜任了，洞长和老年委员却为宠物登记和携带犯了愁，因为蝴蝶庄地处海滨，养狗、养猫、养鸟、养虫的不是很多，但几乎家家户户都养了鱼。凡养过鱼的都知道，它们比任何别的宠物都娇贵，一是难以统计数量，二是不便携带，因为它们一刻也离不了水，还离不了氧气，有些热带鱼还离不了加热器。

两位老阿姨将困难报告庄长，庄长说他不管这种鸡毛蒜皮的小事。全庄有5000多名六七百岁的人瑞，相当于赖元时期的一千三四百岁，需要特别关照，让他们一个都不能少地平安入洞平安回家，这才是他和庄委们要操心的事呢，这种小事找安宁局问问怎么处理吧。于是她们又跑到在一个院子里办公的安宁局，局长正忙得不可开交，要联系磁轿，要落实入洞时间和顺序，要布置防火防乱，要布置琅嬛洞里的警戒，要发布演习期间的禁空令以防漏人，要安排行动不便人员的协助措施，要组建收容队收容不听指挥的捣蛋包，要防范非法组织趁机捣乱……反正没工夫管鱼鳖虾蟹的事，还不忘跟她们强调这次演习是有考核的，千万不能因为没处理好宠物被扣分。

两位老阿姨从来没有经历过这种阵仗，小年轻更没有经验。三人半天想不出辙来，言福秀然头大了，想找老公问计，伊万诺夫正在下棋呢，就随口说了一句："不好带就都别带，放生吧。"

"这个主意好，小段赶紧弄个倡议发出去吧。"言福秀然开心地说。

"好嘞！"段元平又回到光脑前忙活去了。

蒙娜说："听说琅嬛洞现在已经通路、通水、通电、通气，公共地界也已经绿化好了，只是各个家庭的房屋还是清水状态，等演习完了再进行个性化装修。"

"这就是说，那里现在还不能做饭。"言福秀然得出结论。

"对！要让人们多带点干粮。"蒙娜说道。

"还要带些饮料和啤酒。"小段补充。

"多带干粮少带水，实在渴了有自来水可以救急，饿了可没吃的。"洞长显然爱做饭。

"我马上通知！"年轻人都是急脾气。

"别急，看看还要不要准备别的，想全了一起下通知不迟。"蒙娜说道。

"50亿人同时入洞，必然混乱不堪，让咱们9洞的人统一着装就好认了。"言福秀然说道。

"10万人呢，来不及做了，统一穿红衣服怎么样？"

"对，统一红衣、红帽、红裤子、红鞋，显眼。"

"好，再让各人在帽子上写上'蝴蝶庄9洞'字样，虽然不大好看，但也凑合了。"小伙子补充道。

"没有红衣服的怎么办？"

"向亲戚朋友借，着装必须统一。还有什么？"言福秀然问。

"恐怕得带点简单行李才行，特别是有老人和婴儿的家庭，万一当天上不来，能有个睡觉的被窝。"蒙娜说。

"我看演习开始后我们三个要分分工，一个打前站，随第一拨下去张罗；一个在这里殿后，催促爱磨蹭的；一个在磁轿中转站指挥指挥如何？"小段说。

"好！我第一拨下去张罗，你在这里守着，中转站最辛苦，让小段去怎么样？"

"我脾气不好，殿后说不定会吵起来，还是你守着，我先下去。"蒙娜说道。

"好，就这么定了，小段你得让你女朋友或老妈做面红旗打着才好招呼人。"

"要做就做三面，还要规定个暗号。"小段建议。

"统一喊'9洞'得了。"

"行！我下通知了？"小段说。

"下吧，提醒大家保密，有考核的。"言福秀然最后说。

虽说入洞演习以安宁部为首指挥，但是最忙乱的却是人流署。入洞通道的设计是每庄一条双向斜直磁轿通道，从地下200米处原来的庄轿站下到琅嬛洞对应的庄广场上，每家每户都有一条家用磁轿道通到这里，再乘辐射状铺设的水平磁车到达洞里的广场，然后步行进新家。在正常情况下，这样的设计完全能够满足出行要求，但每个庄100万人同时入洞就非常拥挤了。

人流署两天内在公共视频上反复宣讲反复强调，各庄各洞一定要按顺序排号乘轿，让大家千万不要拖拉。

2月30日上午6时开始的入洞演习，本来是按照半小时一个里的速度，3分钟一轿，每轿1万人，从1到10排序的，5个小时进完，在里面待两个小时，再用5个小时出来。第一至第五轿先上轿的行动不便的老人有专人护送还没问题，从第六轿开始就有迟到的，为了不打乱顺序，人流署派驻各庄的调度与本庄的安宁局商量后，决定不能等人齐了才发轿，迟到者一律等到各里正点到达的人员走完之后，再乘收容轿进洞。于是迟到滞留人员越来越多，使本来就不大的地下庄轿站很快挤满，一片孩子嚷、老婆叫，乌烟瘴气。调度员迫不得已，只好让庄长通知地面暂停进人，等疏通之后再恢复秩序，轮到蒙娜和小段率领的第9洞先头部队进轿站时，已经是下午4时40分。

由于他们事先有分工有约定，还统一着了红装，因此没人加塞插队，其他洞这种情况就很多了，尽管秩序井然，9洞的9960多号人全部进轿也足足花了50多分钟。由于言福秀然亲自在后压阵，又有小段在轿站点人头，他们洞是蝴蝶庄唯一没有走散人的洞——红衣裳和小红旗起了关键作用。

下到地下225千米处的琅嬛洞蝴蝶洞庄广场时，带队的蒙娜看到的是自古以来从没有过的人山人海、孩哭娘叫加鸡鸣犬吠的景象。广场是按照能容纳100万人集会设计的，因此人虽多但并不拥挤，这是1—8洞已经看完房的人们在等回程轿。虽然斜直磁轿是双向的，但由于负200米处的庄轿站还有十几万人等待上轿，所以他们必须等到人下完之后才能上去。

9洞的人陆续下轿之后，蒙娜多了个心眼，招呼人们先找个地方集中起来，等人到齐之后再一起走。然后向和她一样乘第一辆轿下来打前站张罗的女副庄长询问，有需要帮助的老弱孕幼没有，焦头烂额的副庄长有口无心还带点不耐烦地随口问："你们能提供什么帮助？"蒙娜说别的帮助也提供不了，但家家户户人人都带了两顿干粮和少量的饮料，还有简单的行李，如果有需要的他们可以奉献出一顿来给老人小孩救救急。副庄长闻言大喜过望，她正在为此事犯愁，老人们倒还罢了，虽饿都还能顶着，孩子们已经饿得撑不住了，立即请9洞人员将多余的干粮全部交由庄委统一分配，饮料就自己留着，广场上有自来水可以饮用，行李也不用奉献，琅嬛洞不冷，她已经和殿后的庄长联系过了，等第10洞的人下完之后，先发几轿快餐来救急，到时一起吃热乎的。

　　副庄长的命令被立即执行了，广场上孩子们的哭声渐渐低了下来。

　　全民入洞演习就这样结束了，大卫村长乘坐的视察专艇一整天都在天上转悠，直到午夜12时才降落在万花城广场上，与同样在天上转了一整天的其他10位副村长会合后，乘专轿下到400千米深处的万花城广场，象征性地看了看自家的房子，就回到了地面。他已经无数次视察过这里，这次只是走程序。由于人越老觉越少，演习总结会在毫无困意的村长的强迫下连夜召开，参加人员不多，除了11位村长、3位部长和12号委员，只有武备、安宁、危机、救灾、善恶和人流首长出席了会议，秘书长接通了所有的城长、庄长，让他们视频参会，菊、槐两花担任记录员。

逐个听完庄长们的一句话报告之后，大卫村长并没有听安宁、危机、救灾和人流首长的检讨，其实也没什么可检讨的，没死一个人、没伤一个人、没漏一个人，但需要研究改进措施：负200米磁轿站没必要扩建，要在另一侧增加个站台，以便疏散返程人流，各洞都要备一套统一颜色的服装以便标记识别，3分钟一轿应改为10分钟一轿，事先备好充分的食品饮料等，最重要的改进是洞委会的建设需要特别加强。这次表现最好的蝴蝶庄9洞，比万花城表现还好，成了洞委会建设的先进典型，会议一致决定将3个洞委的名字刻上天梯，他们成了这次演习仅有的天梯留名的人。

演习过后的个性化装修，经历了一阵鸡飞狗跳，但没什么可记述的，就业政策的调整波澜不惊，筑坝拦沙、飞艇网鸟、渔船封存和天宫改造等工程，虽然规模巨大但都是常规技术，在逃元时代，这就和小孩过家家一样容易，其结果不过是天梯上增加了一些人名而已，其中以工程院居多。32年之后，地球永久终结了围绕太阳旋转的历史，开始跨栏。

蒯飞燕："主任，根据开跑后第一次村委扩大会议的决定，我们已经设计了10个跨栏方案，现在可以向您汇报了。"

逃元元年5月4日，在地下400千米深处，在由原来的大神仙洞改装的地球逃难推进总控制洞里的巨大无比的主控室里，科委行星轨道研究所地球轨道研究方女方长蒯飞燕正在向科委主任佩德罗报告。

主控室窗外蓝天白云、小桥流水、湖影荡漾、山峦竞秀、鸡鸣犬吠，不同的是这里的气温已经与地面脱钩，在整个加速期间，仍按原来的北纬35度的四季循环交替，这当然是为了动植物的正常生长。正值暮冬季节，皑皑残雪点缀着山峦和松枝，晶莹树挂衬托得落叶乔木玲珑剔透，流水和湖面之上的残冰时不时在人造全光谱太阳光照下闪烁着金光。

"这么快就规划出来了，而且还有10个之多？不会是滥竽充数吧？"轻易不与下属开玩笑的佩德罗闻言甚慰，忍不住开起了玩笑。

"绝对不是！地球逃难的第一步就靠我们发令，谁敢掉以轻心？"行星轨道所所长玛格丽特笑着为下属解释。

"主任，村长通话。"科委办公室主任机器人杏花提示。

"村长好，有何指示，请讲。"

"没什么指示，听消息灵通人士槐花说，今天你们要讨论跨栏方案，老田提议村长办公会成员一起去听听，免得你们讲第二次，欢不欢迎？"

"这……"佩德罗有点忐忑，毕竟方案有10个之多，还没有形成统一意见，直接面对村长办公会，他担心地球轨道研究方压力太大，不敢畅所欲言。

"放心吧主任，我们不会有压力的。"蒯方长理解佩德罗的心情，急忙表态。

"那好，热烈欢迎！"

"别欢迎了，我们去了会影响主控室的正常工作，干脆你们到新村委会来吧，趁此机会我们一起验收一下新会议室好吗？"村委会秘书长袁福智挤进视频说道。

"是。"

位于地下400千米的、与地球逃难推进总控制洞同一平面的地下万花城区及村委会办公处的建筑规格，与人居区琅嬛洞的规格相同，所有公共场所的面积都比地面上缩小了一半，唯有大会议室保持了原样，另一不同是，这里的交通工具不再是地下磁轿加翅膀，而是磁车。由于政府机关尚未下来办公，科委探求院一行乘坐的磁车在路上看到的，只是装满室内装修材料的磁车往各个居民院落里行驶，透过玻璃围墙，他们看到家家户户都在忙活。

"对不起各位，在你们还没有形成统一意见时，村长们就直接参与进来讨论，不是我们心痒难耐，而是老田提醒我，最大的官要管最大的事，村长办公会昨天刚审查批准了逃难期间的劳动制度改革方案，趁着人齐全，就一起来议议目前这件最大的事吧。哦，对了，正好几个院长闲着没事，我把他们也请来了。"人们在新会议室落座之后，大卫村长的开场白十分随意，与会者却知道这实际上是一次村长办公会扩大会议。

"谢谢村长如此关怀、体贴我们。蒯方长，村长们日理万机，汇报要简明扼要一些。"佩德罗示意道。

"是，我们的汇报如下，"蒯飞燕边回答边打开视频，"自从逃元的第一次村委扩大会议决定了跨栏要坚决避开'四大天王'的原则之后，我们地轨方的唯一工作，就是寻找最合适的脱轨起步窗口。由于受到'四大天王'运行速度、地球脱轨起步速度和大娘"浮肿"时间等三个关键因素的交互制约，我们选择了10个脱轨起步窗口。每个窗口都有利有弊，正如刚才村长所指出的那样，还没有形成统一的意见，只能一一介绍了。"蒯方长的开场白一点也不简明扼要，佩德罗及其他与会人员只有耐心倾听。

"我先说明一点，虽说按照地球现在的加速情况，再过32年，精确地讲是32年零73天54632秒，就可以脱轨起步了。但这只是个大的趋势，不是说到时候自然脱轨起步就行了，这是因为起步容易跨栏难，要躲开'四大天王'还必须精确选择起步窗口才行。"

"蒯方长，别忘了村长就是飞天出身，其他村长也都接受过完整、系统的教育，这些天文学基本知识就不用介绍了，直接说方案吧。"佩德罗皱眉提示道。

"胡说八道！"大卫说，"我愿意听听小燕子的详细介绍，你们不愿意听可以打瞌睡嘛！小燕子，别受你上司的影响，该怎么说就怎么说！"

"是！"蔺飞燕吐了下舌头，但是却不敢再啰唆了，"背景介绍就是这些，我下面直接介绍方案。从哪个方案说起呢？干脆从最保险但也是最不保险的方案说起吧。鉴于'四大天王'与地球的会合周期基本上都是一个地球年，而地球以每秒42.5千米的惯性速度穿越木、土、海、天轨道的总时间为1.6年，所以最安全的方案应是等到'四星连珠'，地球恰好位于其另一侧时起步最好，因为转得最快的木星轨道周期是6年多，其他三星都超过10年，一旦地球开始脱轨直线飞行，等它们转过来时我们早就飞出去了，所以这是最安全的方案。"

蔺方长指着动态模拟视频继续讲解道："但为什么又说这个方案是最不安全的呢？原因是最近一次'四星连珠'的时间，是从现在开始的93年之后，这已经进入大娘第一次浮肿的预警期，所以又是最不安全的方案。

"另一个极限方案是根本不考虑四星、三星或两星连珠的问题，到点就走，因为从地球现在的轨道起步直行，以每秒42.5千米的速度越过木星轨道只需要9.9天，是很容易跨过去的，问题是跨过之后就不能走直线了，必须不停地转向拐弯才能出去，这不但要多消耗很多能量——改变运动方向同样需要耗能——还会延长跨栏时间，因此也是我们最不愿意采用的方案。

"其他的方案，是等待'三星连珠'或'两星连珠'，'三星连珠'的机会是在150年之后，不必考虑了。关键是'两星连珠'，最近的一次是68年之后，这就需要多等待36年，按说这也不是大问题，但是这需要半途停止加速一段时间，现在地球轨道极不稳定，会产生很多不确定的问题。

"还有一个跨栏方案是持续加速，也就是脱轨起步之后持续加速，36年之后正好有这样一个机会可以直线穿出去，我们比较倾向于这个方案。"

"这要用几年时间？"大卫村长问道。

"1.59年。"

"科学说了算，我们没有别的意见。"田建华副村长首先表态。

"那就表决一下？"

11位村长全部举了手，至此，跨栏方案方才确定下来。

"时间还早，是否再议一下自由空间的速度方案？他们也设计出来了。"佩德罗请示道。

"村长们正有此意。"秘书长笑道。

"那我就接着说了。"蒯飞燕打开另一个视频，"我们选取了5个地球惯性速度：每秒42.5千米、每秒60千米、每秒100千米、每秒200千米、每秒1000千米，计算出走10光年的时间分别是3.65万年、2.54万年、1.52万年、7620年和1524年。用每秒1000千米的惯性速度虽然惯性飞行时间只有1500来年，但是加减速时间却很漫长，消耗的能量更是天文数字，因此我们不建议选取。"

"你们自己的倾向性意见是哪个速度？"大卫村长问。

"我们没有倾向性意见，因为这不应该由我们确定。"行轨所所长玛格丽特回答。

"为什么？"

"因为这不是个科学问题，而是个社会学问题。"科委探求院院长苏沙罗笑道。

"谁说不是科学问题？究竟用多高速度走，首先是个能量储备问题，这不是科学问题吗？"田建华副村长反问。

"应该由发电部而不是科委确定速度。"佩德罗笑着说。

"那就叫发电部部长过来吧。"

"是。"秘书长接令。

"我们可以推论一下，"发电部女部长祁兰君几分钟就过来了，"当初挖冰取氘是按照将地球公转线速度从每秒29.79千米加速到每秒42.5千米的脱离速度之后，再利用'四大天王'将速度加到每秒50千米走30000年，再减速定轨考虑的，储备保险系数是2，后来为了给斯坦福人找点事干，在那里储备了从每秒50千米减到每秒29千米的减速耗能。当时的村长指示必须保留50%的保险储备，如果克洛诺斯能把每秒21千米的速度减下来的话，我们共有每秒74.5千米的速度空间，这就是我们的速度上限。但是事实上我们不敢保证利用克洛诺斯减速一点都不耗能量，现在还没有实地试验，保守一点将每秒24.5千米减速能量作为备用，实际可加速空间为每秒50千米，加上即将获得的每秒42.5千米，最高速度可以加到每秒92.5千米，20000年就可以到了。"

"这正是我期待的结果，"指令院院长卡夫卡欣慰地笑了，说，"现在仓库里有7000年的粮食储备，这样一来储备系数就有35%了，心里能安定一点。"

"你的心里安定了，我的心可提起来了，"田建华笑道，"万一克洛诺斯减速试验失败了呢？地球到了二娘那里可就刹不住车了。"

"是的。欲速则不达，这个险绝对不能冒！我看折中一下吧，取每秒60千米如何？行期增加3000年，粮食储备系数降为30%，预留每秒37千米的减速能量，应该差不多了吧？"佩德罗说道。

"嗯，即使克洛诺斯完全用不上，到了之后先将速度降到每秒43千米在轨道上转悠着，再从二娘的柯奥带上慢慢取水，慢慢将速度减下来，这样风险最小。就这么定了？"田建华望着大家笑着问。

"其他各位还有没有补充意见？"大卫村长对田副村长的提议不置可否。

奇思部部长何文奎要求发言，说："我不赞成祁部长的方案。首先，逃难不是赖皮，在逃难期间的漫漫长夜里随时都可能遇到灾祸，因此应该走得越快越好。夜长梦多嘛。"

"那就说出你的意见来。"佩德罗对这个曾经的下属说话直截了当。

"是。我刚才也粗略算了一下，每秒1000千米肯定得不偿失，不用考虑了，我建议采用每秒200千米的速度走。"

"用这个速度走，加速的时间也很长。"蒯飞燕提示道。

"多长？"

"2530多年，减速也要这么长。这样算下来和用每秒100千米耗时差不多，但耗能却要翻两番。"

"那就用每秒100千米吧。"发电部部长祁兰君最关心能耗。

"如果把加速度提高10倍呢？加减速也就500来

年了，确切讲是253×2，506年。"何文奎不想放弃，继续说，"要知道当年的喷嘴可是按100微米每二次方秒设计建造的。"

"那功率就要提高100倍！难道要重新建造电站不成？"佩德罗也深知厉害。

"这倒没问题，整个推进系统当年也是按100的冗余设计建造的。"祁兰君说，"但是能耗也要提高100倍，这才是大问题！"

"我赞成用每秒200千米的速度走。这是风险最小的走法，同时也是效率最高的走法。"卡夫卡发言，"我们都已经做了长生手术，但也只能活10000岁左右。用这个速度走，就能在10000年里完成这件事了，省了我们再受一次苦。但不知道能量问题如何解决？"

"只有重启取水炼氕工程才能解决。"祁兰君甚感为难。

"这岂不是两全其美吗？"何文奎兴奋起来了，"全民入洞之后个个闲得发慌，有点事干肯定人人开心。"

"奥尔特带还有那么多水吗？"田建华问。

"绰绰有余！"佩德罗转变了态度，说，"二娘那里更多，两个地方同时进行，顺利的话，二三百年就能完成了。"

"太好了！"卡夫卡极其高兴，说，"让斯坦福人也为逃难做点贡献，他们现在比我们还闲得慌呢。"

"那就表决一下吧？"大卫村长这才表了态。

11只手一齐举起，通过。随即响起了一片掌声。

"那减速试验还做不做？"行轨所所长玛格丽特请示。

"一定要做，我坚信克洛诺斯一定会出上力的！"何文奎说道。

"说得是呢，你们的天宫改造得怎么样了？找机会带我们去开开眼哪。"蔺飞燕问道。

"这才几天哪，连改装设计图都还没画出来呢。不过我告诉你呀，听说生存部的捕鸟网已经做好了，海上张网捕鸟一定特好看，就不知道我们有没有眼福。"何文奎回答。

"到现场看还不如看视频呢。"蔺飞燕知道无望，只好自己安慰自己。

"你们这么一说倒提醒了我，"大卫村长笑道，"告诉生存部，开第一网时记着叫我们去看看。轨道所已经基本完成了自己的工作，也算立了功了，谢谢你们。我在考虑一个问题，现在的行星轨道研究所里有一个地轨方和一个二娘方，这是根据赖皮期间的实际情况设置的，现在地球马上要飞出太阳系了，为了统一事权，将这两个方从行轨所独立出来成立个地轨所怎么样？"

"村长这句话正是我想说的，是到了统一事权的时候了。"佩德罗笑道。

"那尽快打个请示来我们批一下，尽快成立起来吧。"

"是！谢谢村长。"

"通知宣传院，将今天议定的这三个结果向全球通报，让大家早安心。再通知工程院立即开始编制重启取水炼氘工作计划书。"

"是！"秘书长接令。

"时间还早，再议点什么事情？"

"工程院已经完成了全球所有年径流量100亿立方米以上的江河的梯级水坝的初步设计，叫他们来过一下会吧？正好向他们当面安排一下编制计划书的事。"佩德罗请示。

"行。"

逃元36年17月1日，村长大卫率领10位副村长和村委会全体委员，以及部、院、委、署所有正副首长，所有功能学会正副会长，所有城长庄长及庄委会委员，所有学校正副校长等近50000人（这就是全地球村的领导层了），乘坐捕完飞鸟之后还未重新封存的原肥料岛的5艘万人培训大飞艇，巡视地球。

一个月后就是起步窗口，地球终于要真走了。

逃元36年的地球，可以用"千山鸟飞绝，万径人踪灭"来形容。

5艘万人大飞艇鱼贯从万花城大广场上起飞，鸟瞰万花城及其周围，一点也没有粮果丰收的景象，毁果树种粮食的后果是土地沙化、粮食树枯萎，残存的几片叶子被蝗虫啃得百孔千疮，万花城已经空无一人。

由于全球75%的地表已经沙漠化、石漠化加淤泥化，尘沙漫天，狂风肆虐，人们已于10年前全部入住地下洞天琅嬛洞了。

山岳则分成了两个极端，雪线以上全部白头黑脸，雪线以下迎风面上由于伐树已经不见乔木，灌木和高山草甸由于没了飞鸟没了大兽，让各种昆虫小兽啃食得稀疏零落，只有低矮的灌木和稀疏的草点缀出斑驳的绿色，背风面上则惨不忍睹，全部是被风沙剥蚀得几乎是寸草不生的裸露岩石。

江河再也没有了往日的清澈，从源头开始即是青黄赤白黑各种颜色的浊流滚滚。浊流冲刷着失去植被保护的堤岸，引起此起彼伏的崩塌，在峡谷地段造成了数不清的堰塞湖，松垮的泥石堆经不住上游来水的压力不断溃决，溃决的洪水又加大了对下游的冲刷力度，引起了更加严重的崩塌。

飞艇沿着逃元36年最长的长达13000多千米的、水量最大的、年径流量20多万亿立方米的地上银河，由东往西顺流而下，俯瞰到工程院仅用了10年时间在10000多千米的山谷间的主流上织出的80多座拦河大坝，拦挡着奔腾汹涌的河水，造出了80多个巨大的人工湖泊。由于大坝合龙只有20多年的时间，这些湖泊还没有淤积满坝，湖里的水还是清澈的，但是由于风沙漫天阳光暗淡，因此并不发蓝。

这些大坝既不发电也不蓄洪，更不考虑鱼儿的洄游，一律是漫水式淤积型堤坝，水流从坝顶漫出，形成了地球有史以来最宽、最高的人工瀑布，飞溅的水雾直涌上对流层顶，使巡视飞艇不得不绕弯通过。

地上银河出了最后一道山口之后，展现在人们眼下的是另一番景象：河水向着原来自然生态区的广袤的平原漫流开去，与远处的海洋连成一片，由于尘沙刮不到这里，这片大水是蓝色的，和远处的海洋一样蓝得耀眼。

飞艇降低了高度，几乎是贴着水面飞行，人们才发现由于上游梯级水坝尚未淤满，这里的水还是清澈的，清澈到能够清楚地看到一排排用来造煤矿整齐紧密地用超细绳索捆绑固定在水底，一直延续到内防波堤的边上。

下了飞艇换乘磁轿巡视了地下3千米处的老天工洞之后，巡视团接着视察了太阳伞和天宫之后返回天街，视察了天街工厂和实验室、调时喷嘴、碉堡层和天眼等逃难期间仍需工作的地方。然后从第三层弹弓乘两艘半光速中型飞船出发继续巡视，他们没有在月亮上降落，而是直飞海卫一，来到林叩斯特别庄，受到守望大娘人员的热烈欢迎。这些将永久陪伴大娘的人们，已经把特里同建成了一个乐园，他们在特里同地下200千米处挖出了一个比琅嬛洞的一个庄还要大一倍的更舒适的洞天福地，每家每户的庭院和住房与地球表面的相同，天穹不是3000米，也不是5000米，而是10000米高，看起来更加缥缈幽远。

学地球的样，他们还另外挖了一个同样规格的阆苑洞、一个上林洞和一个天工洞，由于这里的重力很小，所有的植物都比地球上的茂盛肥大。美中不足的是，因为重力太小，这里的动物都已变异，昆虫长得比地球上的小鸟还大，鸟儿的翅膀却几乎小得看不出来，肥猪变成了大象，狸猫变成了老虎。

在丰盛的欢迎宴会上，边吃边喝边欣赏着土星尼普顿美丽的光环，大卫村长关切地询问林叩斯特别庄的庄长今后如何克服重力太小的困难。也接受了长生手术的特别庄庄长朱丽叶笑答："刚安家时只能在健身器上进行锻炼，等有了孩子之后这个办法就不灵了，熊孩子们没有一个有自觉性，只好在地面上铺永磁地板穿永磁鞋。现在好了，感谢何部长的奇思妙想，给我们弄过来一座天宫，今后每天都到天宫里享受一把人工重力，基本不使身体退化。"巡视团听到这个消息之后非常高兴，已经基本失业了的飞天部部长当场建议让月球上的留守人员也这么做，月球推进队队长在视频上当场回复说立即执行。

佩德罗笑道："不愁吃不愁穿不愁失重，看来长久过日子是没问题了，在地球走之前还有什么需要我们帮忙的吗？"

"是呀，要不要再多留下些氦-3？再怎么说家里总比这里富裕。"何文奎接着说道。

"谢谢，氦-3就不要了。我们还是要自己炼氘，这里不缺水，而有水就有氘，因此想请地球给我们安装一套取水炼氘设备，再给我们安装一座烧氘的发电站，再给飞船和天宫备几台烧氘的喷嘴。"朱丽叶庄长说道。

"这很容易，发电部负责，制造署和飞天部配合，尽快给他们解决。"田副村长当场拍板。

"是！"三人一同表态。

"还有什么要求？"何文奎又问。

"我们已经建好了钢箍和防坠落喷嘴，也是为长远计，我们想离'海神'远点行不行？"分管科技的副庄长邓恒治说道。

"什么是'离海神远点'？"何文奎没听明白。

"邓副庄长的意思是，现在特里同离土星尼普顿太近了，将来很可能会落到土星上去。因此想架上喷嘴离它远点。我个人认为这个想法极好，不但解除了危机，还解决了总是一面看土星的尴尬，应予支持。"佩德罗部长解释道。

"哦！这又是一个逃难工程，燃料够吗？"何文奎听明白了。

"现有的氦-3当然远远不够，所以我们才要求改烧氘、氚嘛。"邓副庄长笑道。

"这样做违不违反宇宙伦理？"何文奎又问。

"何部长的意思是外迁影不影响其他卫星？"佩德罗笑道。

"不影响！"邓副庄长让机器人秘书准备视频。

"等一下，等领导们吃完饭到会议室去说吧，现在先喝酒。"朱丽叶庄长笑着制止。

"是啊，村长们一路没停直接飞过来了，路上很疲劳，有什么话明天再说行不？"快嘴槐花急忙插话。

"对不起，一说这事我们就太兴奋了。"邓副庄长急忙道歉，边说边敬了一轮。

"各位领导请看，"第二天的地下会议室里，邓副庄长指着海王星的卫星系开始了介绍，"土星尼普顿除了光环之外还有大大小小近30颗卫星，除了特里同之外，老三距它的距离是160多万千米，老二离得就更远了，只有556万千米，其他的兄弟都很小，我们林叩斯住这里的目的不是观测土星，而是观测太阳，因此离土星越远越好，所以打算将自己开到老二的轨道之外，定轨在800万至1000万千米上，这就彻底避免了坠落的危险，并且不再一张脸老对着尼普顿，也不会影响其他兄弟的运行，观测受到的影响也很小了，实在是一箭三雕的好事情。"

"大家看呢？"大卫村长征求大家的意见。

"这又不是什么技术难题，月亮已经这样做了多少次了，就依他们吧。"何文奎抢着表态。

"同意。"大家一起表态。

"谢谢领导支持！"特别庄的庄委们一齐行礼致谢。

"还有什么问题？"何文奎又问。

"我们还有一个设想，不知道当讲不当讲？"特别庄首席观测师潘泰雅问道。

"凡是问当不当讲的问题一定是当讲的。请讲吧。"何文奎笑道。

"当年赛尼德前辈为了科学研究不惜放弃搬指第一副总指挥的高位屈居斯坦福特别庄庄长，以便零距离观测一颗恒星的成长过程，我们守望人员现在担负着零距离观测一颗恒星从主序到衰老的任务，当初选择特里同安家是为了确保绝对安全，但是距离太阳有45亿千米，实在远了点，我们想在更近一点的距离上观测。"潘泰雅说。

"太阳周围有6000多颗人造行星无死角看着它呢，水星、金星、木星、土星、天王星的卫星上也都更换了最新的观测设备，这还不够近吗？还要怎么近距离观测？"佩德罗笑着问道。

"是这样的主任，已有的这些设施当然已经很近了，可以说对于观测恒星已经绰绰有余了，但对于观测和研究恒星爆发为红巨星之后对行星系统的影响却还不够。"

"这是什么意思？"何文奎有点发蒙。

"小潘，领导们都很忙，请你把话说直接一点好吗？"朱丽叶委婉提示道。

"对不起，我马上进入正题。"潘泰雅脸上有点发红，说，"是这样的，现在的观测布局虽说已经很完备了，但是却缺了至关重要的一环——在宜居带上没有观测设备。"

"我听明白了！"何文奎激动得想跳起来，"你是想在地球开始跨栏之后，弄几颗人造行星放到原来的地球轨道和火星轨道上去是吗？这个主意太好了！我这个奇思部部长怎么事先没想到呢？这根本不费事！现有的七座天宫正愁没地儿打发呢，改造完工后留下两座给你们玩儿不就得了？——村长，依了他们吧？"

"谢谢何部长！只是……"潘泰雅欲言又止。

"怎么？还有比这更好的方法吗？"这回轮到何

文奎发蒙了。

"小潘是嫌你的宝贝天宫不结实!"飞天部部长冯鲁旺笑道。

"不仅嫌不结实,而且还怕出人命!"发电部部长祁兰君笑着说,"你的天宫蒙的皮再厚,也抵挡不住大娘爆发为红巨星时的高温烘烤和激波冲击!"

"那他们的意思是?"何文奎一时还转不过弯来。

"他们的意思是想弄几颗天然星星去填补空当。"佩德罗笑了,说,"当年你的前辈阿尔伯特部长不也这样想过吗?不过他那时是想弄过去挡火,而小潘他们是想弄过去看火而已。"

"这太妙了!我赞成。"何文奎说话间又想跳起来,"小行星也经不住冲击,就将木卫三和木卫四弄过去吧?这够分量了吧!而且离母星较远,容易加速。"

"你就不能听人家把话说完吗?"佩德罗见潘泰雅微笑不语,猜到她可能有比这更好的主意,转而对潘泰雅说,"所有的奇思部部长都是急性子,你别见怪。"

"何部长刚才说的方案也正是我们最初设想的方案，只是后来觉得这个方案好是好，但是耗能太高，就放弃了。"

"难道还有比这更节能的方案吗？快快讲来！"何文奎更加坐不住了。

"如果不考虑时间的话，从天王星上选两颗送过去肯定比从木星上送过去更节能，因为木星的逃逸速度高达每秒钟60千米，而天王星只有每秒钟21千米，发射同样质量的载荷差不多可以节约三分之二的能量呢。"邓副庄长笑着解释。

"咳！可不是吗！大娘爆炸还有好多亿年呢，急哪门子呀，没说的，就天王星了！"何文奎急忙赞成。

"这个方案好是好，但有点美中不足，使我们难以下决心。"潘泰雅接着说道。

"什么美中不足？"

"我们反复查阅了乌拉诺斯上所有类月卫星的资料，发现水、氨气、二氧化碳三种成分合起来都占了50%以上，这在遥远的外行星上没有问题，但是到了宜居带上，很快就会蒸发掉，这就是美中不足之处。"

"我当是什么呢！这有什么不好解决的？盖床被子不就得了？当年的挡火墙、后来的飞碟不就是这么干的吗？那可全是水。"何文奎不以为然。

"我倒是认为不盖这床被子更好。"冯鲁旺笑道。

"这又是什么道理？"何文奎今天可能是冲撞着什么了，意外一个接着一个。

"你想啊，天王星的卫星虽然含了很多的水和其他的易挥发物质，放到宜居带上被太阳晒着很快就会挥发了，但也有岩石核心，等太阳光把那些易挥发物质蒸发掉了，只剩下石头照样可以安眼睛啊。"

"对呀，我们怎么没想到这一点呢！"这下不仅仅是何文奎感叹了，守望人员也感叹起来。

"而且好处还不仅这一点，"佩德罗今天的心情特别好，因此话也多了，说，"地球上自有人类以来，一直猜测火星上当年是有水有生命的，后来因为引力太小被太阳将水蒸发掉了，但是迄今为止，还没有直接实验证据证明这一点，我们把天卫三和天卫四这两个个头最大的卫星弄过去，就可以实地验证一下引力、温度和大气层的关系了，说不定还能发现个什么定律呢。"

"太好了！村长，就这么定了吧？"何文奎已经迫不及待了。

"急什么？还有好多人没发表意见呢。"大卫村长心情也轻松起来。

"我们没什么意见。"众人表态。

"那我提两条吧。第一，如果大家都同意弄两颗星星去填补地球和火星空出来的轨道，不如再加一颗，小行星带上也弄一颗去做做实验不好吗？正像火星大气层消失从来没有被证实过一样，小行星带是被木星拉裂的假说也从来没有被证实过，这次干脆一并做做实验吧，怎么样？"村长说道。

"赞成！"大家一致同意，何文奎和潘泰雅的声音最响。

"第二，既然要弄三颗星，就需要相当长的一段时间进行推进及调向喷嘴的设计制造和施工，设计和制造只能由地球来做，做好了给你们发过来，施工、安装只能靠你们了，这又要花相当长一段时间才行。可是大娘再过几十年就要'浮肿'，你们不想在宜居带上看看这个过了这个村就没了这个店的景象吗？"

冯鲁旺笑着说："还可以留下三座天宫，暂时充当宜居带行星进行实测实验，也给地球减轻了负担。"

"照你这么说的话，干脆把七座都留下吧，地轨两座、火轨两座、小行星带三座。"何文奎笑道。

"我坚决反对！留下三座已经足够了，其他四座无论如何要跟着地球走。"制造署署长艾尔玛大喊。

"对不起，我忘了你还要靠它们造东西呢。"

"留三座天宫可以，但是绝对不能住人！"分管安全和危机的副村长李萨丽说道。

"不住人还叫天宫吗？"何文奎又发蒙了。

"先不住人，给我们留几只猴崽崽、几条小狗狗在里头做做宜居和安全试验总可以吧？"潘泰雅请求道。

"我看可以，而且应该。"佩德罗表态。

"那就表决一下？"秘书长袁福智及时跟进，到了吃饭的时间了。

11个村长全都举了手。

　　三个月后，昼夜加班更换了推进电机但蒙皮尚未改造完工的三座天宫，移交给林叩斯特别庄，林叩斯派人将其开到宜居带三条轨道上严格按照地球、火星和谷神星的轨道参数围着太阳公转起来。

　　逃元36年22月1日傍晚9时32分47.56秒，没有举行任何仪式（人们已经对这些十分疲劳了），大神仙洞里的操作员在大卫村长和佩德罗主任的联合命令下启动了推进主喷嘴和调向喷嘴，地球结束了按公元纪年70多亿年的绕日旋转，直向波江座ε——天苑四加速飞去，开始了艰难、悲壮而英勇的逃难旅程。

　　逃元38年12月，地球平安飞出海王星轨道。

　　逃元42年23月，地球进入柯伊伯带之后，碰上了第一个拦路虎，一颗和冥王星差不多大的岩质矮行星横贯在路上，星面越来越宽，越来越亮，北极炮台试着打了几束激光，只是冒出了几缕青烟。村长大卫、科委主任佩德罗携发电部部长祁兰君、飞天部部长冯鲁旺、危机院院长许有春一起来到北极炮台上开现场会，大家都认为这是跨栏以来碰到的第一个拦路虎，如果拐弯示弱会影响全球的民心士气，一致决定用1000艘常速大飞船将其推开，这让已经基本没事可做的飞天部好好露了一次脸。

守望

特里同首席观测师潘泰雅及其丈夫首席飞天师盛健维，用欺骗的手段偷偷双飞到原地球轨道上的守望天宫并将其改名为"守望者1号"，顺便把火星轨道上的定为"守望者2号"、小行星轨道上的定为"守望者3号"，要近距离观测大娘。为了在大娘"浮肿"时尽可能安全，他俩费尽九牛二虎之力，在天宫南北极上加了从地球上骗到的铅衬，这时的守望者1号是北极对着大娘，在原来的地球轨道上滚动，完工之后，他俩在只有两个人的、直径为100千米的天宫里，过起了有机器人服侍的浪漫生活。过的时间长了两人就开始吵架，林叩斯特别庄只好派副庄长邓恒治前去调解，由于打算调解完了就回来，因此他没有带夫人。邓副庄长的到来使守望者1号的两人乐园变成了三人世界，但没有影响守望者1号的和谐。

工程院和旅游部联手，在原肥料岛上建造了一座环海滑冰场，部分解决了村民的体育锻炼问题。

经旅游部提议、何文奎支持，从奥尔特云里弄了100颗大小不一的彗星，放在原肥料岛上建了一个彗星公园。

村委会决定在原肥料岛上建造一座永久性的冰雪园供村民游玩。

逃元100年1月1日上午9时，水星上的超距通信机传来了大娘开始"肿胀"的信号，这个信号仅叫了一声就没声了。

这一声就足够了！大卫村长立即命令槐花招呼部分村长、村委会委员和有关官员火速乘磁轿赶到天梯上的天眼室里。

守望者1号，遭受了亘古未有的灾难。

大娘开始"浮肿"时，潘泰雅、盛健维、邓恒治三人正在玩纸牌消磨时间，警报一响，将简易航天服随时放在身边的盛健维，第一个跳起来给潘泰雅套上。这种简易航天服不是用铋织的，只能抵挡一般的宇宙线，却不能抵挡高能费米子流。

为了逃生方便，他们把守望者1号里的温度调得很高，两位年轻人一直以来都是穿紧身内衣在里面活动的，因此两分钟不到即给她套好了。盛健维边系扣子扎带子边去帮邓恒治，却被邓恒治推开了。为了维护自己的形象，一直坚持西装革履的邓恒治手忙脚乱脱外衣，两个年轻人要去帮忙，他大喝"不要管我，先开舱门"！

守望者1号的重力场是朝外的，盛健维用遥控器一指，全部内舱门一齐自动滑开。刚要开外层舱门，他扭头一看邓恒治的衣服还没穿好，立即将遥控器递给潘泰雅示意她先爬，在里面贴着墙壁走路，潘泰雅开始往靠近南极的舱门挪动。邓恒治慌乱中忘了脱皮鞋，一只脚还没有伸进裤腿，另一只脚却被卡在裤腿里了，盛健维将他刚套了一半的航天服扯下来等邓恒治脱了皮鞋重穿，等帮邓恒治把最后一道密封拉链拉好，已经过了10分钟，第一波玻色子流已经扑到守望者1号上。强大的 γ 射线、X 射线和紫外线击打的守望者1号外皮滋滋作响，照明开始忽闪起来，与此同时，引力波也到了，守望者1号开始颤抖摇晃起来。

"快打开外舱门！"盛健维大喊。

可怕的事情发生了，潘泰雅按下遥控器按钮，只有南极旁边的逃生门打开了一半，其他的舱门纹丝不动——停电了，守望者1号陷入一片漆黑。

守望者1号上大大小小一共有6个舱门和20个放气阀，按照演练了无数次的逃生应急预案，在6个外舱门打开的同时，20个放气阀也要同时自动打开，1个大气压下的50万立方千米空气才能均匀快速放净，人才可以安全从逃生舱门爬出去。由于邓恒治没穿好航天服不能开舱耽搁了宝贵的时间，等他穿好航天服时，高能射线已将绝大部分电器电线击穿烧坏了，只剩下南极的逃生舱门因被北极的铅衬屏蔽还能动弹，但开了一半就没电了，只打开了一半的逃生舱门成了一个极限文丘里喷口，激冲向外的气流尖啸着，瞬间达到音速，已经靠近舱门的潘泰雅被冲出门外，急速飘向太空。

尖厉的气流啸叫声，将还在守望者1号里的盛健维刺昏过去，气流放缓之后他才苏醒过来，守望者1

号里一片漆黑，只有半开的逃生舱门处露出几点星光。盛健维通过航天服里的无线电通话器，大声呼喊潘泰雅和邓恒治，耳机里传来的同样是一片啸叫，没有任何别的声音。他知道这是太阳射线引起的啸叫，在这个时候没有任何办法消除，于是关掉通话器，往周围摸索了一圈，没有摸到邓恒治的身体，想到现在最危险的是飘浮在太空里的潘泰雅。简易航天服上没有动力，她没有任何办法自己回到守望者1号上，逃元100年时的任何航天服虽然都能抵挡任何能量的玻色子流，但是对于正在不知以多快速度从太阳上激飞而来的 α、β 甚至还可能有的氢氦离子等费米子流是挡不住的，她正在以每秒340米的速度远离天宫，如果不能在费米子流到来之前将她拽回来的话，后果将不堪设想。

于是他不再搜寻邓恒治，摸索着向舱门奔去，越急越慌，不长的几十米路程，他被地上的不知什么东西绊了好几跤。这时的气流已经几乎感觉不出来了，他爬出舱门仅用了30多秒，爬到飞船上摁下了启动按钮，5分钟后飞船脱离与守望者1号自转轴线成0.1度夹角的停机坪，向气流喷射方向急速飞去。

以最快速度赶到天眼观测室的村长们无法看到这一幕。

从大娘上发出的第一波玻色子流，已经越过原来的谷神星轨道往木星轨道扑去，墨丘利和守望者1号、2号、3号上的所有通过超距通信机发出的监测信号已经全部消失，这意味着地球、火星和谷神星轨道上的三座守望者的眼睛也全都"瞎"了，只有木、土、天、海卫星上还有信号发过来，这些信号还是完全正常的图像，地球南极和赤道上的两台天眼看到的图像就更加陈旧，大娘发出的光芒需要150多个小时（即6.25天）才能到达地球。无奈之下，天眼眼长只有将水星和三座守望者的超距通信机在损毁的那一瞬间传过来的图像定格在视频上给大家看，这四个地方的超距通信机都是在光波到达的瞬间损坏的，因此只能看到大娘的身形越来越大，却分析不出任何有价值的参数，从谷神星轨道上的守望者3号最后的图像看到的，是大娘的光球半径已经超过0.2AU，除此之外一无所知。

林叩斯庄用超距通信机发过来他们的视频，最后的图像和地球收到的一样，大卫村长接通林叩斯庄长朱丽叶，指示她将整个太阳系还没有损坏的所有监测设备全部对着大娘和守望者1号，特里同上的所有超距通信机要全部与地球联机，4个小时之后，他要不间断看到大娘和守望者1号。

救灾部部长韦启捷在旁边小声提示："4个小时太长了，应该提前到光波到达木星卫星时联机传输，那里的设备不至于全部损坏。"佩德罗无奈地说："木星、土星和天王星卫星上没有安超距通信机，因此它们那里的信号传到特里同的时间和大娘的信号传到的时间是相同的。"这使韦部长非常失望。

盛健维的小型半光速飞船发现潘泰雅的飞行踪迹并不困难。守望者1号里的一个大气压下的空气不单纯是氮气和氧气，还有水蒸气和二氧化碳，这两种气体一到了宇宙空间，立即凝华成白色的冰晶，以每秒340米的速度毫无阻力地向前喷射。盛健维的飞船起飞时，冰晶最前端已经喷射出600多千米，潘泰雅必定在这团白雾里头。每秒300多米的速度在半光速飞船面前连蜗牛速度都算不上，眨眼间他已经抢到白雾的前头。

盛健维的小型半光速飞船想在白雾里找到潘泰雅非常困难。首先，由于超级太阳风的冲击，他既发不出自己的探测信号，更收不到潘泰雅的求救信号。最重要的是这团白雾里，并不单纯是气体分子和冰晶，还裹挟了守望者里大量的洗过和没洗过的破鞋烂袜子、吃过和没吃过的罐头盒子酒瓶子，甚至还有种植温室里连根拔出的南瓜、黄瓜、茄子、辣椒、西红柿等。这些物体一进入宇宙空间，立即被冻得比最坚硬的石头还结实，任何一件东西撞上飞船都比炮弹的破坏力还大，在探测雷达无法获取回波信号的情况下，他不敢贸然将飞船开进雾里去，现在他唯一能做的就是打开飞船头部的可见光大灯照射。但是白雾太浓了，看不到雾里的任何东西。

邓恒治醒过来了，不能动弹。

守望者1号激速放气的那一瞬间，盛健维是被噪声刺晕的，邓恒治是被气流卷起来重重摔到墙壁上撞晕的。醒来后邓恒治感到浑身剧疼，疼得又晕了过去，也不知过了多久又疼醒过来，试了试胳膊和腿脚还能动弹，没有出血，这是航天服起了保护作用。邓恒治用航天服里的通话器呼叫潘泰雅和盛健维，没有任何回声。他感到一阵宽慰，心想他们俩一定逃出去了，强忍着头疼，脑读环境参数，发现守望者里已经变成真空状态，由此知道逃生舱门还是开着的，于是开始对着星光艰难地往舱门爬去，其间疼痛又导致他两次昏厥，不过很快就苏醒过来。

他费尽九牛二虎之力爬出舱门，发现一团巨大的白雾快速往远方飘去，脑读发现雾团与守望者1号之间的分离速度居然有每秒350多米。他大惑不解，回想起在学校里学的射流理论，一个大气压下的文丘里射流极限音速也就是340米左右，不安拉伐尔喷嘴的自由射流速度绝不可能超过音速，继而一想才明白过来，这是音速气流的反作用力给守望者1号往反方向加了速。他看了看星星，发现没有快速平移，这才稍微有点安心：守望者1号没有明显的摆动，如果发生了摆动，将南极摆得对着太阳就完蛋了。潘泰雅、盛健维两人费尽九牛二虎之力在南极上镶嵌的防护铅板没有失效，他们还有获救的机会！

邓恒治想到这里，自责感减轻了一点——醒来之后他一直因那双破皮鞋自责——头和肩膀的疼痛也似乎减轻了一些，于是使出全身力气往停机坪爬去，艰难地爬到另一艘飞船旁边，艰难地脑控打开舱门，艰难地爬到驾驶座上又疼晕过去。他不知道过了多长时间，醒来后脑控关上舱门，脑控启动飞船发动机，脑控给驾驶舱充气，这些技术都是盛健维手把手教他的。

盛健维驾着半光速飞船围着雾团转了好几圈，仍然没有发现潘泰雅的身影，他急得心都快跳出来了。作为守望者里的首席飞天师，他比谁都清楚，大娘膨胀发出的超高速费米子流很快就将到达这里，半光速飞船有屏蔽设施可以自保，但究竟能不能保住其实他心里也没底，潘泰雅穿的简易航天服是无论如何也抵挡不住的，如果不在这之前将她找到，太阳风一到她必死无疑。可是白雾扩散的速度很慢，到现在雷达信号仍然没有回波，可见光大灯照射依然穿不透云雾，无线电呼叫依然是噪声，他不敢将飞船开到白雾里去，只有继续转圈、继续探测、继续呼叫，对大娘的变化视而不见。

特里同、地球仍然没有新的消息，村长们只有等待，在焦急的等待中，超距通信机突然捕捉到了一个断断续续的微弱的信号，经宇量光脑分析放大后，得知是邓恒治的声音。这一下子连特里同都紧张起来，他们也在用超距通信机紧张地关注着一切。

"报告林叩斯、报告地球……我是邓恒治……太阳开始膨胀了……"

"你们怎么样？"大卫一把推开监视频前的主控者自己坐上去，来不及客套直接大声询问。

"……守望者1号已经停电放气……是不是损坏了不得而知……小潘、小盛失踪了……联系不上……1号飞船也失踪了……"

"你怎么样？是不是受伤了？"

"报告村长、庄长，我被放气时的气流冲击摔倒，伤着了头，"邓恒治的声音开始连贯，"不要紧，现在已经清醒了，我现在是在第二艘飞船上，看不到太阳的情况。另一艘飞船的超距通信机没有打开，普通无线电信号发得出，但收不到回音，背景噪声太强烈了，怎么办？请指示！请指示！请指示！！"声音里透着焦急和祈求。

"你现在能看到什么？"大卫没让朱丽叶庄长说话，开始毫不犹豫行使最高指挥权。

"只看到一大团极白极大的雾团，中间部分有一小块是黑的，正快速离开守望者1号，其分离速度达到每秒350多米，还看到其他方向上的星星。"

"听我说！你的手脚能动弹吗？"

"报告村长，手脚都能动弹，就是脑袋和肩膀剧痛。"

"好！忘掉你的脑袋和肩膀，你会开飞船吗？回答！"

"小盛教过我简单的动作，脑袋撞墙之后全忘了。"

"飞天部部长？"

"到！"

"教他把飞船立即开起来！"

"是！邓副庄长，让我来教你……"冯鲁旺一把拽开副主控，来不及坐下就开始授课，在他的指导之下，邓恒治克服着剧烈的头痛按了一阵按钮，飞船摇摇晃晃离开了守望者1号。

"很好，请轻轻操纵这个手把——"冯部长在小型半光速驾驶舱视频上指点着，"脑控加速，先围着守望者1号试转一圈——"

"等等！"佩德罗急忙阻拦，"千万不要围着守望者1号转圈，如果飞船暴露在阳光之下，万一被γ射线击穿就完蛋了！"

"少啰唆！"村长大吼，"该怎么做快下指令！"

"一定不要让飞船离开守望者1号的阴影！"

"邓副庄长听到了吗？"冯鲁旺问道。

"听到了！"

"现在看着我的手轻摇这个手柄——对！让飞船掉头在守望者1号的阴影里往雾团方向飞！对，加速！好，稳住！村长快看，我们总算有点好运了，守望者1号的阴影遮挡了雾团中部偏北的差不多五分之一的面积，获救机会有了20%了！"冯部长指着飞船通过超距通信机自动发回的光学图像说道。

"好运气还有另外一个，白雾边缘开始透明了！"细心的危机院许院长指着图像说道。

"这是什么原因？"大卫村长问。

"雾团被太阳光照射到的部分，水和二氧化碳冰晶开始被电离。"佩德罗不敢再啰唆。

"接下来怎么办？"大卫村长没接话茬直接

问道。

"当务之急是找到失踪的飞船。"救灾部韦部长说道，"只有找到那艘小飞船，才能知道另外两个人的情况！"

"失踪的飞船会向哪个方向飞？"大卫村长问道。

"以我对飞天员的了解，那艘船一定是飞到守望者1号前面看太阳去了。"冯部长回答。

"我的判断恰恰相反，从没开超距通信机的情况来看，一定是出现了意外情况，使飞天员急得忘了开机，而意外情况一定是发生在雾团里，因此飞船一定是追赶雾团去了，现在不是在雾团里头就是在雾团前头。"韦部长说道。

"有理！"大卫村长大手一挥，说，"邓恒治同志，请听我的命令，加速赶到雾里去寻找失踪飞船，但注意不要离开守望者1号的阴影。"

"是！"邓恒治的声音洪亮起来，看来他的头疼开始减轻了，从航迹看飞船也开得稳当多了，天眼上的人们松了一口小气。

"村长，让飞船开进雾里会有危险，万一碰到什么东西就麻烦了。"韦部长说道。

"不怕！飞船从后面往里钻，相对速度可以控制，"冯部长说，"邓副庄长，追上雾团之后请放慢速度，放慢到每秒400米左右为好，小心雾里有东西！"

"明白！"

"打开大灯和探路雷达，发现什么立即报告。"大卫村长吩咐。

"是！"

"用自动信号系统不间断呼叫失踪飞船。"救灾部部长补充。

"明白！"

"但愿那两个混蛋没事，找到之后非扒了他们的皮不可！"大卫村长恨道。一想起他们违抗守望者1号不准上人的规定私自前去守望，心里就来气。

"扒不扒皮得等找到他们之后再说，且先说点别的吧。"善恶院院长穆罕默德说道，"我有一事不明，太阳风一扫，所有被扫到的地方通信都中断了，为何邓副庄长却能和我们联系上？"

佩德罗笑着说："这是量子纠缠现象发现者阿

斯沛显灵了。"

"此话怎讲？"大多数人都不明白。

"常规的无线电通信靠电磁波传输，太阳风一扫就破坏了，只有超距通信机不依赖电磁波，所以不受干扰。"何文奎忍不住接话，"这就是量子纠缠的奇妙之处，也是超距通信机的基本原理所在。"

"你不跳出来我倒忘了，"李萨丽副村长恨恨道，"村长，要扒皮把这小子也算上，还有你、你！"他又指着飞天部部长冯鲁旺和制造署署长艾尔玛一同骂道："工程院院长约瑟夫也别放过，没有他们几个合起伙来为那两个混蛋提供屏蔽用的衬铅，使他们私自跑到守望者1号上去，怎会出这档子事？"

"副村长大人饶命，小的再也不敢了！"何文奎吓得急忙往人后头躲。

"报告！发现了失踪飞船。"邓恒治的报告声打断了对话。

大卫村长急忙问道："联系上没有，两人都平安吗？"

"无线电仍然无法联系，灯光联系上了，我不会打灯语，无法提醒他们赶紧打开超距通信机。"

"我来教你。"冯部长开始在视频上指手画脚，暗地里回头向何文奎吐了下舌头。

"庄长！林叩斯特别庄首席飞天员盛健维向您报告，咱们的首席观测师潘泰雅同志失踪了，至今下落不明，请指示！"视频上突然传来盛健维带着哭腔的音像，大家见他没事刚放下心来，一听说潘泰雅失踪又把心提起来了。

"林叩斯特别庄首席飞天员盛健维同志听好了！我是地球村村长大卫，我命令你直接和我讲话！"

"是！村长，我们的首席观测师失踪了，至今下落不明，请指示！"

"小盛你给我听好了，我是师父，平静一下情绪，扼要汇报一下你们遇险的过程。"冯鲁旺在村长的示意下，安抚曾经是他徒弟的下属。

"师父，我对不起你的培养，我把小潘弄丢了。"盛健维对着师父哭起来。

"别哭！像什么男子汉？丢人现眼！告诉你，小潘丢不了，她不在守望者1号里就在这团雾里。"

"肯定不在守望者1号里，我看着她飞出来的。"

"那就一定是在这团雾里了，别急，慢慢找一定会找到的，她穿没穿航天服？"

"穿了，是我帮她穿上的。"

"那就不用急了，肯定能保住命的，仔细搜寻吧，雾不是已经开始透明了吗？"

"不急不行啊，简易航天服绝对抵挡不了费米子流，我们时间不多了。"

"小盛，庄长，村长，我看到小潘了！"邓恒治大喊起来。

"不错，是她！师父，等一会儿再说，我先救人去了。"

盛健维转悠了那么长时间没有找到的潘泰雅，却被刚刚进入云雾中的邓恒治发现了。盛健维犯了一个常人都会犯的错误，他眼看着潘泰雅被气流的风头卷出守望者1号，就想当然地认为她一定会在雾团的前方飘进，于是一直在雾团的前头打转搜寻，没想到音速射流扩散之后会在喷口部位形成一个负压区，周边的气流会因此回卷，潘泰雅被这股回卷气流卷到了雾团的后边，现在正在以慢于音速的速度在已经疏散了好多的雾里飘浮着，正好被从后边进入的邓恒治碰到了，万幸的是还处在守望者1号的阴影区里。

盛健维的飞船后发先至，快到她身边时，一个倒喷将飞船稳稳飘向她的身边，等挨着时打开舱门，一个机器人伸出长臂将她拉入飞船。

邓恒治对首席飞天师露的这一手十分佩服，在强灯照耀下把这一切都拍摄下来，实时传回特里同和地球，天眼里响起了一片掌声。

但是这些掌声来得早了点，守望者1号的灾难还没有结束。

"快回去！"冯鲁旺发令，"守望者1号的阴影越来越小了。"

"是！"只有邓恒治一人回答，答完之后却并未掉头，他在等，"小盛，小潘好吗？"

"邓副庄长请稍等，我在设置返回程序，还没看到她呢。"说话间1号飞船已经加速，邓恒治见状立即掉头飞在了它的前边。

潘泰雅的情况很不好。

当盛健维设置好返回程序，将飞船改为自动驾驶之后，到后舱手忙脚乱一通折腾才扒开她的航天服，看到的是一具尸体，没有呼吸，没有心跳，他哇的一声大哭起来。

"怎么回事？"冯部长急问。

"师父，小潘死了！是我害死她的！"

"有外伤吗？"

"等一下——没有外伤，但是不喘气了，心也不跳了。"

"小盛别急，这是假死，"佩德罗懂点医道，"还有体温吗？"

"你说什么？"

"还有体温吗？"大卫村长大吼。

"浑身冰凉。"

"完了。"不知谁叹了一句。

"凉到什么程度？"李副村长急问。

"我哪知道？反正挺凉的。"

"手脚僵硬了吗？"佩德罗又问。

"还没有，和平时一样。"

"听着，这是因为获救后惊喜过度造成的假死，你会做心肺复苏吗？"冯鲁旺大喊。

"跟你学过。"

"马上进行！还啰唆什么？"

"她能喘气了，心也跳了！"盛健维狂喜道，"但是还不能说话，怎么办？"

何文奎又忍不住插嘴："小盛，大声告诉她太阳爆炸了！"

"妹子！太阳爆炸了哦！太——阳——爆——炸——了——！听到了吗？"盛健维大喊。

"胡说！怎么会爆炸？顶多是胖了点，快让我看看——"潘泰雅醒了，所有的人都笑了，何文奎笑得最大声。

"你们三人都注意了，守望者1号的阴影没有了，你们暴露在阳光下了，立即加速进入阴影，立即加速进入阴影！"冯部长又喊道。

但是已经来不及了，强大的费米子流扑过来了，两艘飞船完全暴露在太阳风里，机头、机翼不断进出火花，所有人的心又都提到嗓子眼上。

惊人更感人的场面发生了，邓恒治的2号飞船突然一个变线动作飞到了1号船的正前方做了他们的屏风，10秒钟之后，2号飞船的信号消失了，喷火也停止了，正是这宝贵的10秒钟，让1号飞船追上了守望者1号的阴影。

"邓副庄长——"盛健维、潘泰雅撕心裂肺地大喊。

天眼上一片肃穆，所有人起立默哀。

"小盛，现在不是悲痛的时候，"冯鲁旺哽咽着大喊，"听我的命令，你已进入阴影区，赶快脱离屏蔽，赶快脱离屏蔽，降落守望者1号南极，降落守望者1号南极！"

"慢着！"大卫村长发话了，声音也是哽咽的，说，"先不忙脱离，用激光炮击毁2号船，击毁之后再脱离。"

"你说什么，村长？"盛健维喊道。

"我命令你立即击毁2号船，立即执行命令！"

"我拒绝执行这个命令！"

"是的，我们拒绝执行！"潘泰雅说话也流利了。

"立即执行命令！"

"小盛，执行吧，否则2号飞船撞到守望者1号上你们会同归于尽的。"冯鲁旺劝道。

"通信机怎么在这个节骨眼上坏了？——你们说

什么？我听不到——"盛健维嘴上不停手脚也没停，人们看到他加速绕过2号飞船之后并没有继续前飞，而是前喷减了速，2号飞船追上来正好将机头插入前船的已经熄了火的喷嘴上，两艘船合而为一，依靠后船的惯性向守望者1号飞去。几分钟后依靠前船的前喷减速，平稳地降落在守望者1号南极的铺铅停机坪上，创造了宇宙飞天史上的一个奇迹。何文奎带头鼓起掌米，引起一阵热烈的掌声，大卫村长也下意识拍了几下。

危机暂时过去了，大家不约而同看了看表，离接到警报过去了98分钟，特里同上还没有新消息。

"大家都坐下吧，"大卫村长招呼道，"特里同的消息还得等两个多小时才到，现在是先议善后还是先议处分？"

"我认为应该先进行吊唁。"袁福智秘书长提示道。

"对，全体起立，接转特里同。请将镜头给邓恒治夫人——邓恒治夫人，请接受地球村全体村民和我本人的沉痛哀悼，三鞠躬——邓恒治庄长是个好同志，我代表村委会决定给予他最高奖励——克隆十代，同时决定等危机结束后，将他的遗体接回地球，按照副村长的规格安葬，您同意吗？"

"谢谢村长，我代表全体亲属谢谢村长，谢谢地球村委员会，谢谢全体村民，"邓恒治夫人抽泣着鞠躬还礼，说，"谢谢您给他的奖励，克隆问题等我和他的父母长辈及孩子们商量之后再答复好吗？如何安葬也是这样。"

"好，希望你们能够接受地球村的安排。"

"是，我尽量做工作。危机还没有结束，我不占用您的时间了，再次表示感谢。"说罢鞠躬。

"我也再次表示哀悼，谢谢。"村长们也鞠了一躬。

"坐下吧，都说说，是先议善后还是先议处分？"村长再次招呼大家。

"还是先问清情况再论其他吧。"冯部长提议道。

"还怎么了解情况？通信机不是坏了吗？"

"放心吧村长，我看到了，刚才在咱们吊唁期间他们已经修好了。"何文奎笑着说道，一想到时候不对，马上收起笑容。

大卫村长明白了，对着飞天部部长说："我懒得理他们了，你来问吧。"

"小潘、小盛，赶紧报告情况！"

"报告村长、报告庄长、报告部长，我已经完全恢复了，请放心！"潘泰雅自己给自己恢复了领导职务。

"很好，飞船上有给养吗？能撑多长时间？"

"飞船给养充足，这是我们每天都更新的，至少可以支撑半个守望者年。"盛健维回答。

"很好！一动都不要动，坚守待援，大娘一消肿救援马上就到。"

"是，坚守待援。只是一动都不要动难以做到，我们现在就得收殓邓副庄长。"

"不行！谁也不知道飞船已经沾染了多少放射性物质，千万不能开舱门，千万不能下船！这是命令。"

"报告师父，飞船上备了好多件铋织全防护全能航天服，我们不怕任何辐射。"

"我可告诉你小盛，对于你们私自到守望者1号上观测的行为，领导们是真生气了。再不老实点，你们还想被点天灯不成？”

　　“可是万一邓副庄长还活着呢？”

　　“打开生命探测仪探探再说！”

　　“哎呀，破通信机怎么又坏了？”是潘泰雅的声音，“你快来修修啊！”

　　“我可没这本事，你是首席观测师，这是你的活儿。”

　　“为什么是我的活？我是靠眼睛吃饭的，可不是你这样靠手吃饭的！——村长、庄长、部长，你们还能听到我们的话吗？我们听不到你们说话了。”

　　“别玩这一套！”大卫村长骂道，“老老实实地待在飞船里别动！”

　　“村长您说什么？我们听不到啊！”

　　眼看着他俩换上了全防护全能航天服，两个促狭鬼故意没关监视仪，成心气他们。两人下了飞船却并没有去看邓恒治，而是围着飞船接合部打量了一会儿，全能航天服头顶有灯更有摄像头，他们拿着一个仪器对着2号飞船的驾驶室晃了一阵，是生命探测仪，高个子又回到前面的飞船上鼓捣了一阵，两船慢慢脱离开了，离开之后又倒退着结合起来缓慢地后退，缓慢地把2号飞船推出一段距离又脱离开，然后看到飞船外边的矮个子向2号飞船鞠了三个躬后也回到飞船上。

"你们绝不能将飞船暴露在阳光下！"飞天部部长大喊。

没有回应，飞船也没有起飞。

他们指挥着两个力士型机器人，各扛着一卷超导电缆走下飞船，另一个力士扛着一台激光切割机紧随其后，一个保姆型机器人扛出来一台望远镜，殿后的是那个矮个子，一人四机鱼贯爬进守望者1号里去了，摄像头关了，不知道他们爬到里面去鼓捣什么。

"小型飞船上怎么会有那么多电缆？要想在守望者1号北极上开孔，距离至少有150多千米呢。"危机院院长许有春感到奇怪。

"这显然是早就从守望者1号里搬过去的，这是做了最坏的准备，他们铁了心要亲眼看看大娘第一次浮肿，恐怕地球村大多数人都是这样想的。从这个意义上讲，他们就是地球人的代表，这个功劳真的比天还大。"佩德罗话里有话。

"他们到底会用什么办法，既不损坏镜头，又能看到大娘呢？"田建华问道。

"他们不过是利用余弦定理而已。"何文奎笑道。

"这与三角函数有什么关系？"田副村长没想明白。

"快看！图像传过来了！"冯鲁旺喊道。

图像传过来了，大娘的全身照只是一个边缘，从这个图像上看不出什么异常。潘泰雅说："首先抱歉地解释一下，由于大娘第一次浮肿释放的能量极大，费米子太阳风朝守望者1号猛刮，便携式光学望远镜不能正对着她，只能躲在守望者1号的北极铅衬后面避风，否则会被高能粒子打成筛子。现在我们只能利用辐射的余弦定理，将镜头斜着扫描她的边缘，因此无法看到她的全身，尽管如此也还要给镜头上戴上墨镜才行，机身也要用铅皮包裹，因此大家看到的图像，是经过飞船上的光脑着色的，务请原谅！——现在镜头对着大娘的脚。"

潘泰雅继续说："请大家注意观看她脚下那个模糊的暗红斑，这是墨丘利，它正在太阳的色球层里跑步，激动得浑身发红。据飞船光脑计算，大娘的光球半径肿胀到了0.3AU，也就是约5000万千米，已经接近墨丘利的跑道，比平时增大了近70倍，体积增大了34万倍。我们推论，等庄部所在地特里同看到它时，一定比平时在老地球轨道上看到的还大1倍多。不过有一个好消息，大娘显得有点后劲不足，膨胀速度已呈减慢趋势。

　　"请大家跟着我们的镜头往左上方移动，快看，这才是我们第一次看到的最美丽的天文奇观：美丽的金星维纳斯的发髻披散开了，她已经变成了白发魔女，她的长发已经飘散过老地球轨道，正在向老战神轨道延伸，任何彗星的彗发都没它长。光脑的分析数据出来了，大娘脾气太大，金星大气层已经被吹散了十分之一，对于金星来讲，这未尝不是一件好事，等大娘消肿之后，它的体温也可以下降一些了。

　　"现在请随镜头往右边看，大娘的长发日珥比维纳斯的更长，已经飘拂到守望者3号上了，这曾是德墨忒尔女士（一颗最大的小行星）饭后遛弯的小道，如果地球还在老路上转悠，将会是一个什么情形？

"非常抱歉地告诉大家，守望者1号的所有眼睛包括超距通信机在内，在大娘吹出的第一波玻色子流的冲击下瞬间失明了，本主播手里现在只有一台普通的便携式光学望远镜，只能看到大娘的病情表象，其他的情况由其他守望者和四大天王提供。解说到此结束。"

"超距通信机修好没有？现在能不能听到我们讲话？说说守望者1号被破坏的现状。"大卫村长着急地问。

"报告村长，守望者1号北半球被费米子流打成筛子了，"镜头转到了守望者1号里，潘泰雅在解说，"村长请看这些星星，这就是被费米子流打出的孔洞。玻色子流到达的瞬间就将电气系统破坏了，这就是我们遇险的原因，没有发生爆炸，是衬铅起了作用。守望者1号的球面里是有衬铅的，只是薄了点，挡不住高能量、高密度、高时长 γ 射线，幸亏我们跑得快，否则穿铋纺的航天服恐怕也挡不住，那就省了刽子手的事了，其他破坏情况不得而知。"

"村长，既然现在他们是安全的，是不是就让她继续观测大娘？虽说'四大天王'的观测设备大概不会损坏，但毕竟距离太远，不如他们那里看得真切啊。"何文奎请示道。

"你们的意见呢？"大卫村长心动了。

"这样好，既然他们已经冒了险还牺牲了人，就让他们多获取点第一手资料吧。"佩德罗首先表态。

"我们也是这个意见。"大家一齐表态。

"你来下指示吧。"村长同意了，向何文奎示意。

"小潘、小盛听好了：村长已经同意你们在确保安全的前提下继续观测大娘，实时转播不得中断。重申纪律，你们现在的工作是观测大娘，而不是清查守望者1号的破坏情况，不准到处乱窜！听清楚没有？"

"听清楚了，坚决执行命令！"潘泰雅和盛建维的声音中透着一种欣喜。

"报告何部长，我们想收殓邓副庄长。他确实牺牲了，这不能算乱窜吧？有衬铅护着呢。"盛健维得寸进尺。

"……"村长示意何文奎不要再理他们，实际上是默认了，飞天部部长及时拉了线。

"村长，特里同来情况了，在主控室比这里看得还清楚、全面，咱们是不是下去？"佩德罗请示道。

"村长，全村村民都在各庄的广场上等待大娘的病情公告，是不是由您亲自发布为好？"宣传院院长丽莎请示。

"好吧，回万花城，先到大神仙洞去，等特里同发来全面情况之后再发布消息吧。"

两个小时以后，宣传院向全球公布了大娘生病的详细消息，公布的音像全景来自木、土、天、海四大天王上的监测设备，细节来自守望者1号的直播，六天之后，地球天眼公布了更详细的细节，科委和学联投入了大量的精力分析研究，极大地丰富了恒星学知识。

半年之后，大娘消肿了，地球派船将潘泰雅、盛健维两人接回地球，进行事故调查。

邓恒治长眠在守望者1号上了，经过调查甄别，邓恒治被追认为烈士，但其家属拒绝了克隆十代的奖励。

潘泰雅、盛健维两人最后被认定为英雄，被邀请提前参观已经建成尚未验收的冰雪园。

告别

　　还没有起正式名字的冰雪园，是建在原来的肥料岛上的。这里地处南半球，基本不挨陨石砸、流星撞，接受的宇宙线辐射也小。这时地球上的大气已经全部凝结，等于对所有的天外来客敞开了大门，北半球已经是满目疮痍、遍体鳞伤，鸟岛上的鸟粪矿石已经被鼹鼠行动挖掘殆尽，不会再破坏什么，因此可以在环岛的已经冻实了的海面上开辟溜冰场和滑雪场。陆地面积有800万平方千米，是一座全以冰雪为建筑材料的宇宙中最大的综合性游乐场。

　　潘泰雅、盛健维两人身穿航天服，在秘书长袁福智、旅游部部长蓝铁明、宣传院院长丽莎的陪同下，乘地下磁轿来到正门北大门前的广场，1000多人的审查验收队伍早已整装待发，在槐花的示意下对两位守望英雄的到来报以热烈的掌声，旋即登上游览磁车慢速前进。

没有门楼的冰雪园的北大门，左边是一座飞檐斗拱、红墙绿瓦的东方宫殿，宫殿前高过屋顶的腾六和霜娥拱手揖宾，右边是一座红墙绿皮的西方城堡，城堡前同样高过堡顶的斯卡蒂与西瓦展臂迎客。建筑都是水冰精雕，人物全为氮雪细塑，冰雕在内置灯影里五彩闪烁，雪塑在外射光源前晶莹剔透。左右淡蓝色的城墙起伏曲折，蜿蜒到目穷之处，那是用氧冰砌成的。

进门来，迎面一个与大门的格调完全相反的坑坑洼洼、一眼望不到边的巨大圆球挡住了视线。旅游部部长蓝铁明亲自当起了导游，说这就是传说中的被科委探求院弄过来的奥尔特彗星，别看它们其貌不扬，10座冰雪园加起来也不如它一个价值大，这样的彗星共有大大小小100颗之多，组成了冰雪园的第一个主题园——彗星迷宫，都保持着原始风貌，既没有解说，也没有音乐，不允许游客下车，如果胆敢在上头刻"到此一游"什么的，将会受到最高等级的惩罚。

东西虽然珍贵，外行却实在看不出什么好来。磁车很快驶出了迷宫，来到一个广场，广场正中是一个巨大的散发着金黄色耀眼光芒的透明圆球，圆球底下有一个九层高台，高台上放着两把镶满宝石的黄金宝座。蓝部长笑着对潘、盛两人说："正式开园之后，你俩就坐在这两把椅子上供人瞻仰。"这话说得潘泰雅、盛健维心花怒放。

一行人停车换乘磁轿，登上圆球顶端。圆球巨大，游目四望，大小不等、颜色不同、快慢不一的八个圆球围绕着中心黄球旋转，直径更小、数目更多的圆球椭球以及不能算球的球散布其间和外围，在南天星座的照耀、衬托下深邃幽远，这是即将逃离的太阳系等比例缩微模型。

看完了即将告别的太阳系，蓝部长征求大家的意见，说逐点看完冰雪园全部景点至少需要1个月的时间，建议今天先乘飞艇鸟瞰一下全貌，有个总体印象。于是他调来一架磁力飞艇，飞到3000米高空御风，实际上并没有风。从3000米高空看下去，800万平方千米的冰雪园尽收眼底，灯火璀璨，长城蜿蜒，但看不清细节。蓝部长抬手一指，一轮太阳大小的红日骤现天空，景色豁然开朗，眼下白雪皑皑、山川苍茫。蓝铁明告诉大家："这是专为冰雪园照明发射的一颗定点冷光卫星，这颗卫星不轻易开，冰雪园所有灯景在黑地儿里才好看，请允许我借着这颗冷星的光照，简单介绍一下冰雪园的轮廓。冰雪园是一个游乐园，一共规划了七个主题园区，我们在北大门内已经看过了的第一个园区是'星星世界'，目前只有彗星迷宫和太阳系，二期准备增建二娘系，预留了德尔塔系的扩建空间。

"第二个园区是'童话世界'，古代万国千邦的童话和寓言包括成人童话在这个区都能看到，典型的哪吒的风火轮、舒克的直升机、丑小鸭的池塘、匹诺曹的马户国、阿拉丁的神灯、珍妮的七色花、灰姑娘的水晶鞋、一休的寺庙、爱丽丝的纸牌屋、多萝茜的稻草人、白雪公主和她的小矮人、印度公主和她的太阳盒子等等里面都有，将来肯定是孩子们最喜欢的地方。

"第三个园区是'民俗荟萃'，第四个园区是'建筑精华'，这两个区的建筑都是按1:1的比例复制的，最能表现冰雪雕塑艺术。第五个园区是'成就世界'，汇集了自人类新石器时代以来的大部分典型的有形成就，其中天梯、喷嘴（含炮台）、洞天、钢箍、防波堤这五大工程最为壮观。

"第六个园区是'文化世界'，这个区的建筑没什么惊人的东西，无非是剧场舞台加戏院，将来吸引人的是它的演出，我们把胡闹园里文雅园的节目全搬过来了，不过演员都换成了高仿机器人。除了'星星世界'没有人之外，其他区的演员和导游也都是高仿机器人，原因是真人在这里必须穿航天服，只有机器人才能把脸、肩膀和大腿露出来。

"第七个园区是'奥林匹亚世界'，不言而喻，这是个冰雪体育竞技场所，最大的工程是奥林匹斯山滑雪场和环海滑冰场。两道防波堤顶上泼上水冻成了速滑道，将来人人都可以在这里显一番身手。

"我的总体介绍到此结束，下面我们先从朱庇特的神殿开始我们的行程吧。"蓝部长说完之后，飞艇徐徐降落在"奥林匹斯山"上。人造太阳熄灭了，人们进入了恍恍惚惚的神话世界。

从此后，穴居逃难的地球人终于有了一个可以游玩和运动的地方，冰雪园（后来又逐步扩建了很多内容）为增强人民体质做出了决定性的贡献，有相当多的冰雪雕塑匠人登上了天梯。

潘泰雅、盛健维两人愉快地结束了1个月的游览、1个月的开会（讨论3个守望者的存废问题）和3个月的展览后，告别地球返回特里同继续守望大娘。

50年后，从天王星上开出了3个卫星，老四欧贝隆个头最大，被开往地球轨道，老三泰坦尼亚个头中等，冒充了战神，老大艾瑞尔占据了原谷神星的轨道，已经被打废了的3个守望者悲惨地沦为他们的丫鬟。由于特里同资源有限，地球正在逃难途中无暇他顾，它们被暂时弃置了。地球村为此感到愧疚，于是用中型半光速飞船运来一批最新式的超距通信机作为补偿，在墨丘利、欧贝隆、泰坦尼亚、艾瑞尔、朱庇特、萨图恩、乌拉诺斯本星或其最大的卫星上都安了两台。这样一来，今后大娘再闹动静就不至于焦急等待三四个小时才知道消息了。

吸取了守望者1号被打成筛子的教训——其实也不算教训，因为是在意料之中的，守望者们在给欧贝隆、泰坦尼亚、艾瑞尔安腿的同时在墨丘利、盖尼米得（木卫三）、瑞亚（土卫五）、乌木白儿（天卫二）等四个神仙的肚子里挖了住人和藏飞船的地洞。大娘和她的女儿维纳斯因为一受冲击就飘头发，因此放弃了再给她娘俩安眼睛，同时根据潘泰雅的经验，不但保留了墨丘利、欧贝隆、泰坦尼亚、艾瑞尔、朱庇特这几颗近星在赤道上的眼睛，还重点在其两个极点上加装了更大、更亮的眼睛，与深藏地下的超距通信机相连。这样大娘再生病时就可以斜着望诊了，至此安眼工程才算结束。

逃元290年，地球以10微米每二次方秒的匀加速度持续加速了253年之后，达到了每秒200千米的额定逃难速度后，关闭了南极的主推进喷嘴，开始惯性飞行。

地球人转眼已经穴居了近300年时间，由于几乎无所事事，地球村的风气慢慢发生了变化，村民们几乎全都变成了文人，吟诗作画、写读后感、淘古董成了主流，这引起了村长们的忧虑，开始策划扭转全民风气。

　　由副村长朱田虎担任号长带队，菊花为首席办公秘书，将用一座旧天宫改造的、利用二娘的类土行星克洛诺斯进行地球入轨减速试验的'驯驴号'，以每秒近3000千米的超高速度飞往二娘，于逃元985年到达了二娘身边，然后将速度减到每秒200千米，开始了紧张惊险的驯驴行动。

　　逃元990年的元旦，是地球跨过太阳系引力边界的日子，也是人类告别大娘的最后日子。跨过这条界线之后，地球就成了一个完全意义上的宇宙孤儿，确切地讲是银河系流浪儿，谁也靠不上了，只能孤独地流浪7600多年，才能找到另一个娘亲。因此，这条线虽然在物理上没有任何意义，但是在感情上的意义却无比重大，不管天地怎样不仁，地球生命、地球文明毕竟是靠大娘孕育、抚养、发展起来的，现在要告别了，每个人的心里都是沉甸甸的。

　　人们的心情，随着距公共视频上那条形象化的红线越来越近而越来越沉重。人们开始骚动起来，虽然在逃元时代谁也不再相信世界末日之说，但仍有相当多的老年人准备在那一刻到来时殉日，以成就对大娘的忠诚，当然也是为了减轻后代儿孙逃难路上的负担。还有其他各种情况通过里、庄和各种协会不断反映到村委会和村长那里，迫使他们想办法来避免悲剧发生。

村委会对此早已准备了很多办法。

办法之一，在公共视频上专门开了一个频道，24小时不间断展示地球和太阳引力边界线的距离，辅之说明它的物理意义，破除人们的神秘感，又开辟了另一个频道滚动播放故事化了的地球整体搬迁史，展示人定胜天的道理。

办法之二，开辟了第三个频道滚动播放斯坦福故事化了的成功的流浪史，以及由斯坦福传过来的二娘实况和路标模拟，表明路途是平坦的，目的地是安宁的。

办法之三，开辟了第四条公共视频频道，实况播发告别的各项准备工作。在这个频道上，人们看到南极和北极以及天梯上的所有已经停喷了700多年的推进、刹车，以及调姿、调向、调时喷嘴全部更换了新的，并且每个喷嘴都反复试验调试了3次以确保正常。北极和天梯上的引力、射电和光学天眼全部整修调试一新，将前进道路看得一清二楚。

办法之四，将北极炮台、天梯碉堡的巨大电容器全部充得满满的，可以歼灭任何敢于来犯之敌，歼灭不了的，有1000艘重型常速飞船，在弹弓和天街上整装待发将其推开。

办法之五，将地下的推进电站和生存电站全部整修一新；氘库里的液氘仅仅使用了四分之一；粮库、肉库、鱼库、茶库、咖啡库堆得满满的，还没有动用分毫；上林洞里稻菽千重浪，阆苑洞里飞鸟相与还，天工洞里神匠挥鬼斧，琅嬛洞里英雄下夕烟。

办法之六，月亮也在秣马厉兵抡胳膊踢腿，预备为地球抵挡不可预知的宇宙辐射。

可以说是万事俱备只欠东风。

不管东风来与不来，在告别时，全体村民都要出动齐聚用洞天工程土石方堆起来的南极洲，最后向大娘敬礼，卧床不起的老人也要躺在担架上参加。这是结合了启程变轨的首次点火和开跑的两次经验想出来的妙招，只有把人聚在一起，聚焦一件庄严的事情，才能打消殉日者的念头。

现在，50亿宇宙人已经将南极喷嘴围得水泄不通，喷嘴上的八面每面有1平方千米面积的巨大视频，将地球与太阳引力边界线的模拟图像及跨越时间直观展现在人们面前。

人们的视线抬高后，越过视频向上望去，南极喷嘴支架见不到一丝亮光，黑黢黢的，与天地黑在一起，在璀璨的群星陪衬下，一颗与背景星基本分不出大小的红星在天顶正中央向人们照耀，那是大娘向人们投来的依依不舍的目光。

大屏幕上的圆球和红线越靠越近，东风还是不来，主喷嘴大锅盖下的总控室里气氛紧张，村长和飞天部、科委、宣传院等关键部门的关键人物，都在这里等待"驯驴号"的消息。虽说跨线告别仪式并不依赖驯驴的成败——如果成功了就少炼些氘，如果失败了就多炼些，并不影响大局——但是他们还是强烈希望驯驴师们能够按照宣传院和旅游部联合编制的剧本，演一场情景剧，以提高士气，并制造点喜剧效果。

该来的消息没来，不该来的消息却来了。

离预定的跨线时间逃元990年元月1号12时整还有1分钟，"驯驴号"的消息依然没来，却突然传来了墨丘利上的报警信号，大娘又一次膨胀起来！随即传来了清晰的膨胀图像，这大大出乎人们的意料，村长立即指示宣传院院长，将这个情况向全球直播。

"报告村长！'驯驴号'第一次减速试验取得成功！取得成功！一次性减了30%的速度！我们加炼的氘够用了！"离跨线时间还剩20秒的时候，'驯驴号'号长朱田虎的声音响彻总控室，响彻每一个村民的耳机，响彻地球的每一个角落，所有的人都放下心来了。

"我宣布，地球向太阳告别仪式现在开始！三鞠躬！"大卫村长大声喊道。

喷嘴支架上、扰流器上、南冰洋冰面上，无数焰火礼花与喷焰一起点燃，将南极的天空照耀得如同白昼，将离娘的悲情渲染成了喜庆，老人们打消了殉日的念头，与儿孙们一起欢腾起来。

逃元992年，一个不幸的消息传到地球上，"驯驴号"在做第二次减速试验时由于找道女技师的一个误操作彻底失败，"驯驴号"撞上克洛诺斯的光环而被毁坏，所幸驯驴师全被救到斯坦福上没有伤亡。

村委会讨论决定使用斯坦福继续进行试验，为此需要将斯坦福人全部撤回地球。对于斯坦福人来讲，这是一件非常难以接受的事情，因此很不情愿，为此村委会派出了第一副村长田建华和安宁部部长巴雅尔，乘半光速飞船前去说服。

田副村长在10多年的飞行时间里，一直忐忑不安，因为不知要费多少唾沫才能说服斯坦福人放弃已经居住20亿年的家园重返地球定居。在频繁地与斯坦福庄委会的联系中，他们不断叫苦。田副村长告诉他们，地球已经仿照当年的大神仙洞，在地下万花城旁边挖了可住百万人的一个瓢虫庄，如果不愿意住在万花城边上，还可以回原籍安置，对方回复说好地方都叫地球人占了，他们回去难以融入社会。

田建华副村长只好让斯坦福庄委会提出自己的意见，只要不违反村约，村委会一定想办法满足。他开始怀疑他们也想独立建个自治庄，所以抬出村约来压制。对此提议斯坦福却一直没有回复，因一时想不出别的好主意，这样的答复使田建华的心里更加没底了，只好发电报请示地球，地球回复说，他是全权代表，有随机应变之权，等到了之后随机处置吧，但有一点可以放心——斯坦福上有一个缩编团的驻军，绝对不会再重演当年闹独立的那一幕。作为配合，地球一方面将把瓢虫庄建得比一般的庄还要好一点，另一方面发动各庄的族裔，发信诚邀他们回家团聚，以双管齐下。那些信发出之后如石沉大海，田副村长的心更加忐忑了，只好暗下决心：即使把舌头嚼烂，也要说服斯坦福庄搬回来。

安宁部部长巴雅尔却没有田副村长的这些顾虑，直截了当下命令给斯坦福安宁局局长："飞船一到，三天之内必须登船完毕！由安宁局承担责任，出一点差错就严肃追究，抗命者将不惜动用驻军强制驱赶，在这一点上不可有任何幻想！本部长手里握有治安副村长和武备部部长联名签发的调兵令，一旦动用军队，安宁局全体人员将脱掉警服回家抱孙子。以上命令限一个月内答复，过期不复，视同抗命……"因为接人飞船再有两个月就要到达斯坦福了，这封类似最后通牒的电报发出去10天之后，由庄委会5个庄委、安宁局正副局长加驻军团长及政委等9人联名签发的长长的复电到了，他们以庄性、警性、军性表态："坚决执行地球的搬迁令，飞船一到，将毫不犹豫地登船，安置问题等上船之后再予商讨。考虑到你们远道而来，需要休息几天掸掸征尘，请将登船时间宽限为10天为盼。"

接到这样的答复，巴雅尔得意扬扬地向田建华表功："对付这种人，用不着和他们讲什么客气，把军警一拉上去，什么问题都解决了。"田建华没有因为安宁部部长的这番说辞而放下心来，总觉着斯坦福人另有图谋，但不管怎么说答应10天之内全部上船，这已经超出了原来的预期。只要他们能回地球安置，他们提什么条件就答应什么条件，这是在村委会扩大会议上早就定好的调子，到时候一定让他们满意，于是回电高度赞扬了斯坦福人的识大体、顾大局，表示如果10天不够，可以宽限20天乃至一个月。

驯驴号号长朱田虎领衔签发了联名欢迎电，强调他们已经在斯坦福待烦了，斯坦福人早一天腾出地儿来，就可以早一天做试验，他们可以早一天回家，这是他们此时此刻最大的愿望，热切希望地球能充分理解他们的这点思乡之情。并报告说斯坦福人早已分好船号、打好行李包裹、备好干粮了，飞船一到可以立即登船，用不了3天就可全部撤完。

接到这封电报后田建华才彻底放下心来，回电说就按10天不变，主要是让飞天员好好休息一下。

谁知事情的发展全不是这么回事。

逃元1000年10月1日，10艘万人半光速飞船鱼贯降落在斯坦福庄的两极地区。

虽然三令五申不搞什么欢迎仪式，田建华和巴雅尔他们进舱之后，依然受到三方面人员的热烈欢迎。驯驴师和驻军是全部出动，本地居民也出动了三分之一。领队田建华和副领队巴雅尔很不安，生怕因此而受到地球村村委会的批评。正在忐忑之时，大卫村长的祝贺视频打消了他们的顾虑，于是按照预先准备的讲稿，发表了一番诚挚感谢与高度赞扬的讲话，斯坦福庄庄长、驻军团长和驯驴号号长朱田虎发表了答词。

经过领队的再三要求，欢迎宴会只摆了25桌，主人一方只有几个头面人物出席，因各方都没有酒兴，这顿饭吃得很平淡。饭后领队提议走访几家居民，了解一下思想情况，这是田建华的职业习惯。庄长劝说领导远道而来都很疲劳，先休息，有事明天早上再说。在他们休息期间，驯驴师指挥机器人把试验仪器设备很快就卸下来了。

田建华喝了点酒睡得很香，巴雅尔却是个睡眠很少的人，略微打了个盹就再也睡不着了，起来之后要求和驯驴号号长朱田虎见见面，朱田虎没有拒绝的理由，两人约到宾馆的茶座里讨论重新试验的安全保障问题，其他人都去忙着卸设备去了。

见面后巴雅尔首先向朱号长表示慰问，然后征求他对再次试验如何确保安全的想法。

朱田虎诚恳地说："第二次试验失败之后，我们反复查找了失败的原因，查清之后又反复地对找道技师崔义贞同志进行了心理疏导，等她彻底放下了心理包袱之后，已经在斯坦福上进行了反复的操练，现在可以说她对再次进行试验的所有操作细节都已经烂熟于心。因此我想把号长这个位子让给她，以充分发挥她的专业技能，我退居二线当个顾问即可。但这只是我个人的一个想法，还没有和她本人谈，也没有向其他驯驴师吹风。"

"这自然是好主意，但是风险太大了吧？要知道地球难以承受第二次失败了。"

"表面上看起来是有风险，实际上不会有的。"朱田虎解释说，"因为她的找道技术已经到了炉火纯青的程度，让她当号长兼找道师，在遇到紧急情况时可以立即做出决断，这比还要请示我省时间，因此风险大大降低了。"

"我不懂驯驴专业，既然您认为这是降低了风险的话，我个人没有异议，但得村长批准吧？"

"你如果同意的话，现在就和田副村长商量，等他同意了再和村长联系。"

"我同意，但有个条件：我也得参加试验。"

"这我无权决定，一同请示吧。"

他们迅即来到田建华的房间进行商量，田建华亦无异议。于是立即用超距通信机请示村长，大卫村长亦表示同意，并预祝他们试验成功。结束通话之后，他们立即从卸货现场叫回崔义贞，向她通报了这个决定，崔义贞十分感动，表示一定不辜负村长的信任，一定把试验做成功。

当田建华在晚宴上宣布这个变动时，驯驴师们虽有些吃惊，但并不感到突然，以一阵热烈的掌声表达了他们的态度，这使新号长更加感动。

有了这段插曲，休息了一个下午，晚宴全体驯驴师都参加了，气氛比起中午来活跃了很多。

田建华心里还是不踏实，以身体不适为由，谢绝一切敬酒，实在推辞不了，就让巴雅尔代喝，巴雅尔因为可以参加试验心里极其高兴，来者不拒，很快就进入醉乡，没有参加晚上的工作会议。

晚饭后接着召开的工作会议由田建华主持，"驯驴号"新老号长加找道、后勤、驾辕副号长，驻军团长、政委、斯坦福庄庄长和副庄长及3个庄委共13人参加，巴雅尔因喝醉了无法出席。

田建华的开场白是老生常谈。

朱田虎表示驯驴师已经憋了20年的劲，保证在10天之内将试验设备安装调试好。驻军团长报告斯坦福庄民众情绪稳定，军队的任务仅是扶老携幼而已，保证能完成。

轮到斯坦福庄庄长发言，他强调斯坦福男女老幼早已打好包裹，保证在10天之内完成撤离，这一点务请各方放心。

副庄长则详细报告了分船情况及撤离顺序，田建华非常满意，不禁大声赞扬了一通，然后以商量的口气问能否明天就开始登船。

斯坦福庄庄长、副庄长与朱田虎交换了一个眼神，将目光投向驯驴号后勤副号长宝音妲，她却说出了一个惊人的建议：斯坦福人不必长期撤回地球，等驯驴试验圆满结束之后，仍回斯坦福居住！

这真是一个惊人的建议，田建华却并不吃惊！

田建华从他们函电来往中推三阻四的态度里早就有了预感，他毫不犹豫同意了这个建议，连理由都懒得问！

这反倒使所有与会人员都大吃一惊，惊讶之后，是一阵极其热烈的掌声！

按照宝音妲副号长的建议，斯坦福庄副庄长从醉乡里拉来安宁部部长，14名领导联名签署了斯坦福三方早就编制完备的报告，连夜上报地球，第二天中午就获得了批准。

按照宝音妲副号长的建议，接人领队、副领队及200个飞天员在庄长、副庄长亲自陪同下开始了超级豪华的利用工作时间的旅游，他们仔细地参观考察了斯坦福的所有角落，还开起一艘半光速飞船围着二娘转了几圈。

按照宝音妲副号长的建议，驯驴师接管了宇宙堡，斯坦福开始掉头以每秒60千米的速度往克洛诺斯靠拢，10个月之后到达距克洛诺斯1亿千米的驯驴试验点，在哪里跌倒从哪里爬起来。

按照宝音妲副号长的建议，全体斯坦福人又一次打好包裹，仅用了两天半的时间撤到飞船上，旋即降落在克洛诺斯最大的卫星神农星上，他们要在这里看着斯坦福试验成功，如果再失败，他们就老老实实回地球。

按照宝音妲副号长的建议，当斯坦福人全部登船之后，400名驻军和2000名警察在驯驴师的监督指导下，关闭了斯坦福上所有能移动的机器人的电门，秘书型机器人随主人上了飞船，然后他们才登上最后的飞船撤离。

按照宝音妲副号长的建议，全体驯驴师在斯坦福上各就各位准备开始试验，朱田虎则坐上了由庄长驾驶的伴飞飞船。

按照宝音妲副号长的建议，地球村的大员们聚到大神仙洞里，地球天眼、特里同长眼、斯坦福和伴飞飞船的短眼全部与超距通信机联了机，宣传院开通了全球直播。

时间到，新号长崔义贞一声令下，斯坦福开始往克洛诺斯身后斜插，第一个拐弯完美无缺，第二个拐弯潇洒飘逸，试验成功了！十几个小时之后，斯坦福的速度降到了每秒45千米，再接再厉，几天之内斯坦福又做了两次试验，最后满载着欢庆的人群以每秒26千米的速度往原来的轨道上驶去。10艘万人半光速飞船空船返航，驯驴师们则拿着庄长亲自签发的证书，定居在斯坦福上了，一艘从天梯弹弓上起飞的中型半光速飞船送来了他们的配偶。

考虑到斯坦福还要进行地球减速入轨的先行试验，村委会决定朱田虎带着菊花继续留在斯坦福上，以副村长的身份直接领导庄委会。

鉴于逃难期间的社会形态已经发生了很大的变化，地球村于逃元3830年将科委和研究院合并，还在其中还增设了一个诗文院，这是逃难中的地球村进行的将自然科学、社会科学和文学融合起来的一次尝试。第一任科研委主任仍由佩德罗担任，他指出逃难期间很可能会发生冷源型地震，为此重组了地震预报队伍，但是开展地震监测布点工作已经来不及了。

地球新生三部曲 下

建镇

·

新太阳照耀的日子

留旺 著

成都时代出版社
CHENGDU TIMES PRESS

图书在版编目（CIP）数据

地球新生三部曲．下，建镇·新太阳照耀的日子 /
留旺著． -- 成都：成都时代出版社，2024.2
　　ISBN 978-7-5464-2970-0

　　Ⅰ．①地… Ⅱ．①留… Ⅲ．①幻想小说－中国－当代
Ⅳ．①I247.5

中国版本图书馆 CIP 数据核字（2022）第 000041 号

建镇·新太阳照耀的日子

JIANZHEN · XIN TAIYANG ZHAOYAO DE RIZI

留旺 著

出 品 人	达 海
责任编辑	敬小丽
责任校对	兰晓莶莶
责任印制	黄 鑫　陈淑雨
封面设计	悟阅文化
装帧设计	悟阅文化

出版发行	成都时代出版社
电　　话	（028）86742352（编辑部）
	（028）86615250（发行部）
印　　刷	三河市华东印刷有限公司
规　　格	145mm×210mm
印　　张	24.25
字　　数	355千
版　　次	2024年2月第1版
印　　次	2024年2月第1次印刷
书　　号	ISBN 978-7-5464-2970-0
定　　价	98.00元（全三册）

地球逃难喷嘴点火前夕，地球村将原来的赖元15亿年改为逃元元年，但仍保持了赖元纪年的时间长度。逃元纪年1年的时间长度精确等于公元5亿年时的两年。

逃难路上的地球人，并不是单纯消极地躲在地洞里，煎熬那没有太阳照耀的漫漫长夜，而是在进行了长生手术的村委会领导下，积极地在原来的肥料岛上建造了一座冰雪园进行户外活动，还对太阳进行了守望，并且利用天苑四的大行星进行了成功的减速入轨试验。

人们在地球逃难的路上一步一坎，主要经历了大气层凝结固化、柯伊伯星拦路、高速流浪行星引发冷源型地震、近距离中子星爆发、高速流浪黑矮星逼迫拐弯导致能源短缺等大难。经过逃元8000多年（等于公元纪年的17000多年）的10光年长途跋涉，一次减速定轨成功。

地球在距天苑四0.8AU处垂直于它的星盘定轨之后，又经历了冰雪融化、大地洪荒、地球再造，然后改逃元为新元。地球恢复了公元初期每昼夜24小时的时序，但一年只有300天整。此后人类才真正获得了新生。

新太阳照耀的日子，幸福而美满。

于是人们不安分的眼睛开始瞄向银河，迫切希望亲自去看一看银河系旖旎的风光，迫切希望亲眼看看牵动着几千亿颗恒星转动而自身不动的银河系中心的黑洞，但是任何人造飞行器都不可能支持这种一去就是几万光年路程的超长途旅行。

无巧不成书。获得新生后的地球人发现，逃难路上逼迫地球拐了两个直角弯并拐带了太白金星的那颗被命名为"黑凤凰"的高速流浪黑矮星，它可以垂直到达银河系盘面的2.7万光年处，还可以近距离穿过银河中心后再回到波江座ε附近。

于是地球村派出了1100名经过了端粒体摘除和细胞洗澡的长生人，乘11艘半光速飞船追上了被黑凤凰拐带的维纳斯并在她身上安了家。由黑凤凰带着鸟瞰了银河系，穿越了球状星团，在距人马座A星0.2光年处窥探银河中心奥秘，于新元24亿年代（公元65亿年代）平安回到地球附近。

地球村将金星和德尔塔星迎接到新太阳的宜居带上，建立了天苑镇。

人类从此过上了平安幸福的生活。

告别娘亲，奔向新生，程途摸黑煎熬。

地震山崩，泄力冰裂，洞天经住大考。

黑矮邂逅，逼迫拐弯，引起群情动摇。

村委会砥柱抗流，挽狂澜于既倒。

超新星弹弦而进，劫焰炽烈，一曲月殇悲悼。

冰雪消融，改天换地，三盘明月环绕。

乘凤追美，亿载一瞬，饱览银河波涛。

大团圆，三辰聚会，天苑镇宇宙永娇。

——《地球新生三部曲·建镇·新太阳照耀的日子》题记

目录

CONTENTS

地震

逃元3835年，离娘的孤儿地球在逃难路上遇到了第一个险关。

宇宙中高速流浪的行星比恒星还多。

逃元3835年2月8日下午5时36分29秒，一颗和水星差不多大、以每秒1324.77千米运动的高速流浪岩质行星，将从距离地球12万千米处掠过，万幸不会碰到也不会拐跑月亮。

但比月亮引潮力大50倍的潮汐力，将会诱发地球自诞生以来第一次强烈的冷源型地震，届时将会山崩地裂。

地球村进入特级紧急状态。被地球人命名为"飞廉"的这颗超高速流浪行星超近距离掠过地球，地球村在1月28日才知道，飞廉流窜到地球身边，在距离地球11亿千米时（这个距离差不多是土星近日点的距离，离相会还有10天路程），才被天眼的余光扫到，报警铃声随即响彻了地球村。

报警铃响过45分钟后，大神仙洞的总控室里，全体村长、村委会委员，以及部、院、委、署正副首长都到齐了，各庄委会的视频也全要出来了，天眼眼长、炮台台长、喷嘴嘴长、各洞洞长及月球球长等离不开的人员则视频参会。

巨大的三维视频上，飞廉的档案和跑道一目了然，两行巨大的红字不停地闪烁：飞廉正以每秒1324.77千米的速度扑来，将在逃元3835年2月8日下午5时36分29秒与地球相会。飞廉与地球相会的最近距离，为119864.5536064千米。

根据这些参数，飞廉显然不会与地球相撞。但是这时的海洋已经冻结了1000多米厚的冰，聚集了巨大的膨胀应力，飞廉近距离掠境的巨大潮汐力会引发巨大的地震，这将是巨大的灾难。

村委会紧急决定提前往四道陆地裂缝里灌膨胀剂，并炸开海冰泄压，以降低地震等级，另外派些人到飞廉上考察。

东经157.5度的海面上，飞天部部长冯鲁旺把能飞的200艘万人半光速飞船全部调动出来，从北纬70度以0.55度的间隔均匀排到南纬39.45度上，尚未点火，巨大的机身完全依靠磁力悬停在距离冰面20000米高的空中，因已无风吹刮，悬停稳当，蔚为大观。

主管危机的副村长李萨丽和奇思部部长何文奎、理论院院长琼森、宣传院院长丽莎的磁艇降落在距离已经画好的直径50千米的一个圆圈边缘之西300千米的冰面上，飞天部部长冯鲁旺和武备部部长维克多早已在那里等候，按照拟定的割冰计划，小型指挥飞船要在3万米高空实施指挥，他们一到，即被接上飞船直插星光灿烂的天穹。

17时36分29秒，200艘飞船一齐点火，200束蓝白色喷焰一齐扫向冰面，将空域照耀得如同白昼。在这片光亮中，指挥船上的人不戴眼镜即可看到，经过聚焦处理的千万度喷焰，20秒即将上千米的冰层烧出一个直径1200米的窟窿，乳白色的蒸汽向心倾斜着冲天而起，在零下270摄氏度的酷寒下立即结成冰雹回落冰面，飞船安然无恙！

　　喷焰以每分钟10千米的速度画圈，白雾紧随其后往上喷涌，都没有超过2000米就变成冰雹降落下来，比翻江倒海还要剧烈，却听不到一点声响。

　　救灾部命令村长和主管科技的副村长在大神仙洞总控室坚守。除科研委主任佩德罗、危机院院长许有春、工程院院长约瑟夫、信流署女署长陈和晶和安宁部部长巴雅尔之外都是副职，其他的副村长和部门正职都在自己所辖的关键岗位上坚守：

　　发电部部长祁兰君——在发电机旁坚守；

　　生存部部长英迪拉——在靠近赤道的阆苑洞坚守；

　　旅游部部长蓝铁明——在冰雪园宙斯神殿里坚守；

　　制造署署长艾尔玛——在飞船发动机线旁坚守；

　　物流署署长施瑶健和人流署署长黛西——在磁轿总调度室坚守；

　　调磁部部长赵秀凤——在地心坚守；

　　各副村长及管理口的院长——在各自的办公室坚守；

各庄庄长——在庄委会坚守；

月球球长、天宫宫长、天眼眼长、弹弓弓长、碉堡堡长、天街街长、天梯梯长、炮台台长、喷嘴嘴长以及各洞洞长——在各自岗位上坚守；

工程院堵漏队——在各洞天坚守；

各庄各里的警察同样在各自的岗位上坚守；

琅嬛洞和上林洞的各分洞洞长手放在广谱快速致晕声波束射线枪开关上坚守；

生存部生命保障司司长、副司长及各洞各里的局长、副局长，分别在水循环和气循环控制室坚守；

武备部临时征用的1990艘地月系飞船，从最底层弹弓上鱼贯起飞，盘旋在海洋上坚守待命；

武备部忠诚的士兵守护在重点场所。

根据救灾部的命令，每家都储备了10天的食水。

学校放假，全体师生除在教学天文台观测的极少数之外，一律各回各家，与天工、上林、阆苑洞里放假的父母一起待在各自的家里。

所有人员都穿了航天服，所有的人都在看割冰直播。

上了飞廉的人，集中在飞船里观看直播。

憋屈了几千年的海水把巨厚的冰盖掀到一边，冲上万米高空，冲出的水量巨大来不及凝结，形成大团云雾却不往上蒸腾，而是往四周扩散，很快就凝结成冰粒落回冰面，形成了一座座直径和高度都在不停生长的冰火山，形状比地球上曾经出现过的任何真火山都要高大、漂亮、光滑、完美。

这样的景象次第由赤道向两极方向重复，喷水高度越来越低，3个小时以后，北纬70度处的最后一个冰洞盖子被顶开，水流却只是漫灌，一点高度都没有了。

地球没有任何动静。

"失败了。"奇思部部长何文奎沮丧地摇头。

"不会吧？"飞天部部长冯鲁旺也很沮丧。

"不会不会。"琼森院长气闲神定地说，"此种情况早在本院意料之中，割冰洞只泄掉了海水的压力，整个冰层的应力有洞与洞之间的冰桥支撑，还丝毫未减呢。"

"那该怎么办？"李萨丽问。

"轮到武备部显身手了，能把200个冰洞之间的199座冰桥同时炸开吗？"琼森笑问。

"早准备好了！"武备部部长维克多立正敬礼，极其兴奋。

"立即行动吧！"李萨丽下令。

"是！"

"慢！"何文奎叫道，"为何不继续切割？"

"那得割到猴年马月了。"琼森笑道，"而且割开的冰盖马上就被挤住，起不到泄力的作用。"

"别给他科普了，马上行动吧！"救灾部部长韦启捷在线上喊道。

"是！我命令——泄力行动开始！"维克多大声喊道。

早已在附近空域盘旋待命的1990艘地月系小飞船，只用了十几分钟就飞临冰桥上空，精确一致地向冰桥中心线，也就是东经157.5度线上，均匀投下了1990颗小巧玲珑的夸克弹，旋即升腾起1990个蓝白色蘑菇云，很快就消失了，这时出现了一个十分有趣的现象：在现场的人员没有听到一点响声，没有感受到任何震动，而洞天里的人和动物却听到了隆隆巨响，感到了长时间的剧烈的颤抖，地球还是没有大动静。

耳机里传来大神仙洞里工程院院长约瑟夫启动膨胀剂的命令。

"这里没啥看头了，咱们该去看那边了。"冯鲁旺说道。

"别急，降低高度贴着冰面飞，先看看你和武备两人的杰作再去不迟。"琼森笑道。

"不会有危险吧？"李萨丽问道。

"绝对不会。现在的海洋就像一个彻底泄了气的皮球，即使来次2000级的地震也不会有大动静了。"琼森笑道。

"太好了，我喜欢。"菊花上了驯驴号之后，继任的村委会办公室主任槐花鼓掌。

"我也喜欢。"宣传院院长丽莎接着鼓掌。

飞船降低高度，贴着赤道旁最高的一座冰火山顶飞过，在飞船灯光照耀下，巍峨的冰火山闪现着蓝光，火山口已经重新冻结成一个巨大的冰湖，依稀看到一些白肚皮朝上的大鱼被冻结在冰里。越过冰火山继续向北，被威力巨大的夸克弹炸开的冰桥参差不齐，海水已经漫平并结了一层蓝色薄冰，在100米超低空往下细看，两边的冰牙似乎在极其缓慢地靠拢。宣传院院长一阵猛拍。

"快看！"琼森指着这个现象向大家喊道，"应力已经开始释放了！"

"可是地球还是没动静啊！"何文奎提不起情绪。

"不用急，该来的一定会来，除非我们的理论错了。"琼森依然气定神闲。

"我倒但愿你们错了。"李萨丽笑道。

"可不是吗！"琼森也笑说，"但是魔鬼是不会附和我们的心情的。"

果然，飞船越往北，冰缝合拢的迹象越明显，是地球自转离心力越来越小所致，飞到最后一个冰堆时，运动的冰层与固定的冰层之间已经产生了近1千米的错位，运动速度已经十分明显，膨胀剂开始膨胀了。

"师傅，麻烦你催催你的兵开快点行吗？别赶不上热闹啊。"看到应力释放的特征如此明显，何文奎来情绪了。

"我——我比你还急呢，这不是怕村长受不了吗？"冯鲁旺刚想爆粗口，想起女宣传院院长在旁边，紧急刹住了。

"不用急，还要等呢，让我们看看景色也不错。"琼森笑道。

"我正有一事不明呢，请教一下大部长，"丽莎笑道，"你那些大飞船用那么大的功率垂直往下喷火割冰，反作用力怎么没把飞船推到天上去啊？"

"外行了不是？"飞天部部长说到自己的本行禁不住眉飞色舞，"一艘万人半光速飞船有十来万吨重呢，那么容易就能垂直飞上天？且得要弹弓弹射呢。"

"可是你们又怎么做到悬在空中纹丝不动的呢？"这一点连奇思部部长也想不通。

"十分简单，开启反磁就行。如果有风的话还真会晃动，现在不是没风了吗？"

"你垂直悬停不动，还要划圈割冰不是？那可是50千米的直径。"琼森也有疑问。

"您忘了喷嘴是矢量的了。"

"原来如此！"大家这才明白。

"我还有一点不明白，你刚才说如果没有弹弓，飞船很难起飞，但其他外行星上可没有弹弓啊，而且有的重力比地球还大。"

"这就是小丫头少见多怪了。"何文奎笑道。

"谁是小丫头？不就比你小60来岁嘛，你的孙子见了我照样得叫奶奶。"

"很难起飞不等于不能起飞，只不过要把火烧大点而已。"

"你这也是只知其一不知其二，"冯鲁旺嗤笑道，"单把火烧大还是飞不起来，要加大量的物质（也就是费米子）进去烧成等离子喷出来才行，刚才我割冰时没往里加东西。"

"怪不得费那么大劲送那么多轻水球当路标呢，原来是为了加大推力呀！"丽莎明白了。

"我也要请教个问题，"李萨丽问，"起飞和降落是等效的吧，可是没见你们在天街上降落时反喷火啊？"

"这就是天梯的妙处了！飞船降落天街时是靠强磁刹车的，如果是在外星上降落，喷的火大了去了。"

他们没有往最大裂缝的大峡谷走，而是飞到南纬13度、东经35度处一条灌了膨胀剂的裂缝处降低高度靠磁力滑翔，头顶上有1艘飞艇在盘旋。

这里是一片平原，科研委和工程院的一些人穿着航天服，在距离裂缝边缘100千米的地方摆弄一些仪器。他们草草看了看已经被填充得满满当当的裂缝，上面扯了些乱七八糟的缆线。他们飞到摆弄仪器的人堆旁落到地面，一个年轻人迎过来打招呼，他们顾不上寒暄直奔仪器屏幕，看到五颜六色的、跳动的、蠕动的、不动的曲线和折线。

"你们在这里安全吗？"李萨丽首先问道。

"报告村长，这里比洞天还安全呢。"小伙子回答。

"为何不搭座帐篷？露天工作太辛苦了。"槐花问道。

"怕憋死，露天才安全。"

"我们在这里扎营了。"何文奎笑道。

"欢迎欢迎。"年轻人客气道。

"情况怎么样？"琼森直奔主题。

"报告院长，海洋压力已经降低72%，膨胀剂已经膨胀了25%，膨胀位移量已达1.1千米，肯定有戏！"

"峡谷那边有联系吗？"

"4个点都已沟通联系，这是大峡谷的数据，这是两个磁轿竖井的数据，情况和这里差不多，只是大峡谷那里的膨胀位移量只有0.2千米，看来震中极有可能是那里了。"

"信流署挺能干啊，拉通信线路可是个苦差事。"何文奎表扬道。

"他们才不会傻乎乎拉线呢，是从飞天部调了四艘飞艇做中继站，将天梯做了交换台才沟通联系的。"

"是的，宣传院的视频也是靠飞艇拍摄的。"冯鲁旺证实，"信号挺稳定嘛。"

"没了大气层啥事都好办。"年轻人笑道。

"看来还是要发几颗通信卫星。"琼森说道。

"还得发几颗近地观测卫星才是，单靠天梯不行。"何文奎补充。

"善后总结会上你们要记着提。"李萨丽指示。

"是。"众人应承。

"这人造地震还要等多久啊？急死人了。"丽莎问道。

"这只能问该娅了——可惜她是哑巴。任何事情都不发生也说不定。"琼森笑道。

"看来这里没事了，我们还是到天眼上守护去吧。"李萨丽下了命令。

地球村一夜无眠。

逃元3835年2月8日上午10时40分，期待已久的人造地震终于来了，但仅有1536.2级，对于连2000级地震都没什么感觉的洞天来讲，不过是挠了一下痒痒，除了位于地下3000米处的老天工洞裂了几道口子之外，别的都没事。

工程院想去堵漏，被救灾部部长制止了，理由是那些地方今后有的是时间慢慢修补，现在要养精蓄锐等待挑战。

逃元3835年2月8日下午5时36分29秒，由于被地球引力加了速，飞廉以每秒1324.84千米的速度，沿着人类预设好的欢迎通道掠过西海岸的防波堤，不到10秒钟就告别了地球。

逃难路上，第一场大灾难降临了。

飞廉强大的吸引力将地球南极往它那里拉了一个角度，10秒钟之后又从北极将这个角度扳了回来。

由于地球在自由空间里基本上是个无阻尼刚体（极其微小的阻尼来自海水的运动和喷嘴、炮台、天梯支架的弹力），让飞廉这样一来一回拉扯了两下之后，开始以地心为中心轴来回摆动起来，南极喷嘴和北极炮台上的直径达300千米的锅盖开始剧烈地闪动起来，因各个方向都有斜撑支架，没怎么晃荡。坚守在总控室里的喷嘴师们立即将反向调姿喷嘴开到最大功率，巨大的惯性使这个摆动经历了十几个小时才停下来。

天梯就没有这样幸运了！天梯南北方向上没有另外加斜撑，对"摆致变形"的限制比起喷嘴和炮台支架来薄弱得多，致使天梯像狂风中的大树弯过来又弯过去，坐在天梯最高点天眼室里的人们像在坐过山车，事先没有任何思想准备，个个心里想千万不要倒，千万不要倒！真要倒了，性命不保还是小事，天眼和弹弓报废了将给逃难带来不可估量的损失。天眼室里的人们全部被甩到地上，天眼上的所有人都被晃晕了。值得庆幸的是南北极及时开启了反向调姿喷嘴止摆，摆动幅度渐渐小了下来，天梯主架构侥幸逃过了一劫。天眼和天街工厂里的仪器设备，因为提前保护起来没有受到损伤。

地球前进的方向偏转了一个微小的角度，虽然这个角度很微小，校正它却花了很大的力气，用了好几天的时间。

比月亮引潮力大50多倍的强大潮汐力，促使冰盖下未凝结的海水沿东西海岸大陆架外缘线向上膨胀，受到千米冰盖的压制，集中往武备部辛辛苦苦炸开的冰隙处喷发。西边的距离近，由西往东的海流先到达，由东往西的海流随后到达，两股巨水互不相让，在冰隙处激发出巨大的喷泉巨龙，位于赤道上的最高处超过了20000米，巨大的海潮喷发撕裂了多处冰盖，引起了比排山倒海还要巨大的隆隆轰响。巨响经过大陆的阻挡传到琅嬛洞里，却没有真正发生捂耳朵的情况，因为在飞廉快接近地球时，人们早已穿好了航天服。

真正的灾难并不是响声，也不是令生存部部长英迪拉痛不欲生的大量深海生物的死亡，而是喷水和冰盖撕裂发出的巨大力量，将冰隙附近的钢箍支架弄断了好多，两条纵向钢箍和四条横向钢箍断裂了。

从冰隙里喷出的海水很快凝结成冰，形成了一条笔直的巨龙，这条巨龙一直躺到地球新生之后才消失。

最大的灾难来得最晚，飞廉过去3个小时之后，北纬6.7度、西经44.64度发生了里氏3647.2级地震，震源深度为124.6千米，此处与大峡谷膨胀挤点只隔了一座山峰。

南北摆动刚刚缓解了一点的天梯，由于临近震中又遭遇了东西摆动，炮台和喷嘴由于位于极点上没受太大影响，东西方向上有斜撑撑着，摆动幅度不大，喷嘴师及时把调时喷嘴当成止摆喷嘴使用，很快就止住了这个方向的摆动。

冰雪园受到了毁灭性打击，虽然用冰包裹起来的100颗彗星安然无恙，机械设备因提前保护起来也没有被震坏砸坏，机器人提前撤到露天场所也没有受损，但所有的冰雕雪塑全部倒塌了，旅游部部长蓝铁明心痛得放声大哭。

安放膨胀剂的大峡谷挤点，被强烈的山崩几乎填平了，这种现象不止发生在一处。

震中地带发生了地裂，裂缝最宽处宽达两千米；地裂西边发生了地移，一座小山包向西平移了300多米。

何文奎他们视察过的地方发生了地隆，隆起高度达400多米。

地震又一次震荡海水，由于冰隙已被巨龙冻结，震荡的力顶开了多处防波堤，所幸悬挂的渔船没有损失。

赤道钢箍再一次发生断裂。

老天工洞裂开了二十几条裂缝，之所以没有像冰雪园那样严重，是因为它的壳层是纺织而成的，因早已断水，没有出现水灾。

200个新天工洞被震裂146个，占73%。

5000个琅嬛洞有2750个庄（55%）19250个洞被震裂，其中有蝴蝶庄9洞。

上林洞和阆苑洞各有100个洞被震裂，各占

30%。

南极半岛负200千米处的主喷嘴电站震裂了一条小缝，西格尼岛上的"小娘"因提前用冰包裹起来没有出现状况。

磁轿线路被震坏400多条。

通信线路、供电线路、供水线路以及海水冷却线路都是从地面下布设的，侥幸没有损坏。

万花城安然无恙。

以上这些情况，飞船实时传播到全球，各处的坚守人员报告到大神仙洞。

余震不断，但没超过2000级，但震感之强烈、破坏之大超出了所有人的想象。

震后的救灾，首先是给洞天补漏，费了极大的周折才陆续补好。

天眼、天街、天梯以及天梯底下的飞船，陆续解冻，恢复了正常状态。冰雪园被彻底破坏，已无恢复的价值，因此没有做虚功，甚至连100颗彗星的冰袍子也没脱下来，使旅游部部长痛心疾首。

天梯停止晃动之后，上飞廉考察的试探院院长苏沙罗带队回来了，对飞廉的实地考察结果极其令人失望，既没有生物，也没有特殊矿藏，更没有氦-3。

苏沙罗院长回来后，因飞廉干扰被迫中断了的地震考察全面展开了，他们要向救灾检讨总结会提出翔实的考察报告。

在工程院和物流署的共同努力下，断裂的钢箍和歪斜的立柱很快修复了。

琅嬛洞里的绿化植物和菜园里的菜都冻死了。

上林洞和阆苑洞里的植物被冻死，生存部用人海战术从没漏气的阆苑洞和上林洞移栽补种，一年后才基本恢复原貌。没能带走的鱼虾类、昆虫类、爬虫类宠物都憋死了，平时最娇贵的热带水族反而活了下来，从此成了人们的新宠。

等到新天工洞恢复正常后，工程院把老天工洞堵好灌上了气。

地震过后，制造署也开始忙起来了，村长办公会下达了制造1000万台泥瓦匠型机器人的任务，为将来的地球重建做准备。

天眼上被晃晕了的几个人，成了这次事件唯一的病例被载入历史。

月殇

逃元4006年，度过了因飞廉掠境引起的地震灾难之后，地球村恢复了平静。这一年，大卫村长指示田建华副村长带队，带领科研委主任佩德罗、奇思部部长何文奎、飞天部部长冯鲁旺、工程院院长约瑟夫以及发电部部长祁兰君全面视察一下赤道上的天梯、北极上的炮台、南极上的喷嘴、随地球一起跑的剩余3座天宫和刚发射不久的跟屁虫（这是飞廉过后用两艘万人半光速飞船改装的专门往后看的活动天眼），最后一站来到了月亮上。

这时的地球已经不需要月亮挡火了，地球上的海洋已经结成厚冰，也不再需要月亮引潮唤汐。为了节约能源，广寒宫已被弃置，赶月队全体队员住在了地下100千米处的总控室旁边。由于以上原因，村委会早已撤销了月球球长和副球长的编制，只剩下一个方级赶月队在一正一副两个队长加一个喷嘴师和一个发电师的领导下坐着冷板凳坚守着。因无所事事，他们整天主要靠打牌、下棋打发日子。

地球进入自由空间之后，已经不需要频繁开喷嘴调整月相，赶月队已经有4000年除了每年例行的维护性试车之外没有正经开过喷嘴了。因此，除了直接上级飞天部的领导有时来象征性地视察一下，勉励几句之外，没有任何其他领导来慰问过他们。

这就是田建华副村长带队的视察组到来时的月球实况。

视察组的到来，无疑受到了热烈欢迎和接待。这几个人除了何文奎是酒鬼、冯鲁旺是上司之外，其他三位都是谦谦君子，因此草草饮过几杯接风酒之后就立即开始全面视察。

十天不紧不慢视察的结果与天梯、炮台、天宫、喷嘴和跟屁虫的情况一样令人满意：南北极的主喷嘴和调姿、调向喷嘴维护、保养完好，随时可以点火启动；调时喷嘴维护、保养完好，随时可以点火启动；自从炼氚厂废弃，氚库搬走之后，已经改为烧氦-3的聚变电站维护、保养完好，正常运行着；控制系统维护、保养完好，正常运行着；月下100千米处的主控室和生活设施，包括蔬菜电温室和娱乐休闲设施维护、保养完好，正常运行着；食品储备可以供赶月队200来号人20年食用；地月飞船码头及飞船维护、保养完好，正常运行着，自身各个工位以及与地球的通信联络畅通。

令视察组喜出望外的是，赶月队在停机待命期间并没有闲着，而是从无停顿地持续挖氦炼氦，已经储备了足够单独到二娘处打个来回的氦-3。

祁兰君惊讶了，漂亮的女赶月队队长潘青静却笑而不语，冯鲁旺牛哄哄地说："这是历届飞天部部长亲自悄悄抓的一件事情，从未向外透露过，今天揭了密了。"

田建华笑问："这是一件大好事啊，为什么要保密呢？"

冯鲁旺说："赶月队待命期间闲着也是闲着，得给他们找点事做。主要是防备万一地球出了事情，除了人造飞船之外，月亮也可以带走相当一部分人和生物，本来还要打些地洞，还没来得及安排呢。"

大家皆大欢喜互相吹捧了一通，回到地下总控室里吃饭休息，准备明天回家。何文奎还不忘大包大揽，说回去之后一定要给他们请功。

佩德罗也说："工程院应该尽快把打洞的事做起来，即使逃难期间用不上，新生之后也会有用。"

"没问题，回地球后立即安排。"工程院院长约瑟夫欣然同意。

因这是视察的最后一站，在没有太阳的天空里，根本没有美景可看。逃元4006年23月30日晚上的欢送宴会，虽然菜肴十分丰盛，大家的酒兴却不高，只象征性地闹腾了一下就收摊睡觉了。

逃元4006年24月1日凌晨2时30分，距离此时的地球只有18.2光年的鲸鱼座里的一颗Ⅲb型超新星爆发的耀眼光芒，经过了9.1年的奔波到达地球。报警铃声将人们吵醒，大家齐聚到控制室里，收到地球用超距通信机发来的通报之后，知道是超新星突然爆发了，这颗超新星的主要数据如下：

原星出生年代：赖元14.2亿年

爆发前质量：38.53倍大娘质量

爆发后初始气体逃逸速度：每秒27.21万千米

超新星类型：IIIb型

超新星残骸类型：超弦星

超弦星质量：4.522倍大娘质量

超弦星直径：7.528千米

超弦星转速：3600转/秒

超弦星磁轴与自转轴夹角：0.16度

与地球赤道夹角：1.1度

超弦星辐射功率：（3.63E+33）焦耳/秒

与现在地球距离：18.2光年

与现在地球前进方向夹角：87.9度

与大娘距离：18.23光年

与二娘距离：23.4光年

拟命名：绝对钟表

命名理由：每秒钟精确自转3600转

这几个人都是人中精英，马上意识到这对地球意味着什么。

他们的第一反应是要马上开月亮挡上去，但除了飞天部部长之外，他们都是客人身份，不便直接下令，于是齐把目光投向冯鲁旺。

平时杀伐果断的冯鲁旺这时却犹豫了。作为飞天部部长，他深知月亮在地球人心中的分量，在没有上级命令的情况下，贸然将月亮开上去抵挡，不出事便罢，出任何一点事情他都承担不起责任。犹豫了一会儿之后，他决定豁出去了，下令开动月亮，挡住辐射。

一般人会认为，在自由空间里将月亮调成与地球同步前进的行星应该比在大娘身边时容易，真实情况却恰恰相反。在大娘身边时的月亮，是由地球和太阳的两根引力绳子拉着的，只要调好姿态，南北极连线与公转方向精确一致，等它转到正好遮住地球时，立即开足与公转方向相反的喷嘴，停止它围着地球的公转，就成了一颗与地球同步的行星了。这时虽然状态极不稳定，但是维持起来却不需要消耗多大能量，因为太阳会拉着她与地球一起公转。在自由空间里，而且绝对钟表与地球赤道还有1.1度的夹角，单开反向喷嘴停止它围着地球的公转容易，要保持它与地球精确同步，还要精确同向，还要精确保持正好能完全遮住地球的距离可就难了。地球这时的前进速度是每秒200千米，无时无刻不在将它往怀里拉！为了维持这个极难维持的姿态，月球控制室里的光脑几乎崩溃，所有的喷嘴都像发了疯似的此开彼停，等到好不容易挡上之后，月亮要脱离地球的引力，需要将脱离方向的速度加到每秒11.2千米以上，现在这个方向的速度为零。这并不困难，开足马力，一两个小时就可以加上，难的是加速过程还要保持地球前进方向上与地球每秒200千米同步的速度不变。只有这样才能永远遮住地球，使地球不再受到辐射，强大无比的光脑为此又发了好长时间的疯，才设计出最优加速脱离方案。这个问题解决之后，随之又来了第二个问题：走到哪时是个头或者说走到哪里是个头？

按照几何学原理，对准绝对钟表一直走到头，可以遮挡最大的区域。

佩德罗却指出这是不可能的。首先，即使让月亮精确对准绝对钟表一直走下去，氦-3耗光之后就惯性前进，被其引力场俘获之后（这个引力场的边界大约是2.5光年），就会产生螺旋直到撞上超弦星。这是将来的事，且不管它，最重要的是牺牲月亮是为了地球的安全。地球不光有受到绝对钟表磁极的辐射这一个威胁，因已被月亮挡住了，更大的威胁是45个月后到来的星云辐射。这种辐射的能量99%集中到了离心方向上，但毕竟还有1%的横向普朗克弥漫运动。乍看起来这点横向辐射可以忽略不计，但如果这种辐射持续的时间很长，比如说两万年，对于地球脆弱的生命来讲也是致命的，因此月亮的另一个任务，是要尽可能地减少星云对地球的弥漫性辐射。要完成这个任务，月亮就不能离得太远；但要与地球前进方向同步，也不能离得太近，以免受地球引力的拉拽，最后又被拽回来。要将其开到地球的引力边界之外就停下来才行，这个距离大约是（3E+7）千米。

何文奎对于这个方案大加赞赏，说：“区区3000万千米不算什么，这就保证到了二娘身边之后还可以把它请回来。”于是光脑又忙活了一阵，终于确定了月亮的最终运行轨道。报告地球，科研委算出的轨道参数大体与这个方案一致，只不过将距离定在了（5E+7）千米处（这是为了兼顾那些还没被吹散的航标水球）。

紧急召开的村长办公会扩大会议非常高兴地批准了这个方案，为不会永远失去月亮而高兴。开完会后，大卫、李萨丽、韦启捷、丽莎以及槐花在天眼上看到的月亮，就是按照这个方案往外走的，扩大会议开完之后，这一行人上了天眼。

大卫示意槐花接通赶月队，他要和田建华通话。接话的是赶月队队长潘青静。

大卫："你们辛苦了！我代表村委会和全体村民，向你们表示感谢。"

"首长辛苦！这是我们应该做的。"潘队长很会说话。

"情况怎么样？"

"报告村长，情况不是太好，但我们有决心克服一切困难完成使命！"

"说具体点，怎么不好？"

"现在离地球还很近，要想完全遮住地球，前进轨道太复杂了，姿态控制也太困难了，主控光脑都快疯掉了。"

"不要太勉强，暂时遮不住也不要紧，现在地球表面上基本没有人，漏点辐射过来也没什么可怕的。"

"是！感谢村长体谅！可是我们部长要求一丝黑光也不能漏过去，否则我们赶月队200多号人都要坐牢。"

"岂有此理！叫他和我说话！"

"报告村长，部长不在，其他人也都不在，他们让副队长带着到月亮的北极喷嘴上视察去了。村长有什么指示让我代转？"

"这还了得！他们不要命了吗？"韦启捷急了。

"我也是这么劝他们来着，可是他们官都比我大，没劝住。"

"他们怎么去的？地月飞船没有加强磁偏流啊，不怕被打成筛子吗？"李萨丽问道。

"他们没坐飞船去，是坐改装了的月球车去的，还把我们这里最大的便携式射电镜和光学镜以及一台便携光脑带去了，逼着副队长开的车，两个首席师也去了。"

"月球车怎么改装的？"槐花忍不住好奇问道。

"也没怎么改装，就是在外壳上加了一层厚铅，开起来可费劲了，有他们的苦头吃！"潘队长有点幸灾乐祸，也是借此发泄不带她去的不满。

"田副村长没阻拦吗？"丽莎问道，语气无限向往。

"刚开始阻拦来着，可是连佩德罗主任和祁部长也都想去，他就不再吭声了，我以为他不会去呢，谁知还坐在副驾驶座上了。"

"他们带了通信机没有？能联系上吗？"韦启捷问道。

"带了，"潘队长突然笑起来，"早就传过话来了，说村领导的通话一到就跟他们连线。"

"村长好！副村长好！两位部长好！槐花好！"连线之后这边还没来得及说话，先收获了一堆问候。不用问，这必定是奇思部部长何文奎。

"请田副村长讲话。"大卫没有理他。

"村长好，请指示。"田建华接过话头。

"你们没有危险吧？"

"我们防护得很好，不会有危险的，请放心。"

"北极喷嘴被破坏得怎么样？"

"没有任何损坏，绝对钟表辐射再厉害也赶不上亿度等离子喷焰啊，放心吧村长，地球上的喷嘴也不会有问题的。"

"这我就放心了，听赶月队队长说姿态很难维持，燃料储备够吗？"

"已经好多了，早就越过脱离速度了，很快就要进入惯性飞行状态。在惯性飞行状态下，维持姿态消耗不了多少能量。还有一个好消息，飞天部悄悄开采、炼制、储备了能到二娘那边转一圈还能再回来的氦-3，我们不用担心会永久失去月亮了。"

"是吗？这可是大功一件！要奖励。"

"感谢村长！"冯鲁旺急忙表态。

"看把你美得！"李萨丽也很高兴，说，"你们活已经干完了，瘾也过足了，马上回来吧。"

"报告副村长，我们回不去了。"

"胡说！有月亮的阴影挡着辐射怎么回不来？"

"是这样的副村长，我们的视察飞船已经被高能费米子流打成筛子了，我们确实回不去了。"佩德罗急忙说明。

"我立即派船接你们去，顺便送些好酒好菜犒劳救命恩人。"韦启捷说。

"客气了救灾部部长。"佩德罗接过话头说，"是要派一艘船过来，应该来艘大的，带几台和跟屁虫上同样的望远镜和光脑过来以加强监测，制造署有备份。对于恒星学来讲这是极难得的观测机会，万万不可错过。我已经通知恒星所挑人了，顺便把相关研究人员送来，等安装调试好之后我们再回去行吗？"

"行吗？"大卫问李萨丽。

"不行也得行啊，如果不让他们去，我们就成科技界的万古罪人了。但是你们不能等安装调试好了之后再回来，卸货之后马上往回赶，地球很可能还有更大的灾难，科研委正在做评估呢，这么大的事没有你们几位骨干参加还成？"

"是！坚决执行命令。"何文奎抢着回答。

"赶月队要不要加强？"韦启捷问。

"要加强！"冯鲁旺说，"现在这里只有一个发电师和一个喷嘴师管技术，亟须加强轨道设计、轨道驾驶、轨道维护和安全保证方面的技术力量，我已经找好人了，随船过来就是。"

"理论院和试探院也要来些人长期驻扎，以进行观测和试验，人也找好了。"佩德罗补充道。

"科研委去人我不反对，但是不能影响逃难，这是正事！"大卫表态。

"是。我们会做妥善安排。"佩德罗汇报。

"我也应该代表机器人去一趟，以检验一下机器人的抗辐射能力。"槐花不甘寂寞。

"这是必要的，但不是你去，而是让制造署的真人带上各种型号的样本去试验一下。"韦启捷说。

一个月之后，一艘用当年的地月货运飞船改装加固的大船满载着10000多人飞向月亮，广寒宫因祸得福又热闹起来了。

李萨丽副村长在天眼上说的"更大的灾难"，是逃元4006年24月2日的村委会紧急扩大会议上试探院院长苏沙罗在会上报告的一个更严重的情况：

在质能乍离别之后，在几根超弦弹拨完混沌合唱曲之后，在原始中性宇宙汤自发对称破缺之后，在一个电子终于和一个质子牵手成了结发夫妻之后，透明了的宇宙生出了第一拨光孩（原始恒星）。在这些光孩中间有一颗碰巧和大娘几乎一模一样，只是金属性少了很多的原始恒星，在现在的凤凰座里潇洒地度过了100亿年的主序生涯后，在一声爆炸中变成了一颗被行星状星云包裹着的白矮星，而后又被它的同伴吸走了星云变成了一颗裸白矮星，等它的同伴也在一声爆炸中变成一个黑洞之后，将它摔了出来，从此之后就在宇宙中孤独地流浪，在流浪中慢慢衰老，在衰老中变成了一颗黑矮星，何文奎将它命名为"黑凤凰"。黑凤凰一直默默无闻地度过了它152亿岁的生日，在过完这个没有寿桃、没有蛋糕、没有蜡烛的孤独的生日后，在逃元4006年的某一天，来到了距当时的地球22光年的地方，被地球北极炮台上的引力天眼率先发现了行踪。

这当然并不是人类发现的第一颗黑矮星，但仍然立即引起了科研委特别是恒星所的高度关注和不安。原因是它几乎是直冲着地球来的，虽然它的质量太小、温度太低，并且已经几乎没有了辐射，但经过宇量光脑的反复计算后确认，这颗黑矮星将在2334.5年后与地球的逃难路线相交，如果不采取规避措施，将必然与地球相撞！

于是，地球立即采取了紧急避让措施。

拐弯

我叫阿拉穆罕，女，现年290岁。逃元6356年，我凭借优异的学习成绩、强烈的飞天兴趣和高达1200多分的推荐分，战胜了无数竞争对手，被飞天部录取为地球推进主喷嘴候选喷嘴师。经过了长达20年的能把人逼疯的专业培训，我成为实习喷嘴员，又经过了激烈的大练习、大考核、大比拼，我于逃元6439年被选拔任命为地球南极主喷嘴首席喷嘴师。虽然只是控制调向喷嘴而已，但我已经很满足了。在我之前能碰上这个机会的只有10000来人。

我现在就在南极主喷嘴主控室里上班，现在地球的前进线速度为每秒120千米，却并不是对着二娘飞的，而是正在拐第二个大弯，这个拐弯过程还要再转490多年才能重新对准二娘。拐弯过程极其缓慢，只能靠光脑操控调向喷嘴进行频繁的调向。我的工作主要是检查、监视拐弯轨道的精准度并随时修正。这样的好运气，全拜黑凤凰所赐。

记得2530年前，也就是逃元4006年，当时归科研委试探院管辖的引力天眼发现了黑凤凰并算出极有可能在2300年后与地球相撞。地球人马上紧张起来，集中全力应对这场灾难。面对这样一颗体重仅比大娘轻40%的庞然大物，地球除了躲开之外，没有别的办法，村委会也就做出了躲避的决定。

可是躲也不是那么容易躲的。

首先，黑凤凰的质量太大，因此其引力也太大，如果躲开的距离不够远，仍然会被它抓住，那就不知要被它带到什么地方去了。它要能发光就好了，可以省了我们的逃难，但是它的温度甚至比地球洞天里还低。

难点一：要躲得足够远，至少需要躲得离它0.56光年远才不会被它抓住。四年级学生都可以算出来，必须立即拐一个90度的直角弯才能勉强达到这个距离，一个两条直角边都是0.5光年的斜边是

0.7光年，村长办公会也就下了立即拐直角弯的命令并立即执行了。

可是地球是一个具有近60万亿亿吨，且有每秒200千米速度的巨大动体，在自由空间里要拐这么个大弯是极不容易的。

难点二：拐弯需要消耗极大的能量，并且需要相当长的时间。

由此派生出难点三：虽然在南北极的喷嘴支架上安装了与推进主喷嘴同样大的调向喷嘴，光脑算出至少需要50年拐弯的时间，要消耗巨大的额外的能量。

由此又派生出难点四：即使采取了别的措施，在相会时成功拉开了0.56光年的最低安全距离，脱离她之后还要修正到直对二娘的方向继续逃难，这会比第一次拐弯消耗更多的能量，因为这个弯的角度大于90度。

综上所述，拐弯躲避行动将要消耗极大的能量，而航标水球已经被绝对钟表的爆炸气浪吹散了三分之一，剩下的三分之二将基本被黑凤凰吸走，因为她的前进路线与原定的地球逃难路线只有11度

67分的夹角，这在天文学上几乎就是重合了。

结论：拐弯、加速、丢水四重因素叠加之后，地球遇到了能源危机！

光脑最后算出了经过这番折腾地球的氘库将基本掏空的结论之后，大卫村长一夜之间头发就白了！

但如果不躲的话，2534.5年之后就永远不用逃难了！

谁都知道动体转弯时需要消耗能量，专业的说法是改变速度需要施力，改变运动方向同样需要施力，但是地球在围着大娘加速时，是每时每刻都在转弯的，为什么却没有多耗能量呢？在考喷嘴师之前，我也没有想通这个问题，是在备考的过程中听辅导老师讲了才弄清楚，那时的地球是由大娘拉着的，改变方向的力由大娘出了，因此省下了这部分能耗，现在的地球是在自由空间里高速飞行，因此改变方向所耗费的能量比直线加速所耗费的还要多，这就是发生能源危机的力学原因。

利用黑凤凰的引力给地球加加速不行吗？古代的恒星际飞船这样做是家常便饭，地球跨栏时也曾想过这样做。

是的，确实有这种可能性，但是风险太大了，一个不慎就会成为它的俘虏，这也就是跨栏时放弃了这样做的唯一原因。没办法，现在任何奇思妙想都没有用了，只能用最笨的办法，消耗自己的能量躲开它！

拐个弯有什么难的？把两极的调向喷嘴点上火随便喷一下不就转过向来了吗？

是的，由于调向喷嘴和推进主喷嘴一样大，呼的一下就转过来了，但是需要消耗的能量是等量的。

逃元时代的决策效率极高，据槐花记载，村委会扩大会议很快做出了如下几个决定：

第一，立即拐弯，拐到与现在的前进方向呈90度直角之后，用20微米每二次方秒的加速度继续加速，直到确保相遇距离不小于0.7光年时再拐第二个弯。这个决定如前文所述立即执行了。

第二，立即派船派人前去修复航标重水球的氢氧火箭，推其尽量逃离黑凤凰的路线，能保住多少是多少。这一招只抢救出了靠近二娘的125个重水球，其余的与轻水球一起全被黑凤凰抓去解渴了。

第三，通知斯坦福扩大奥尔特星取水规模，减速入轨的重水全靠他们取了。

第四，除需要村长办公会特批的科研活动之外，停止一切飞天活动。

第五，停止天工洞和上林洞的一切生产活动，除村长办公会特批的制造项目外，只保持洞温。这时地下200～400千米处的地温只有80来摄氏度了，因此耗能不多，要确保阆苑、琅嬛的生存用电，用鼹鼠行动储备的食物维持生存。这个决定引起了一系列社会问题，都被村民顽强克服了，迄今为止没有饿死一个人！

这五个决定有四个执行得很好，只有第四个决定没有得到很好的执行。

已经基本没有工作可做的村民都强烈要求上月亮去看看绝对钟表，村委会虽然做了大量工作还是说服不了，还差一点引起骚乱，因此有一段时间，地月之间来往的飞船比逃难前的太平年代还繁忙。村委会之所以允许了这个活动，是因为有了天梯上的弹弓之后，地月之间的往来耗能已经很小了，月亮引力场很小也是一个原因。

　　一个始料未及的结果是：出现了大量的癌症病患。原因不是别的，是可恨的量子隧道效应造的孽。铋织的航天服虽然能抵挡绝对钟表99.99999999%的高能辐射，但还是有千万分之一的射线穿透了衣服引发了肿瘤，好在逃元时代癌症的治疗比公元初期治个感冒都容易，所以并没有降低人们前往月亮开眼的热情。

　　不好意思，我也是有这个热情的人之一，也跑到那里看了一眼。那时的彩云已经弥漫到地球这里了，只要爬到地面上就能看到，万里迢迢跑到月亮上，就是为了看一眼绝对钟表那颗裸星。看一眼也就够了，肉眼能看到的，也就是一颗亮得有点贼的星星而已，磁极辐射出的黑光用光学望远镜是看不到的，要看它们只能在学校天文馆的接收终端上看。地球观天室，就在天梯最上层的天眼上，也转发月球射电天眼播发的实时图像。

　　就是为了看这一眼，我成了那不幸的千万分之一中的一个，回到地球之后在接受防疫检查时（每个从月亮上回来的人都要接受这样的检查）发现已经患了喉癌，连家都没让回，就被直接请进了医院肿瘤治疗室。

治疗过程极其简单，既不用打针，也不用吃药，更不打麻药，甚至都没有见到一个真人医生，一个胭脂抹得有点浓、眼影唇膏太淡、发型有点老土，却自以为漂亮的机器女护士，将我按在一张病床上，一台极大的机器将我罩住，随后感觉脖子上被扎了一下，但并不疼。过了大约十分钟，眼前一亮，女护士说没事了请回吧，一个月之内不要吃冰激凌，不要熬夜，不要吃麻辣烫，尽量不要喝酒，一个月之后来复查一下就可以了。

大娘又浮肿了一次，因为这已是第三次了，所以没有引起我这样的普通村民的任何关注。

经过地震队在强辐射的彩云里的艰苦奋战（由于他们防护得特严实，癌症发病率倒并不高），全球地震监测网重新建好了。有了这个网，再不用机械地每隔100年来一次全球性的人工地震了，已经做到了精准泄力，也就是发现哪里的应力集中快到临界点时，就在哪里灌点膨胀剂消除一下。此后再没发生撕裂洞天的大地震了，但也就没有了万艘飞船一齐炸冰的宏大场面。

正当我的工作顺利进行时，突然接到了停止拐弯的命令！

冯鲁旺部长通知我立即赶去万花城参加村委会紧急扩大会议。

又出什么事了？

事情出在发电部和飞天部联合提交的一份报告。

事情出在生存部和计划院联合提交的另一份报告。

事情出在指令院和研究院联合提交的另一份报告。

事情出在武备部和安宁部联合提交的另一份报告。

事情出在2000多个庄向村委会转交的一份庄民请愿书。

事情出在学联的280000多名教授、讲师联名提交的建议。

事情出在20名村委会委员联名提出的一份提案。

当我关闭调向喷嘴，赶到村委会大会议室之后，这些文件也发给了我一份。

发电部、飞天部按照村长办公会的要求编写的一份情况通报指出：经过这几次大灾之后，氘库的储备除了两万年的生存用量之外，还不包括恢复上林洞的生产，已经只剩下刚够拐完这个弯的了，航标水球让绝对钟表吹散了近二分之一，又让黑凤凰喝掉了剩余部分，雪上加霜的是它们俩还把轻水球也一起弄没了，这样又增加了纯水制备的能耗，如果没有其他补充的话，地球虽仍然可以到达目的地，但是减速入轨的能量，只有靠斯坦福的储备了，而这还要有个前提，就是逃难路上不能再出别的事！

生存部和计划院的报告则更悲观、更严峻：上林洞已经关闭了快2400年了，鼹鼠行动的储备已经消耗了四分之一，其中粮食消耗超过了三分之一，咖啡已经基本消耗完了，如果再不开上林洞的话，粮食将只够供应1500年的了，剩下的1500年怎么过？虽说肉品和鱼品足够，可是没有粮食，光吃鱼肉恐怕是不行的，特别是孩子们。

他们说了吃的之后，又说到了穿的：自打天工洞停工之后，已经有2500多年没有给村民做新衣服了，鼹鼠行动什么都想到了，就是没想到多织点布存起来，虽说逃元时代的布料10万年都不烂，但是人们一直穿祖宗的旧衣服实在令人不爽，特别是孩子们。

指令院、研究院的报告属于中性但透出隐忧：天工、上林停工以来，90%以上的正处在工作年龄段的人员歇了工待在家里，虽说宣传院、诗文院、文联、体联加旅游部联合下庄进洞，组织了丰富多彩的文体活动，使人们的精神和体质都没有明显的下降，但长此以往，劳动技艺无法传承，劳动热情也会越来越低，新生之后很可能都不会也不愿干活了，这个问题需要现在就未雨绸缪。

武备部和安宁部联合提交的报告说现在各种迷信活动开始泛滥，如不制止将可能产生严重后果，而制止需要村委会立法。

学校老师和村民请愿书说的是同一个意思，这才走了三分之一的路程就遇到了这么大的灾难，因此不能再继续走了，应该立即掉头回到大娘身边去，有了奥尔特星几乎取之不尽的能源，有了洞府藏身，即使将来大娘变成了白矮星，人类也可以生存，因此不能再冒险了。

20名村委会委员的联名提案，以上面几份文件为依据，正式提议村委会表决，如果村委会决定不了，则进行全民公决。

当我从南极赶到会场时，会议已经开始了，村委会的女机器人接待员将我送进会场，找到自己的旁听座位后，我才发现今天的会议来的人可真不少，不但全体委员、全体行政班子的正副首长全部到会，全体庄委会委员和特里同、赶月队、斯坦福的领导也都视频参会，飞天部、发电部、生存部的首席师们也都来旁听。会场虽然人多，但鸦雀无声，个个一脸严肃。见此状况我也赶紧严肃地低头看起文件来。

"都看完了吧？"帅气、刚毅、威严、睿智、有一张浓眉深目棱角脸的大卫村长开始讲话了，大家一起抬起头来倾听，"今天这个会我想换一种开法。所有的报告大家都看了，副村长们和委员们，都提前与有关部门、有关人士进行过充分的磋商和沟通，因此今天就不再讨论和论证了，就先听我说，我说完之后再表决。

"首先说明一点：为了对提意见的各界人士表示尊重，我已下令停开了拐弯喷嘴，要不要继续开、何时再开、往哪个方向开，要等今天会议的决定。

"今天发给大家的材料牵涉的问题很多，也很大，最大的问题是要不要回头。我就先从这个最大的问题讲起，讲完这个问题之后，再讲其他问题，请诸位放心，每个问题都要有个决定才能散会。

"要不要回头？要不要全民公决？我的回答是：绝不能回头！也绝不能公决！回头是死路一条！减速入轨能量从哪里来？再次跨栏的能量从哪里来？你们可以说可以重启奥尔特取水，可是我们现在已经跑出这么远了，恢复取水谈何容易？

"即便克服困难恢复了取水（这一点我坚信只要下了决心就一定能够办到），回去之后我们的日子怎么过？大娘现在是平均3000年浮肿一次，今后会不会缩短周期谁也说不准，就算是维持现在这个频率，浮肿一次就要吹走我们一些大气，请问就这点大气层经得起几次折腾？大气层没了我们怎么活？有人说洞天里的空气是吹不走的，就算如此，难道我们今后世世代代当耗子吗？请问你们谁愿意？且不说地表大气消失之后将是一片荒芜，海洋也保不住，没了海洋，拿什么冷却地道？不要和我说地道已经基本不用冷却了，这是在冰冷的宇宙深空里！回去之后太阳光一晒马上就会升温！即使不升温，50亿人和阆苑、上林洞里的生物在地道里产生的废热，照样需要冷却！学过热力学第二定律没有？普通村民可以不学，你们这些当庄长的、当委员的也可以这样吗？责任心哪里去了？

"我丝毫没有轻视或蔑视提这种建议和提案的人士的意思，相反，我十分尊重你们和他们，已经下令拐弯喷嘴熄火待命就是证明，但是这条回头路是绝不能走的！

"也绝不能就这个问题进行全民公决。村民选出我们来就是为他们服务的，就是为他们做决定的，明知道回头是一条死路，却还要让他们自己去做选择，那还要我们这些人干什么？责任和担当啊同志们！这是我们不能推脱的！

　　"我知道提出公投建议的委员们是一片好心，而且有赖元时代的三次公投作为范例。但是那三次公投是为了选择方向、凝聚共识，可我们现在是在逃难！除了硬着头皮继续往前走之外，我们还有别的选择吗同志们？任何别的选择都将是死路一条！既然答案是如此清晰明白，我们怎么能把决策的责任推给选举我们的村民呢？下面有意见、有想法是很正常的，解决这些思想问题的办法很多，但是唯一不能用的就是公投！第一个问题就说到这里。"大卫村长喝了口水缓和了语气。

　　会议的气氛凝重得使人透不过气来，我还从没见过这样开会的，心情也十分沉重。

　　"下面说第二个问题：能源紧张了，再遇上事怎么办？说到能源的事，就得先说说将来还会遇到什么。大家可以想想，从天上讲，亿年不遇的流浪行星和流浪黑矮星我们已经遇上了，超新星爆发我们也遇上了，剩下的还有什么呢？就剩黑洞了，而黑洞是不会乱动弹的，到二娘的这条路我们已经走了无数趟了，不会再有这种东西拦路了。

　　"从地上讲，地震不会再造成破坏了，变异病毒还可能有，但已经证明奈何不了我们。唯一使人不放心的是飞廉它娘那颗也在高速流浪的黑矮星，但现在已有天眼、跟屁虫、特里同三只眼睛紧紧盯上它了，根据目前的运行轨迹判断，它不会来亲近我们了。这就是今后的基本情况！因此，能源问题基本不是问题了。即使再遇上点什么事，二娘的梅毒煞那里已经囤积了大量的重水，而且现在还在积累，我们的半光速货船二三十年就可以往返一趟，不会断了炊烟的！

"第三个问题，粮食储备不够怎么办？有肉煮、有鱼煎、有菜炒你们还想怎么着？不就是粮食短缺吗？可以局部开上林洞只种小麦，因为开跑前的鼹鼠行动储备的粮食中米、面粉、杂粮的比例是7:2:1，但是实际上消耗最多的是面粉。因此我们已经和生存部取得共识，只开小麦树那几个洞，而且现在可以做到一年四熟了，因为可以人工控制气候了嘛，这也用不了多少能量。氘库基本空了，那部分冷却储存耗电功率移到小麦洞里还用不完呢。另外，月亮已经脱离地球引力独立行动了，地球转弯和加速又减少了一些能耗，因此，粮食问题可以不用犯愁了！只不过新种的麦子树需要十几年才能结穗，几十年才能稳产，这期间的面粉全部供应四年级以下的儿童。没有咖啡就喝茶，这不是不喝就危及生命的事。还有，从现在起全球禁酒！

"第四个问题，衣服旧了怎么办？只要不露肉就继续穿！现在是逃难，不是旅游，更不是嘉年华，这点苦必须得吃，天工洞坚决不开！技艺传承问题有标准的操作规程和各种管理体系的作业指导书，需要时很快就能捡起来的。至于将来愿不愿意劳动的问题，这个我们管不了，让后世子孙自己看着办吧！

"第五个问题，各种迷信开始泛滥的问题，由主管部门想办法，把握一个原则就行：插炷香上个供、磕个头烧沓纸的随他去了，如果有结什么会的，发现苗头立即取缔，为首的要立即抓起来交善恶院判刑！逃难期间要特事特办，具体立法请12号委员抓紧进行，安宁部要对此负全责。

"我说完了，请表决吧。"

全票通过，全场响起了长时间的热烈掌声。

"最后补充一件事，"面对这样的表决结果，大卫村长的脸上仍不见一丝笑容，"那28万名教授、讲师，不要让他们再上讲台了，会后指令院通知学联，能安排研究和教学支持工作的尽量安排，实在安排不了的，就让他们回家抱孙子吧。这件事不需要你们表决，我使用村长的自由裁量权独裁一次。要骂让他们骂我一个人好了，绝不能再让他们继续蛊惑年轻无知的学生，祸害我们的后代！"

这次会议、这个人，将永远存在我的记忆里。

遵照飞天部部长的命令，我立即赶回南极亲手点燃了调向喷嘴，万丈喷焰又一次照亮了茫茫征途。

然后飞天部开始为从梅毒煞上运重水大忙特忙起来了，除了用半光速货运飞船运输，还用赖元时代的推星器直接把重水球推到地球上来，因为地球的大气层已经凝华成了氧冰氮雪落到地面上，因此不会造成大气流失。

我的故事讲完了。

改天

逃元8639年24月30日，地球距离挡箭牌克洛诺斯1.03亿千米，速度已降到每秒60千米。

这时的地球已基本没有人了，除刹车人员之外，所有的人都撤到了月亮上的临时避险帐篷里，在地球刹车入轨期间，月亮不跟着走，而是在二娘奥尔特带的外围转悠。

100艘万人半光速飞船满载着包含了地球所有种族基因的100万人种，从天梯上鱼贯飞向空中。如果地球在定轨过程中发生不幸，他们将直接飞向德尔塔暂住，再寻找一颗宜居行星保留、繁衍地球文明。为此，德尔塔人在朱田虎副村长的遥控指导下已经做好了充分的接待准备。

深夜11时，中型半光速村长专船载着村长大卫、秘书长袁福智、生存部部长英迪拉、武备部部长维克多、安宁部部长巴雅尔、人流署署长黛西和菊花以及以上各部门最后的收尾人员，从弹弓上起飞，没有奔月，而是与种子飞船一样绕着地球飞行。

逃元8640年1月1日0时0分0秒，地球开始刹车，并按照垂直二娘星盘的定轨模式开始调向，南、北极的刹车喷嘴同时喷射出万丈光焰。

两极减速喷嘴正式喷火，标志着地球整体逃难之路正式结束，但这还不是新生的开始，还有极其艰险的路程要走，最艰难、凶险的是过三关：减速关、俘获关、定轨关。因此，对于这个无比重大的标志性事件，地球人没有举行任何纪念仪式，也没有创作任何诗歌来歌颂它，只喝了3杯酒辞岁。

为预防万一，减少不必要的牺牲，不干扰喷嘴工的操作，村委会决定不允许宣传院往大神仙洞、北极、南极和天街派人，所有的画面和数据都是直接读取控制视频和监控摄像，负责在广寒宫里向全宇宙，其实就是月亮、斯坦福、特里同和德尔塔等4个地方做实况转播。

　　大卫村长下了死命令，不管是喜剧还是悲剧，要一直转播到定轨为止！

　　大卫村长本不想离开，第一副村长田建华提议召开了一次村委会，64票赞成1票反对，强制他撤离，并派了安宁和武备两个部的部长名为护送实际上是准备挟持——如果他真要一意孤行的话。对此安排，大卫没有坚持，而是苦笑着接受了。

　　田建华、佩德罗、何文奎、冯鲁旺和其他1962个人留下了，提取了基因和记忆，签署了生死状。实际上所冒的风险并不大，这时最大的风险是过三关，天眼、炮台、跟屁虫、斯坦福、特里同上的眼睛，早已把这片空域扫描了无数遍，天外来客距离最近的都在15光年之外，即使是二娘自己的小行星，也都离着几千万千米，因此在过三关期间绝不会挨砸。

　　从驯驴号失败得出的教训，过三关时最大的风险是入轨角度计算错误，或关键时刻调向喷嘴发生故障被克洛诺斯或二娘抓到怀里，至于远日点收不拢，对地球本身来讲是危险，椭圆轨道变成抛物线轨道后，地球会跑出天苑系，需要重新掉头，就不知道哪年哪月才能回来，但对坚守人员来讲，是没有危险的。

但俘获总有一个过程，任何被俘获者都是螺旋扑向大星，为此专门安排了飞天部部长冯鲁旺守候在天梯上，控制了一艘万人半光速飞船时刻待命，坚守人员会有充足的时间撤离。为了以防万一在节骨眼上核聚变电站发生爆炸，决定所有喷嘴绝不超负荷运行。

为防止有人搞破坏，指令院对留下的人员进行了超级严格的政审，追溯到了赖元时代，为防万一，还是决定整个刹车减速过程全部自动操作。每日每时进入各个控制室的人员，都要进行裸体安检，由武装机器警察执行，连田副村长也不例外。

"小心没大差。"大卫村长说。

为预防机器人在节骨眼上发疯，自槐花以下所有参加工作的机器人的 γ 射线自卫脉冲装置都被拆除了，没有工作任务的机器人都由机器人委员会的人在撤离之前关了电源。

克洛诺斯正以每秒 10.2 千米的公转速度，在平均距离二娘 13.43 亿千米的椭圆轨道上绕膝承欢，围绕二娘转一圈的时间是1524地球日。

前进速度每秒60千米的地球，已经在基本垂直于克洛诺斯的公转轨道的外侧上方，在驯驴号试验的经验指导下，按照地轨所精确计算的斜插度角，靠近它到了极限。

北极刹车喷嘴用最大功率反向喷火，是为了让克洛诺斯多出一会儿力气，两极的调向喷嘴用最大功率将其扳直，两星的引力使得两颗星开始靠近。地球前进的轨道与挡箭牌克洛诺斯的公转轨道互相垂直，巨大的惯性使它俩颤抖着互相分离，因此画出了一条近似双曲线的轨迹，两星已经形成了一个双星系统互相拉扯，地球转向已经不像在自由空间那样艰难了，这就是所谓的转向悖论，最终两星没有互相俘获，仍是各走各的！

成功了！聚集在北极、南极、天梯、大神仙洞和上林洞里的人们，尽情欢呼雀跃，第一关胜利通过了！

10天之后检验成果，在克洛诺斯的拉拽和减速喷嘴的反喷双重作用下，地球的前进速度降到了每秒54.5千米，这时两星之间距离已足够大，互相没了干扰，这意味着克洛诺斯已经永远使不上劲了，地球虽然还不是二娘的孩子，但是已经被它的引力长臂拉住，开始向着它的膝下奔去。这时地球的轨道，以二娘和地球连线的质心为焦点呈抛物线形，因此还不能算是它的孩子。

各方的贺电淹没了村长专船、大神仙洞、北极、南极、天梯和广寒宫，但没有一个人顾得上答复，他们只顾回望克洛诺斯。在地球近距离的引力作用下，克洛诺斯的大气层开了锅，红、黄、蓝、绿各种颜色的气旋此出彼没，克洛诺斯的光环乱了套，完美的光盘被地球拉得七零八落。

克洛诺斯的30多个孩子起了家庭内讧，离它近的孩子，还坚守它的家规，离它远的孩子则开始走歪门邪道，不久将离开它的星盘到处乱窜。

克洛诺斯的组织出了叛徒，有两颗比神农星小的孩子受了地球的引诱，被地球俘获了，向地球跑来，一颗直径为1870千米，另一颗有630多千米。根据行轨所对其运行轨迹的分析，这两颗小星将很快成为地球的卫星，临机处置顾问奇思部部长何文奎同志高兴地翻了几个跟头，其他人也很高兴，这意味着今后地球将有3个月亮了，而且这两颗将是北升南落！

村长专船按照原计划在天梯上降落了，田建华等人一起上天街迎接，人种船见状也想降落，被大卫严厉制止了，命令他们上月亮与大部队会合，100艘人种船很不情愿地飞走了。

首席营养师已经在大神仙洞里准备了丰盛的晚宴，等村长到了就开席，大卫却坚持先上北极炮台，去看望十天十夜没合眼的喷嘴师们。

在与北极上所有的人员热烈握手、激情拥抱完了之后，大卫村长才一手一个拉着冯鲁旺和总喷嘴嘴长伊斯梅尔并招呼天眼眼长和炮台台长一起，赶往大神仙洞出席庆功宴会。

席间，田建华和科研委主任佩德罗联合要求马上将理论院气象所和探求院气象局的全体人马调回地球，因为再有320天左右，地球就要走到近日点、氧冰、氮雪蒸发和江河湖海开冻，是可遇不可求的极端气象，万万不可错过。大卫本来想等过了近日点后才让他们回来，但任何事情的第一次才是最宝贵的，加上何文奎在旁边起劲地敲边鼓，连英迪拉和槐花也跟着起哄，他拍桌答应了，但必须严格限制人数。

一个月后，地球村档案室里又多了500份生死状。

第一次向二娘朝拜的日子里最忙的，不是喷嘴师、喷嘴工和轨道研究员们，他们不过是看着北极喷嘴不间断喷火而已，最忙的是加塞回来的气象学家。他们要在风暴刮起来之前，在山顶、谷底、半山腰、江河、湖海、平坦地上，安装力度、温度、湿度、浓度、速度、光度、红度及各波段光照量等各种指标的检测仪器，还要往高空、中空、低空发射横轨、竖轨、赤轨、极轨等各种轨道的气象监测卫星，以期编织成一张遍布全球疏而不漏的监测大网，将一个零下270摄氏度的冰冻星球升温期间的各种气象参数，一个不落全部收集起来，为今后建立更精准的天气预报模型提供依据。

这个项目虽然工作量极大，却没有任何技术含量，所有的检测仪器和小微卫星都是早就准备好了的，卫星的发射有飞天部帮忙，地表和海面的检测仪器全部做成了集成包用磁力飞艇投放，每个集成包都有一副磁力翅膀，所以虽然没有大气层不能用降落伞，但是没有摔坏一个。

只是工作量太大了！1亿个检测包足足用了100多天才投放完毕，每天要投放100万个，调试、接收、处理、集成信号足足花了30多天。干完这些活儿后，地球已经接近二娘，仅相距7.3亿千米，已能够感受到二娘欢迎孩子的热情。尽管如此，500名观风望气者，谁也不愿意待在地洞或天梯上等待，整天驾着磁力小飞艇到处乱窜。

气象师、气象员、气象工们在天上到处转悠，大神仙洞里的轨道师们却发生了一场激烈的争论。没有任何悬念，这场争论是由奇思部部长何文奎引起的。

"同志们！鉴于克洛诺斯这头毛驴表现得很好，好到每秒多减下来0.5千米，鉴于调向喷嘴非常得力，我们把二娘也当毛驴使唤一次如何？"

"你打算怎么使唤？"飞天部部长冯鲁旺永远是新奇想法的捍卫者，赶紧问道。

"十分简单，大角度接近二娘，然后重演一次和克洛诺斯相会的喜剧即可！"何文奎打开模拟视频指点着说道。

"我坚决反对！"田建华是保守派，生怕那些年轻的轨道师们受奇思部的蛊惑同意这样做，因此不顾第一副村长的身份急忙阻拦，"克洛诺斯的引力和地球差不多，我们才顺利地拐了弯，二娘的引力是克洛诺斯的20多倍呢，让她拉住脱不了身怎么办？我们高度紧张地过了第一关，绝不能再冒险了！"

"是的，我们不缺重水，没有必要再冒险了。"佩德罗明确表态支持田建华。

"风险不大，"已升任地轨所所长的蒯飞燕在视频上摆弄了半天地球后，说，"我们像接近克洛诺斯一样，以精准斜插度角在极限最小距离处擦过二娘，然后再急转一个102度大弯，就可以一下子减下每秒20多千米速度来，这个诱惑太大了！以这种方式使唤二娘，永远不会被她拉进怀里，最多是转不了102度，不能一次形成椭圆轨道而已，那又如何呢？即便又飞出去又怎么样？有了她的拉力，地球转弯已经不困难，慢慢把轨道修正成椭圆不就行了？"

"这样真能每秒降下20千米来吗？那岂不是只转一圈就可以定轨了吗？"发电部部长祁兰君来情绪了。

"能啊！连克洛诺斯每秒都能拽下5.5千米来，二娘亲自出马，每秒拽20千米还算少的了呢！"

"一下子每秒降下20千米地球会散架的！"试探院院长苏沙罗说。

"散不了架的苏院长！"行轨所所长玛格丽特也在视频上算了一堆数字，"转这么一个小半圆至少需要1800万秒，这时的减速度，即负加速度，只有1毫米每二次方秒，而我们的地球，即使不加钢箍，也可以承受3米每二次方秒的加速度，这早在公元初年就有人估算过了。"

"就算地球散不了架，可是原定23万天的减速定轨时间，一下子缩短为2000来天，地球在如此短的时间内解冻，会造成多么剧烈的狂风暴雨啊？这些狂风暴雨将把现有地表剥蚀得面目全非，定轨之后我们没地儿种庄稼树了！"生存部部长英迪拉也表示反对。

"您把话说反了，"科研委主任佩德罗说，

"按照原来的设想，地球要按照下面的减速方案定轨。"说着，他打开原来的减速方案演示。

第一轨道

轨道倾角：90度

近日点：0.8AU（1.2亿千米）

半长径：24.6亿千米

偏心率：0.95

近似周长：95亿千米

平均速度：55千米/秒

第一圈耗时：1999天

纯耗能减速时间

需减速度：55-32=23千米/秒

减速距离：（1.0E+14）千米（100万亿千米）

减速时间：231482天

定轨轨道

轨道倾角：90度

恒星周期：300天整

平均速度：32千米/秒

轨道近日点：0.8AU（1.2亿千米）

轨道半长径：（1.4844E+8）千米（1.4844亿千米）

偏心率：0.19

轨道近似周长：8.2944亿千米

"简单计算就知道，这至少要在未来330多年里转190多圈，其中至少三分之二，也就是120多圈是强烈的冬夏交替，这意味着地球的表层岩石至少要经历120多次冻结—解冻过程。这种交变作用力对地球表层岩石的破坏性是致命的，雪上加霜的是每一次循环都会伴随一次大气层凝结—升华—蒸腾过程，不论是凝结还是升华，都会伴随一次剧烈的气流、水流冲刷剥蚀，按照这样的定轨方案走下去，定轨之后我们的地球表面就不知道变成什么模样了！当然，如果没有其他的办法，为了活命，我们也只能这样走，现在既然有了能够只转一两圈就能定轨的办法，为了我们自己和子孙后代，还是长痛不如短痛，一次搞定为好。"

"谁都想一次搞定，早定轨早安生，可是万一收不住又飞出天苑系怎么办？"苏沙罗不想轻易改变主意。

"再花点能量转回来不就是了？我们有的是氘核。"祁兰君不以为然。

"真重新飞回自由空间里，再转弯可就不那么容易了，与黑凤凰遭遇的经历已经证明了啊。"田建华指出。

"人定胜天！"何文奎信心满满。

"不能拿整个地球冒险！"苏沙罗毫不让步。

"轨道师们怎么说？"见大卫村长没有说话的意思，佩德罗只好出来圆场。

"我们两家刚才沟通了一下，认为现在还不能下结论。"行轨所所长玛格丽特谨慎表态，"因为这是一个刚提出来的问题，我们还没有仔细计算，单靠定性讨论是不能解决问题的，请给我们一点时间，把两个方案的利弊都定量算出来后再汇报行吗？"

"我赞成这样做。"田建华首先表态。

"我们也赞成。"其他人也纷纷表态。

"那就这样办吧。"大卫的语气里看不出任何倾向，"这已经不是一个纯粹的走法问题了，请科研委调几个专门研究地表剥蚀问题的专家过来，一起参与定量研究，务必做得客观、真实、全面。"

"是！"佩德罗表态。

"生存部和学联也有这方面的人才，让他们也参加几个吧。"英迪拉说道。

"好，具体人选由你们确定，也得找几个气象专家参加。还有，发电方面也来几个人吧，谁来牵这个头？"

"当然是田副村长了。"蒯飞燕说道。

大卫不置可否。

"要不就由何部长挂帅？他挑的事应该由他收拾摊子。"佩德罗笑道。

"我反对！"苏沙罗说道，"这会影响研究的客观性。"

"那就由佩德罗主任挂帅吧。"英迪拉笑道。

"他的倾向性也是很明显的。"大卫笑了，说，"为了保证客观，我的意思是今天发了言的都不参加研究了，所长、嘴长们也不要参加了，就由地轨所首席轨道师高如峰同志牵个头，让小鬼当次家如何？"

"同意！"大家一致赞成。

"多长时间拿出来？"

"请给30天吧。"高如峰要求。

"我给你60天！"大卫拍了板，说，"到时候拿不出来是要承担责任的。"

"保证不负重托！"高如峰激动地表态。

大卫说："这样吧，袁秘书长马上安排一下，让冯部长开艘小船送我们几个到月亮上转转去，这里暂时由你负责吧，巴雅尔同志协助管理秩序。"

"是！"

村长一行人来到月亮上象征性地和家人团圆了几天，转了几个临时避险帐篷，照了几张照片，拍了几段视频供宣传院发稿，就躲在广寒宫里不出来了。45天之后，高如峰完成了研究请他们回去开审查会，他们也没回去，只是让袁福智将研究结论发到月亮上就没了下文。10天之后，大卫在月亮广寒宫里亲自主持的村委会扩大会议，全票批准了利用二娘一次性减速定轨的方案。

原来他们上月亮是做沟通、协调、凝聚共识工作的，全票一致通过的表决结果证明他们的工作卓有成效，大卫十分得意。

然而接下来发生的事情，却使他得意不起来。

在斯坦福上视频参会的副村长朱田虎提出，既然决定了让二娘出力一次性减速定轨，意味着斯坦福的斥候任务和探路任务已经全部结束，他们想回家了，请地球接纳。

田建华对此深表赞同，说不但斯坦福应该回家，跟屁虫的后视任务也已结束，它也应该回家了。

制造署署长艾尔玛也来凑热闹，说连跟屁虫都可以回家，五座天宫也应该回家了。

何文奎接着顺杆爬，说所有的飞船都应该满载村民飞回去亲眼瞅着地球怎么正式参拜二娘，这是宇宙中从未有过的大典，不看就永远看不到了。

宣传院院长丽莎立即表态，这个史料无论如何要拍摄留存下来永传后世，万万不可错过！

见此状况，分工在月亮上指挥避险的副村长谭应生指出这样做只能有一部分人参加大典，因工作关系去了的人没话可说，其他人让谁去不让谁去是一个问题，依靠二娘一次减速定轨的唯一风险是地球变不成椭圆轨道重新飞出天苑系，说明亡球灭种的风险已经不存在了，不如让月亮也回家吧。

学联会长急忙出来帮腔，指出地球到达近日点之前，月亮回归等于增加了地球的质量，能起到辅助减速作用，因此应该接受谭副村长的这个建议。

科研委、危机院、救灾部、生存部表示强烈反对，委员们意见不一，会上发生了激烈争论。

"一切照旧，所有的人都不得乱动！今天会议上所有讨论的内容和形成的决议、决定要严格保密，不得对外发任何消息。同志们，危险还没过去呢，二娘究竟喜不喜欢我们这些不请自到的孩子尚属未知，万不可在此时掉以轻心！月亮回归必须在第三关过了之后！就这样吧，散会！"村长果断拍了板。

"等等！"12号委员李福成大声说道，"我重申一下村委会以前做出的决定：过关之时村长不能在地球上！"

在过三关那段危机四伏、惊心动魄的日子里，副村长朱田虎分到的无疑是一份最安全、最惬意的工作，他指挥驾驶着斯坦福先是变成了二娘的一颗没有彗发的彗星，沿着轨道倾角90度、近日点0.8AU（1.2亿千米）、半长径24.6亿千米、偏心率0.95、近似周长95亿千米的扁长椭圆轨道，以每秒55千米的平均速度用了1999天，合2.8现在年的时间，模拟了地球预定走的第一条路线，一路平安，连块陨石都没有碰到，继续一边以1微米每二次方秒的负加速度进行减速，一边逐步缩小轨道半长径，一边将积累的数据发给地球，起了重要的参考作用。奇思部部长何文奎利用二娘引力一次减速定轨的提议变成方案后，大卫村长又交给他一个美差，让他的斯坦福当地球的伴飞星，监视、记录地球过第二关的盛况，让地球人特别是宣传院羡慕嫉妒无比，也让斯坦福人高兴得狂欢了好几天。

由于这时的地球还有每秒50多千米的速度，斯坦福即使贴着它飞行也不会被俘获，朱田虎将其伴飞高度定在了400千米的高度上。调好伴飞姿态和速度之后，斯坦福已经成了一个高悬在地球上空（也可以说它是垂挂在地球的下方）的一颗基本不动的亮星，朱田虎才有了闲心把住斯坦福上最大的一台光学望远镜在距地面只有400千米的超近距离上，看看离开了很久的地球。

这是一颗前头喷火的星球。北极刹车喷嘴的万丈喷焰使地球获得了1微米每二次方秒的负加速度。为了不落后，斯坦福的反推喷嘴也同样喷着火。

这是一颗黑白分明的星球。因为冷得太透彻了，虽然这时的地球已经很接近二娘的宜居带，她的光热已经和大娘公元初期相近，大小和颜色也与大娘差不多，但氮雪、氧冰的蒸发、升华还很微弱，因此地球对着二娘的半球白得刺眼，背着二娘的半球却是绝对的黑暗，现在还基本没有过渡带。

这是一颗已经有了两个月亮陪伴的星球。克洛诺斯的两个孩子投奔了地球，现在正绕着地球的南北极转圈，不过轨道还不稳定。

这是一颗寂静的、没有一丝生气的星球。没有蓝天，没有白云，没有绿树，没有碧波，没有海阔鱼跃、天高鸟飞，更没有野兽迁徙、人群劳作，只有北极喷火的光焰显示出一点生气。

朱田虎面对此情此景不禁惆怅起来，但惆怅很快就被激动代替了。睁眼细瞅，迎阳面上已经开始飞起一缕缕淡淡的白雾，更加仔细地看，有几十艘小飞艇在下边乱飞。他知道这是那些气象学家们在观测取样，同时观风望景。

随着距那一刻越来越近，地球上的生气越来越浓了，迎阳面上的白雾越来越浓、越来越大，渐渐包围了整个地球，黑白分界线越来越模糊，朱田虎知道这时如果从地面上看，赤道附近肯定已经有了拂晓和黄昏。

起风了。氮雪、氧冰开始急速升华，白的云涡、蓝的云涡开始频繁出现、频繁交汇、频繁消失、频繁再生，然后渐渐淡化，地球开始有了蓝天，白云却消失了。朱田虎知道这是氮气和氧气已经升华完毕，二氧化碳和水蒸气还没有开始蒸发。

人类的眼睛还从来没有看到过如此透明的大气——没有任何沙尘的大气。朱田虎看到地面上出现了影影绰绰的穿着新棉袄新棉裤，戴着新帽子新围巾的人群，这些人在仍然是白雪皑皑的地面上欢呼雀跃、翻跟斗打滚。

朱田虎知道，这是近9000年来人类第一次直接用鼻子呼吸到地面的空气，他的胸膛也感到清爽起来。

那一刻就要到了！

天梯上起飞了一艘中型飞船。

朱田虎知道这是被迫撤离的村长专船，于是急忙调谐超距通信机频率与之沟通联系，偌大一艘中型半光速飞船只搭载了大卫、维克多和冯鲁旺三位乘客。一阵寒暄问候过后，朱田虎邀请村长将飞船降落到斯坦福上来，说这里既安全，视野又开阔，大卫谢绝了他的邀请，自顾自地围着地球转起圈来。

这一刻终于来了！

斯坦福从距地面400千米处与地球擦肩而过，地球南北极的调向喷嘴同时喷出巨火，地球的前进方向明显开始往二娘身边弯曲，前进速度开始明显变慢。

"挺住！千万别在这个时候出事！"朱田虎

想着。

魔鬼定律又一次发生了作用，刚过近日点不久，南极的调向喷嘴突然熄火了，北极刹车喷焰的方向开始往二娘身外转了一个角度，好在北极调向喷嘴没有熄灭，转了一点之后就停止了。

"快点换哪！"朱田虎忍不住喊出声来，急出了一身汗。

32分钟之后，南极上空又有了喷火。

"好！"朱田虎大叫起来。

"成功了！"朱田虎的耳机里传来此起彼伏的欢呼。

斯坦福庄庄长来请朱田虎参加斯坦福广场上的庆祝大会，被朱田虎谢绝了，他舍不得离开望远镜一步。直到地球转完了102度的大弯，开始往远日点飞去后，他才回去大睡了一觉。

地球已经定轨了，公转速度已经降到每秒32.2千米，感谢二娘用力拉扯了孩子一把！北极的减速喷嘴已经停止喷火，地球开始按照预设的轨道，围绕二娘自然运行，其轨道参数是：

地球公转轨道与天苑系星盘倾角：90度

公转恒星周期：300 天整

公转平均速度：32 千米 / 秒

公转轨道近日点：0.8AU（即 1.2 亿千米）

公转轨道半长径：1.4844E+8 千米（即 1.4844
亿千米）

公转轨道椭圆偏心率：0.19

公转轨道近似周长：8.2944 亿千米

第三关不用过了！

地球终于安了新家！

但还不到改元的时候，放飞到地球引力范围外
的天然和人造天体的回归，将不可避免地影响地球
的自转，只有这些天体，包括 50 亿人口，全部归位
后，才能最终确定日长和四季。

逃元 8641 年，地球定轨后，大卫村长亲自到了
斯坦福上劝说斯坦福人尽快搬回地球，说是空出斯
坦福来有别的紧要用途。斯坦福人在月亮回归前全
部搬回地球早已给他们挖好的瓢虫庄，每人都得了
一枚探路勋章。

为了尽快恢复大气层，地球村恢复了调雨部，
奇思部部长何文奎担任了恢复后的第一任调雨部

部长。

月亮的回归无甚可记。在地球第二关过了之后，他们已经从二娘水库带外围往里开，两年逃元历之后顺利定轨在平均距离40万千米、轨道偏心率0.055、黄白交角0度、黄赤交角0度、赤白交角0度的椭圆形轨道上，绕地球公转一周精确等于30天。定轨后开始按照上次撤离地球的顺序有条不紊回撤村民，这时的地月距离仅是上次撤离时的1%，有了经验，这次回撤只用了10年时间，未死一人，未伤一人。

令人遗憾的是，人们回来后还要继续住琅嬛洞，只能穿着崭新的航天服在天街上匆匆望一眼久违的蓝天白云。地球拜调雨部所赐，这时已经有云彩了。回家的人们不准做任何停留就得匆匆往地洞里钻，好在琅嬛洞的家里自然生态维持得很好，真有到家的感觉。

村委会召开了一次最大规模的扩大会议，讨论制定新历法。

地球终于可以确定新生后的最终时序了，鉴于月亮公转周期已经精确确定为30天720小时43200

分259200秒，每年就变成了10个月300天7200小时432000分25920000秒，这导致四季不能是整数月了，一年有两季的开头是初一，另两季的开头是十六。

确定了年、季、月、日、时、分、秒这些基本时间参数后，确定空间参数时引起了一些争论，地理学界和社会科学界倾向于恢复原貌，仍按旧黄赤交角定轴。这符合传统习惯，也不会对生物界造成干扰。

飞天部、生存部、学联、计划院等自然科学界和教育界，则坚决要求扩大生物圈，去掉小数就定为20度整为好。

村委会最终选择了20度整的意见，从此地球生物圈扩大了6度56分42.896秒，这意味着两个极圈减少了3度28分21.448秒。

确定了四季和黄赤夹角，旅游部提出今后每年的元旦是定在冬夏季还是春秋季的问题。原来放在冬季，是根据农耕社会的忙闲规律，确切讲是北半球的忙闲规律决定的，庆祝起来非常不舒服，特别是南半球的居民更是如此。既然早已环球同此凉热，而且是机器人做体力劳动的社会了，因此将元旦定在北半球的春分、南半球的秋分为好，这样就能玩得痛快了，也不会对历法产生任何影响。

这个提议经过简单辩论就通过了，从此之后，每年的元旦节就定在了3月16日这一天。这部历法从此被民间称为"春秋历"。

会议一致通过保留喷嘴岗位的建议，每年的最后一分钟为法定开调时喷嘴调整自转的时间，待公转误差累积到一整天（这要累计几十万年才会出现一次），再调公转，还决定将喷嘴岗位和决定保留的赶月队由飞天部划归调磁部，将调磁部改为调时部兼管调磁和赶月。

会议决定正式撤销斯坦福特别庄，新设立一个瓢虫庄，瓢虫庄的第一届庄委会由斯坦福特别庄最后一任庄委会继任，任期到改元新元为止。

会议最后决定暂不改元，等完成了换地工作之后再议。

换地

享受了新太阳恩光的人类，新生活刚刚开始，改天的事情已经结束，那么换地的工作就该开始了，这些工作是所有部门一齐动手平行展开的。

大卫要求在预计整个200年的换地期间，所有官员都要下去蹲点，他自己首先选择了调雨部。

调雨部开过成立的简单小会后，就没见调雨部部长何文奎在办公室待过，地洞里、地面上、天街上也从未看到过他的影子，不知道他到哪里去了。

此时他正在离地球36000千米的高空观风望景捎带着耕云播雨呢。

申明生和卡门两个副部长就没有这么幸运了，申明生被何文奎安排在地洞里应付常务，卡门被他安排在天街上监督发雨伞片。

现在美女副部长卡门的工作比何文奎还忙，她实际上担当起了物流调度的责任，在天街工厂临时化冻清出来的借用制造署的一间办公室里没日没夜地干着，不是接通话就是发通话，一步都不敢离开，特别是在月亮定轨之后开始往地球回撤避难人类时更是如此。

按照何文奎部长和其他人原来的想法，要赶在月亮定轨之前先抢出两把伞来用着，其余的8把伞等撤完人后再慢慢鼓捣。卡门同志在现场看到所有的撤人飞船回程都是空的，就找到冯鲁旺部长要求返回时捎上他们的运伞片，冯鲁旺立功心切立即同意了，却遭到李萨丽副村长和生存部部长英迪拉的强烈反对，原因是所有的回撤程序都已固化在控制光脑里了，贸然更改必然引起程序混乱。卡门只好就近请示这时同样在天街街长办公室里蹲点的田建华副村长。田建华立即受理了她的请求，经过一番测算和交涉，同意了调雨部的意见，为了不出乱子，还专门从物流和人流两个署借调了二十几个执行调度到天街上协助指挥。

人还没撤完，10把伞已全部组装好，何文奎恨不得给田建华磕头。

10把调雨伞一升空就不得了了！何文奎将5把定位在陆地上，由卡门坐镇指挥，另外5把定位在海洋上，由他亲自掌控，整个地球的大气层开始被他们搅和得翻江倒海。面对此情此景，究竟是快速化冰还是缓慢化冰，地球村里发生了激烈的争吵。大卫村长在调雨伞上立时召开视频专题会议平息争端但却平息不了，最后因何文奎的一个先斩后奏行动解决了。他先调了5把伞在大陆上蜻蜓点水式地把二氧化碳蒸腾起来，这很容易，因为二氧化碳的升华温度只有-78.48度，5把伞在3.6万千米的高度上，随便摆摆身子就会扫出一大片，这个工作很快就完成了。这时激进还是缓进的陆地化冰方案还没有定下来，他就把10把伞全部调到海洋的赤道线上，先集中力量化海冰。之所以先化赤道上的海冰，是因为这里的太阳光最强烈，而且冰层最薄。

10把直径为3000千米的调雨伞，将赤道上空的7000万平方千米的炙热的太阳光聚焦成10个直径为300千米、面积为7万平方千米的、比太阳光明亮100倍的光斑，照射到海面上，深达1100多米的冰层开始剧烈融化，几天工夫厚冰就被烧开了，旋即形成了10个直径为300千米的台风眼。

　　与以往的调雨作业不同，这次的光斑是不移动的，烧开冰盖后依旧不动，海水受到加热剧烈地蒸发，台风云汽越来越厚、越来越浓、越来越大，终于把赤道海面上的天空铺满。由于调雨伞聚了光，云层受到的太阳辐射几乎为零，水汽迅速过冷，电闪雷鸣催着冰雹、雪雨倾盆而下，伴随着冰面破裂的巨大轰鸣，一片上亿平方千米的海洋被搅成一片混沌。

　　"暴风雨！让暴风雨来得更猛烈些吧！"何文奎忍不住大喊起来。

　　"你打算让这场雨下多久？"大卫听到他的喊叫，从会议视屏上转过眼来看了一会儿问道。

　　"还用说吗？将海冰全部化开再停！"正在兴头上的何文奎随口答道，"村长哎！没想到调雨伞的威力有这么大！我原本以为起码几年才能化开海冰呢，看来几个月就行了！被照射到的人造地震炸出的冰脊，已经化没了。"

　　"嗯！确实不错，超出了我的预想！先把海洋升起温来对生态恢复绝对有好处，我听说生存部就是准备先海后陆恢复生态的。"

"是吗？那我们很快就有海鲜吃了。"何文奎笑道。

"那可没那么快，"天街上的卡门在视频上插话，"化开海冰是一回事，海水升温就是另一回事了！冻了30000多年的海水，一时不能暖和，这样烧它反而是在给它降温——海水蒸发过程需要吸热而不是放热。"

"我想到了一个陆地海洋两不耽误的快速升温办法，只要把这10个台风调到陆地上去，必然会加速陆地冰雪的融化，然后回过头来再煮海，全球升温过程必定大大加快。"

"那样一来，人居区就全被淤了。离开祖祖辈辈定居的老宅子，统统搬到海边的防波堤上住，这个决心是很难下的。"大卫村长笑道。

"让我来促一促怎么样？"

"可以。"大卫听了何文奎的想法之后同意了，"秘书，调船，咱们到其他地方看看去。"

"好！10把伞都有了，立即停止聚光！将伞以东边陆沿为起点沿赤道重新排布，布好阵势之后再聚光加热海水！"何文奎下令。

"是！"各伞立即执行了命令。

调雨部想出来的促进有关部门尽快定出陆地化冰方案的办法是：10个台风眼停止加热后，地球自转将使它们自动往陆地上移动，这是公元初期就存在的现象。但那时一个台风也就十来级，最强不过几十级，登陆后失去了水汽供应，增加了陆地起伏不平和植物及建筑的摩擦，很快就把携带的水汽变成雨水降落下来，不凝结的气体变成低气压很快消散。

这次台风的级别达到了几百级，靠近陆地的级别小，海洋深处的级别大，海洋上和陆地上全被水冰覆盖，没了树木房屋，摩擦力很小，10个台风排队鱼贯登陆，形成了推挤效应，一路呼啸一路狂奔，窜到终极大陆中央才逐渐消失，把整个地球大气层搅了个天翻地覆，逆温层被彻底破坏了，台风所过之处风刮雨淋，露出了土壤的本色，云消雨歇后，地球升温速度大大加快了。

这使主会场已转移到工程院大会议室继续开的

会议与会者啼笑皆非，使试探院院长、土壤所所长、水文所所长以及工程院水利所所长、生存部土地司司长等缓进派大为恼怒，纷纷通过通话视屏质问何文奎，为何放任台风登陆。

何文奎一脸无辜，摊着双手笑着辩解说："我们没做任何出格的事情啊，完全是按照预定的海洋化冰方案，先横后竖、先热后冷进行的，没想到它的力气如此之大，居然自己跑到大陆上去了，对不起了，愿意接受批评，下次一定注意。"

"别装了！"生存部部长英迪拉笑骂道，"加快了升温速度，应该受到表扬，将伞分成两组，一南一北同时来吧，能让地球给自己出点力有什么不好？早一天化冻，早一天栽树种草，早一天告别耗子生涯，村民会感谢你们的。"

"是！坚决完成任务！"何文奎响亮地答应下来。

他立即将10把伞分成两组分别在南北纬30度线上靠近西海岸的地方重复以上操作，天地混沌，暴雨肆虐，洪水奔流。

这时再争论激进还是缓进已经没有意义了，因为不需要在陆地上专门进行化冰了，台风携带的巨量雨水在终极大陆中部的分水岭上降落下来，将松脆的地表冲刷得干干净净，泥沙石粒含量超过了10%，沿着河谷奔腾而下，很快将鼹鼠行动时织出的拦河坝淤满，继续往海边奔跑，碰上内防波堤才不得不停下脚步。

继续争论要不要选新宅基地织新房子也没有意义了。同样是冲刷、携带、迁移、淤积，由于海上的台风是从终极大陆的东海岸登陆，往西北方向移动，位于大陆东方的逃难前的人居区受到的淋溶、剥蚀、淤积是西海岸的两倍。5年后，调雨部停止调雨，大地回春，高天复原，大陆东方冲积平原上的所有民居都被深深掩埋在泥沙之下，变成了未来考古学家们的挖掘素材。

位于终极大陆中央高原上的万花城，逃过了劫难完好如初，风和日丽后，万花城最先恢复了生机。村委会、村政府和万花城的居民成了第一批钻出洞穴走上地面沐浴自然阳光、呼吸自然空气的人群。

解冻浩劫产生了深远生态意义的结果是：由于梯级拦河坝和内防波堤的拦挡，淤积出了大片肥沃的良田，江河入海口处，淤积平齐削减了高度的内防波堤，使生存部在此后的重建中屡建功勋。

6年后，调雨部停止了化冰工作。

100年后，调雨部被撤销，10把调雨伞划拨给了救灾部专做消防之用。

村委会决定新生后的人居住宅全部建在终极大陆的东南防波堤顶上。经过工程院核算，在东南海岸内外防波堤总长度4万千米、总宽度200千米、总面积为800万平方千米的上面，完全按照赖元初年的庭院面积建造全村5003个庄的住宅绰绰有余。

10年后，被地震震坏了的防波堤全部补好，东、南海岸被削矮了1000米的、由内外防波堤构成的捕鱼框被淤平了，内防波堤以西的滩涂大部分变成了陆地，大陆面积扩大了将近150万平方千米，相当于公元初期一个中型国家的国土面积。

50年后，海拔50米的矮捕鱼堤工程竣工，此前保护完好的10000艘大鱼船已经移到了外海，但忙碌的不是捕鱼，而是放鱼。

150年后，村民的新居全部落成了，与逃难前的家园几乎一样，每家都是一个占地为2000平方米的美丽的庭院，庭院中心是一座长方形的占地为400平方米的四层小楼，地下储藏室变成了地上一层，小楼所有的表面均为深黑色太阳能收集板，房前花园，屋后菜地，四周围着5米高的树藤篱笆。与言福玉家当年的院子不同的是围墙由圆形变成了长方形，庄委会、庄广场、庄公园、庄设施和庄学校建在了中间，四周包围着民居。

鉴于冰雪园在逃难中起了巨大的作用，人们决定在南北极上复建两座半永久性的，永远做冬季的游乐和锻炼场所。

织房子、修捕鱼堤的工程虽然很大，工程院却没有向指令院大量要人，而是使用制造署在逃难期间早已制造好的1000万台泥瓦匠型机器人进行土建施工。

与此同时，人们还在江河入海口处建造了50多座宇宙级淡水回流泵站和几十万千米的超大口径淡水回流管道，并在这些大江大河的源头上挖掘整修了几百个溢流大湖，这是科研委出的主意。

村委会决定将逃难的所有地下工程（新老天工

洞除外）全部灌上轻水。

地球升温之后，天梯和北极炮台上的天眼开始了方圆100光年内的360度立体方位角的巡天观测，并专门安排了定期监测绝对钟表的时间。

科研委不但恢复了原来的编制，人员还大大增加了，副主任增加为13人，研究院院长为第一副主任，诗文院院长为第二副主任，奇思部部长为第三副主任。人类终于实现了自然科学、社会科学和文学的大会师。

小娘被从淤泥里挖出来了，洞天的冷却水改回从原来的取水口取水，通地柱的1.32万千米直线加速器恢复运行，航天员培训通道和上天入地环球游通道同时恢复。

新能源研究所在试探院隆重成立，第一个课题是研究如何从挡箭牌克洛诺斯取气。

在制造署和飞天部的积极配合下，发射了各种地球监测卫星1600颗，二娘监测行星更新了5400余颗。以行轨所为主的二娘系勘察队，正式成立并立即开始了工作。

地震所的办公楼在该娅二世上举行了开张典礼。

20年后，彻底改装的两个变成了无人驾驶的跟屁虫，从最高的一把弹弓上起飞，直向黑凤凰奔去。

80年后，全球56条大江大河的回流工程全部竣工。

100年后，调雨部正式撤销，何文奎仍回科研委干他的奇思部部长，卡门到发电部当了副部长，申明生退休了。

新元改元的第二天，用老天工洞的一半改建的历史城正式向全体村民开放（另一半早已经改成了重刑罪犯的监押所），刚领了退休证的诗文院院长裴幼松，成了佩戴0000001号讲解证的讲解员。

村委会决定在月亮上挖建小型洞天。

50年后，月亮迷你洞天的桃树开出了第一朵桃花。调时部给月亮安上了一个可达到30000高斯的人工磁场，从此之后月亮上也有了极光。

100年后，1万公顷的月亮温室大棚在背面种出了第一批白菜。

200年后，新元改元的夜晚，孟茂康老村长和言福如松、阿尔伯特、茉莉娅的雕像，在月亮正面向狂欢的人群露出微笑。

村委会决定在赤道、东西经180度与南北纬0度的海洋上建造一座能起降亿吨级半光速飞船的新天梯。

45年后，新天梯竣工。

50年后，大娘怀旧游正式开始。

100年后，斯坦福的秘密任务圆满完成。万花城和阆苑洞、上林洞、琅嬛洞等三大洞天全部搬空了，飞天部开始往洞里灌从梅毒煞那里运来的轻水，天工洞并没有搬上地面，所有工业生产继续在里面进行。

由于地球生态破坏严重，当务之急是恢复生态。好在恢复生态的工程虽然庞大繁杂，但都是常规农活，简述如下：

5年后，飞天部组成的空军动用原来的地月系小飞船和能够动用的所有飞艇飞播草籽、藻类孢子和树种，在陆地上从赤道往两极推进，在海洋上则从两极往赤道推进。

10年后，上林洞狩猎区的陆军从赤道上，按照先草后树的顺序开始了搬迁，生存部最终并没有给生物搬迁者玩枪的机会，采取逐洞搬迁的方式，一个洞一个洞地搬，会走的会飞的都被赶到别的洞里暂时避难了，没有发生太大的争斗，其他的也没有刻意消灭，育苗的物候有差异，有些也存活下来了。

15年后，育苗完成，开始对荒山秃岭进行绿化。

50年后，大地已被浓绿包裹，江河入海口的地貌基本定型，开始了上林洞粮食园区的搬迁，种植粮食树采用的是种子飞播和树木移栽同时并举的方法。

70年后，阆苑洞开始搬迁动物，微生物则没有刻意搬迁，地面上缺什么就从微生物库里补充。

80年后，新稻粱有了收获，没吃完的储备粮食，全部拿去造酒了，忙坏了生存部的酿酒师。没有吃完的禽兽鱼肉，没有拿去做化工原料，而是陆续解冻，往阆苑、上林和海洋里投放，减少了肉食类动物和鱼类的抢食竞争，从而减少了因植物先搬迁导致的死亡。

100年后，阆苑、上林开始了海洋生物的搬迁，这时整个海洋已有了丰富而充足的食物，不像当年往洞里移植时那样小心翼翼了。一律先用渔网把鱼虾一股脑网到海里放生，再用大泵把迷你海洋的抽到海里，基本完成完整搬迁，有区域性的，如磷虾和企鹅，就用大船搬运到特定海域再放生，缺失的微生物同样从微生物库里补充，发生了一些不适应性死亡，但是没过几年就一片繁荣了。

120年后，迷你淡水湖和沼泽里的鱼鳖虾蟹也完成了搬迁，洄游鱼类开始基因移植，呈现出白鱼逐浪、江猪戏波的景象。

150年后，阆苑、上林、琅嬛三个洞天的动、植、微三界的生物全部搬迁完毕，注水前陆军最后一次清扫。为了增加大气层二氧化碳含量，把植物尽可能全部弄到地面上了，并没有点火焚烧，而是任其自然腐烂，珍贵木料则交给生存部打家具，同样达到了增加二氧化碳的目的，还同时改良了土壤。

190年后，村民们全部恢复了逃难前的生活水平，苦日子一去不复返了。

新生

逃元8800年元月4日，家住北纬30度线上果蝇庄的张金华，刚过了400岁的生日，今天要到肥料岛去上班。

张金华是林叩斯的后代，新元110年与公婆、丈夫、孩子们第一批迁回地球住到这里与瓢虫庄为邻，现在到了强制轮岗工作的年龄了。

这时人类的寿命比起赖元初年，已经提高了一倍多。地球公转周期缩短了16.7%，加上处于恢复阶段，人们还抽不出工夫来做大调整。因此，村委会只简单地将原来的人生节点的岁数乘以2，又将工作时间延长一倍，变为20岁上学、200岁结婚生育抚幼，400—1000岁工作，其中，400—500岁为强制轮岗期，过了1000岁的生日后开始退休养老。

　　张金华的丈夫耿双然比她大1.5岁，还在肥料岛轮岗，夫妻俩休完假一起走，这免去了张金华自己问路报到的麻烦。

　　逃元8800年，地球上的一切已经完全恢复到赖元初年时的情形，人类的生活也完全恢复了原样。

　　这就是和赖元初年地球村基本一样的生活场景，但还是略有不同。现在村民已全部集中在两道防波堤上居住，庭院由原来的正圆形变成了长方形。

　　果蝇庄西边原来的内防波堤外的大陆还没有淤平，是一道长湖，两道防波堤的海水闸门已经永久堵上了，因此这里的湖水全是淡水。

　　耿双然、张金华驻足站在海拔500米的长堤上，放眼西望，长湖的彼岸是一片略有起伏的平陂，平陂上的粮食树繁茂葱茏，这些沿海的被淤积出来的肥沃土地，被生存部开垦成地球村粮食园，不用施肥，出产就与赖元时代持平了。

　　越过平陂远眺，丘陵和山岗被植被笼罩成一片浓绿，那是新开辟的狩猎区。这片粮食园和狩猎区基本占满了原人居区的土地。因此，把原来的粮食园区和狩猎区腾出来变成了自然保护区。这样一来，自然保护区就比赖元时代扩大了一倍，自然界占据了地球终极大陆的三分之二，算上新南极洲还超过了这个比例，再也不用担心生物灭绝了。

张金华问道："不是说肥料岛需要至少一亿年才能积攒出可以进行工业开发的鸟粪吗？不是说新淤积的粮食园几百年内都不需要施肥吗？不是说开跑前的鼹鼠行动已经把鸟粪堆积的磷矿全部挖完了，掺上氮、钾突击制造的复合肥料足够使用几十万年吗？为何还要强制我们上肥料岛轮岗呢？"张金华一口气提了三个问题。

耿双然回答："这些问题还是等你报到之后听指令方的人正式给你解答吧。现在多看看美景，等下到地下就看不到了。"

张金华这批新人的第一堂培训课，培训地点不是在屋里，而是在3艘飞在空中的万人大飞艇上。

飞艇的客舱通体透明，座椅的安排非常合理，每个人都能清楚地鸟瞰下方。张金华没有看到上课的老师，只是从学习帽里听到女培训师讲解的声音。

"请同志们扣好自己座位上的安全臂，现在起飞。我叫高静芬，很荣幸与大家一同乘坐这艘飞艇，今天的培训由我和甘地老师一起上课，我们两人同时也是这艘飞艇的驾驶员。您乘坐的这艘飞艇，是地球村最大的3艘飞艇之一，村委会为了培训你们特批建造的，也是20艘特许在大气层里飞行的人造磁力飞行器中的一艘，所以飞艇虽大，却是无声的。您的座椅是特制的，一旦飞艇在空中发生事故，它会自动弹出舱外并打开降落伞，当然，这种事情至今从来从没发生过。"

张金华看到3艘飞艇缓缓地垂直上升，升空后飞成一个三角形编队，在空中盘旋，张金华庆幸自己这艘是领飞的。

"现在我们已经升到空中，飞行高度是1000米。请大家谅解，由于人多，培训期间无法提问和讨论，只能听我一个人讲。现在看到的这片大的建筑区，就是你们轮岗工住的鸽子笼区，那边小一点的建筑区，是固定工的居住区，比你们的阔气一倍，每个人有200平方米，而且是一人一户。

"肥料岛由一大一小两个岛组成，这个小岛

被称为'人岛'，西北方向距此2000多千米的更接近大陆的大岛，称为'鸟岛'，肥料岛即以它命名。这样的称呼是不符合实际的，实际情况是人岛这边生产的氮肥和钾肥大约占了复合肥料的70%～75%，鸟岛虽然比人岛大了20多倍，但只生产了25%左右的磷肥原矿，矿石粉碎、综合调配和分装发运都是在人岛上进行的。因此，人岛才是真正意义上的肥料岛。这一片厂房就是调配分装发运厂，在里面干活的都是固定工，轮岗工进不去，只能从空中看看。

"岸边这片厂房是钾肥厂。地球村成立时，村委会就发誓要尽量减少化学工业，所以这里的钾肥是用物理方法直接从海水里提取的，没有任何化学污染，但是能耗奇高。顺便告诉大家，全球所有的食盐，也都是这里生产的。

"这边的厂房是氮肥厂，也是用物理方法直接从空气中提氮固氮。由于氮肥所占比例最大，所以这里的空气含氧量比别的地方高。当然，这些工厂现在都还没有开工，要等到用完了鼹鼠行动的剩余之后才开门呢，至于磷肥的生产，在鸟粪堆积到足够的厚度之前只能像公元时代那样开矿了。

"现在飞艇已经升到10000米高，在飞往鸟岛之前，请大家鸟瞰一下人岛全景，请特别注意环绕岛屿的两道防波堤，这在地面上是看不到的。最早的防波堤有500米高，后来加到1500米，现在只有10米高了，因为地球新生后永远没有地震了，也就永远没有海啸了。两道大堤之间的距离是100千米，不影响海滩景观，内堤距海岸线的最短距离是10千米，这位于海平线以外了，所以在地面上是看不到的。鸟岛也建了同样的两道大堤，一会儿各位就看到了。"

过了一会儿，培训师又说："现在我们升至30000米平流层，飞快一点，大约1小时后就到鸟岛了。"

"现在我们已经飞临鸟岛上空，为了不与鸟儿抢路，最低飞行高度为2000米，现在已经平飞。我唠叨快两个钟头了，润润嗓子。请大家自己欣赏一下白云与群鹜齐飞、碧水共长天一色的壮观景象。"学习帽里开始播放《平沙落雁》。

"大家请看这片几乎占了鸟岛三分之一面积的

浓密的森林，这就是你们要工作的地方，你们要在这片森林里摘两年树叶。为了先让大家提前感受一下，请大家摘下学习帽，从座位底下取出呕吐袋备用，我们播放一段根据实况制作的情景，带味的。"

逃元8999年，改天换地工作基本完成之后，已经接近10000岁高龄的大卫村长主持召开了地球村自逃难以来的最大的一次村委会扩大会议，宣布本届村会已经胜利完成了领导地球逃难的工作，应该终止长生手术交班了，会议经过激烈的讨论，最终接受了大卫村长的提议，决定立即开展村、庄两级领导班子的换届选举，很快就选举产生了由没有进行长生手术的正常人组成的领导集体。

新的领导班子产生之后，决定将逃元9000年改为新元元年。

新元元年1月1日，地球村举行了一次隆重的新生庆典，德尔塔村视频参加了庆典。

庆典过后，地球村继续进行了改天换地的后续工作。

新元300年，亿吨级超级半光速飞船研制成功，开始试飞。10年后，大娘怀旧游取得成功。

新元400年，第一个德尔塔旅游团从新天梯弹弓上起飞。

新元500年，地球上空的天宫工厂增加到50座。

新元600年，包括供应1000万人新鲜蔬菜的电温室大棚在内的大娘怀旧游旅游接待基地，在特里同上剪彩成立。从此，大娘怀旧旅游团有了歇脚之地。

新元600年，该娅二世上的打热管降地温及安腿工程正式奠基。

新元1000年，地球村向宇宙深空派出了由11艘亿吨级半光速飞船组成的一支宇宙深空探险船队。

追美

　　巨大宽阔的亿吨级半光速飞船的舷窗前，一个身材适中、面目清秀、略微谢顶的中年男子，双目微眯，紧盯着浓黑的天幕下群星灿烂的前方。

　　站在那位中年男子身后的，是槐花和杏花。

　　群星灿烂，却看不到人们熟悉的银河。在地球上用天文望远镜才能看到细节的仙女座星系、小熊座星系、天龙座星系、六分仪座星系，以及只能看到模糊星斑的两个狮子座星系，现在用肉眼就能清晰地看到，而明亮的北银极的灯塔大角——牧夫座阿尔法，现在已变成白矮星了，早已被甩在了身后。

　　这支新生后起飞的探险船队，领队兼队委会委员长、新元历现年21828岁、从外表上看不出有多么大年纪的田建华队长，正在旗船上向前方瞭望，十艘同样是亿吨级半光速飞船的探险船雁翅跟进。

探险队的十个副队长，同时也是队委会委员的佩德罗、琼森、英迪拉、蒯飞燕、苏沙罗、约瑟夫、冯鲁旺、陈和晶、伊斯梅尔、何文奎，分别兼任另外十艘船的船长，平均年龄22000岁。

没错，十一艘船上的11000名乘客，年龄都超过了21800岁！

此时，已经21828岁的田建华队长，不由得回忆起探险队从酝酿、成立到成行的艰难过程。

赖元后期，经过村委会委员表决，三分之二以上赞成的特殊审批程序，执行特殊使命的人，通过特殊的细胞洗涤及端粒体切除的组合长生手术，可使寿命无限延长。这些长生人，并不是公元初期科幻游记里描述的那种行尸走肉，而是身心完全健康的正常人，也是人生父母养，吃五谷杂粮长大，20岁上学，200岁生儿育女，400岁开始工作，经过100年强制轮岗期后被录取为需要执行特殊使命的工作人员，经过村委会一人一案的特殊审批和本人同意，才能接受长生手术。这个手术是需要不断进行的，每过10000年就要重新进行一次，特殊使命结束后，不再继续接受手术的人就会很快衰老死亡。

这是人类在准备逃难期间取得的又一项划时代的科学成就，首先是在远程飞天这种执行特殊任务的人员身上进行了试验并获得了成功，到了脱离大娘开始逃难时，为了加强领导提高决策效率，村委会才通过决议将这项成果扩大到以大卫为首的那一届领导班子身上，才成功地领导了逃难行动，带领地球获得了新生。

由于手术过程非常痛苦，新生之后村委会又经过讨论表决，通过了不再继续进行长生手术的决议。

但是由于黑凤凰的一个穿越动作引出的科研委的一个可研报告，村委会给那个决议开了一个后门，从领导班子成员中特批了第一副村长、科研委主任、奇思部部长、地轨所所长、飞天部部长、信流署署长、工程院院长、生存部部长、理论院院长、试探院院长以及总喷嘴嘴长等11个人进行了第二次长生手术，组织了这次宇宙深空探险。

探险队从酝酿到成行，足足经历了1000年的时间，又经过了10000年的长途跋涉，现在已经接近了探险目标。

地球获得新生之后，各项工作都恢复了正常，人人安居乐业，宇宙出奇的平静。

二娘这颗K2型恒星刚进入壮年，吹出的气流比大娘稍大一点，已逐步接近大娘公元初期的状态，连黑子都很少，100万年内也没有出现过冰河期。

地球出奇的平静，没有了地震，也没有了海啸山崩。

洞天早就灌满了轻水。

除了刻意保留的一块供孩子们学习历史的荒山野岭沙漠元素山公园外，其他的沙漠、石漠均被草毯和树林固化住了，因此杜绝了水土流失。

由于已经建成超大江河回流工程，因此停止了人造台风调雨，十把调雨伞划归救灾部当消防伞使用。

全球地表禁火，温室气体自然平衡。因此，除自然发生的台风之外，其他的极端天气都很少见到。

海洋已经无限繁荣，人类只在高矮防波堤之间的捕鱼区里守堤待鱼。

经过人类的精心安排，北极圈内有了企鹅，新南极洲上有了北极熊。

冻土冲积的内防波堤平原已经完全定型，成了肥沃的粮食园，严禁化学除草，人们只是简单地用物理方法除除草，就能坐享丰收。

粮食园以西的老人居区被划为狩猎区，保证了人类所需的动物蛋白和脂肪取之不尽用之不竭。

除了特批的科学研究之外，老人居区西缘直到西海岸，是严禁人类涉足的自然保护区，占了地球大陆面积三分之二，足以让生态链完整地生生不息。有鉴于此，原固定的隔离网被改成了可以关闭也可以开放的，在禁猎期间，狩猎区和保护区的边境开放，因此狩猎区也保持了强大的活力。也就是说，新生后的地球，天空还给了鸟儿，海洋和江河湖泊还给了鱼儿，地面还给了走兽，只有东、南防波堤上的人居区和肥料岛等几个地方例外。

在大气层里飞行的飞艇仅保留了10艘，其中肥料岛5艘，科研委、救灾部、武备部、安宁部和村委会各1艘，渔船则一艘也没保留，全部拴在一起做成活动舞台巡回表演节目了。

赖皮期间被看娘队长穆清明命名为"该娅二世"的那颗类地行星，开发进行得十分顺利，地球村在新元50万年时，决定永久停止在地球上开矿，全部矿场都已转移到该娅二世那里开采。超大型半光速飞船担负了将精纯矿产品运回地球的任务。为摆渡飞船起降方便，人们在那里也建造了一座天梯。

由于有了亿吨级半光速飞船，以二娘为中心、半径100光年的宇宙探索勘查工作，已在新元10000年时开始进行，目前对这片空域的所有恒星、恒星系和流浪天体都进行了至少一次的载人勘查，并布放了监测器，因此永远不会再发生飞廉偷袭事件了。遗憾的是，除了德尔塔，这次过筛子似的勘查仍然没有发现外星智慧生命，也没有收到宇宙中任何可以下定论的外星文明信号。

平行宇宙的研究、夸克能、超弦能、真空子能、黑洞能等新能源的基础科学研究已开展起来。

　　为了弥补新能源迟迟开发不出来的遗憾，村委会决定优先进行类土行星取氘的研究，建在挡箭牌克洛诺斯最大的卫星上的科研基地热闹起来。热闹归热闹，到目前为止，还没有取得任何实质性成果，甚至连试验路线都还没有确定，撞击派建议驱赶卫星撞出几块进行提炼，环轨派则建议围绕挡箭牌造一条坚固的环轨，再用卷扬机提取物质炼氘，目前正争得不可开交。

　　科研委还提出乘坐亿吨级半光速载人飞船勘探银心的建议，因斯坦福人在地球逃难期间派出去的两艘千万吨级载人勘探船早就失联了，由此两星共同得出结论：要想窥探银心的奥秘，使用人造飞船作为运载工具显然是不行的，必须用一颗挖有洞府的星球才能应付银河系中心那种极端的环境。而驱动一颗星球进行上万光年距离的旅行，必须将它加速到极高的速度，受能源制约这很不容易做到。这件事情也就暂时放下了。

　　于是新生后的科研委，面临着这样一个局面：没有战争，因此无须研究军事科技；没有生态失衡，无须在这个领域投入太多精力；没有火山、地震和海啸，防灾研究可有可无，地震所早就搬到该娅二世上去了；新太阳极其平静，由天眼和人造行星进行常规监测即可；方圆100光年之内，没有发现异动天体，而绝对钟表的气壳已经稀释到只有用专门的仪器才能检测出来，因此不需要花力气预防天外来客；地球完全垂直于二娘的星盘公转，宙斯已经把小行星基本拐带一空，极少数漏网者已被天眼和炮台紧紧盯住了，拜访地球的概率可以忽略不计，无须为陨石、陨铁、陨星伤脑筋。

因为离第二次逃难还早得很，因此所有喷嘴均已封存，推进喷嘴的改进问题还远远不用排上日程。江河回流后停止了人工调雨，加上植物越长越茂密，因此地表侵蚀研究也不那么重要了；洞天已经灌满轻水；该娅二世开矿虽说也有很多需要面对和解决的问题，但都是技术层面的，由工程院和制造署解决起来更趁手，科研委基本掺和不进去。

新能源的研究还停留在人脑和光脑上，试验人员还使不上劲；类土行星取氘处在打口水仗阶段，试验人员同样使不上劲。

赖皮史、逃难史的编纂早已脱稿，对科学内容的注释学联即可完成，不需要研究人员去抢功。

按说太平年代是科学发展的最好时代，但在地球新生之后的这个特殊时期，科研委却显得有点寂寞。

总得找点事干哪！整个科学界都在呼喊，于是科研委的目光聚焦在宇宙深空探险上了。

逃元7628年，黑凤凰在距离大娘9000万千米处，几乎垂直大娘星盘穿过水星和金星之间的空当，把墨丘利拉了个跟斗，改变了它的轨道，拐带了维纳斯。巨大的引力潮汐，引发了大娘有史以来最大的一次膨胀，黑凤凰的运动方向被大娘拉扯得发生了变化，流浪速度继续保持着1346.73千米／秒，但是各速度分量却变了。

脱离银心速度：$U=-7$千米／秒

绕银心公转速度：$V=131.5$千米／秒

垂直银盘速度：$W=1340.3$千米／秒

地球获得新生之后的第一届村委会派出了两艘无人驾驶跟屁虫，用半光速追上它、看到它、测量它，用最新的超距通信机将这三个参数发回地球后，引发了科研委一阵强烈的激动情绪。

这三个速度分量会导致一个极其令人神往的结果：如果不再与其他大质量天体近距离接触的话，黑凤凰将在几亿年后到达银河系银盘上面2.7万光年的高度。这意味着它可以鸟瞰银河系完美的银盘！在银心黑洞的拉扯下，它还将在十几亿年之后到达银心，这意味着可以零距离窥探银心的奥秘！如果它有幸挣脱开银心黑洞穿过银心，还极有可能在二三十亿年后回到二娘附近，这意味着维纳斯会重新和我们团聚。

这是一趟多么激动人心的银河系旅行啊！如果去些人跟着走一趟，则更加激动人心！恒星所立即将这个喜讯报到院里、委里、村长那里，强烈要求立即开展这方面的可行性研究，却被大卫村长一瓢冷水浇灭了恒星所的这个念头，理由是纯科学的：黑凤凰不能住人，它的温度只有325K；它的力气太大了，任何物质只要进了它的怀抱，就永远别想再出来。维纳斯倒是可以住人，它的表面重力基本接近地球，但是70多个大气压（已被大娘周期性膨胀吹走了很多大气，因此大气压也由原来的90多个降到70多个了）和460多摄氏度的二氧化碳气体占

90%，会将任何生命憋死、蒸烂。所以，现在还不是去追它的时候。

转眼2000多年过去了，跟屁虫还在发信息，足见逃元时代的制造质量多么过硬。发回的监测数据表明，维纳斯已经变成了逃难时的地球，97.5%以上的气体已经凝成冰雪，降落到地面上了。因此，那里可以住人了！

新元200年2月30日，一份经过反复核实、反复计算、反复模拟、反复修改的《搭乘金星进行宇宙深空探险的可行性研究报告》，呈到已经恢复为正常寿命任职的当时的村长王子强的案头，主要内容如下：

一、项目名称

搭乘金星进行宇宙深空探险（俗称"追美"行动）

二、载体恒星黑凤凰参数

质量：0.56倍太阳＝（1.114E+27）吨

密度：1.48亿吨／立方米

体积：（7.526E+18）立方米

直径：2432千米

自转速度：1.2转／秒

表面重力加速：（5.03E+10）米／二次方秒

表面逃逸速度：（1.1E+7）米／秒＝1.1万千米／秒

表面温度：325K

奔驰（流浪）速度：1346.73千米／秒

脱离银心分速度：U=-7千米／秒（天苑四U=-3千米／秒）

绕银心公转分速度：V=131.5千米／秒（天苑四V=7千米／秒）

垂直银盘分速度：W=1340.3千米／秒（天苑四W=-20千米／秒）

绕银心轨道参数（基本垂直银盘）：

近银心点：0.2光年＝（1.9E+12）千米＝2万亿千米

远银心点：2.5万光年＝（2.4E+17）千米＝24亿亿千米

到达银盘高度：2.7万光年＝（2.6E+17）千米＝26亿亿千米

穿过银心时间：14.3亿年（新元历）

加进天苑四W=-20千米／秒的相对退行速度，

另一半走12.1亿年。

与天苑四重会时间：14.3+12.1=26.4亿年（新元历）

现在与天苑四的距离：约（3E+16）千米=3亿亿千米

半光速飞船追上的时间：约10000年

追上时黑凤凰与天苑四的距离：约（4E+16）千米=4228.3光年

三、载体行星金星（又名维纳斯）参数

半径：6073千米

直径：12146千米

体积：（9.43E+11）立方千米

质量：（4.87E+21）吨

密度：5.24克/立方厘米=5.24吨/立方米

表面重力：0.9倍地球重力（重量减少10%）

表面重力加速度：8.78米/二次方秒

逃逸速度：10.4米/秒

表面温度：176K

绕黑凤凰运转参数：

近母星点距离（轨道半长径）：1840万千米

軌道偏心率：0.025

軌道近似周长：116000000千米 =1.16亿千米

公转周期：575326秒 =160小时 =6.65天（地球天）

自转周期：等于公转周期

平均公转速度：201.6千米/秒

黄赤交角：8.2度

四、开展本项目的必要性

人类渴望亲自探索银心，从东方红卫星上天之后，就一直有这个渴望，现在主、客观条件均已具备。

五、开展本项目的可行性

1.德尔塔人已经进行过飞船载人探索，虽然失联了，但是还不能下结论说已经失败。

2.如果黑凤凰的运行轨道不再受干扰的话，它可以从银河系中心点0.2光年（2万亿千米）处穿过且速度足够高（每秒1346.73千米），不会被银河系中心黑洞俘获。在宇宙观测学尺度上这就算零距离了。

3.维纳斯的所有物理参数均和地球差不多，因此可以住人，只要学着地球逃难时的样子把洞天建起来，就可以应付银心处的极端宇宙环境，就可以丰衣足食。

4.虽说维纳斯的大气不适合任何生命生存，但是现在大气已经全部冻成固体凝结在地面上了，只要有足够的能量（可以带去电站，相信那里一定有铀、钍、氘、氚），用物理方法将二氧化碳分解成固体碳和氧气（早在公元初期就有了这门技术，现在更加成熟、更加可靠、更加节能、效率更高），人类生存就有了充足的氧气供应。它有氮气，而且比地球还多。

5.黑凤凰/维纳斯有每秒1300多千米的速度，因此巡天本身不需要消耗能量，这是本项目最大的优势所在。

6.地球已经有了亿吨级超大型半光速飞船，可以将足够多的人员、科研设备和生存物资运到维纳斯上。黑凤凰现在离二娘还不远，半光速飞船开足马力只要10000年就可追上。

7.长生试验理论上已经可以将人的寿命无限延长，因此探险途中不用再考虑繁衍问题，这可以腾出足够的飞船空间装运物资。

8.最重要的一点是人类探索未知世界的渴望无比强烈，这足以保证追美项目的参与人员能够克服任何困难。

六、项目风险及对策

利用超高速流浪恒星黑凤凰自然形成的轨道探索银心，比用人造运载工具探索更具有优势，但是仍然存在至少10个巨大的风险，经过缜密的可行性研究论证，这些风险利用现有的科学技术和管理手段都可以克服。

1.人类孤独及失联风险。

追美探险队不能去太多的人，这将是一趟长达30亿年的超长途旅行，在整个过程中还不能指望地球提供任何帮助。更可能有与地球失联的风险（德尔塔的探险者早就失联了），特别是进入银核后，即使是超距通信机完好，也可能被越来越密集的星体或星云隔断信号。因此，这趟探险注定是孤独的。孤独很容易使人绝望，而人一绝望就很容易失去理性，人一失去理性，后果不堪设想！

对策：多带超距通信机和中继站，沿路布放，可以最大限度减少失联风险（即使如此，进入银心之后还是不敢绝对保证不失联）。这样做的附带好处是，这些通信机和中继站同时也是以后探险的路标，因此必须使用铋-209电池。

2.黑凤凰变轨风险。

这是一个发生概率极大的风险，特别是进入银核之后。黑凤凰变轨本身对探险队不会造成直接伤害，但是可能回不到二娘旁边来。现在的轨道可以在26.4亿年之后回到距二娘2.5光年的位置，如变轨就不知道跑到哪里去了，人就可能永远回不来。

这是没法预防的，只能随机应变。应变策略是追上之后就把飞船完好封存起来，一旦发现苗头不对，立即放弃探险乘飞船回来。为了在任何突发情况下都能快速逃离，每艘大船都得带几艘小船。

3.潮汐风险、维纳斯变轨风险。

维纳斯离黑凤凰实在太近了，近日点只有1840万千米，且公转速度太快（6.65地球天就公转一圈）。因此，这个轨道极不稳定，潮汐引力极其强大。强大的潮汐引力可能会引发向阳面的凝固气体爆发，跟屁虫发回的信息虽显示还没有发生这种情况，但是不能保证以后不会发生，稍微有点外力（最可能的是宇宙引力震荡）干扰，维纳斯就会变轨，如果是被黑凤凰甩出来还好（这个可能性是99.999999999%，因为维纳斯每秒200多千米的公转速度实在太快了），但如果投向黑凤凰的怀抱，就万事皆休了（这种可能性虽然极小极小但绝不是零）。

对策：最彻底的解决办法是给维纳斯安上腿，使其跑到安全地带（比如就是1AU），这虽然很艰难，但并不是完全没有可能。因为黑凤凰的质量只有大娘的一半，而它本身的公转速度是地球的近7倍。因此，所需喷嘴功率和耗能量比地球少至少十分之九（和驱赶火星差不多），只要维纳斯身上有足够的铀、钍、氘、氚，经过努力可以给它安上喷嘴，在它能跑之前，只能住在它的背阳面上以防气体爆发，然后和预防第二个风险一样——见势不妙立即开溜。

4.黑凤凰变热发光风险。

这是极有可能发生的风险，因为它要穿越马头星云和多个次级星云（好在是在后半程）。一旦它开始变热发光，就会将维纳斯凝固的二氧化碳重新蒸发起来，人就没法待了。

预防及解决对策：同第三点。

5.维纳斯升温和窒息风险。

下列情况只要碰上一种就会发生这种风险。

（1）黑凤凰变热发光。

（2）维纳斯本身的地质活动。维纳斯现在只是表面变冷了，里面依然火热，因此火山爆发是必然会发生的，只要有火山爆发，必然会局部蒸发大气，大气一蒸发，人就有窒息风险。

（3）进入球状星团和靠近银心时，维纳斯受到密集恒星的近距离照耀极有可能会使其升温，蒸发大气。

（4）再遇到强辐射源，比如绝对钟表爆发那样的照射源照射。进入球状星团和银心后，这种爆发的概率将比现在大好几个数量级。

对策：切实掌握好飞船，随时准备撤离，把藏身的洞府选在地质相对稳定的地方，造大一点，造坚固一点，造严实一点，用热管降地温。做好这些基础工作，就可以应付局部的和短期的危机。

6. 能源风险。

亿吨级半光速飞船不论载去多少初始燃料，也绝对不能支持长达二三十亿年的探险，更不能指望地球或德尔塔提供后续帮助，因此，只能寄希望于维纳斯的肚子里藏有核能源。但万一它没有呢？就会发生能源危机。

对策：尽量少上人。建议只上1000人，这样就可以单靠地热能源维持30亿年。根据以往的探测，维纳斯上核能源丰富，虽然氕、氚不多，但有不比地球少的铀和钍。因此，除了带去聚变电站之外，还要制造大型的裂变电站带上去。这极有可能将是探险队赖以生存的主要能源。

7. 不明天体碰撞风险。

从地球逃难的经历来看，这种风险发生的概率至少和黑凤凰变轨的风险一样大。

对策：同第三点。

8. 球状星团和银心吸引风险。

同第三点。

9. 脱离风险。

探险队不能永远跟着黑凤凰在银河里流浪，因为它的轨道极不稳定，恐怕第二圈就会扎入银心黑洞。如果探险队有幸，黑凤凰能够平安穿越银心回到二娘附近，探险队须立即结束使命，毫不犹豫地返回地球。但有可能到那时他们已经不舍得回来了，因此，这个风险不是技术上的，而是心理上的。这个可能性是有的，看看斯坦福和特里同的表现就不难理解了。

对策：地球人做好充分准备，到时候如果他们赖着不撤，就采取一切必要的强制措施，强行把他们拽回来。

七、项目预期收获

1.零距离研究黑矮星，还有可能零距离目睹一颗新主序恒星的诞生。

2.实地勘查金星，如果核能源充足，可能改造金星，这是人类的夙愿，但到现在才具备了实施条件。

3.高视角鸟瞰银河系银盘全景。

4.从球状星团内部观察、探测它。

5.一窥银心之奥秘。

6.饱览银河系壮丽风光，扩展人类视野和

足迹。

7.如果运气好的话，有可能把维纳斯开到天苑四来，这里的宜居带可以容纳它。

8.不可预知的其他奇遇，包括但不限于目睹恒星、黑洞、行星系诞生和死亡，双星的运行和吸积，肉眼验证洛希极限，邂逅外星智慧生命。

八、开展本项目的紧迫性

黑凤凰已经离我们很远了，它跑得太快，它和维纳斯都不发光，现在只靠两个跟屁虫监视着它们。两个跟屁虫均有近100万岁的高龄了，现在虽还有信息发过来，但是已经开始出现乱码，随时都可能失联。如果两个跟屁虫不幸失联了，在茫茫宇宙之中，人们将极难再找到它们，就可能会失去一次永远不会再有的、全程基本免费的参观银河系的机会。机不可失，失不再来！因此，应立即着手实施本项目了，应先发两艘小飞船前去接替跟屁虫。

九、研究结论

综上所述，组建探险队追上黑凤凰，开展银河系宇宙深空探险刻不容缓。尽管风险极大，但在现有的科学技术条件下都是可以克服的。因此，开展本项目是必要的、可行的、紧迫的，回报是巨大的，请予审查批准。

新元200年6月30日，独立专家组审核通过了修改完善后的《搭乘金星进行宇宙深空探险可行性研究报告》；7月28日，村委会全体会议表决通过，追美行动正式开始筹备。

新元200年7月31日，两艘仅携带了简易光学和引力望远镜、10部可自动替补的超距通信机的中型无人驾驶半光速飞船，从新天梯弹弓上起飞前去接替跟屁虫。

新元1001年1月1日，满载着生存、探险物资和1100名探险队员的11艘亿吨级半光速飞船，从新天梯最高层弹弓上鱼贯起飞，开始了追美的航程。

新元11000年，探险队追上了"绝世美女"维纳斯。

安家

新元11000年，以田建华同志为队长，佩德罗、琼森、英迪拉、蒯飞燕、苏沙罗、约瑟夫、冯鲁旺、陈和晶、伊斯梅尔、何文奎为副队长的探险队，追上了维纳斯。

当追美探险船队减为低速准备入轨后，人们才能够透过飞船舷窗，用肉眼看到外边的景色。因为飞船在以半光速飞行时，所有舷窗都是用磁单极子整流罩严严实实盖住的，一丝光线也透不进来。

每船100人，总数为1100人的探险队，由下列人员组成：

队委会由先选拔任命的队长田建华建议并提名，村委会认可，1100名队员举手表决超过三分之二通过的65人组成。

先选拔任命的队长田建华提的议案获得通过，队委会三分之二以上委员举手表决通过的11人组成探险队队委会。

队长：田建华。

管理副队长：佩德罗（分管科研、计划、善恶、指令、安宁、武备、危机）。

生存副队长：英迪拉（女，分管生存、医疗、养生、长生、环保）。

科研副队长：琼森（分管研究、探险、总控、总脑）。

轨道副队长：蒯飞燕（女，分管机器人和维纳斯轨道设计）。

工信副队长：苏沙罗（分管制造、维修、信流）。

工程副队长：约瑟夫（分管能源、开矿、造气、制钻）。

飞天副队长：冯鲁旺（分管飞船、人流、物流）。

文教副队长：陈和晶（女，分管宣传、教育、娱乐）。

走道副队长：伊斯梅尔（女，分管给维纳斯安腿及推进）。

奇思副队长：何文奎（不分管具体事务，机动协调）。

二十五类学者（均兼做教师和教工）：逻辑、数学、物理、化学、算法、语言、宇宙、天文、星云、恒星、行星、动物、植物、微生物、工程、控制、管理、文学、心理、娱乐、医药、生殖、克隆、长生、营养。

二十五类工程师（均兼做工人）：土建、种植、养殖、调温、机械、勘探、开矿、安腿、发电（裂变和聚变都有）、电器、控制、信息、光脑、机器人、飞天、探测、制药、医疗（含劣因剔除和长生手术）、克隆、化工、循环、娱乐（含竞技体育和健身）、制衣、酿酒、烹调。

六类艺术家（均兼做演职员）：音乐、戏剧、歌舞、逗乐、杂耍、博弈。

八类管理干部（均兼做职员）：办公、计划、指令、善恶、宣传、危机、武备、安宁。

各类机器人若干，机器人队队长槐花，副队长杏花。

　　1100人全部是从600～700岁这个年龄段的各个行业中精挑细选的，都有工作业绩、经验和子孙后代，被选拔出来后，出发前集中做了一次长生手术，这是由先选拔任命的队长田建华建议的。本来按照科研委的可研报告，探险队是老、中、青三结合，田队长被优先选拔出来参与组队工作后，提出应全部选拔同龄人，因为这些人都是要接受长生手术的，即使不能坚持到探险结束，也要在一起共事极长一段时间，分了辈分会产生很多矛盾，极限情况是老人们会倚老卖老，而小辈会倍感压力。因此全是同龄人为好，村长办公会采纳了这个建议。

　　由于这支队伍是由队长来带，队长的意见基本上就是决定性的意见。因此，田队长提出要参照村委会的形式，组建一个65人的队委会，实行一定程度的民主管理的建议，也立即被采纳。

　　科研委、村长办公会和村委会最担心的，是探险队里将来会出现专制者，有了一个队委会，就会形成一种制约。虽说一个人想搞专制，人数再多的队委会也很可能制约不了，但有总比没有强，而且这个建议由队长提出来比其他人提出来更好。也就是说，这个队长是选对了。

田队长提出机器人也要设两个领队，并指名要菊、槐两花担任正、副队长。村委会立即同意了，只将菊花换成了杏花，理由是菊、槐两花历来是秤不离砣，地球这一边也要有个人和她联系。对此，田队长没有反对，于是菊、槐、杏三花被从历史城里的功勋机器人陈列馆里搬出来，重新穿上了公关职装。

按照科研委的可研报告，要最大限度地腾出飞船，尽可能多带物资，追美期间全部吃用液氢深冷储藏的食品，蔬菜则现种现吃，追到美人站住脚之后，用同样深冷储藏的种子、细胞、基因、微生物建立生态系统。主管生存的英迪拉副队长提议，蔬菜不用现种现吃，满打满算也就10000年的时间，全吃压缩脱水保鲜蔬菜，照样可以保证维生素的供应。英迪拉副队长这个提议，也被村委会采纳了。

与人们想象的相反，探险队并没有留下供克隆的细胞。这是因为谁也不知道这些细胞能不能在保存30亿年后还有活性。

按照科研委的可研报告，11艘亿吨级半光速飞船携带了以下几类物资。

交通类：11艘大飞船，22艘小飞船。小飞船并不小，比地球上的中型飞船还大，挂在大飞船的外边，不占舱容。每艘飞船只能载100人，是按照能载人半光速飞行至少30000光年的要求专门制造的。大船舱里携带了22艘真正的常规小飞船，当摆渡飞船使用。

生存类：除常规配置（包含长生手术和克隆设备）之外，还带上了地热电站、裂变电站，开矿及冶炼设备（主要是各种型号的火盾），热管制造、安装设备（以便提取地热和给地洞降温）。

维纳斯上几乎没有磁场，而探险队员们要穿越银心时，没有磁场的保护是绝对不行的，因此，还带上了生磁调磁设备。

每人按两个秘书、两个保姆、两个全能力士的标准配了机器人，还参照斯坦福的经验，带了一条简单的工业生产线及简易二氧化碳分解设备，另外还带了一些固态氮、几十辆电动雪橇车和几万副滑雪板。

通信联络类：只有超距通信机和中继站两样东西，数量却惊人。

根据二娘周围的深空探测经验，超距通信机在100光年内进行高保真通信是没任何问题的。跟屁虫的表现说明千光年级别也没问题，但考虑到银晕、球状星团、银核、银心和星云的特殊极端环境，最后按照100光年设置一座中继站，这至少需要投放1000座。按100万年使用寿命计算，要坚持到探险结束，每座要备3000套备份，坏了就自动切换，两者相乘就要300万套，这时的超距通信机已可以做到20吨以下，即使这样也装满了一艘专船。

科研类：包括观测、分析、预报、地质钻探和勘查等仪器设备，还带了一些质量检测分析仪器设备，供生存使用，以及几千颗小卫星，准备放飞到黑凤凰和维纳斯的周围。

避险类：避险的根本问题是要安喷嘴，否则永远利剑高悬。但只能带技术、光脑、超导光缆、足够的光芯和稀有金属，其他的只能靠探险队自己想办法，分管动力的蒯飞燕副队长要求带上一座聚变电站备用，科研委认为没有这个必要，根据已有的探测资料，维纳斯地表上没有液态水，也就很可能没有氕、氚，因此带上没用。主管科研的副队长琼森指出，维纳斯地表上的水极少，但地幔里可能有水，而且数量不少，因此应该带上。讨论到最后，还是决定不带。如果真有了氕、氚，可以用大飞船上的发电机发电。

飞天副队长冯鲁旺要求和喷嘴一样，带上建造天梯的技术、光脑、超导光缆、足够的光芯和稀有金属，因为探险队不但要生存，还要发展，终归要造天梯，如果将来金星大气重新蒸发了，造天梯的意义将很大，这个建议被科研委采纳了。

没有分管具体事情的奇思副队长何文奎，强调带上些武器，万一碰上外星人好自卫，这个建议一提出来就引起了一阵哄堂大笑，但最后还是带了一些轻武器。这使得佩德罗副队长非常高兴，田建华队长却担忧自己人之间打起来，为此定了一条严格的队规：这些武器一律由武备干事统一保管，没有队长和管理副队长联名签字，任何人不得动用。

出发前，时任村长魏茂禄反复叮咛嘱咐：保命第一，工作第二，只要活着走下这一趟来，就是宇宙第一奇迹。工作内容只限于鸟瞰银河、探查银心、勘探金星，至于外星生命，不要轻易接触（如果真有，要通知地球来处理）。千万不要试图改造金星，就这1000来号人是做不到的，要等到回来之后再说。因此，必须控制人口，如遇危险，一定要逃出几个人回来报信。

　　魏茂禄村长最后关起门来向田建华队长密嘱了一些事情，谈话时只有菊花和槐花两个在场。

　　探险队在追美路上平安无事，两个跟屁虫还在发着信号，但已无法识读，他们是靠着后发的两艘接力飞船的引导追上维纳斯的。一路上每隔1000光年布放的超距通信中继站极其优良，使探险队队员与地球的联系比斯坦福和地球的联系还顺畅。

　　新元11000年9月23日，探险队追上了维纳斯，11艘飞船全部成了它的极轨卫星，正在距金星表面80千米～90千米的近金轨道上飞行。现在还不能降落到金星上，一是需要勘查，最主要的是金星表面已经被平均厚度为640米的干冰所覆盖，贸然降落，强大的反推火焰会将干冰蒸发，虽说有最先进的航天服保护着，不至于危及生命，但重新凝结的干冰能把飞船埋起来使他们出不了舱门。

"到了！终于到家了！！"11艘飞船上同时发出了经久不息的欢呼。

"到家了，报个喜吧？"快嘴槐花请示道。

"不急。"田队长强按住激动的心情，沉着地说，"先把情况看清楚再说，等着陆之后再报告不迟。现在还不是激动的时候，抓紧观测、勘查金星，等着陆之后再欢庆！"

"是！"各船齐声回复。

这个命令说起来容易执行起来却很难，因为天太黑了，此时维纳斯的母星黑凤凰的温度只有325K，在引力天眼和加上远红外滤镜的光学天眼里才能看到它的模糊身影。

维纳斯自身的温度比黑凤凰还低，现在是170K，加上已经飞出了银盘，遥远星河的星光已经无法照亮它们，维纳斯上白雪皑皑，垂直距离虽只有八九十千米，肉眼却看不到任何东西，11艘飞船到来的时候没有火山喷发。

冯鲁旺副队长下令11艘飞船全部打开探照灯，

人们这才看到了维纳斯的靓姿。

这是人类第一次用肉眼看到维纳斯陆地的真容。

金星表面在飞船可见光全光谱探照灯的照耀下一片雪白，北方的麦克斯韦山脉和南方的阿佛洛狄忒山脉，以及其他高出干冰冰面的山峰，裸露出玄武岩的黑色和暗绿色，以及少许花岗岩的褐黄色，实在与她的美名不相符。

"怎么下去？在哪里落脚？"绕金转了两整圈后，田建华问道。

"科研委早已计划好了，先由我带队乘摆渡小飞船下到麦克斯韦峰上进行勘查，找好降落场之后，你们下去就是了，何必再问？"琼森说道。

田建华笑道："本来是不想问的，但何文奎先生在我耳朵边上嘀咕了一路，说安家地点要另选才行。"

"他出了什么幺蛾子？"琼森警惕起来。

何文奎笑答："报告副领队，不是幺蛾子，而是真金白银的好主意。"

"异想天开加自我表扬的话往后放放再说，眼前的头等大事是要先落下去，否则我要向地球报告！"琼森厉声说道。

"科研委这么定，是为了确保我们的安全。但如果只是为了安全，我们就不用来这里了，老老实实在地球的海景房里待着最安全。我们是来观天的，住到北半球观天不方便啊！美丽的银盘从南边才看得清楚呢。"何文奎笑着辩解。

"闲话少说，你到底想怎么着？"琼森心动了。

"为了方便观天，我建议在南半球的阿佛洛狄忒高地上安家，越靠近南极越好。"

"大家的意见呢？"琼森征求意见。

其他副队长们齐声回答："我们听老大的！这是出发前村长们反复叮嘱过的。"

"是的，我也被这么嘱咐过。老大，听你的。"

"真听还是假听？"田建华开始摆谱。

"真听！"一阵笑声。

这是经历了上万年的长途跋涉终于到家了的喜悦。

田建华说："好，我认为不要管高地还是低地，就在南极点上安家最好！同志们，将来我们必定要给维纳斯安喷嘴，还有比在那里安家更方便的地方吗？"

"可是南极点上现在被干冰覆盖着啊，怎么降落？"琼森提示道。

田建华问："雪有多深？"

"雷达探测结果已经出来了，比平均厚度薄一半，但也有260多米。"琼森回答。

田建华："同志们，我们是要在这里过长久日子的，这就需要开矿，还要打热管，在高山上安家显然是不行的，平原和低地又都被雪埋住了，怎么办呢？"

"临行前，魏茂禄村长叮嘱我们一切听老大的，您说咋办就咋办！"英迪拉笑道。

又是一阵大笑。

田建华笑道："可我也不知道咋办哪！"

这是田建华在探险队成立之初就刻意营造的一种气氛，同事之间、同僚之间、上下级之间的沟通交流一定要轻松活泼，不要严肃紧张，只有这样，才能够集思广益，迅速达成共识，战胜不可预知的困难。

　　田建华是万花城人，曾担任过万花城城委会秘书长，有擅长与人沟通的优势，因此，很轻松做到了既不失威严又没大没小的效果，这不是一般人能够达到的境界。

　　田建华笑道："你们谁有鬼点子，快点拿出来。"

　　琼森说："有鬼点子的人快把馊主意讲出来，我们等着落金喝温锅酒呢。"

　　大家又起哄。

　　"知道你们这是在说我，但这种小事还用不着我亲自策划，有人比我更合适。"何文奎大笑道。

　　"谁？"大家愣了，想了半天，也想不出还有谁比他更有鬼点子。

　　"槐花。"何文奎说。

　　"别往坑里带我，我一机器人哪有这本事？"槐花急了，大家也认为不可能。

　　"你是没本事，但是有阅历啊。"何文奎笑道。

　　槐花说："我又没扫过雪，哪有什么阅历！"

　　"可你曾经参加过接待飞廉的活动啊。"何文奎又笑道。

"那算什么接待，当时只顾给前辈擦哈喇子了。"槐花还是不明白。

飞天副队长冯鲁旺似有所悟，笑道："你是说用飞船扫雪？"

何文奎笑道："恭喜你答对了。连1000多米厚的坚固水冰都能被你们烧开口子，这点干冰还不是小菜一碟啊？要不要让槐花放放视频复习复习？"

"不用了，没问题！要多大面积队长？赶紧划出道来，我好动手。"冯鲁旺跃跃欲试。

"琼森同志你说呢？"田建华问。

"办法可行，但还要周密策划一下。"琼森知道此事自己应该承担的责任是什么，这也是出发前村长们、主任们和田建华一起和他单独谈话时反复交代过的，也和每个副队长都单独谈过。

琼森想了一会儿说："用飞船的喷焰将干冰蒸发起来不难，难的是如何把它运走，否则还是要落回原地。"

"有奇思的人肯定有办法。"冯鲁旺说。

"不用他想主意了，功劳不能让他一个人抢光，学学调雨伞怎么样？"英迪拉笑道。英迪拉是管生存的，自然对调雨伞不陌生。

"知我者英迪拉也！"何文奎高兴地笑道。

冯鲁旺："那就干吧，我保证6小时内把疆域开拓出来。"

主管安宁的佩德罗说："别急！这都是亿吨级半光速飞船还载着人，把风云蒸起来，万一把飞船刮翻了怎么办？这里没有磁场，无法使用磁力定位。"

英迪拉说："琼森队副，怎么办？"

琼森笑道："问老大去。刚才你没听到啊，有人不是已经和老大嘀咕了一路吗，还能没想到这一点？"语气里有点酸味。

"别问我，我和何文奎同志还真没嘀咕到这一点。"田建华说，"怎么做我不管，我只要至少100万平方千米的地盘安家并安放我的飞船，而且要快。"

"这也容易，正好试试逃生飞船。"冯鲁旺的思路打开了。

佩德罗提醒："队章规定，动用逃生飞船需要队委会票决。"

"我们都同意。"分散在各船上早等得不耐烦了的委员们一齐表态，槐花等自然将其记录在案了。

冯鲁旺下了命令："飞天员注意了，立即解锁22艘逃生飞船，等四队副设定了自动驾驶程序后听我的命令一齐放飞，目标：南极点，作业半径700千米。"

"只能动用11艘。"田建华立即修正。

"是！全用单号。"

不管琼森在助手的配合下，在安在他船里的主光脑上模拟得多好，11艘比当年喷火、割冰、造地震的飞船大出好几个数量级的逃生飞船，都不能像当年那样聚拢在一起垂直化冰，制造台风，再用台风扫雪运雪，因为金星上没有磁场，不能使飞船垂直定位。因此，他们商量后决定采用飞蛾扑火的办法，让11艘飞船占好位置一齐向心扎向南极点，头对头用前刹车喷嘴吹雪。新元时代的星际飞船机头上都有反向刹车喷嘴，反喷减速降落在干冰上，然后开启推进喷嘴喷火。维纳斯立即披散开了11缕白发，呈放射状往四周飘去，很快变成了11行白雾，很快消失得无影无踪，很快又被白雾笼罩，开始下雪和冰雹，并伴随着激烈的电闪雷鸣，飞船在地面上不停地摆动。这个过程不断地重复，南极上空的浓雾越来越大，越来越浓。吹化干冰比融解水冰要容易得多，很快形成了一道巨大的旋风，但只在原地打转却不漂移。

"看来需要我们出把力了！"已经分散开、在南极上空100千米的高度上盘旋的大飞船上，冯鲁旺请示道。

"怎么帮忙？"田建华问道。

"你们都在这里等着，我驾大船下去把云雾吹开就行了。"

"小心！云雾里都是稀硫酸。"田建华提示道。

"放心，别说是硫酸，就是王水咱们的船壳也不怕。"说话间，机头一摆向下扑去，旋即在云雾中逆时针盘旋起来，速度越来越快，云雾向四周扩散。何文奎见状心喜，不经请示批准，也让驾驶员把飞船开了下去，两条"蛟龙"这么一揽，云雾扩散得更快了，南极上逐渐裸露出一块直径1500千米的陆地，飞天员超额完成了任务。

冯鲁旺、琼森、英迪拉等人，被记了首功。

安家，是一个很常规很俗套的故事，虽然《鲁滨孙漂流记》已经讲过，仍有必要简要报告。

新元11000年9月26日，遥测的地质地热结果显示此处没有火山，也没有大的断层结构。9艘大飞船平安着陆，探险队随即向地球报了喜，很快就收到了菊花转发来的无数封贺信，田建华委托陈和晶副队长一一做了答复。

新元11060年，全体人员仍在飞船上生活（都集中到头船上去了），这期间最忙的是英迪拉，由她带领给每个人都重做了一次长生手术。

新元11975年，人们用小型摆渡飞船卸空了仍在天上盘旋的另外两艘大飞船的所有生存物资，然后让它们在南、北极各偏10度的地方平安着陆。降落时的反喷火焰将干冰蒸发出两个大坑，飞船着陆后很快被重新凝华的干冰埋了起来。这两艘飞船里只剩下可燃烧30亿年的燃料、聚变电站和巨大的电磁铁，从此金星上有了可变磁场，最低3高斯，最高10000高斯，这意味着探险队可以穿着磁翅在金星上漫游了。

冯鲁旺带着几个飞天员，找到了那两艘已经变成哑巴了的跟屁虫，登船后发现超距通信机已经没有回收维修再利用的价值了，两台光学天眼和两台引力天眼还能用，他们开了两艘逃生飞船去把船拖回来。飞船虽然不能正常使用了，但材料还在，还有用处。

新元11990年，维纳斯和黑凤凰的全部通信卫星和探测卫星放飞完毕。麦克斯韦山脉和阿佛洛狄忒高地上的接收站竣工，数据可以通过超距通信机传回地球了。

与此同时，观测船上的光学、射电和引力天眼，开始对准银盘进行观测。

探险队还没有工夫欣赏这些美景，除几十个专业人士日夜紧盯住不放，其他人都投入了紧张的筑巢工作。

冯鲁旺他们把后来发射的那两艘接替跟屁虫的飞船开回来埋到了干冰底下，有了卫星就不用他们出力气了，说不定什么时候就会将这两艘船派上用场，因为这也是半光速飞船。

新元12000年，探险队在南极深100千米处的地洞终于挖好了，这是拿着地球洞天图纸照图施工的，直径全是100千米的琅嬛洞、上林洞、阆苑洞、天工洞的翻版，连名字都不变，除此之外，还多挖了一个动力洞。

唯一与地球洞天不同的是，这五大洞天的四周呈放射状打满了直径100米、长度可调的热管。制造热管的金属材料就从洞天熔出的岩浆里提炼，热管在洞天里的端头上，安装的是无运转部件的热电偶发电站。这些电力足够探险队生存和发展，同时对洞天进行了冷却。由于金星上没有冷却洞天的海水，因此，动力洞里的电站并没有开机。

在金星上生活，自始至终伴随着冷与热这一对矛盾。虽然深100千米以上的金壳经过近100万年的深度冷却，温度已经低于零下90摄氏度。

乘飞船逃离是万不得已的最后一招，没有一个探险队队员同意这种做法。对此，科研委早有对策，给他们带上了超大功率的空调机，是最原始的水蒸气喷射制冷，因为探险队不具备制造其他高效制冷剂的能力，尽管效率极低、浪费极大，但是足可确保在金面恢复到500摄氏度高温时，五个洞天里的人还能活下来。

新元12190年，占25%的用二氧化碳分解的氧气和占75%的从干冰上面轻松收集的氮气，充满了五大洞天，洞天工程挖方挖出来的结晶水还原成了液态水。人们用这些水在洞天里设置了自循环的湖泊、溪流，加上从地球上带来的卤素（主要是氯化钠），在阆苑洞和上林洞里造了两个迷你海洋，飞船携带的氮气和氧气没有动用，作为可能的紧急逃生物资被完整保存下来了。

新元12200年，琅嬛、上林、阆苑洞里用种子播种的植物，全部长成了类似于地球南、北纬30度的森林、草原、粮食园，所需氮肥也是用干冰上面的氮气通过物理方法合成的。虽说金星上氮气只占3%，但是总量比地球上还多，磷、钾盐矿物也很现成。微生物已经布满了洞天的空中、地面、迷你海洋、湖泊、溪流，而后昆虫、爬虫、飞虫从孵化箱里孵化出来，动物是用人造子宫孕育出来的。

到了这个时候，探险队才结束了吃冻鱼、冻肉、冻米面和冻压缩保鲜蔬菜的生活。

等到收获了第一批粮食、猎捕了第一批鱼虾、收割了第一批蔬菜，探险队进行了长达一个月的胡吃海喝加狂欢。

英迪拉的医疗队携带的健胃消食片和肠胃炎片被大量消耗。

伊斯梅尔副队长带领的娱乐队表演节目，累到不能再演。

至此，探险队才算真正站住了脚。

金星上的琅嬛洞可以住100万人，阆苑洞、上林洞的产量加起来能够养育更多的人，而且还可以再继续挖。

于是人们开始强烈要求生接班人。但不论呼声多么强烈，不论队委会乃至队长办公会的意见多么一致，田建华都不为所动，坚决不松口。

田建华有这个权力，临行前村委会授予了他最后决定权。

既然不让生孩子，就观天吧。虽然黑凤凰还没有到达银盘的最高点，那是7亿年之后的事了，但斜看银盘也是极好的视觉享受，田建华却连这个也没给他们，因为悬在探险队头上的达摩克利斯之剑尚未摘除。

探险队随时面临着被黑凤凰吞没的危险，维纳斯离它实在太近了，它自身正在慢慢长胖，虽然还没有可察觉的变化，但是这个趋势却不可逆转。要彻底摘除这把利剑，唯一的办法是给维纳斯安腿，于是除了几十个专职看天的，其他人全部投入了安腿工作。

安腿就要开矿，还要捡"柴火"。开矿实际上比在地球上简单，虽然这时金星的上金幔已经基本凝固，但下金幔还没有，用从地球带来的小火盾打个孔，把下金幔物质引到金面上来，用复古的地幔冶金技术就可以炼出足够的钢铁合金来。

捡柴火就不那么容易了，不是金星上没有铀、钍，恰恰相反，经过详细的勘探，探险队发现这里的裂变矿物比地球上还丰富。这恐怕与金星长期处在高压、高温环境里没有太大的地质变动有关，开采提炼起来没什么问题，问题在于这些燃料不像氘那样稳定，而是有半衰期的，铀只有7亿年，如果提炼出来长时间不用，就自燃没了。钍虽然有140亿年，但是占比很少难挑大梁。

真正需要脱离黑凤凰是在至少26亿年之后，因此，早储备没用，铀只能是现采现用，用于安腿工程用电，只把钍保存下来。要把维纳斯推回二娘家，单靠钍做能源是远远不够的，必须找到水找到氘才能从根本上解决问题。

炼钢厂厂长约瑟夫同志兼任打井队队长，琼森负责提供技术指导，打遍了金星所有的金洼，也打出了几口有结晶水的井，但是靠这点水所含的氘去推动金星，连杯水车薪都算不上，但是解决了后来大量增加的人口吃水问题。

至于氘，何文奎建议打打黑凤凰的主意，它在长期流浪过程中已经吸积了比木星的大气更浓厚的气体，其中90%以上是氢气，有了氢气还怕没有氘、氚吗？

但琼森仔细核算了一阵后说，用这种方法提炼的氘、氚量，还抵不过消耗的氦-3呢，黑凤凰的引力场太大了。

动力副队长蒯飞燕女士提出多造热管，说："把金面插满，虽然很费事却没有技术问题，用维纳斯自身的金热把自己推出去行不行？"

琼森摇头，说："还差得太远！"

化学家说："是否可以从现在已结冰的硫酸湖里想想办法？那里面有氢就一定有氘！"

琼森仍然摇头，说："不够，不够！"

文学家提出开煤矿打石油的主意，引起了一阵哄堂大笑。琼森严肃地指出，金星上绝不可能有煤矿，因为维纳斯自出生以来从没穿过一件绿衣裳，石油等燃料倒可能有，不过金星上没有双分子氧，就是打出石油来也点不着烧不燃。

于是人们不得不接受这样一个现实：只能寄希望于裂变能源了，不管三七二十一，先把喷嘴架起来再说吧。只要把喷嘴架好了，把姿态调好了，炼出多少铀就加速多少，速度只要加上去就减不下来了，随挖、随炼、随烧，能走到哪一步算哪一步。

由于推动维纳斯所需的能量和推火星差不多，方案也就这样定下来了。

新元3.1亿年，南、北极点上竖起了同样是300千米高的推进喷嘴、刹车喷嘴、调姿喷嘴，比地球的小了很多，因此也没有打通金柱和钢箍，实际上也打不了，这时的金心还有4000摄氏度的高温。

之所以用了3亿年才把喷嘴竖起来，是因为人手实在太少了，机械设备也不趁手。

就是在这样的情况下，田队长也没有解除生育禁令。

于是，经过了调姿，金星开始以0.0001微米每二次方秒的匀加速度加速。之所以用这个蜗牛速度，是因为造不出大功率发电机，也挖不出那么多铀，好在不缺时间。

又过了3亿年后，维纳斯终于脱离了黑凤凰的怀抱，在距其1AU处定了轨，探险队员们这时松了半口气，再也不用怕它吞了自己，也不怕它发光发热之后把干冰蒸发起来把人憋死了。

这个行动，消耗了裂变能源已探明储量的一半还多。

南极喷嘴现在做的与其说是加速，不如说是转向——在把金星的北极调到与公转切线方向基本垂直的方向的同时开动南极喷嘴艰难地把它往外顶。由于调向与扩轨同时进行，因此其公转线速度越来越慢，等到了1AU定轨后，其速度比此处的第三宇宙速度只慢0.1千米/秒，这当然是为了脱离黑凤凰时能够快速逃走。

又过了1亿年，到了新元7.1亿年时，加固了简易天梯的下部，在其200千米高处造了一把简易弹弓，但弹不动亿吨级半光速飞船，同样是因为造不出那么大功率的电站，因此只能当停、发船场使用。

经过一番艰苦的努力，9艘大船、22艘逃生船和22艘摆渡船，以及两艘无人船，全部转移到天梯上去了，是围了一圈垂直竖着放的，为了遇到紧急情况可以迅速发射逃走。

从跟屁虫上拆下来的天眼也安到上面去了，探险队队员这才真正松了一口气。只有到了这时，真遇到危险，至少从理论上能够逃回地球了。

为何不把天梯建在赤道上呢？这是因为探险队无力挖掘南极至赤道的地下通道，如果把天梯建在赤道上，一旦干冰被蒸发起来，探险队员们很难从南极下的藏身之处走到天梯上逃命。再说也没必要，此时的金星旋转得很慢，6.65地球天才自转一周，这点线速度不利用也罢。

新元7.15亿年，黑凤凰飞到了银盘北面的最高点。探险队终于到了鸟瞰银河的最佳位置，经过了无数次长生手术的探险队员们，尚未出现衰老的现象，创造了宇宙纪录。

窥密

新元7.15亿年，黑凤凰飞到了银盘北面的最高点，距离银盘2.7万光年，虽然感觉还是在仰望，实际上这里是俯瞰银河的最佳地点。

田队长在南极只留下了100来人由英迪拉带队留守，其他队员都跟他来到北极天眼上，用肉眼清晰地看到大量球状星团混迹其中的银晕笼罩下的银河核球，以及围绕着中心黑洞的猎户旋臂、英仙旋臂、人马旋臂和3000秒差距旋臂舒展地伸向远方。

从这个角度看银河系，由于减少了银盘恒星和尘埃的遮挡，极其清澈，用普通的教学天文望远镜也能看到位于猎户旋臂上的大娘和二娘正在向人们招手。用上光学天眼，甚至可以看到地球上的蓝天白云。

尤其使探险队感到幸运的是，从这个地点眺望银心，有一个比巴德窗更大的窗口，正处在银心和维纳斯的连线上。

田建华毫不犹豫地将这个宝贵的窗口命名为"探险队窗"，以区别于巴德窗。探险队窗让人类的眼睛第一次直接看到了统治银河系的中心黑洞——人马座A星，以前只能用引力镜才能看出它的大小。

离人马座A星不远处是ISR16，何文奎给这个蓝色星团起了个"布施者"的名字。它的物质正被人马座A星吸引，吸积盘闪现出一片耀眼的白光，ISR7被这片白光轰击，发出一条巨大的彗发，比人们在地球上看到的任何彗星的彗发都大，大到不可以道里计。人马座A星因吸积ISR16物质所发出的强烈的射电，迫使琼森下令将射电镜的接收聚焦能力调到极低才没被损坏。

与之相反的是，光学镜里看到的1光年范围内的几百万颗恒星，红多蓝少，如果不仔细区分，简直就是一片红巨星的森林，外围是几百个比它们更红的球状星团，像是在为这片森林站岗放哨。其中的一个具有200多万颗红点，正好处在黑凤凰的飞行路上，再过5亿多年探险队就将与它相遇。

琼森首先兴奋地得出第一个结论，说："人类猜得不错，银河系中心就是一个黑洞！"

天眼室里只有10个队长加12号委员，还有几个天文学家。位于简易弹弓上边的简陋天眼室里，其他人需要轮流上来观看，想看多久就看多久。

"银河系是一个十分漂亮的、十分完美的、比M51（涡状星系）更美的涡旋星系，而不是什么棒旋星系！M51还带着个蝎子钩呢，我们银河的旋臂尾巴多么舒展哪！我们的银河核球是多么圆哪！"陈和晶同志开始抒情。

"真美啊！能亲眼看一眼这么美的景色，就是死也值了！"伊斯梅尔同志不会作诗，只能这样发感叹。

田建华强按住激动的心情冷静地问道："向地球直播了吗？"

苏沙罗笑答："自天眼打开后从来没中断过，连德尔塔、特里同和该娅二世都在看着呢。"

田建华问："没有回应吗？"

"有！赞叹的、祝贺的、作诗的、演唱的、发牢骚的、嫉妒的、发疯的，快把超距通信机打爆了，为了不干扰领导们的视察，我一直没转播。"槐花已不像以前那样嘴碎，但仍是一说一大串。

佩德罗慎重地问："有什么指示吗？"

"到目前为止还没有。"杏花报告道。

"报告，指示来了！"槐花喊道，"是菊花姐来传达村长的指示。"

"村长好！探险队听候指示！"田建华接过了话频。

"祝贺你们！祝贺你们站稳了脚跟，还给维纳斯安上了腿脚和眼睛！我代表地球村全体村民、村委会全体委员、村长办公会全体成员和我本人，向你们表示热烈的祝贺，并致以崇高的敬意！"

"向地球致敬！"天眼室的所有人员一齐回答。

"你们的探险经历已经家喻户晓，你们的名字已经刻上天梯，你们的群像已经矗立在历史城里，你们的英雄事迹已经编入二年级课本。再次向你们表示祝贺！"

天眼室所有人回答："感谢地球，我们保证不辱使命！请指示。"

"我本人没什么指示，是试探院那帮人非要我和你们说件事，学联、诗文院、飞天部跟着起哄，连研究院也在撺掇。"村长笑着卖关子。

"什么事这么重大？"田建华认真起来了。

村长笑道："是这样，他们说银盘已经看腻了，你们现在正处在最佳的俯瞰银河系全景的位置上，要你们分点心看看有没有外星人的信号。他们说，如果二娘对面的银盘里有智慧生命的话，你们现在这个位置就能接收到他们的信号。你们有这个接收能力吗？"

得到田建华示意后，琼森回答："报告村长，我们有！我们的射电天眼设计冗余很大，这些年只顾看银心和黑凤凰了，没想到要往银盘外围扫扫，这是我们的重大失职，请求处分！"

村长："这不算什么失职，没到时候嘛。现在麻烦你们分分心，多扫扫吧！"

"坚决完成任务。"田建华接过话头郑重表态。

村长："不要只盯着银盘，也往北天球的其他方向扫扫。"

"是！重点扫仙女星系。"琼森接话。

村长："你们的探险实际上还没开始，前途多艰。谨慎！保重！"

田建华郑重回答："是！村长，我们的生活已经完全正常了，通信联络也很通畅，是否每年向地球村述述职？"

村长："不用！你们只是一支探险队，不是特别庄。我们把你们当村级对待，虽然这对你们来讲似乎没有什么实际意义。述职就不用了，有事没事多联系吧。"

"是！"

"队长，我有话要讲。"何文奎请示道。

"内事还是外事？"田建华有点不耐烦。

何文奎："是找外星人的事。"

田建华："直接和村长讲？"

何文奎："为了节省中继站的电池，直接和村长讲最好。"

田建华："那就说吧。"

"村长好！我是何文奎。"

"奇思队队长好！"村长非常严肃地接话。

队员都是老祖宗了，任何地球人都不敢随便嘻哈的。

何文奎："感谢村长关心，关于找外星人的事，我有个想法向村长汇报。"

村长："不要客气，请讲。"

何文奎："请地球尽快给我们发些样本来以便对照。"

"对，还应该给我们发些主动样本来，类似公元初期发的那两块镀金铝片的，这样就成双向探测了。"琼森赶紧补充。

村长："这太专业了，请不要关机，我让试探院院长直接和你们说吧。——朱院长，你来。"

朱双儒院长："请问你们想要什么主动样本？"

"就是外星人主动发射的找朋友特征的射电信号啊，公元初期地球人就曾经主动发过一个信号，如果外星人也和我们一样吃饱了撑的没事找事，他们应该——不，肯定也会发阿雷西沃信号，这就省了我们识读判别的事了。"

"对不起，我们现在能做的，只能是把那个阿雷西沃信号和那两张明信片发给你们，其他的只能靠你们自己了。"

"7亿多年过去了，还没有收到过外星人的信号吗？"

"还真没有，要不怎么要麻烦你们呢？德尔塔的算不算？特里同的算不算？"

"算！"琼森急忙接茬，"不但这两处的算，连地球的也算！请这三处马上定向对着我们发出找朋友信号，连续地不停发出，这就是标准样本！"

"我们还可以转发！"何文奎大叫。

"好的，我们立即安排，不过要3万年之后你们才能收到了。"

"用不了3万年，我们现在开始往二娘那边靠了。我们预计5亿年后才进入球状星团呢，万年时长在我们这里只是瞬间。"

"好的！我们马上编制信号，编好先用超距通信机发给你们，双管齐下。"

"好！再见。"何文奎心满意足了。

"别忙着再见，我还要问件事呢！"蒯飞燕喊道，"朱院长，新能源开发有好消息吗？有的话派半光速飞船给我们送点来吧，裂变能源太难提炼了，能量也太小了。"

朱双儒院长一脸的歉疚，说："惭愧！除了挡箭牌取氘已经开始中试，没有其他消息，夸克禁闭得太牢固了，超弦能现在还入不敷出，真空子能还没开始小试呢。"

"我们刚刚紧急讨论了一下，决定你们向外发找朋友信号时不要以二娘的名义发，而要以黑凤凰的名义发。"村长接过了话频。

"是！"田建华急忙答应。

金星南极上的射电天眼离开了银心，转向北天球扫描。黑凤凰已经拐到维纳斯北极指向银心了，人们只得跑到北极天眼上看风景，他们已在北极上建造了一部更大的射电天眼扫描北银盘，不久就接收到数不清的嫌疑射电波。同时开始往外发送射电信号，但没有得到任何回复。

2.5万年后，地球、德尔塔、特里同的寻友信号终于到了，拿这些标准信号在超级光脑上与嫌疑信号比对，发现银河系有523467个点发出的射电波好像有些规律，仙女星系有120多万个。射电天眼开始向这些点定向发送问候，光学和引力天眼也掉过头来，对这些点进行定向观测。

探险队很快就找到了那些恒星，经过筛查分析，发现银河系的信号源只有三个点有行星系，其他的要么是双星和三合星，要么是中子星和疑似黑洞。

探险队进一步观测，发现正好与二娘相对的距银心5.6万光年处的那个点的类日恒星的宜居带上有一颗类地行星，遂将它当成了重点联络目标。

南极的天眼在仙女系里发现了7个高度嫌疑对象。这些发现传回地球之后，引发了一轮有史以来最大的外星人热潮。遗憾的是，本星系的那颗星，由于银心的阻挡，从地球上无法看到，只好继续在维纳斯上探测。

地球上的长枪短炮，全部对准了仙女星系。

按照谁发现谁命名的惯例，地球慷慨地将命名权交给了探险队。

何文奎毫不礼让，将本星系的那颗恒星命名为"大姑"，那颗行星自然就成了"表弟"。

在仙女系那七颗星的命名上，出现了分歧。

佩德罗认为应将其命名为"天枢""天璇""天玑""天权""玉衡""开阳""摇光",认为这有神仙气儿。

陈和晶则认为,不如叫"荷马""屈原""但丁""李白""毗耶娑""莎士比亚""鲁迅",说这样有文化气儿。

英迪拉则要将它们称为"万事通""害羞鬼""瞌睡虫""喷嚏精""开心果""迷糊仙""淘气包",说这样有童话气儿。

冯鲁旺说,不如叫"羲和""托勒密""张衡""哥白尼""赫歇尔""开普勒""卡普坦",说这样有天文气儿。

还有人提议用"亚历山大""嬴政"等帝王名命的,说这有英雄气儿。

最后田建华一锤定音:"不要用真实的历史人物命名,挂一漏万不说,还容易引起争议,干脆学大娘对孩子的叫法,一星两名,就叫"天枢/万事通""天璇/害羞鬼""天玑/瞌睡虫""天权/喷嚏精""玉衡/开心果""开阳/迷糊仙""摇光/淘气包"吧!

将此意见报告地球，地球回电同意。

7万年后，探险队从表弟那里似乎收到了一首《英雄交响曲》，此后，便再没出现有规律的电码了。

550万年后，从天枢/万事通那里似乎收到了一首《春江花月夜》，此后，也再没有音讯。

球状星团在望。黑凤凰即将进入它的怀抱，生死未卜。

探险队花了巨大的力气，将天梯、喷嘴和飞船等所有金面上的东西，全部用超级绝热厚被子严严实实包裹了起来，被子外面则用耐高温合金铅包了厚厚的一层，再厉害的伽马射线也奈何不了它们了。

探险队把两艘调磁飞船深埋在负100千米的金面以下，以确保进入球状星团和银心之后，能够在三四千摄氏度的高温下不烧坏这些资产。否则，万一发生非常情况，他们就无法逃跑了。

这是没有办法的事，真要发生了被大星吸引的情况，功率再大的飞船也逃不出来，即使能逃出来，也会被三四千摄氏度的大火烧坏，任何载人飞船都经不起以几十年为尺度的高温烘烤。

探险队到了这个地步，只能听天由命了！每个队员报名时都做好了这个思想准备。

探险队在封存弹弓之前，向红天里发射了10部带探测设备的超距通信机中继站。

新元12.4亿年，人类第一次见识到恒星界的烈士暮年壮心不已，黑凤凰带着维纳斯飞入了一个年龄150亿岁、腰围19光年、由200多万个家庭成员欢聚在一起的球状星团。

从这时起，探险队与外界中断了联系，再也看不到别的星座，周天360度、昼夜24小时的星空全是红色的，睁眼看到的全是膨胀着的、脉动着的、亮红的、大红的、暗红的巨星；用耀眼的白点照亮了的红云，即所谓行星状星云，比比皆是；耳朵里全被嘈杂唠叨充塞，中子星的扫射也是家常便饭。

南北极的喷嘴支架通上了10000高斯的人造强磁场，以保护绝热被子和包铅不被烧坏，偶尔看到密近双星之间的物质交换，探险队目睹了所谓的洛希极限形状。真的，如果想参观老年的恒星是如何走向死亡的，再没有比球状星团更合适的地方了。

这些景象，探险队只在刚进入红天边界后很短的时间内用肉眼匆匆瞥了几眼，光学镜也没有坚持多久就被迫闭上了眼睛，随即被戴上了厚厚的眼罩。后面的风光都是通过射电镜和引力镜摄取数据，再经光脑计算模拟复原的。

探险队大难临头了。

首先，黑凤凰被每前进八九千亿千米就会碰到的一颗密集红星拉来拽去，很快就迷失了方向。有几次在红星的气壳里穿行，全靠它超高的自行速度才避免了当俘虏的命运。经过几番折腾，它的身躯因大量吸积红巨星的物质慢慢变胖了。

金星维纳斯就没有这么幸运了。自从进入红天开始，干冰就开始陆续升华，很快就上升到500多摄氏度，好在达不到300千米的高度，金星又恢复了当年的地狱状态，金面开始熔融，当进入巨星的红气壳之后，最高温度达到过八九百摄氏度。之所以没有与红气壳同温，是它的总热容太大、红气壳的物质密度太低、黑凤凰飞得太快三重因素综合所致，人们只能躲在琅嬛洞里听天由命。

五大洞天里，向四面八方伸展的热管成了唯一的救命设施，热管里的工质开始倒流，端头的热电偶发电机被拆除了，改用裂变电站供电，换上了一个个超高压汽包，强大的水蒸气喷射制冷机，将洞天的热量聚集成四五百摄氏度的热气，通过超高压气泵打到热管端头的超高压气包里蒸发工质，零下八九十摄氏度的金壳成了冷却源，由此保持了洞天的温度仍是地球上南北纬30度的四季气温。

2600年后，处在星星最密集的星团中心的金星大气，彻底乱成一锅粥，风速超过了1500米/秒。

登天梯的磁轿通道已被严密封死了，金星的气压太大，强烈的雷电频繁震动着洞天，即使隔着100千米厚的金壳，也能听到沉闷的轰鸣和低频的震颤。

简易天梯和喷嘴支架屹立不倒！这归功于充分保险的工程设计，南北极主要是下沉气流也做了贡献。

天眼、弹弓、喷嘴、飞船等家当完好无损，包铅和绝热厚被子经受住了严峻的考验，风暴刮不到

300千米的高空也是一个重要原因。

又过了2200年，黑凤凰飞出了红天。真是巧，七拐八弯之后飞出的方向居然仍对着银心！

球状星团之旅虽说历经艰险，但收获了两个好的果实：维纳斯的大气被红星劫取了三分之一，被中子星吹散了十分之一，因此她的体重下降了；经过这番七拐八弯，黑凤凰的飞行速度被无数红巨星的引力加速了，达到了1600千米/秒，这无疑可以缩短以后的旅行时间。

但也有两个不好的结果：一是黑凤凰的大气层增加了一倍，好在还没有发红；二是几百颗监测卫星全部报废了。

又过了80万年，维纳斯的体温重新降到了新元1000年时的温度，探险队可以出窝了。

探险队出窝后立即恢复了天眼和弹弓的运行，迅即与地球联系但没有联系上，再和德尔塔、特里同乃至该娅二世打招呼，也没有回音。

聊以自慰的是，发射到红天里的10部中继站，有两部幸存下来了，各自找到了一颗白矮星认了干娘，其他八部可能被烧坏了。

第二件事情，是补发自己的监测卫星，且很快就做好了。

此后1.7亿年的旅行平安无事。

探险队穿越了浓密的红星丛林之后，银晕里的星星在他们看起来就像是茫茫草原上的孤树。

何文奎又发奇想，缠着田建华要求乘一艘大船去看看大姑和表弟，从这里去路途虽不是最短但最平安，借用黑凤凰已达每秒1600千米的速度，可以省很多氦-3，过了这个村就永远没这个店了。因为穿过银心之后，黑凤凰的速度成了背离银盘的速度，需要双倍的能量才能找补回来！

何文奎的这个提议获得了冯鲁旺同志的热烈的、无条件的赞同。

琼森嘴上不置可否，但内心里是赞成的。

佩德罗坚决反对何文奎这个提议，理由有二：一是重复临行前村长的嘱咐——只能"坐金观天"不可轻举妄动，能活着回去就是最大的胜利；二是地球还没有做好接待"亲戚"的准备，万一这个表弟居心叵测想图财害命，地球人类将面临极大的风险！佩德罗苦口婆心地劝导："不要急于求成吧，等回家之后，让地球做好了充分准备，再走亲戚不迟！"

佩德罗这个理由说服了大多数探险队员，却没有说服何文奎、冯鲁旺、琼森，于是吵嚷到田建华那里，田建华同志只说了一句"不可烧香引鬼"就平息了争论。

何文奎仍不罢休，说："如果不让载人的话，发两艘无人飞船去做做客行不行？"

苏沙罗极其赞成这个意见，说："我们已经向表弟不间断发出找朋友信号了，因此不存在泄密问题，以黑凤凰的名义派两艘无人飞船去套套近乎再合适不过了，只发送维纳斯的信息，地球信息暂时保密。即便这个表弟是个不成器的坏蛋，对于我们11000个人也不会有多大的征服欲望。即使把我们俘虏了又如何呢？有机会当一次外星人的俘虏也挺好啊，何况未必呢！"

蒯飞燕问："哪还有富余的飞船？"

冯鲁旺说："把那两艘跟屁虫的接班飞船修理一下，就能担负使命了！"此言一出，连佩德罗也忍不住表态赞同了，田建华顺水推舟批准了！

于是一帮人开始紧张地忙活开了。

冯鲁旺、蒯飞燕、苏沙罗忙活装备飞船。

佩德罗、琼森、何文奎等人彻底消除地球和二娘的信息。

田建华、英迪拉、陈和晶、伊斯梅尔则负责反复审核，以确保不泄露地球一丝一毫的信息。

有人学着古代人的做法，胡编乱造了一个科学神话，暗示黑凤凰是从仙女星系高速流浪来的。

经过十几年的准备，两艘飞船带着100座超距通信中继站携手出发了。

为了找到表亲之后能够迅速建立通信联络，杏花自告奋勇上了寻亲船，船名是陈和晶起的，叫"嘤鸣1号"和"嘤鸣2号"。

黑凤凰比原来预计的时间提前了3000万年飞入银河核球，于新元14亿年到达了银心中心线距银心原点0.2光年的位置。

有了在球状星团里的旅行经验，加上对银核的仔细勘查，探险队知道黑凤凰不会再进入红巨星的红壳了，也不会进入中心黑洞离中心点近2万亿千米的吸积盘。因此，不再需要保温隔热，只需要防备 γ 射线、X 射线、紫外射线辐射就行了。

在进入银核之前，探险队将大、小飞船的保温被子全部拆除了，将合金铅保护罩改装成了活动的，以保证飞船可以随时发射，每艘船上都装满了深冷的、足够1500人吃3万年的食物。

为了便于观景，冯鲁旺将维纳斯的南北极掉了个个儿。这个过程极其费力，经过调姿喷嘴上万年的持续不断喷火才做到。调好之后，金星的南极就正对着前进方向了。

"不识庐山真面目，只缘身在此山中。"维纳斯跟着黑凤凰到达银心后，反不如在银盘上方看得清楚，感觉和在球状星团里差不了多少，只是视野比较开阔一些，星星的种类更多、更全一些。不但有数不清的红巨星和数不清的蓝巨星，O、B、A、F、G、K、M型恒星也应有尽有，以前只能从引力镜里看到的白矮星、造父星、黑矮星，触目皆是，超新星星云、行星状星云摩肩接踵，姐妹星、三合星互相劫掠，大行星、小行星、星际尘埃遍布视野。银河系的首都熙熙攘攘，中心点的大力将布施者

ISR16的家产不住地往自己的怀抱里拉，在视界周围盘旋出一个辐射着全光谱、以X射线为主的任何眼睛都不能直视的白盘。并不像公元初期的天文学家所设想的那样，这些物质的视像并没有在视界上永存，而是源源不断进入了永恒的极黑。这是符合逻辑的，因为如能永存，黑洞的视界终有一天会变得无穷大、无限亮。

不知是不幸还是万幸，黑凤凰一头扎进了受虐者ISR7红红的彗发，而不是进入人马座A星的白吸积盘，视野顿时变得模糊起来，主控室里的人们这才恋恋不舍地收回眼睛看看周围，发现少了冯鲁旺、何文奎和十几个黑洞学家。

"不好！他们不会是想去跳黑洞吧？那不等于去自杀吗？"琼森着急起来。

"我揭发，他们就是要去跳黑洞！"匆匆跑进主控室的英迪拉副队长挥舞着一个信封嚷道，"那些黑洞学家已经偷偷嘀咕了好多年了，我怎么劝也劝不住，说一定要去亲身体验一下落入黑洞的感觉。如果真像公元初期的人们猜想的那样，他们就变成永恒了，他们觉得这是一件露脸的事，还可供人万古瞻仰！如果真有虫洞和白洞，他们就能看到另一个宇宙了！这是他们让我向大家转交的诀别信。"

"岂有此理！为什么不早报告？"佩德罗气得拍桌子。

"他们把我扣住了，等他们关上天梯门了我才跑出来。"英迪拉委屈地哭起来。

"怎么办？他们可能已经起飞了啊！"心肠特软的伊斯梅尔也哭起来。

"我亲自驾船去追！"琼森气急败坏地说道，"真不该选那个搅屎棍子进来。任何事情，只要奇思部的人一搅进来便不可收拾。飞天员，立即出发！"琼森边说边穿航天服。

佩德罗急忙阻拦，说："危险！你不能去！弄不好连你也搭进去！"

琼森急得直跺脚，吼叫："不能眼睁睁着他们去送死呀！"

"安静！"田建华队长一脸沉静，似乎还带着些嘲弄的微笑，说，"他们飞不出去。准备开庭，罪犯马上就要来投案自首了。"

众人不解地问道："怎么这么肯定？"

"报告！"田建华还没来得及回答，一行人就灰溜溜地回来了，何文奎首先煞有介事地嚷道，"报告各位老大，大事不好了！"

"咋啦？"见他们一个不缺全回来了，琼森心里一块石头落了地。

"天梯不能开了，机器人也被锁住了。"

"怎么会这样？"苏沙罗急起来了。

"你们不在主控室里好好观风望景，跑到天梯上干什么去？"田建华对苏沙罗做了个安静的手势，不紧不慢地问。

"这不进星云里了吗，冯鲁旺怕飞船受损，拉着我们一起去加固铅罩，结果发现上天梯的磁轿开不动了，叫检测机器人来查毛病也叫不动，肯定是有人搞破坏，要不就是让吸积盘的辐射打坏了。别愣着了，赶紧修吧。"

"你们也是，加固铅罩应该叫飞天员去啊，怎么叫黑洞学者去干力气活？"伊斯梅尔心疼道。

"他们几个想到高处看看黑洞，就跟着一起去了。"冯鲁旺给出合理的解释。

田建华问："是吗？"

"是的，他们带了便携式射电镜。"何文奎意识到了什么，急忙加以补充。

田建华又问："我们的一贯政策你们是知道的吧？"

"知道！坦白从严抗拒更严。"出走的一行人知道包不住了，一起大笑起来，说，"你们怎么知道的？我们进了轿站才把英迪拉放走的啊！"

田建华："真想知道？"

"真想！"

"那得先把罪名定下来再告诉你们。佩德罗，该给他们定个什么罪名？怎么处罚？"

"公然违反队规和地球的谆谆嘱托，擅自行动，应处最高刑罚——无限期禁闭。"一本正经的佩德罗威严地说道。

"执行吧。"田建华将手一挥。

"别别别，我们还没辩护呢！我们不是回来了吗？"何文奎大喊道，他知道一旦被机器人警察抓起来，就永远翻不了案了。

"是呀，自首应该从轻发落。"冯鲁旺也开始辩解。

"他们刚才算自首吗？"田建华问道。

"不算！"观察室里的人一齐起哄。

"疑功从有，疑罪从无。还是算吧。"软心肠伊斯梅尔替他们求情。

田建华："那行，减罪之后怎么处罚，队委会商量决定。"

"无期改为有期，考虑到黑洞学家们本想为科学献身，今后也需要学者们深入研究，综合考虑后，决定执行30年，以示警告，如再违反将严惩。"佩德罗宣布了判决。

田建华这才告诉大家，出发前，村长办公会早就料到探险队里会有人做出为科学探索献身的自杀行为，因此赋予机器人槐花一项秘密使命，一旦发现这种苗头，立即锁死有关电气设备。

天旋地转，50年后，黑凤凰飞出了彗发，100颗卫星加10套中继站垂直吸积盘发向人马座A星周围。

派遣

新元24.1812亿年，黑凤凰飞进了猎户座大星云的雄鹰星云，离家已经很近了。风也望，雨也望，不管春夏秋冬，不论东西南北，维纳斯探险队都朝着自己的目标前进。

维纳斯上的人还是那些人，形象也一点没变，似乎还更年轻了。这得益于心情的轻松和经常的体育锻炼。

穿越银心之后，探险队已经脱离了险境。这时，银河系和仙女系已经开始了亲密接触，但是还没有波及这片天区，在10亿年的漫长征途中，虽然也遇到了各种各样的星星和黑洞，但是距离从来不会小于0.2光年，因此是坦途。而且这些都是能够提前预报的，对探险队来讲，无疑是最大的解脱。

是的，黑凤凰飞出银核之后，只要不回头望，大麦哲伦星系就成了前方的绝对主角，主宰了天空的大部分区域，使人类第一次像鸟瞰银河那样鸟瞰这位著名的"航海家"，这使得探险队异常惬意，因为这原本不在他们的探险期望之中。所有的长枪短炮一齐对准了它……

他们看到的这位"航海家"，比起以前来已经没有那么模糊了，已经长成为美章鱼了，也就是说，它已经变成了一个无比美丽的小银河系。

原来章鱼"肚子"里的蓝巨星沃尔夫-拉叶R136a1，不知何时已成了主宰章鱼一切行动的黑洞，在它的统一指挥下，比银河还多出了4条的章鱼腿盘旋成一个美丽的涡旋，八条旋臂有粗有细，参差不齐，断断续续，这使唯美主义者陈和晶和伊斯梅尔感到非常遗憾，而唯真主义者琼森、冯鲁旺和何文奎却感到无比兴奋。

经过了20多亿年的冷却，维纳斯内心的火气已经下降了不少。火山基本上没有了，地震（准确地说叫"金震"）也越来越少，虽说震级越来越高，却从来没有超过1200级。这是因为金星没有经历过地球那样剧烈的地质活动，因此断层很少也很小，并且没有潮汐。探险队的所有家当，都是按照能抗里氏3000级地震设计建造的，这种1200量级的地震，只是挠痒痒而已，所以金星也越来越安全了，这无疑又给探险队增加了好心情。

自从脱离银心和银晕之后，维纳斯探险队全体队员都知道了任何不理智的冒险都会被发现并阻止，还要严惩，所以也就没有人再想入非非了。

维纳斯探险队这时形成了高度的共识：最艰难、最凶险的生存关、球状星团关、银心黑洞关这三个关口过去之后，活着回去就成了唯一的目标。

"快点生孩子吧！"大家反复呼吁。

田建华就是不松口。

村委会授予了他最后决定权，谁也拿他没辙。

既然不让生孩子，那就再找别的乐子吧，否则如何消遣长达10多亿年的时间？

在陈和晶、伊斯梅尔两人的共同努力下，黑凤凰探险队文体活动开展得丰富多彩。

陈和晶提出将金磁调到最高的10000高斯，环绕两极修了一条简易滑雪道，琼森和冯鲁旺给金星发了3颗冷太阳照明卫星，从此金星告别了黑暗。

维纳斯探险队开展了空中驾磁驾云赛和环球滑雪赛，队员们的身影飞遍了金星的每一个角落，滑雪板划出的雪辙环绕了金星一圈。

在红、绿、蓝三个冷光太阳照耀下，每当滑雪比赛开始，每个队员的身后都有一团彩雾笼罩，如果被不明真相的外星人看到，一定会认为这些人就是雪神。

伊斯梅尔则教人演节目。她和娱乐人员孜孜不倦，等到达猎户座大星云时，维纳斯探险队大部分人都成了文艺全才。之所以用了"大部分人"这个说法，是因为还有少数人没有达到这个水平。其中，工程副队长约瑟夫就是典型代表，他带着几乎所有的力士型和保姆型机器人在全球找矿炼铀，为脱离黑凤凰的拉扯积蓄能量。此外，约瑟夫还承担了一项田建华亲自交代的，只有他们两人知道的秘密任务。

琼森也没有成为文艺人士。自打出了银核之后，他就带着槐花一帮人试图恢复与地球的联系，但一直未能如愿。不但如此，德尔塔、特里同、该娅二世也音讯全无。与嘤鸣号的联系，自进入银心中断之后也再没有恢复。

维纳斯成了宇宙中的流浪孤女。

田建华对此毫不介意，淡定地说："等过了大星云之后，一切都会好的。"

随着黑凤凰掉头返回，维纳斯已经开始往北也就是二娘方向飞了，航海家已经被她甩在了身后。

令人兴奋的是，处在合并过程中的银河和仙女两个星系，出现在人们的视野里，变成了一个充满整个天空的巨大"人"字，如此壮观的天象，让他们激动了好久。

令人遗憾的是，再没有收到任何有规律的外星信号。

新元24.1812亿年，黑凤凰飞进了大雄鹰的怀抱。

伟大猎户的伟大捕猎者大雄鹰，星星的摇篮，这时呈现出勃勃生机。银心已经日趋晴朗，这里却仍是一片混沌。在这片混沌之中呱呱坠地的O、B、

A、F、G、K、M各型恒星们，个个生龙活虎，活蹦乱跳，其中不乏大娘、二娘、大姑那样的慈母，辛勤地抚育着自己的儿女，总有一天，会生出很多兄弟姐妹，但现在还是一片洪荒。

维纳斯在大雄鹰那里找不到知音，黑凤凰却获得了新生。经过了3600多年的疯狂食补，当它于新元2418123632年脱离恒星摇篮之后，变成了一颗M型主序恒星，维纳斯开始沐浴它的第一缕恩光。

维纳斯探险队为此举行了隆重盛大的朝拜仪式。此时维纳斯已经离黑凤凰有1AU之远，黑凤凰的暗红照耀还不足以使她激动。金星依然是被皑皑白雪覆盖着，一片冷寂。

二娘在望！老家在望！

飞出雄鹰巨翅扇动的混沌之后，宇宙显得格外清澈明朗，1500光年之外的天苑四照耀着北天，眼前已经是一片坦途，在直径10千米的光学天眼里，已能够看到该娅上的蓝天白云，在射电镜里，已能够模糊地听到宣传院在公共视频上喋喋不休宣讲的时评，也能听到社会视频上更加模糊的家长里短，但就是得不到地球的一个招呼。

　　维纳斯探险队人人都相信地球已经看到了自己，因为一出大雄鹰的怀抱，他们就开始用最大的功率持续不断地向地球报喜，槐花没日没夜不眨眼守着的超距通信机一片寂静，连静电干扰的噼啪声都没有。

　　苏沙罗急了，命令槐花再向德尔塔和特里同同时发出广谱呼叫，同样没有一点回声。

　　"地球出什么事了？怎么就是不理我们呢？"软心肠伊斯梅尔揪着心问道。

　　"不会的，要出事也不会三个星球都出事，肯定是别的原因。"琼森宽慰道。

　　"老大，我先带几个人回去看看怎么样？七八百年就到了。"冯鲁旺请示。

　　"不行，将来维纳斯脱离黑凤凰全指着你呢。"田建华立即否定。

　　"那就由我带艘船回去，反正现在没有什么大工程要做了。"约瑟夫说道。

　　"也不急在这一时，"田建华依然摇头，说，"还有30多万年的日子要熬，让我们看着黑凤凰长大点，再和地球联系不迟。"

"现在就拜别黑凤凰怎么样？"何文奎建议道，"这样还可以早几天到家呢。"

"我反对！"蒯飞燕喊道，"现在只有够一次脱离的铀、钍、钚，刹车入轨还要靠地球的接济才行呢，1500光年的长路，如果出点事就只有死了！因为联络中断了，没人给我们送炭，所以无论如何也要让黑凤凰——不，应该叫红凤凰了——让红凤凰继续带我们一程。"

"你们说红凤凰如果再转一圈，会不会变成二娘那样啊？如果那样，我们干脆别回去了。"何文奎一转眼又是一个主意。

"还是要回去的。即使它会变成二娘，轨道也极不稳定，第二圈很可能会扎到人马座A星里去，甚至在球状星团里都可能撞墙！我们能平安来到这里实属侥幸！"琼森笑道。

"那我们开船回去吧，这个能源是够的，还富裕呢。"何文奎又来一个建议。

"我反对！"冯鲁旺立即表态，"虽说我们探险的使命已经圆满完成了，但还有把维纳斯带回娘家（二娘家）的一个使命呢，要不辛辛苦苦给她安腿干什么？"

"老冯说得对！"田建华也立即表态，"如果有人实在想家的话，也可以先走。"说罢斜眼看着何文奎。

"地球上哪还有我们的家啊？！"大家一起大笑起来，但都笑得有点苦涩。

"恐怕连我们的基因都找不到了。"英迪拉补上一句。

田建华："真没有要先走的？"

"没有！"大家齐声回答。

田建华："那好，我宣布：即日起可以生接班人了！可以安排打解孕针了。"

"万岁！"全队热烈欢呼起来。

新元2418460000年，也就是维纳斯开始添丁进口34万年之后，红凤凰飞到了距离二娘2.1光年的地方（距离到达二娘最近点还有15000年的时间），探险队活着回来了！

从射电镜里已经可以清楚地收听到地球悠扬的广播乐曲，从光学镜里已经能够区分出地球上蚊子的公母，可是不论槐花怎么喊，地球就是不予理睬，特里同和德尔塔同样保持了沉默。

田建华明显衰老了，皱纹爬上了额头，黑斑布满了脸面，白发取代了青丝。

他是被急老的。

田建华不是被托儿所里顽童们的淘气急老的。孩子不多，34万年里人口严格保持在60万以内，这样控制的理由是十分现实的：人们拼死拼活提炼的铀、钍、钚，仅够脱离红凤凰用，刹车入轨要靠地球接济。如果维纳斯就是带不回去，人们只有乘飞船回家这一条路可走，所以绝对不能有太多人口。

田建华也不是为探险队的命运急老的。如上所述，如果维纳斯实在不愿意回家，他们还可以乘飞船逃生，9艘亿吨级半光速飞船在简易天梯上被保护得完好无损，随时可以开船。离开大雄鹰之后，冯鲁旺他们除了生孩子外全干保养这件事，即使舍弃那两艘燃料已经基本耗光了的调磁飞船，挤一挤也能把60万人运回去，2光年的路程，四五年时间就能飞到。

　　田建华也不是为60万人口回到地球之后的安置和怎样融入社会问题急老的。出发之前，村长就告诉他们会在最好的地点为他们修建一个特别庄，即使后代忘记了，外交部的地球宾馆也有能力临时安置他们。因为自从开展了三星旅游之后，地球宾馆就具备了一次接待100万天外来客的能力。融入社会的问题更不是问题，自第一批孩子生出来之后，陈和晶他们就完全按照地球教学大纲开办学校，工作制度、抚幼制度、养老制度等，全部照搬地球的。自打放开生孩子之后，他们也渐渐衰老了。

　　所以田建华也不是为自己的衰老以及其他第一代队员的衰老急老的。他们已经活了24亿多岁，早就活够了，如果不是使命在身，还有槐花管着，他们早就想随便找个黑洞去亲身验证一下所谓的黑洞引力视界理论了。因此，死对他们而言不但不可怕，反而是一种解脱，何况现在已经有了近60万接班人了。

　　田建华是被与地球失联急老了的。作为探险队的队长，他知道的事情比其他任何人都多，了解的情况比其他任何人都全面。虽然在人前一直表现出对于失联不屑一顾的样子，以稳定军心，内心却比谁都着急。

从离开大雄鹰，田建华就开始着急了。

探险队出发前，魏茂禄村长曾郑重告诉过他，只要维纳斯一离开大雄鹰，不论他们是否还活着（活着的概率微乎其微），不论还有没有信号，为取探险资料，地球都会派半光速飞船前来接应。因此，地球将在那个时候至少固定一台天眼盯着他们的来路，黑凤凰的所有参数都牢牢记住了，不会认不出它来。魏村长郑重地告诉他，如果届时地球不来飞船，那就说明地球一定是出事了。

魏茂禄村长强调，为了以防万一，不要过早地派人和地球接触，以免引起不可预知的麻烦。如果田建华他们还活着，一定要想办法查清地球究竟出了什么事，能挽救尽量挽救，挽救不了，就要设法保全自己另谋出路。他们能活到这时候，必定给维纳斯安上了腿，找颗合适的恒星再慢慢改造它。无论如何不要让地球把他们俘虏了，一定要给宇宙留下几颗地球文明的种子。

田建华当时对此极其不以为然，说地球会出什么事！即使地球真出了事，还有德尔塔和特里同，只要还有人活着，就一定会联系上！

魏茂禄郑重地告诉田建华，福无双至，祸不单行，覆巢之下不会有完卵，如果这时联系不上地球，其他两颗星也不要指望了。

这种情况发生的概率极大，从赖皮开始，历代老祖宗们都一直担着这个心。

这是魏茂禄村长和田建华队长最私密的一次谈话，除了机器人秘书和菊、槐、杏三花之外没有任何人知道。

因此，一出大雄鹰没见到地球的飞船，田队长就知道地球肯定出事了。

于是，田队长不动声色地立即采取了三项应急措施：

一是立即开禁生育（严格讲起来这一条还真不算，因为出发前就内定了出了大雄鹰就开始生育）。

二是督促工程副队长约瑟夫尽量超额完成他的秘密任务。

　　三是撇开其他7个副队长只让佩德罗、陈和晶和琼森三位参与控制了信号的侦听和解读以安定人心。为此将射电天眼固定对准了地球，间或扫描一下其他两星。

　　其他副队长和其他队员当然对此有看法，但都尊重、信任和服从权威，都知道在探险这个特殊工作上，不该问的一定不问！

　　对地球射电信号的侦听，排除了地球已死这个情况，射电信号不但没有减少，反而比以前更多更强了，这使探险队大为欣慰，但是无法确认地球是否被外星人占领，因为除了音乐之外，其他信号探险队都听不懂了。陈和晶只好求助于光脑，识别了好长的时间才得出结论：这仍是地球人说的话，只是和探险队出发时的说话完全不一样了。对于这个情况刚开始他们很困惑，不过稍一思索也就想通了。24亿多年过去了，语言不发展反倒是不正常的，光脑翻译不了，只好让苏沙罗来破译，她只能孤军奋战，且只能在业余时间进行，田建华坚决不再扩大知情范围。

　　听懂了地球人的语言，探险队才知道地球并没有被外星人占领，也没有发生内乱，但比发生内乱的情况还要严重，地球似乎回到了最后一次世界大战前的状态了。

"怪不得不理我们了，原来他们忙得很呢！"佩德罗十分痛苦地感叹道。

"现在怎么办？"田建华问道。

"集思广益吧？"佩德罗深知干系重大，因此建议道。

"是到了公开信息的时候了，我同意。"琼森表态。

"不急！"田建华断然否决，补充说，"现在情况不明，公开了不好收拾。"

"至少开个队长办公会吧，单靠我们几个真想不出什么好主意来。"

"好吧，槐花，立即通知队长们开会。"田建华让步了。

11个老态龙钟的队长聚在一起开会，已经30多万年没有这样做了，大家坐在一起，无限感慨，先扯了一阵养生怯病睡觉喝粥以及怎么和后辈儿孙置气的闲篇之后，才进入正题。这使得依然不老的槐花感慨万千。

会议在听取了五人小组的破译汇报后，展开了热烈的讨论，形成两个决定：

一、地球没有被外星人占领，探险队全体人员是脱离红凤凰往家走的时候了，现在南极对着前进方向，推进喷嘴太小而且要掉头，需要加速20000多年才能离开红凤凰的怀抱，因此，要立即开始掉头加速。

这是伊斯梅尔提出来的，就决定由她负责。

二、地球没空理睬探险队，探险队只好去投靠了，维纳斯只有加速脱离的能量，没有刹车的能源，地球不出手帮忙定不了轨，因此，只好觍着脸去求告。

这是何文奎提出来的，会议决定由他负责。

佩德罗还提了个交班的问题，所有的副队长均表示赞成，队长却否决了。田建华否决的理由是，必须等和地球接上头，落实了接济能源的大事之后才能交班，否则衔接不上。

大家听到老大这么说，也就同意了。虽然身体已老，但他们的脑袋还不糊涂。

英迪拉也提了一个问题，鉴于第一代探险队员都老了，绝大部分都不想继续活了，是否终止细胞洗澡和端粒体摘除手术，提前乘飞船回地球？这只要四五年就到了，一起回去人多力量大，容易说服地球接待。但这个意见被其他10个队长一起否了。大家都明白探险队现在只完成了一半使命，不把维纳斯带回家就不算圆满。

何文奎笑着问他老伴英迪拉说："有没有返老还童的办法？现在这个老态龙钟的样子，让地球人看到实在丢人！"

英迪拉撇着嘴说："还真没有，如果有的话，早近水楼台先得月了，还等着你说！"

于是会议做了一项补充规定：提前给先遣队员再洗一次澡，无论如何要精神着回家。

会议最终确定只去5男5女共10个人，除何文奎、陈和晶、伊斯梅尔、冯鲁旺之外，另配飞天员2人，语言学家2人，警卫干事2人，秘书及生活保障全用机器人每人两名。

确定了先遣队的人选之后，准备工作由冯鲁旺带着飞天员和警卫干事负责，何文奎、陈和晶、伊斯梅尔及两个语言学家被田建华和佩德罗关到一间屋子里全面介绍侦听来的地球的消息。等他们把所有情况都倒背如流之后，又当起了学生，由苏沙罗教授地球现代语，这可把这些老人家难住了，因为人老了最怕的就是认字记符号，苏沙罗费尽九牛二虎之力，夙兴夜寐教了3年，几个人还是只学会了几句简单的对话。眼看启程在即，老师实在没招了，只好建议给他们强灌记忆，但是田建华又坚决不同意，何文奎只好要求将槐花带上，队长们立即同意了，说带上槐花不但可以当翻译，还方便与菊花接头，槐花极其高兴地接受了派遣。

新元2418460010年，金星先遣队在何文奎、伊斯梅尔的率领下，携陈和晶、冯鲁旺等8名队员乘小型半光速飞船降落在地球老天梯上，却没有受到任何形式的欢迎，仅天梯梯长出面简单询问了一下情况之后，就将他们送到位于万花城西郊的星际外交部暂时安置下来，并把槐花带走了。

这早在何文奎的意料之中，因此并不感到难过。但是从降落前绕地巡航和落地之后看到的情况显示，二娘已变得与赖元初期差不多，地球已经变轨到距二娘1AU的地方上公转，地球村除了人居区，其他区域也建起了高楼大厦（这说明人口增长了很多），接待人员说的话需要翻译才能听懂，除了这些，其他景象与探险队出发前并没有明显的不同。这使先遣队初步放了心，但对于地球村为何如此冷淡地接待他们仍然不得其解，但又不便向外交部冷淡的接待人员询问。

这个谜团当天晚上就得到了解答。

先遣队回到地球娘家的第一顿饭被安排得极其隆重。显然已经读取了槐花的内存，时任地球村村长查尔斯、主管科研的副村长熊庆明、村委会秘书长卡罗丽娜以及12号村委会委员、科研委主任、试探院院长、生存部部长、飞天部部长、奇思部部长、诗文院院长等大员出面接待，菊花和槐花给他们当翻译。这样一来，先遣队才彻底放下心来，之后又被另一件事情惊喜到，原来今晚的宴会还有另外一拨客人。经过互相介绍得知他们是从德尔塔来地球出公差的，带队的是一个副村长，也是今天刚到。

　　接待场面的隆重、探险队第一代队员还都活着引起的惊喜、三星聚会引起的激动以及地球村村长用超距通信机与田建华队长和德尔塔村村长进行的深情而烦絮的问候不必多说，先遣队最开心的是终于知道了地球村、德尔塔为何都不与探险队联系的原因了！

　　原来，自从探险队进入球状星团与地球失联之后，他们一致认为探险队已经遇到不幸全部牺牲了，还曾在三颗星上同时举行了隆重的追悼会呢。

　　说明情况之后，查尔斯村长当场指定科技副村长熊庆明和秘书卡罗丽娜牵头，科研委、生存部、飞天部各出一名副职全脱产接待两星的贵客。

　　晚宴尽欢而散。

　　第二天的会谈也是三星一起举行的。原来德尔塔人也是来地球求援的，因此就合在了一起开会。

　　由于金星探险队毕竟是属于地球村管辖的，所以尽管先遣队的人年龄最老，大家还是公推德尔塔副村长首先发言，因为德尔塔也到了逃难的时候了。

　　经过一番推让，德尔塔村副村长首先感谢了地球的接待，然后报告本星的整体搬迁工作早已准备就绪，喷嘴和能源都已超额准备齐全，洞天比当年地球的还阔气，却一直没找到一颗像二娘这样慈祥的目标恒星，方圆 100 光年之内，再也找不到这样的二娘了，所以德尔塔人产生了一个强烈的愿望：德尔塔也到二娘这里定居。感谢地球村的深谋远虑，该娅是垂直二娘的黄道面定轨的，德尔塔已经模拟了无数次，按照这样的定轨方式，二娘的宜居带上可以住下三个类地星球，当然会有些互相干扰，但只要这三个星球都已经"长了脚"，就完全可以避免零距离亲密接触。我们都是大娘的子孙，因为她生了病才各奔东西，重聚在一起建个天苑镇，将是人类文明史上的一个划时代创举，现在到时候了，恳请地球村接纳。

　　这个要求虽然提得很唐突，但实际上早已通过超距通信机进行了联系，这次来只不过是商讨技术细节的，因此不用请示，熊庆明就代表地球村委会和全体地球人表示热烈欢迎！会场上随即响起一阵热烈的掌声。

会议接着讨论迎接维纳斯回家的问题。这个问题本来也是非常简单的，维纳斯现在距离二娘只有2光年的距离，且已经开始加速，所缺的只是刹车入轨的能源，这看起来很容易解决，地球村只要调动200艘半光速货运飞船，改装成冰柜船装上液态氘、氚，飞几趟就送过去了。

但是经过仔细核算，发现最大的问题是维纳斯的体重和该娅差不多，要想像当年该娅那样一次减速定轨成功，需要天文数字的液氘。这就需要建造暂储这些液氘的大罐子，还要从地球运去聚变电站、喷嘴、支架等全套新腿，至于通金柱和钢箍则可以不用造了，金星上面现在是一片蛮荒，即使刹车时发生当年火星那样的天崩地裂，也随它去了，等地质稳定之后再改造即可。电站、喷嘴等可以拆现成的，不用新造。

这个工程量很大，有没有必要这样做？会场为此陷入了沉默……

"不这么大折腾行不行？就使用裂变能源慢慢减速，有何不可？"熊庆明打破了沉默。

"地球上已经基本没有铀、钍、钚了，要开采就得重上'该娅二世',采矿设备的设计、制造、运输,上去之后的开采、提炼、运送,都需要时间,红凤凰不会停下等啊!"何文奎忧虑道。

"这个问题其实很好解决,"德尔塔村副村长笑着说,"其实要给维纳斯安新腿,电站、喷嘴、支架,都不是问题。工程量最大的是改造运氕船和建储罐,这两个问题只要改烧氦-3就都不存在了,我们德尔塔别的什么都缺,就是不缺氦-3,我正在想这个问题呢,给维纳斯安新腿、供氦-3的事情包在我们身上了!"

冯鲁旺说:"不行啊!你们马上也要逃难,怎能动用你们的救命物资?再难地球也会想出办法来的!"

"一点问题都没有啊!"德尔塔村副村长说,"我们原准备逃到157光年以外的宝瓶座艾达星那里安家,现在地球村同意收留我们,这就缩短了141光年的路途,由此省下的氦-3,足够维纳斯刹车定轨用了!就这么定了,地球负责给美人'安新腿、垒新灶',我们负责供'柴火'。"

冯鲁旺仍有疑虑,说:"可是和地球做邻居

后，你们还要过日子呀！"

德尔塔村副村长说："将来有天苑镇统一调配物资，我们还怕断米不成？！就这样定了。"

熊庆明思考了一阵果断拍了板，说："好！就这样定下来，请秘书长按此宗旨抓紧时间组织制定正式计划上报。"

"是！"卡罗丽娜接令。

熊庆明继续说："等这件事批下来我们再议建镇章程，这段时间我陪先遣队和德尔塔贵宾游览一下多灾多难的地球怎么样？"

"太好了！"众人一齐欢呼，他们实在太想看看久违的地球了。

建镇

　　地球村村委会很快就批准了两星回归的方案，并决定成立一个地球、德尔塔、金星三星都有人参加的迎客小组全权负责一切事宜，办公地点就设在外交部里，熊庆明担任了第一任组长。

　　迎客小组首要的工作是制定建镇章程，分配地球、德尔塔、金星三星轨道，迎接德尔塔和金星二星到来。这一系列的具体技术性工作，需要社会科学和自然科学的专家才能胜任。于是，佩德罗接替了以随机应变见长的何文奎，与冯鲁旺、陈和晶、伊斯梅尔等人一起成为迎客小组成员，德尔塔代表团也全员参加了迎客小组的工作。

　　新元2418460020年，佩德罗携自己的爱人来到迎客小组报到。他到来之前，地球负责提供的南北极各一套新腿，由科研委和工程院联合组成的安装调试小组护送，已经在半路上打了照面，德尔塔的运氢船甚至比地球的运腿船出发得还早，德尔塔的走路问题也已经定案。因此迎客小组剩下的工作，只是分配轨道和起草建镇章程。

轨道的分配极其简单，该娅已经先入为主，占据了1AU处的二娘极轨轨道不可能再动，也没人敢叫它动，剩下的两条轨道，只能以它的轨道为本初轨道呈60度间隔均匀分配。

这是一个不用讨论的问题。需要讨论的是，由于受到二娘宜居带宽度的严格限制，还要考虑它将来的脾气，最靠近它的轨道不能小于0.8AU，于是另外一条远轨定为1.2AU。

由于接客小组已经决定将来金星不建村，也不留常住人口，加上它在大娘那里的历史地位，因此0.8AU轨道自然非它莫属，德尔塔自然占了1.2AU那条。

建镇章程也没有多少问题需要讨论，因为这时的地球村已经完成了组织方面的巩固工作，维持了原来的村、庄、胡同、楼座的四级政府架构，变不回去了。其他二星从来就没有改过，不存在制度上的重建和统一问题。于是只剩下三个大问题和几个小问题。

首先是团圆之后的天苑镇搞联邦制还是搞管辖制的问题。

其次是将来的镇委会和镇政府如何产生、如何组成、如何行使职权的问题。

最后是团圆之后，要不要进行产业分工的问题。

对于第一个问题，三星代表意见高度一致：为了后世子孙的长治久安，绝不能留下分裂的隐患，因此只能搞管辖制，这就同时解决了第二个问题。既然决心搞管辖制，就意味着镇委会将是最高权力机关，镇长办公会也就成了最高行政机关。

镇委会和镇长办公会的组建也很简单：地球和德尔塔二星独立选举出来的两个村的村委会委员同时也是镇委会委员，地球村的村长永远自然成为镇长，德尔塔村长自然成为第一副镇长，两个村的副村长自然成为镇长办公会成员，部、院、委、署及各种协会也按此原则组合即可。

　　至于最后一个问题，三星代表一致认为不但要分工，而且必须分工。不分工，就不能算是一个镇。鉴于上万年之后才能真正团圆，这一条先作为一个基本原则写入章程，具体的分工等团圆之后再确定细节。

　　小问题之一，镇政府的落址问题。不用讨论，建在地球上，就在外交部那里改扩建即可。

　　小问题之二，军队和警察的组建问题。大家一致认为军队要统一，而警察要分散，具体方式可用附件规定。

　　小问题之三，司法管辖问题。德尔塔回归之后各住各星，最高上诉机构仍然为各星的善恶院，镇院只负责协调和统一司法标准，不受理上诉，但涉及违反、破坏建镇章程的行为则必须要管，因此决定必要时由镇委会授权成立特别法庭规范、救济。

　　小问题之四，统一语言问题。经过几十亿年的独立发展，在地球人的耳朵里，探险队说的话已经变成了古语，德尔塔语则更像外语。这个问题团圆之后再解决会影响建镇速度，小组决定现在就开始在二星进行地球现代语教育，师资由地球派遣。

小问题之五，确定镇徽、镇旗、镇歌。经过协商决定，先把镇徽确定下来，好往地球、月亮上刻，镇旗印上镇徽即可，镇歌请三星诗文院的艺术家联合进行创作。

小问题之六，团圆之前的沟通、协调、联络问题。迎客小组一致决定在三星互设联络处，负责处理相关事务。金星的不叫联络处而称驻地办，级别、待遇一样，叫法不同而已。

新元2418460022年，地球村村委会率先通过了建镇章程公投草案，全民公投以99.1%的高票通过，因需要在建镇文件上签字，故而两星代表必须亲自回去。维纳斯星不用审批只是报备，德尔塔星代表则要回本星走批准程序，等德尔塔星完成批准手续之后，《天苑镇建镇章程》就变成了天苑镇的最高法律。

建镇章程在三星同时公布之日，德尔塔村村长按下了团圆启程喷嘴点火按钮，维纳斯上的田建华将队长大印交给了一个名叫葛江宏的中年后生。

新元2418466100年，安上了地球送去的新腿的烧着德尔塔人送去的氦-3的维纳斯美人，要和该娅团聚了，在路过二娘柯伊伯带时，早就安好腿等着她的克洛诺斯的一个大儿子赶来投入她的怀抱，变成了它的"月亮"。因此，维纳斯定轨之后金星上也有了月份，每月精确等于24天。

按照《天苑镇建镇章程》的规定，维纳斯回归之后不设村，不留常住居民。

当年的迎客小组认真研究了佩德罗带来的何文奎同志的一个提议，征得探险队的同意，地球村专门在一个地处温带、风景秀丽的无人大海岛上，兴建了一个唯一不用昆虫命名的爱神庄，安置维纳斯上的居民。

这样做的目的是减少隔离检疫的时间，更是表示对他们追美探险壮举的尊崇。

海下磁轿沟通了与大陆的联系，等到金星大气改造完成之后，用压钻铺成了宽阔的环岛海滩，成为地球上夏天里最拥挤的避暑胜地，也成了全镇九年级学生约会的胜地，后来在这里谈恋爱的成功率均在90%以上。

根据《天苑镇建镇章程》规定的轨道，维纳斯将定轨在距二娘0.8AU、倾角135度、黄赤夹角20度、公转周期288地球天、自转周期24小时的轨道上。这意味着今后金星的1天精确等于地球的1天。与德尔塔星不同，为了迎合将来在金星上工作的人们喜欢看太阳西升东落的爱好，入轨前将金星的南北极对调了一下。

根据《天苑镇建镇章程》附件之一的金星大气改造方案，维纳斯刚跨过挡箭牌轨道之后，就被从地球上发过来等候的1562961把、每把10000平方千米的正六边形遮阳伞在其静止轨道上牢靠地拴在一起形成一个刚性玻璃罩子，严丝合缝地把维纳斯包住了。

这样做的目的是不让已经重新凝结为冰雪的大气层再度蒸发，从而给二氧化碳的分解还原增加难度，也是为改造金星大气提供太阳能。

人们不禁会问，这时就把金星包起来，刹车的喷焰不会把伞烧坏吗？

答案当然是不会！金星的自转已经提前调整为精确的24小时，这时遮阳伞所在的静止轨道高度距离金面约为32250千米，喷嘴的火焰永远烧不到它。遮阳伞不是密闭的，伞片之间有缝隙，因此也不会被入轨后逐渐升高的气压鼓破。

到了入轨的那一刻，已卸任的探险队前队长田建华同志，在亲手按下南极刹车主喷嘴点火按钮之后，携爱妻伊斯梅尔自尽了。消息传开后，第一代探险队队员们没有悲痛，没有哭泣，他们也都双双携手含笑而去。

三星的民众集体伤心哭泣，悲痛志哀。

由时任村长刘哲军亲自率领的迎接队伍，乘一次性撤离避险的60艘10万吨级常速飞船，载着1100副金棺和维纳斯的居民们，降落在老天梯的天街上，三星联络处全员参加的欢迎大会，变成了追悼大会。这是在这个天梯上开的第二次追悼会，比第一次更沉痛，更悲切。追悼会后，金棺被特许隆重安葬在爱神岛上。

或问，槐花离开之前，不是已经将阻止探险队队员自杀的权力和功能转移到田建华队长的秘书身上了吗，为何还是发生了这样的悲剧呢？这是因为秘书只能把机器和机器人锁住，却无法阻止真人自杀。

维纳斯的刹车入轨方式，完全照搬当年的该娅。

由于探险队光顾了积攒铀、钍、钚，没顾上给维纳斯打钢箍加固，照原来的加速度刹车应该没问题，现在是用地球人援建的新喷嘴，按照与地球同样的负加速度刹车，却没有像当年的战神火星归位时那样引起山崩地裂甚或把维纳斯压扁，虽在刹车过程中发生了几次强烈地震，但没到山崩地裂的程度。据分析，有两个原因导致了这个结果：一是维纳斯与战神不同，在近百亿年的生涯中没有发生过剧烈的地质运动，因此断层很少，体格强壮；二是维纳斯在被黑凤凰拐带之后的24亿多年里，宇宙空间近乎绝对零度的酷寒已经快把它冻透了，球状星团的烘烤只是加热了它的表皮，并没温暖它的筋骨，后面的行程又将它的表皮重新冻瓷实了，因此刹车时是一个无比坚硬的大冰疙瘩，所以人们没有看到悲剧发生。

维纳斯安定下来后，有20万青壮年少祖宗又回到了金星上，带来地球参照当年的取水螃蟹的样式早已制造好的20000台固态二氧化碳分解机器。因为遮阳伞组成的大笼子将二娘的恩光反射了99%以上，金星表面依然是一片近似真空的冰天雪地，物理分解还原压钻机和三座太阳能微波接收站安装在南北极和赤道的三座喷嘴支架上，利用二娘的恩光转换的电能，200多代人花了10万年的时间才把二氧化碳变成了氧气和压钻。氧气加上比地球还多的氮气，维纳斯终于能够正常喘气了，压钻则全部运回地球做了爱神岛环岛沙滩的砂砾。

致命的碳源被基本清除后，留下了供将来植物生长的和地球同样浓度的二氧化碳，硫酸冰雪分解成了氧气、水和单质硫黄，维纳斯真正成了有生气的爱神，1562961把遮阳伞解锁后开到金星和二娘之间的拉格朗日L1点上重新组合成电站继续使用，金星上从此有了蓝天白云、江河湖海，隐藏在维纳斯原来的大气里的水分，不比地球上的液态水少，但这时还没有磁场，也还没有任何生命。

经过了10000多年的旅行，德尔塔人平安到达了二娘身边，一路上没有受到任何客星的骚扰。由于充分接受了地球的教训，提前灌浆炸冰，几次比地球当年遇到的还大的冷源型地震没有撕裂他们的洞天，也没有遇到变异病毒的骚扰。在穿过挡箭牌轨道时，顺道收留了一颗克洛诺斯的卫星，做了它自己的月亮。收获了月亮之后，30亿人开始了有条不紊的临时避险行动，这次避险比起地球人的手忙脚乱的避险来，简直不值一提。亿吨级半光速飞船在两星之间用常速穿梭，很快就把德尔塔人平安接到地球防波堤上，住在地球人早已建好的高楼大厦里，吃到了地球出产的顶尖的美味佳肴。

经过短暂的重力适应之后，德尔塔人就能不驾磁翅在地球的天空里笨拙地滑翔了，他们都选择了在最高层暂住，飞迹所到之处，吓跑了飞鸟，迎来了磁翅，成了人居区上空一道无比美妙的风景。惯于悲古伤今的历史学家和文学家感叹：这哪是逃难避险，简直是在度假嘛！

根据《天苑镇建镇章程》规定的轨道，两年之后德尔塔定轨在距二娘1.2AU、倾角0度、黄赤夹角20度、公转周期450地球天、自转周期24小时的轨道上，德尔塔的1天精确等于地球的1天，其月亮的自转周期和公转周期都是37.5地球天，因此每年也是12个月。

在地球派出的领航员的指引下，在德尔塔人反复模拟操作了无数遍的娴熟操作下，减速刹车入轨定轨极其顺利。德尔塔大地回春之后，地球人诚恳挽留德尔塔人多住些日子，但他们归心似箭。于是，200年之后，德尔塔又成了逃难前的德尔塔。

天苑镇终于完美建成了，在原来的外交部旧址上兴建的天苑镇镇政府也落成了。

银河系波江座天苑镇镇政府，于新元25亿年10月1日下午3时正式宣告成立。根据镇政府组织法，地球村村长自动兼任天苑镇镇长，德尔塔村村长永远兼任第一副镇长，由镇长、副镇长和其他副村长组成的镇长办公会，行使最高行政职权。

与此相应，镇委会由两村每村65名共130名村委会委员组成，地球村的12号委员为镇委会会议召集人。

天苑镇政府成立当晚，朦胧了8000多万年的月亮又一次放出明亮清澈的光辉。人们仰望到的是银仙系（此时两个星系已经融合成一个星系，只是两个中心黑洞还没有合并，人们将其命名为银仙系）群星背景下一颗大星居中，三颗小星围绕大星分布的图像，这就是天苑镇的镇徽。

在筹备开镇大典过程中，有人提出过改年号的建议。对此，地球人非常赞成，但是被德尔塔人否决了，否决的理由是很感人的：新元这个历法虽说在地球上已经很旧了，但是对德尔塔星却是新的！所以，既没表决也没公投就确定了仍然沿用新元。

天苑镇镇政府宣告成立后，两星既联合又分散举行了长达1年的狂欢，热火朝天，锣鼓喧天、音乐震天、热闹非凡。

10万年之后，天苑镇艰难地完成了产业分工。

在仅有52%地球表面重力的德尔塔星的赤道线上，等距离建成了能起降百亿吨级半光速飞船的两座新天梯，还建成了配套的飞船制造厂，从此这里成了天苑人飞天的基地。这意味着人类从此可以乘人造飞行器遨游银仙系了。

得益于三星资源的共享，德尔塔星上人口数量最终稳定在100亿线上。

德尔塔星的飞天基地建成之后，全镇除了矿产和飞天之外的其他工业，全部搬到了金星地面下的100千米处。因为其地质条件比地球稳定，矿产也很丰富，最重要的是其公转轨道离二娘最近，位于其二娘－金星拉格朗日L1点上的太阳能发电站的转换效率已经在95%以上，完全可以满足工业生产的需求。

从此之后，地球上绝大部分的产业工人开始上一年班休息两年的工作制度。

在搬迁工业生产线的同时，金星表面也进行了通柱、加箍、调磁、调雨、穿衣、放生的浩大工程，很久之后维纳斯变成了一个被通地柱和钢箍加固了的、能调磁调雨的、比地球还美丽的星球。

金星上没有常住人口。

地球上的肥料岛仍然保持了原貌，地球人、德尔塔人的第一份工作都要到这里轮岗。

除了肥料岛，地球变成了一个纯粹的生活、管理、科研、教育、文化、娱乐、旅游的星球，人口数量稳定在200亿线上。

地球、金星、德尔塔三颗大行星定轨之后，总会有三星连珠之时。因两星间隔最近处只有3000万千米，每到此时，三星都会出现超级大潮，每逢此时都是天苑镇最盛大的狂欢节日。三星总有在同一天过节的时候，此时则是更大的狂欢。这就苦了那些开喷嘴的，因为每次狂欢过后他们都要花费好几年的时间才能把时序调回原样，另外还得把各自的月亮调回正轨。

这种3个平均质量和地球差不多大的岩质行星，其公转轨道之间的距离不到1亿千米，严重违背了开普勒第三定律，因此，公转轨道绝不可能稳定。

实际情况确实如此，但是定量计算一下就会知道，三星之间的互相影响导致的轨道偏移，要很长时间才能积累到能够察觉的程度，远远长于三星连珠的时间。因此，在三星连珠之时就一并修正过来了。这就是给行星安腿的妙处所在。

在做这些事情的同时，镇委会充分研究了探险队的长寿经验，在德尔塔星定轨后做出了全民普及端粒体摘除、细泡洗澡的长生技术，但严格规定一生只能做一次（这个规定导致的结果是人类的平均寿命一直未能超过12000岁），只有获得最高奖励的功臣才能由镇委会特批获得两次甚至以上的奖励。从此之后，人类永远不再克隆自己。

天苑镇上的人类从此过上了平安快乐、健康长寿、幸福美满的生活。

引导地球人类走向美好与和谐

——评《地球新生三部曲》

王清荣

　　留旺的《地球新生三部曲》，以科学的眼光、辩证的分析，描述了人与宇宙的关系、了解地球与爱护地球的关系、保护地球与人类自我保护的关系。

　　留旺用另一种思维、另一种语言、另一种风格写的《地球新生三部曲》，试图在科幻小说里体现出中国的文化自信，讴歌真、善、美，引导地球人类走向美好与和谐。

　　《地球新生三部曲》跳出了外星人、机器人、超能量、超光速、超宇宙、超武器、超人、超兽、超算、超维这十种科幻元素的范围，着力讴歌在地球遭遇重大灾难时人性的真、善、美！作者说，他时时这样想，想了大半辈子。事实上，没有这十种元素的科幻小说更难写。作者用工程师的思维、工程师的语言贯穿小说。因此，大部分的数字都有意写成了约数。构成这部小说全部情节的科学基础是：地球大陆将在2.5亿年后合并到一起，形成终极大陆；太阳会在50亿年左右爆发为红巨星；人类在不远的将来会像现在使用化石能源那样使用核聚变能源；宇宙不是空的，最空的地方每立方厘米也有一个氢原子。

作者由此引申出几个猜想：地球终极大陆形成之后，地震会越来越少，但会越来越强，地球离开太阳进入宇宙自由空间过度冷却之后还会发生冷源型地震；太阳在爆发为红巨星之前相当长一段时间内躁动不安，甚至会周期性膨胀收缩；更高能量级的新能源不大可能在地球逃难之前发明出来；利用太阳系柯伊伯带和奥尔特带（简称"柯奥带"）星上的宇宙大爆炸时就生成的重水，每一万个普通氢核里会有至少一个氘核，这就是聚变的能量来源，能把地球推出去；宇宙不是空的，因此在宇宙深空航行的最高速度只能是半光速。作者有意识地没有涉及暗物质和暗能量，因为他坚信这两样东西总有一天会像当年的光以太和电磁以太一样退出物理科学的殿堂。作者坚信，在暗物质和暗能量问题上，宇宙没错，是现时的宇宙学错了。另外，作者认为多维时空、平行宇宙、虫洞、白洞等，统统是微观世界的东西，应用于宏观世界是不行的，因此《地球新生三部曲》的主要内容都是对宏观世界的描述。

任何小说都要有一个社会背景，《地球新生三部曲》的社会背景设定为地球已经成为地球村。

《地球新生三部曲》对人类未来的命运进行了严肃的思考，告诉人们：只要质子不衰变，恒星可以毁灭，但地球是可以永存的；只要人类不自己毁灭自己，人类也是可以永存的，这不需要超能源就可以做到。人类将来必定会开发出比核聚变更高等级的能源，对此应当深信不疑，但即使发现不了或开发太晚到太阳爆发为红巨星之后，只要舍得花力气自救，人类利用核聚变能源，也能够驾驶地球逃出太阳爆发的大灾难，再找一颗新太阳继续活下去。作者认为这颗新太阳位于波江座，名叫天苑四，也叫波江座ε。

《地球新生三部曲》对科技进步的某些领域持有异议，坚决反对制造超人、超兽。作者认为，如果科技的发展最终走到可以随意制造超人、超兽的阶段，很可能会导致地球智慧生命的终结。因此，本书中未设置超人、超兽的故事情节。

放眼广宇，太空茫茫，地球不过是沧海一粟。科学研究表明，太阳这种类型的恒星，仅银河系就有几千亿个。天文学家估算，银河系内，与我们相距最近的可能有生命的星球，距离我们也有4600光年，地球发出寻亲电波，外星人收到再回电，至少要万年。按照分子生物学，所有生灵均同宗，人类是顶级物种，世辖地球，地老天荒，万愚之上。然而地球上的生物被层层紧裹着，只有纯真、纯善、纯美的探索者对其情有独钟。留旺所悟，捉笔写上，揣度日久，脉络自出，分作《地球新生三部曲·赖皮·太阳生病的日子》《地球新生三部曲·逃难·没有太阳的日子》《地球新生三部曲·建镇·新太阳照耀的日子》以记之。

《地球新生三部曲》告诉人们，宇宙大爆炸后以近于临界速度的速度膨胀了137亿年，它与临界速度的差异，不会超过10的36次方分之一。《地球新生三部曲》提醒人们，切忌过分漫不经心、永不满足地追求享乐，警告人们自耗的比例越来越大，过度奢欲，将可能彻底毁灭我们的地球，至少很难逃出将来那必定到来的大灾难。

《地球新生三部曲》的自然科学理论基础扎实，地球逃难方案的科幻设定合理。当然，这个合理是相对的。与科幻作品论科学的合理性，不大容易得到读者的认可，《地球新生三部曲》的作者是知道的。

细心的读者会从小说中感受到作者对写作的激情和丰富的想象力，理解小说里新颖的科幻设定，能看出作者在迫切地、理性地、有的放矢地讲清楚地球新生的故事。

作者说，他为写这本书准备了大半辈子，上大学时就用大量的精力和时间阅读了与科幻文学创作有关的自然科学的著作。大学毕业之后参加工作就开始准备了，用业余时间上了夜大的中文专科班，接受了比较系统的文学创作教育。后来在职业生涯中一直追踪着自然科学的最新进展，用了整整一年的时间进行基础数据计算和文学策划，退休后用了3年的时间写出160万字，吸纳了老师、朋友和出版社编辑的意见，精简为30多万字的《地球新生三部曲》。

核物理专家詹克明曾指出，"人类正在从根本上把自己打倒""科学是智慧的宝库，也是神秘的潘多拉盒子，一旦把它打开，里面的灾祸就会飞向世界"。美国国家航空航天局5名科学家研究表明，5兆吨TNT当量的核弹，爆炸后产生的烟尘遮天蔽日，就能使地球处于黑暗与严寒之中：地表水冻结，动物渴死，植物冻死，人类将面临水、食品、燃料的缺乏，以及黑暗、疾病、强辐射损伤和空气的严重污染。《地球新生三部曲》设想到了公元5亿年时，地球村已经是一个没有战争、没有杀人武器的和平社会，其意义和价值不言而喻。

地球仍在转动，人类也在发展。

人，即使是最卑微的一个，都有确凿无疑的资格代表整个地球。科幻小说也是人类文明的先导，《地球新生三部曲》在技术、经济、政治、文化上的大融合，诚如爱因斯坦说过的"科学是，并且永远是国际的"。而走在科学世界大同面前的，首先必然是语言和信息的全球一体化。《地球新生三部曲》有大量的必然信息，即便是可逆反应，也是有益无害的。

宇宙中的几次伟大进化，每一次都要历经数亿年。人类智能文明进化才开始，它必然会以亿万年计。与旧石器时代过去的175万年相比，地球新生是个很短的时间，有文字的7000年也仅是一瞬。《地球新生三部曲》对人类智能进化初期出现的种种谬误、种种病态，以及种种反自然倾向提出批评，总体上体现了马克思主义的立场、观点和方法，引导人类走向美好与和谐！当点赞。是为序。

2022年9月23日写于桂林桃花山庄

地球至理尽在彀中

——评《地球新生三部曲》

盘福东

留旺把《地球新生三部曲》的电子版书稿发到我邮箱,还送来打印稿。我用了一个月时间读稿后,感慨作者有心劝导地球人类多一点自然适应能力,少一些盲目竞争;多一些协调合作,少一些唯利是图;多一些共同致富,少一些暴富赤贫。无论从哪个角度说,《地球新生三部曲》的出版都是可喜可贺的。

我被留旺对大自然的透辟理解,被他那不可思议的美妙、庄严与精深描述所震撼。在我们最为熟知的地方,存在许多谜洞和漏洞。《地球新生三部曲》让人领悟到它竟是一个激动人心的科学新天地，令自己对科学前沿的认识全部改观。

《地球新生三部曲》告诉我们，面对大自然，无限就环绕在我们身边。不仅研究未知前沿的科学家要面对无限，我们每个人都避不开它。留旺认真观察了地球上人们生活中最常见的无限未知现象，才有他的《地球新生三部曲》里暗含着的一门新兴的学科，即《地球新生三部曲》勾勒出的一个全新的科学领域——地球新生学。

《地球新生三部曲》里在思考地球新生结构的同时，让人类反过来研究自己。因为我们的感官和大脑都是环境的产物，造就出它们纯粹是为了让人类在地球这个特殊的生态环境中最适宜地生存。留旺说，写作《地球新生三部曲》的目的仅此而已，绝无他意。留旺利用大自然赐予的感官与大脑，在大半辈子"工程师"生涯中乃至于退休后还有兴致研究与探索大自然的奥秘，这纯属烈士暮年壮心不已之心所驱使。之所以这么说，是因为大自然从来没给留旺同志派过研究与探索地球新生这项任务，也没有根据国家研究需要配置给他课题。

科学和神话都需要想象力，两者常常不谋而

合。老子云："知其白，守其黑，为天下式。"用今天的话说就是，白色是已知，黑色表示未知。因此，在无限广阔的黑色背景中，《地球新生三部曲》在一块相对来说有限的局域中，疏疏地画了一些有限度的白色线段。这些线段不可像搞哲学、文学、艺术那样随心所欲地延伸，稍微延伸即成谬误。所以，《地球新生三部曲》的作者在充分地、自由地思维的同时，自觉地给大脑设立禁区，自觉利用头脑中贮存的"知"，而不用"非知"。在《地球新生三部曲》里，不论"已知"还是"未知"，都属于不同程度的"知"。

留旺不仅从现象中发现规律，而且从众多规律的复杂联系中发现了简单。依据这些简单的原理，将已有现象的科学知识系统化，并有的放矢地构建了《地球新生三部曲》的"知识树"。

《地球新生三部曲》指出，人为的打造割裂了自然文化属性。留旺通晓"已知"，他大脑里的"未知"远远多于一般人，他大脑里对"非知"随时保持高度的警觉，一旦机遇（现象）出现，就能突破头脑中"已知"的束缚，敏感地识别，及时地捕捉，并竭尽全力地将"非知"转化为"知"，从而成为"已知"的《地球新生三部曲》。

中国科幻文学大师刘慈欣先生的《流浪地球》的热映，说明科幻作品已经成为人们的强烈期待对象。留旺用了大半辈子的时间写了同一题材的科幻作品160万字，忍痛割舍为30多万字。虽然《地球新生三部曲》与《流浪地球》属同一题材，但有很多独到见解和"已知"描述，地球至理，尽在彀中。

讲清楚推动地球脱离太阳系的能量问题

留旺写作《地球新生三部曲》用了4年时间，他核算推动地球脱离太阳系的速度和能量，计算这些基础数据就花了整整一年。留旺认真仔细核算1微米每二次方秒的加速度，推动地球达到脱离太阳引力的第三宇宙速度，在距离太阳1AU（1.49亿千米）的地球轨道处为42.1千米/秒，利用地球公转速度之后还需要加速12.31千米/秒，这需要（410E+30）千焦的能量，如加上到了新太阳的减速定轨能量，则至少需要（810E+30）千焦。地球上只有100万亿吨氘，作者换算出需要的聚变氚核量为2.5亿亿吨，这不是一句"重核聚变"就能解决的，因为重核聚变的产能率远远低于轻核。也不可能由外星人恩赐，只能从土星上或柯伊伯带和奥尔特带上的冰雪星球上提取。土星引力太大，不容易提取，《地球新生三部曲》设想在太阳系的柯奥带星上提取。

解释地球加速时的承受力问题

《地球新生三部曲》明确告诉人们，即使是用1微米每二次方秒的匀加速度加速地球，也需要承受（6E+18）牛顿的力，地球是承受不了的，因此必须要对地球进行加固，否则地球会被压成柿饼。《地球新生三部曲》设想穿越地球的地心和南北极，造一根通地柱，再在地球表面上架设8道钢箍加固地球。

理析推力喷嘴的安装高度和安装地点问题

这是一个至关重要的问题，绝不能把总功率达（1.6E+20）千瓦的喷嘴直接安装在地面上，否则，喷嘴一开，会立即将大气层加热到连石头都会烧化的程度，所有的生物都会被烧死。因此，《地球新生三部曲》设想，将喷嘴架到距离地面300千米的高度上，这个高度上的空气已经极其稀薄了，大气即使有蒸发散失，也是极其微小的。喷嘴只能安装在南极点上，才能最大限度利用地球公转的速度以节省能量，这只要将地轴调整到与公转轨道的切线方向一致就可以做到，因此地球不用停止自转。

说明利用大行星的引力加速的问题

《地球新生三部曲》说，地球的质量达60万亿亿吨，与飞船比起来实在是太大了，地球脱离太阳往外跑时的运动速度不到50千米／秒。在这种情况下，稍微出点差错，就可能与大行星相吸相撞，招致毁灭性的灾难。因此，虽然理论上可行，但是风险极大，绝不能冒这个险，而要有意避开。虽然利用大行星加速风险太大，但是用它减速却是可行的，作者设置了利用天苑四的大行星给地球减速的情节。

论断目标新太阳选取问题

《地球新生三部曲》论证了，距离我们最近的4.3光年的半人马座阿尔法星，是三合星，已经年老，不但比现在的太阳系危险，地球到那里后的公转轨道还是极不稳定的"8"字形，在这种公转轨道上，地球上的任何生命都是无法生存的。因此，只能去距离我们10.5光年的，类似太阳的K2型单星的天苑四星。

推测抗击越来越猛烈的地震问题

地球板块构造的理论已经非常成熟，而根据现在的恒星演化理论推测出太阳的随机性小微尺度碳氦闪耀至少要到5亿年后才可能发生。那时的地球大陆早已于公元2.5亿年合并为一个终极大陆，由此会产生一系列地质灾难，人类再住高楼大厦的存活率是零，必须住抗震能力极强的平房才行。《地球新生三部曲》设定当时人们住的是能抗里氏2000级地震的房屋。

分析何时才真正需要逃难的问题

恒星演化理论已经推断出，5亿年后才会发生的太阳内部的小微尺度碳氢闪耀，即使能把日珥烧到地球，但离爆发为红巨星，至少还有40亿年的时间。这期间日珥火会越来越大，太阳光会越来越亮，还不能排除周期性膨胀收缩。地球逃难的目标星天苑四那时还很暗淡（但会缓慢生长），急着逃过去会挨冻。作者查阅了大量的资料，方圆50光年内，只有这一颗单星适合作为逃难目标星，而各项逃难工程需要很长的时间才能完成，因此，《地球新生三部曲》设想将来的逃难不是立即逃出去，而是须在太阳系里准备20亿年，在准备逃难期间逐步加大与太阳的距离，直到在小行星极限轨道上待不下去时再走。根据辐射的平方反比定律，地球到太阳的距离扩大一倍，接受的太阳辐射是原来的四分之一，这就是作者说的可以赖20亿年的科学理论基础。

指出地球穿越小行星带和柯伊伯带及奥尔特带防砸问题

《地球新生三部曲》设想逃难前需要先驱动火星把小行星带吸空，这既解决了挨砸的问题，又给地球准备逃难让出了轨道，再用古典氢氧推星火箭结合激光炮，从柯奥带上开辟出逃生的路来。对目标星的侦查，则要先造一个宇宙堡带上人和超距通信机，飞到天苑四那里进行。

作者设想了地球逃难整体规划和长途飞天与人的寿命问题。

《地球新生三部曲》指出地球的生命绝对承受不了走一步看一步的风险，描述了如何离开、到达目的地之后如何获得新生，设想科学解决人类长寿的问题。

解决庇护所工程量、科学规划、行动管理问题。

《地球新生三部曲》认真计算了庇护所的工程量，这是逃难的科学规划问题。留旺告诉人们，所有生物都必须住在地下洞穴里，才能躲避没有太阳的漫长逃难路上的严寒。西方科学家在20世纪60年代设想的流浪宇宙堡，不能把地球上的全部生命都带走，但要将全部生物都安置在地下洞穴里，地下洞穴的体量必须巨大，《地球新生三部曲》设想了5200万立方千米的洞穴，其建设工程需要耗时数亿年，必须进行科学规划。因此，5亿年后的地球整体搬迁，必将是由地球村政府主持的、全社会共同参与的、经过周密论证策划的超级工程，单靠几个英雄人物的脑筋急转弯式的奇思妙想和英勇献身，是绝不可能成功的！《地球新生三部曲》有社会科学的情节、故事，因此，地球逃难行动的管理方面的故事情节设定显得合理。

大胆推出了三个有关恒星演化的科学猜想

《地球新生三部曲》里有很多未来科学发展的猜想，这当然是科幻小说的应有之义，无须一一指出。但除了这些之外，留旺还提出了三个有关恒星演化的猜想：第一个猜想是类日恒星在爆发为红巨星之前将会有一段周期性脉动膨胀收缩期，这会对它的行星系统产生巨大的灾难性影响；第二个猜想是黑矮星如果是高速流浪星的话，在高速流浪过程中，肯定会吸积宇宙空间里的以氢氦为主的气体和尘埃，当吸积到一定程度后，就会再度发光发热，从而又变成一颗主序星；第三个猜测是在中子星和黑洞之间必定存在一种过渡型星体，他将其杜撰为Ⅲb型超弦超新星。是耶非耶？这只能等待以后的检验，但是留旺为这三个猜想各编了一个非常有趣的故事。

《地球新生三部曲》解读出地球新生的无限精深，指出地球人类的局促浅薄的打造是不可能将地球推出去的。

爱因斯坦认为："自然界和思维世界里有着庄严的和不可思议的秩序。"

黎巴嫩作家纪伯伦说："信仰是心里的绿洲，思索的骆驼队可永远走不到那儿。"纪伯伦断定这片绿洲若可到达，怀有信仰的人到那里就不走了，他也就不再拥有向往绿洲的信仰。所以，高尚的信仰从不强加于人，也不可能被他人所强加。科学崇尚真，宗教崇尚善，艺术崇尚美。同样的道理，高尚的信仰不可强加《地球新生三部曲》以完美。

地球整体搬迁，是一个宏大而广泛的科幻题

2

材。《地球新生三部曲》全部故事的时间跨度极大，登场人物极多，给作者提供了一个塑造各种人物的机会。

读了《地球新生三部曲》，你会力戒狂妄，不至于产生"人类至上"的悖逆，不会为着各自的私利由着性子胡乱打造，破坏自然，不会去把地球打造个兜底翻！《地球新生三部曲》告诉人们，我们都是"地球号"宇宙航船的凡人，共生共灭的人类，只能同舟共济，必须懂得自然、顺应自然、理解自然。

《地球新生三部曲》把作者对自然的热情，落实到每天的子丑寅卯。作者是一个胸襟开阔的思想者，他从自己的视角，注视着地球上政治的、经济的、科学的、文化的变化，不同时空的事件，尽在他的视域之中……留旺从来没想过当作家，但他这部《地球新生三部曲》却是许多作家的永生渴慕之作。

《地球新生三部曲》的故事从公元499999990亿年开始。这时的地球大陆已经合并为终极大陆，地球自转放慢为每天26小时，地幔已经凝固但还很热，因此地震强烈，房屋需要纺织，地幔凝结之后，天然磁场会消失，解决终极大陆的中部干旱问题需要调雨，已经建造了用核聚变能源供电的天梯和人工调磁。这时的地球社会已是生产资料公有，生活资料公平分配，但还达不到按需分配的程度，最高权力机关是地球村委员会，最高行政首长是地球村村长。这时人类的平均寿命在450岁左右，100年上学，100年生育抚幼，200年工作，400岁退休。

毋庸讳言，在长达45亿年的时间跨度里讲述地球将来的逃难和新生的故事，必然带来情节大幅度跳跃的情况，给读者一种不连贯的感觉，这是这个题材无法克服的缺陷和遗憾，相信读者会予以谅解。

科幻特色鲜明的《地球新生三部曲》跟别的书摆在一起，鹤立之姿好似千里戈壁中一丛新绿、雪域高原上一抹绛色、夜间灯火独明、众香国里独香。作者如果没有独到的人格和艺术的双重修炼，是创作不了《地球新生三部曲》的。留旺说："俺要按照自己的心思去写。"而一心要按照自己的心思去写的留旺未流于"中人"的弊端，追求广博，却未流为浅泛，未流为寡陋。也许有的读者并不喜欢，这在情理之中，因为一座壮丽的大厦，也会有某个侧面令人看不顺眼，殊不知这个侧面对于整座大厦是必需的，不必拆除重建，建筑物主要价值在于实用。

还要向读者提示一下：留旺在娴熟驾驭尖端科幻题材的同时，还很善于描绘宏大的场景，虽都是幻想的景象，但读起来都会有一种身临其境的真实感，相信读者会体验出来。

2022年9月23日于桂林市翊武路榕荫斋

后记

日复一日，年复一年，耕耘在自己的科幻文学田地里，不仅是一种习惯，也是一种精神和感情的需要，当然更期望有收获。我是学工程的，我的文学田野狭小而贫瘠，我的文学创作局促而无力。得益于科技工作的积累，往往有一种形诸文字的冲动，销蚀散淡的心情，写出了自己觉得还像个样子的《地球新生三部曲》，是收获，更是一种对一生追求的交代。

没有谁强迫我搞文学创作。创作的冲动，来自我对科幻文学的痴迷。这种痴迷，是从读《十万个为什么》播下的种子，通过《海洋牧场》《化身博士》《小灵通漫游未来》《珊瑚岛上的死光》等生根发芽。改革开放之后，《科幻世界》杂志的刊发和《星球大战》等科幻影片的引进，以及对中外神话、童话故事的阅读和反思，使这种冲动变成了追求。于是从大学开始就钻到图书馆里恶补自然科学史等基础知识，工作之后，还考了一个中文夜大，学习了三年基本的写作知识和技能。等在繁忙的科技工作之余，通读完了《量子史话》《物理世界奇遇记》《时间简史》《可怕的对称》《千亿个太阳》《环宇孤心》《宇宙的琴弦》等书之后，创作的思路、题材、目标也就确定下来了，这就是呈现在读者面前的《地球新生三部曲》。

这时，我也退休了。

于是，我闭门谢客四年，其中整整花了一年的时间进行基础数据计算和社会背景、故事结构、人物设置等工作，又用了三年的时间敲出了160万字的初稿，经朋友的审评和出版社的建议，精简为现在的30多万字。

有人说过作诗难，如鱼饮水冷暖自知，其实写科幻小说特别是硬科幻小说更难。为写这本书我几乎准备了大半辈子，尽管如此，仍必定存在其他的各种不足。相信《地球新生三部曲》出版后，会有文学家、科学家、工程师，以及其他爱好科幻作品的人士有各自的解读，超越、升华，弥补其局促、浅薄之处。

由于我退休前基本从事工程师类的技术工作，与文学领域从未有过交集，书稿写成后，盘福东教授和王清荣研究员答应给我审改，我深感是一种缘分。他们两人还于百忙之中各写了书评，并向出版社推荐，这是我的福气，在此要对他们表示我真挚而深切的谢意。

首先，请允许我以最大的敬意向盘福东教授表示最真诚的感谢。盘福东教授花了半年多的时间对书稿逐字逐句进行了审阅并加以修改，使之更像文学作品而不是工程技术文件了。同时，还把我的一些半文不白的语言全部改成了现代文学语言，对我的一些很生硬的结构进行了文学化的调整。非常难能可贵的是在做了如此巨大的修改之后，却完全没有更改我所要表达的内容和意思，足见盘福东教授的改稿功力之深。只有写了这部书的我才能体会到，这甚至比自己写一部书还要耗费力气！

其次，请允许我以同样的敬意向王清荣研究员表示最真诚的感谢。当我根据盘教授的指点改完第二稿之后，王清荣研究员又多次逐字逐句进行了审读，首先从符合性角度给我把了关，修改了很多不合适的说法和章节，更提炼了我的社会背景的设置，使之更精炼、更准确了。

我还要感谢黄革新同志和蒯燕同志，是他们两位的接受和介绍才使本书的出版得以实现。

我还要感谢出版社的编辑，他们为审校我这本书付出了超出常规的艰辛和过细的劳动。使我除了极其汗颜之外，更极其感动。

我还要感谢更多的从工作上、生活上、创作上、出版上帮助过我的人，限于篇幅不再一一列举。

留旺

2023 年 3 月 6 号